마크 트웨인의

관찰 과
위트

마크 트웨인의
관찰과 위트

카를로 드비토 엮음
홍한별 옮김

맥스media

〈일러두기〉

– 잡지나 도서는 「 」로, 신문은 「 」로, 작품은 〈 〉로 표기한다.

– 원서명은 국내 출간된 도서는 그대로 살렸으며, 출간되지 않은 도서는 뜻을 살려 옮겼다.

– http://www.marktwainproject.org/ 사이트가 부분만 인용되어 맥락을 알 수 없는 글의 맥락을 파악하거나 사적 편지에서 별명으로 지칭하는 인물이 누구인지 알아내는 데 도움이 많이 됐다. 그러나 데이터베이스가 현재 완전하지 않고 여전히 업데이트 중이기도 하여 결과물이 아쉬울 수밖에 없음에 양해를 구한다.

차례

◆ ◆ ◆

사업과 정치를 말하다 182

마크 트웨인의 사업 184

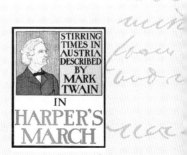

• • •

여행을 말하다 352

LETTER FRO
PROBA

불멸의 인간
마크 트웨인

•••

마크 트웨인은 위대한 작가, 위대한 철학자일 뿐 아니라
장점과 감정을 모두 지닌, 인간을 가장 잘 표현하는 존재다.
— 앨버트 비글로 페인

마크 트웨인, 1895년 '마크 트웨인'이라는 필명이 더 유명한 새뮤얼 랭혼 클레멘스는 오늘날 문화적·문학적 아이콘이 되었다. 소설가이자 유머 작가로 널리 알려져 있지만, 그는 언론, 여행, 발명, 배, 당구 등 다양한 분야에 관심을 두었다. 또 틈만 나면 메모를 끼적이거나 스크랩하는 습관도 있었다. 이 책에는 트웨인이 평생 쏟아낸 노트, 편지, 특허 신청서, 증권, 쪽지, 신문과 잡지 기고문, 책, 만화, 낙서, 사진 등이 한데 모여 있다. 그의 발자취를 좇다 보면 전 세계에서 가장 추앙받는 위대한 작가 중 한 사람인 마크 트웨인의 다채로운 면모를 살필 수 있다.

노트

트웨인은 1835년 11월 30일, 핼리혜성이 지구를 지나갈 때 미주리 주 플로리다에서 태어났다. 21살이 되던 해에 유명한 증기선 조타수였던 호러스 빅스비 밑에 수습생으로 조타수 일을 배우며 메모하는 습관을 들였다. 미시시피 강은 느릿느릿 구불구불 흐르기 때문에 배로 항해하기가 무척이나 위험하다. 이 시기에 트웨인은 미시시피 강의 지형을 외워야 했지만 도무지 머리에 들어오지 않았다.

앨버트 비글로 페인의 『트웨인의 전기』에는 그때 심정을 이렇게 표현했다.

증기선에서 살고 싶다는 소망은 열망이 되었다. 저 물 위의 신비 안에서 지낼 수만 있다면 아무리 천한 일을 맡겨도 마다하지 않겠다고 생각했다. 정식 선원이 된다면 천국에라도 들어간 기분이 들 것이다. 조타수가 된다면 신이 되

마크 트웨인이 선장이었다고 널리 알려져 있는데 이는 잘못된 정보이며 사실은 조타수였다. 조타수는 트웨인의 젊은 시절 꿈이었고, 결국 이루어졌다. 이 그림은 『미시시피 강의 생활(Life on the Mississippi)』에 실린 삽화다. 동그라미 안의 인물은 말년의 호러스 빅스비다.

는 것이나 다름없다.

트웨인은 그때를 돌이켜보며 아래처럼 말했다.

"증기선이 오가는 걸 늘 보면서 단 한 번도 타보지 못했고 자기 동네 밖으로는 한 번도 나가보지 못한 소년에게, 증기선에서 일한다는 게 어떤 의미인지 상상조차 할 수 없을 것이다. 나는 젊은이다운 자신감으로 1,200~1,300마일 정도 되는 미시시피 강의 항로를 익히는 일에 덥석 달려들었다. 이게 얼마나 힘든 일인지 미리 알았다면 감히 시작할 엄두조차 못 냈을 것이다. 조타수는 배가 강 위에 있도록 하면 되고, 미시시피 강이 이렇게 드넓은데 뭐가 어렵겠냐고 생각했다."

그런데 자신감은 며칠 만에 무너지고 말았다. 빅스비가 클레멘스에게 자신이 일러준 유의 사항들을 말해 보라고 했을 때 클레멘스는 하나도 떠올리지 못했다. 머릿속에서는 '지점', '만곡', '모래톱', '도하로' 등이 뒤죽박죽으로 얽혔다. 페인이 쓴 『마크 트웨인의 소년 시절The Boy's Life of Mark Twain』에 이런 구절이 있다.

빅스비 씨가 이렇게 말했다.

"자네, 조그만 수첩을 하나 사서 내가 뭐라고 말할 때마다 바로 적어둬. 조타수가 되려면 다른 건 하나도 없어. 그냥 강 전체를 통째로 외워야 해. A, B, C 외우듯이 줄줄 나와야 해."

페인이 쓴 전기를 계속 살펴보자.

그는 다음 정박지에서 수첩을 산 것 같다. 아마 일리노이 주 카이로였을 것이다. 첫 번째 기록이 그곳에서부터 시작되었기 때문이다. 처음에는 엄청나게 그리고 부지런하게 썼다. 처음 서너 페이지에는 연필로 온갖 잡다한 글을 써넣고, 알아볼 수 없는 축약어를 깨알같이 썼다. 조금 지난 뒤 열기가 식었거나 복잡한 기록은 무용지물임을 깨달은 모양이다. 이후에는 파란 색연필로 제목을 달며 더 깔끔하고 체계적으로 썼다.

이 경험은 습관으로 이어져 트웨인은 평생 노트를 가까이 두었다. 특히 여행할 때마다 지니고 다니며 글을 쓰며, 아이디어, 농담, 의문, 줄거리, 구상 등을 적었다. 한편, 직접 디자인한 노트를 주문제작하기도 했다. 폭이 좁고 오른쪽 위 가장자리가 삐죽 튀어나온 모양이다.

1935년, 페인은 마크 트웨인의 노트 중 일부를 추려 책으로 펴냈다. 이어서 1975년에는 캘리포니아 대학교 출판부에서 남아 있는 트웨인의 노트 전부를 모아 책으로 출간했다. 트웨인은 자신의 노트가 책으로 출판되리라고는 예상하지 못했을 것이다. 연구자들과 그의 팬들 덕분에 그 작업이 가능하였다. 하지만 워낙 사적인 기록이라 손으로 휘갈겨 쓴 일부는 해독이 불가능하다.

개인사를 책에 충실히 기록하고 싶은 욕망이 강하게 솟을 때가 있다. 그럴 때면 열정으로 몰두하듯 일기를 쓰는 게 세상에서 가장 보람 있으며 즐겁게 여가를 보내는 방법이라는 생각을 스스로에게 주입한다. 그렇지만 21일만 지나면, 결단력이나 끈기, 헌신적 의무감, 그리고 철통같은 결심을 지닌 사람만이 꼬박꼬박 일기를 쓰는 엄청난 과업에 도전할 수 있다는 사실을 깨닫게 된다.

트웨인이 『물 건너간 얼뜨기들The Innocents Abroad』에 풍자적으로 쓴 글이다. 이 책 뒤쪽에는 이런 말이 나온다.

젊은이에게 무자비하고 악랄한 벌을 주고 싶다면, 일기를 쓰겠다고 맹세하게 하라!

다음은 페인의 글이다.

마크 트웨인은 『물 건너간 얼뜨기들』의 뒷부분에서 새해에 일기를 쓰기 시작했을 때의 일을 들려준다.
"내가 어렸을 때, 나이 많은 하녀나 할머니들이 좋은 뜻으로 새해가 시작될 무렵에 아무 생각 없는 아이에게 일기를 써보라고 가망 없는 교정 계획을 던져주곤 하는데, 나도 멋모르고 순진하게 덥석 받아들였다."
… 중략 … 일기 일부를 발췌한다.
<blockquote>
월요일 – 기상, 씻었음, 잤음.
화요일 – 기상, 씻었음, 잤음.
</blockquote>

이 일기는 이런 식으로 금요일까지 계속되다가 그다음 주 금요일로 넘어가고, 그다음에는 다음 달 금요일로 넘어간다. 그 뒤에는 그만둔 모양이다. 트웨인은 진작 두 손을 들고 이렇게 적었다.

내 삶에는 뜻밖의 일이 아주 드물게 일어나서 굳이 일기 쓸 필요를 느끼지 못했다. 그렇지만 내가 이렇게 어릴 때도 날마다 씻었다는 사실을 확인하면 매우 뿌듯함을 느낀다. 이 일기 때문에 나가떨어져서 그 뒤로 다

Report
for the week ending.
of the condition of the telephone
at 351 Farmington Avenue
Harkford, Conn

Explanation of the Signs.
+ Artillery can be heard.
++ Thunder can be heard.
+++ Artillery & thunder combined can be heard
++++ All combinations fail

S	M	T	W	T	F	S
A.M.	A.M.	A.M.	A.M.	A.M.	A.M.	A.M.
P.M.	P.M.	P.M.	P.M.	P.M.	P.M.	P.M.

Remarks.

트웨인의 전화기 상태 보고 트웨인은 전화에 대해 애증을 느꼈다. 코네티컷 하트퍼드에서 손꼽힐 정도로 일찍 가정에 전화를 설치한 사람이었지만, 툭하면 전화기를 두고 투덜거리는 글을 썼다.

코네티컷 하트퍼드 파밍턴로 351번지 전화기 수신 상태의 주말 보고.

표시기호 설명 :
+ 대포소리를 들을 수 있음.
++ 천둥소리를 들을 수 있음.
+++ 포격과 천둥이 동시에 일어날 때 들을 수 있음.
++++ 어떤 소리도 들을 수 없음.

시는 일기를 시작할 엄두를 내지 않았다."

페인은 이렇게 설명한다.

트웨인은 형식을 갖추고 규칙적으로 일기를 쓰지 않았다. 그렇지만 늘 메모하며 순간순간을 포착했다. 사건, 주제, 목적, 머릿속을 스치는 상상. 무엇이든 연필과 공책이 가까이에 있으면 글로 적었다. 쓰지 않으면 잊어버렸다. 띄엄띄엄 쓰긴 했지만 거의 40년 동안 기록했기 때문에 분량이 상당하다. 형태, 곧 트웨인이 사용한 공책만 똑같고 내용은 제각각이다.

트웨인이 쓴 공책은 서른 권에서 마흔 권 정도쯤 된다. 처음에는 부드럽고 우아하게 쓰다가 나이 들면서 글씨체가 각지고 힘이 없어진다. 검은색 표지의 운항일지 두 권을 제외하면 나머지는 모두 모양이나 크기가 거의 같다. 주머니에 들어갈 만한 크기다. 초기에는 버펄로 가죽 장정이었다가 나중에는 책장 귀퉁이가 뾰족하게 튀어나오고 부드러운 모로코가죽으로 장정한 공책을 썼다. 귀퉁이에 튀어나온 부분은 쓰고 나면 찢어내어 어디까지 썼는지 얼른 찾을 수 있게 하는 용도다. 마크 트웨인의 아이디어였는데 특허를 받았던 것 같다. 트웨인은 툭하면 특허를 냈다. 공책을 잃어버린 적도 있었지만, 대부분은 잘 보관해서 남겼다. 물건 잃어버리기 선수인 트웨인이 어떻게 그럴 수 있었는지 놀라운 일이다.

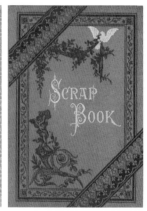

큰 성공을 거둔 트웨인의 스크랩북 표지 모음 평범한 것도 있고 아주 화려한 것도 있다. 접착력이 센 스크랩북이 특히 인기가 좋았다.

스크랩북

트웨인의 노트는 그 자체만으로도 흥미롭지만 일부가 책, 단편, 기사 등으로 활용되었다는 점에서도 중요하다. 이후에 앨버트 페인이 트웨인의 노트 대부분을 검토해 일부는 트웨인의 자서전에 편집하며 넣었다. 물론 넣지 않은 부분이 더 방대하다. 노트를 통해 작품의 아이디어가 언제, 어디에서 싹이 텄는지를 알 수 있어서 흥미롭지만, 이 책에는 다른 글들도 모아 담았다.

트웨인이 다른 일도 열심히 했다는 것을 잊어서는 안 되기 때문이다. 이를테면 트웨인은 스크랩에도 열정을 쏟았다. 케빈 맥 도널은 버지니아 대학교 도서관에서 열린 배럿 컬렉션 전시회의 소개 글에 이렇게 썼다.

(마크 트웨인은) 사람들이 자신에 관해 뭐라고 하는지에 매우 집착하였고, 많은 시간을 들여 스크랩했다. … 그러다가 접착력 있는 스크랩북을 개발하기에 이르렀다. 1872년에 이 아이디어로 특허를 낸 뒤 '마크 트웨인의 특허 스크랩북'이라는 이름으로 판매했다. 1881년 찰스 웹스터에게 보낸 편지에서 '스크랩북 때문에 속이 쓰리네. 제조회사에서 나한테 1년에 1,800인가 2,000인가를 주는데 최소한 세 배는 받아야 할 것 같아서 말이지.' 그렇긴 해도 마크 트웨인 책 중에서 돈을 가장 많이 벌어준 책이 아무 글자도 쓰이지 않은 이 책이었던 것 같다. 「세인트루이스 포스트 – 디스패치」(1885년 6월 8일 자)에 실린 기사에 따르면 마크 트웨인의 다른 책 전부에서 얻은 이익이 합해서 20만 달러지만, 스크랩북 하나가 5만 달러 수익을 올렸다고 한다.

맥 도널은 스크랩북이 '전하는 말과 다르게 성공적'이었다고 말한다. 미국뿐 아니라 영국에서도 판매되었고 수십 가지 형태로 나왔다.

트웨인의 스크랩북은 여러 가지 가죽이나 천으로 제본되어 다양하게 나왔다. 마닐라지를 표지로 써서 손바닥만 한 크기로 만든 것도 있었다고 한다.

리베카 그린필드는 2012년 『애틀랜틱』 잡지에 이런 글을 남겼다.

스크랩광이었던 트웨인은 손으로 일일이 풀칠하는 것을 귀찮아 했는데 다른 스크랩광들도 그러리라고 생각했다. 그 아이디어로 특허를 받아 제작한 스크랩북이 성황리에 팔렸다. … 이 발명품 덕에 손재주가 없는 사람도 스크랩을 잘할 수 있게 되었다. 트웨인은 주로 자기를 칭찬하는 글을 스크랩북에 붙였지만, 유명인이 아닌 사람들도 이 발명품을 이용해 온갖 문서와 개인 기록물을 모았으리라.

트웨인은 노트와 스크랩 말고도 책, 신문·잡지 기사, 강의, 연설 그리고 편지 등 너무나 많은 자료를 남겼다. 각각의 자료 묶음들을 하나하나 살펴보면 트웨인의 면모를 더욱 완전하게 그려볼 수 있을 것이다.

언론 활동과 강연

트웨인은 어릴 때 조판 기술을 익힌 덕을 톡톡히 보았다. 이 분야와 관련된

「테리토리얼 엔터프라이즈」에서 조판공이 사용했던 금속 활자 케이스

일자리를 어렵지 않게 찾았고, 네바다 주 버지니아 시티에 있는 「테리토리얼 엔터프라이즈Territorial Enterprise」를 비롯해 여러 신문사에서 일했다. 클레멘스가 젊은 풋내기 작가 '마크 트웨인'으로 언론에 조금씩 모습을 드러낼 기회도 생겼다. 「테리토리얼 엔터프라이즈」에 기자로 입사했을 때에는 주급 25달러를 받았다. 페인은 이렇게 전한다.

「테리토리얼 엔터프라이즈」는 변경 지방에서 꽤 훌륭한 신문으로 꼽힌다. 편집주간 조지프 굿먼은 드물게 식견을 지닌 사람이었고 인간에 관해서나 신문 편집 원칙에 관해서나 포용력이 넓었다. 사실 젊다 보니 원칙이 거의 없다시피 했고, 다만 신문이 자유로운 발언의 장이 되어야 하며 동시에 지식을 바탕으로 진지하게 서술해야 한다는 보편적인 의식을 지녔을 뿐이었다.

「테리토리얼 엔터프라이즈」 신문사

트웨인은 신문사에서 일하면서도 연단 위에서 누리는 인기를 포기하지 않았다. 트웨인의 강연은 늘 매진이었다. 하와이의 옛 이름인 '샌드위치 제도' 여행기 강연을 하며 트웨인은 유명 인사가 되었다. 순회강연의 초빙 강사로 짭짤한 수입을 올렸지만 한편 이 일에 관해서는 복잡한 심경이기도 했다. 돈과 인기는 좋았지만 빡빡한 일정 탓에 힘들었으며 아내와 가족을 늘 그리워했다.

1867년 뉴욕 시 쿠퍼 협회 강연 광고
트웨인은 순회강연의 인기 강사였고 전국 강연장을 돌았다.

트웨인은 무대 체질이었다. '문예회관 순회강연'에서 단연 인기 강사였다. 11월부터 4월까지 크고 작은 도시 회관에서 여러 유명 강연자를 초대하곤 했는데, 강연자들은 지식뿐만 아니라 재미까지 주는 역할을 했다. 그중에서도 트웨인은 인기가 아주 높았다. 각 도시 위원회에서는 강연자를 선발했는데 이렇게 선정된 사람만이 초대되어 강연할 수 있었다. 순회강연의 인기가 어찌나 높았던지 위원회의 선정 위원들에게도 초빙 강사 못지않은 관심이 쏟아졌다.

강연자로 꽤 성공을 거둔 트웨인은 언론 일도 꾸준히 하겠다고 마음을 먹었다. 결국 뉴욕 주 버펄로로 와서 1869년부터 1871년까지 「버펄로 익스프레스」의 공동 편집장을 맡았다. 1869년 8월 18일, 트웨인은 신문 독자들 앞으로 이런 글을 썼다.

낯선 사람이 느닷없이 쳐들어와 「버펄로 익스프레스」의 공동 편집장을 맡으면서 독자 여러분께 한마디 위로나 격려도 하지 않는다면 부당한

「하퍼스 위클리」 1873년 11월 15일자 만평. '문예회관 위원의 꿈—인기 강사들'

일일 것입니다. 독자 여러분께서는 이제 저의 지혜와 학식에 끝없이 공격을 당할 위기에 처했으니까요. 하지만 최대한 말을 줄이겠습니다. 다만 좋은 마음으로 이 신문의 번영을 바라는 분들에게 제가 이 신문을 굳이 의도적으로 망치지는 않을 것임을 약속드리고 싶습니다. 충격적인 개혁을 시작하지도, 말썽을 일으키려 하지도 않겠습니다.

… 어떤 일, 어떤 상황이 있어도 속어나 상스러운 말은 쓰지 않고 집세나 세금 이야기를 제외하면 욕도 하지 않겠습니다. 아니 다시 생각해보니 이럴 때에도 쓰지 않겠습니다. 기독교 정신에 어긋나고 품위 없고 품격이 떨어지니까요. 솔직히 말해 욕을 빼고 집세와 세금을 논하는 것은

한 푼 가치도 없는 일이라 생각하긴 하지만요. 정치 이야기도 웬만하면 하지 않으려고 합니다. 왜냐하면 우리 신문사에 정치 편집장이 따로 있는데 아주 훌륭한 분이라 교도소에서 콩밥 한두 번만 먹으면 완벽해질 만한 사람이기 때문입니다. 또 시도 절대 쓰지 않겠습니다. 정기 구독자들에게 원한이 생기는 일만 없다면요.

이게 제 공약입니다. 무슨 쓸모가 있는지는 모르겠지만 관습이 규범이니 존중해야겠지요.

트웨인은 유명 작가이자 순회강연 스타가 된 뒤에도 신문사 일을 즐기며 했다. 때로는 필명으로, 대개는 본명으로 기사나 평론을 줄기차게 썼다.

1868년 12월 18일에는 「마리포사 가제트Mariposa Gazette」에 '호러스 그릴리 : 마크 트웨인의 만평'이라는 글을 실었다.

이 글을 통해 트웨인은 「뉴욕 트리뷴New York Tribune」의 유명 거물 편집장 호러스 그릴리를 사정없이 깠다. 그릴리가 아침마다 하는 의례적 절차를 과장되게 묘사한 뒤에 이렇게 썼다.

마크 트웨인은 이 고급 주택에서 어린 신부 올리비아 랭던 클레멘스와 함께 살았다. 트웨인은 아내를 무척 아끼고 '리비'라고 불렀다. 아내도 남편을 사랑했고 남편을 부를 때 '유스(Youth, 젊은이)'라는 애칭을 오래 사용했다. 트웨인은 30대 중반에 「버펄로 익스프레스」의 공동 편집장이 되었고 회사 지분도 소유했다.

New-York Tribune.

New York, May 7 1871.

LETTER FROM HORACE GREELEY TO MARK TWAIN ON FARMING.
PROBABLY USED AS THE MODEL FOR THE GREELEY
FACSIMILE IN "ROUGHING IT"

1871년 호러스 그릴리가 마크 트웨인에게 보낸 편지

그릴리는 완벽한 자기 텃밭으로 가서 방대한 농업 지식을 동원해 양배추를 개량한다. 그다음에는 미국 농부들을 가르치기 위해 농업 기사 작성에 능력을 발휘한다. 양배추가 개당 11달러라면 텃밭에서 돈을 얼마나 벌 수 있을지 생각하며 내내 기분이 좋은 상태다.

트웨인은 여기에서 그치지 않는다.

아침을 먹고 난 뒤에는 짤막한 논설을 쓰는데 서두에 커다란 줄표 두 개를 이렇게 (— —) 넣는다. 자기 이름 약자 H. G. 대신에 쓰는 것인데, 우리 같은 말단기자들이 그 줄표를 속된 대화문 속 말고 다른 곳에는 쓸 수 없다고 생각하는 그릴리는 짜릿한 기쁨을 느낀다. … 그릴리는 직접 펜을 들어 논평을 쓴다. 자신의 필체를 무척 자랑스럽게 여기기 때문이다. 그는 자기 글씨체에 관해 늘 터무니없는 자부심을 느꼈다. 젊을 때에는 서예 선생님을 하겠다고 나선 적도 있는데 실패하고 말았다. 학생들이 선생님의 글을 잘 알아보지 못했기 때문이다.

그릴리가 즉각 반응을 보였다.

마크, 내가 자네 농사법을 비판했다는 것은 오해일세. 대놓고 그런 적은 전혀 없네. 한편 자네가 내 감자와 양배추 가격이 얼마인지 정확히 일러주려고 했는데 참으로 천재적인 생각일세. 잘 모르면서 내 농사법에 관해 이러쿵저러쿵하는 대신 자네가 직접 농사를 지어본다거나 농사에 관해 아는 바를 이야기하겠다고 한다면 나는 비판을 삼갈 뿐 아니라 행운도 빌어주겠네.

앨버트 비글로 페인은 두 사람의 대화에 관해 이렇게 말했다.
"그릴리는 특유의 필체로 편지를 썼다. 이 일이 마크 트웨인이 『유랑 Roughing It』에 나오는 순무 이야기를 쓸 때 영감이 된 것이 분명하다. 트웨인은 이 편지를 흉내 내며 그릴리의 편지를 조작해서 신기도 했다."

페인의 글이다.
"그는 그곳에서 꾸준히 작업했다. … 아침 식사를 마치고 오전에 올라가서 거의 저녁까지, 5시나 그 이후까지 거기 있었다. 트웨인은 점심을 잘 안 먹었다. 다른 식구들은 방해될까 가까이 가지 못했고, 다급히 트웨인을 불러야 할 때에는 나팔을 불었다. 저녁마다 낮에 작업한 것을 가지고 내려와 식구들을 모아 놓고 읽어주었다. 청중이 필요했고 칭찬도 필요했다. 보통 원하는 걸 얻었다."

Act. 1.
=
Scene 1.
=
A village cottage, with back
door looking into garden.
A closet + the ordinary
furniture. Old lady of
50, cheaply + neatly dressed.
Wears spectacles —knitting.
=
(The old lady)
Aunt Winny. —Tom!
[to answer.] Tom! [to
answer.] What's gone with
that boy, I wonder? . You

「톰 소여」의 첫 번째 원고의 첫 장 애초에 「톰 소여」는 희곡이었다.

책

트웨인 가족은 1870년대에 코네티컷 하트퍼드에 정착했다. 이들이 살았던 집은 오늘날까지도 남아 있다. 이 시기에 트웨인과 리비는 세 딸을 낳아 키웠는데 여름이 되면 뉴욕 주 엘마이라에 있는 리비의 친정집에서 보냈다. 트웨인은 엘마이라 언덕 위에 있는 쿼리 팜 저택에서 좀 떨어진 곳에 조그

그랜트가 죽기 직전에 수기에 관해 이런 글을 썼다. "건강이 좋았다면 훨씬 더 잘 할 수 있었을 것이다. 건강할 때만큼 또렷하게 글을 쓰지 못한다. 내가 직접 죽 읽어볼 수 있으면 작은 일화나 사건들이 더 많이 떠오를 텐데."

만 팔각형 서재를 짓고 그곳에서 셔명 강을 내려다보며 가장 뛰어난 작품들을 썼다.

　유명 작가의 육필 원고를 직접 보면 특별한 즐거움을 느끼게 된다. 트웨인의 원고도 당연히 그런 즐거움을 준다. 『톰 소여』는 1876년에 출간되었다. 이 작품은 지금까지도 미국 문학에서 아주 중요한 위치를 차지하고 있다. 트웨인은 최종 원고를 쿼리 팜에 있는 서재에서 대부분 집필했다. 그런데 『톰 소여』를 쓰기 시작한 1872년 무렵, 처음에는 소설이 아니라 희곡이었다. 초고의 1막 1장에서는 톰의 친척 이름이 '위니 이모'인데 소설에서는 '폴리 이모'로 바뀐다.

　부를 거머쥐고 잘나가자 자신감이 넘친 트웨인은 직접 출판업에 뛰어들기로 했다. 첫 번째 책은 큰 성공을 거뒀다. 율리시스 S. 그랜트의 수기였다. 그랜트는 대통령 임기를 마친 뒤 재정 파산 상태였는데, 트웨인은 그랜트의 수기가 히트를 칠 것으로 확신하자 엄청난 돈을 제안하고 출판권을 샀다. 그랜트는 암 말기여서 죽음을 눈앞에 둔 상태로 책을 썼다. 트웨인은 그랜트에 관해 이렇게 썼다.

그때 그랜트가 앞으로도 몇 달 동안 더 살 것으로 생각했다. 그랜트는 책을 완벽하게 만들기 위해 글을 다듬으며 서문을 쓰고 있었고, 며칠 뒤에 탈고했다. 그러고 나자 정신을 쏟을 눈앞의 관심사가 없었던 탓에 지루함과 따분함이 그를 덮쳐 죽이고 말았다. 책을 썼기 때문에 몇 달이라도 더 버틸 수 있었던 것 같다. 그랜트는 매우 훌륭한 사람이고 최고의 선인이다.

그랜트는 수기를 완성하고 며칠 만에 죽었다. 수기가 큰 성공을 거두자 그랜트의 유족들은 다시 재산을 모았고 트웨인도 더 큰 부자가 되었다. 그렇지만 그 뒤에 출간한 책들은 그다지 반응이 좋지 않았다.

그런데도 트웨인에게 가장 중요한 일은 글쓰기였다. 트웨인은 늘 엄청나게 많은 편지를 쓰고 기사나 소품도 썼다. 말년에 이르러서는 자기가 쓴 무수히 많은 책, 희곡, 기사, 논평 등의 성취와 실패를 돌아보는 데에도 많은 시간을 보냈다.

1889년, 『왕자와 거지The Prince and the Pauper』가 처음 연극으로 각색되어 무

엘시에게
내가 쓴 발표문을 잊어버렸고, 대신 여기에 넣으려고 쓴 편지는 안 들어가네. 보트에도 안 들어가는데 슬리퍼에 들어갈 리가. 보면 너도 알 거야. 내가 이 슬리퍼에 놓은 자수는 아무한테도 배우지 않고 오직 사랑만으로 놓았다는 걸 네가 대신 설명해주련?
마크 트웨인
1889년 10월 5일.
(이 자수는 마크 트웨인이 한 것은 아니다.)

대에 올랐다. 페인의 글을 인용하면, '애비 세이지 리처드슨이 『왕자와 거지』를 각색했고 대니얼 프로먼이 엘시 레슬리(Elsie Leslie, 1881~1966, 미국 최초이자 당대 최고의 아역 스타. 〈소공자 폰틀로이〉, 〈왕자와 거지〉 등으로 유명해졌다 – 옮긴이 주)를 왕자와 톰 캔티의 1인 2역에 캐스팅했다. 리허설이 진행 중이었고 당연히 클레멘스의 딸들은 잔뜩 들떠서 기다렸다. … 클레멘스 집안 전체가 어여쁜 엘시 레슬리에게 푹 빠졌다. 엘시는 어린아이여서 하트퍼드를 방문했을 때 막내 딸인 진과 친구가 되어 같이 다락방을 뛰어다녔다. 윌리엄 질레트(William Hooker Gillette, 1853~1937, 미국 배우이자 극작가, 무대감독. 셜록 홈스 연기로 유명하다. 트웨인의 추천으로 트웨인의 〈도금 시대The Gilded Age〉 연극에 출연하면서 배우로 데뷔했다 – 옮긴이 주)도 엘시를 아주 예뻐했다. 어느 날 클레멘스와 질레트는 어린 소녀에게 특별한 깜짝 선물을 주자고 의기투합했다. 슬리퍼를 한 짝씩 직접 수놓아 주기로 한 것이다.' 트웨인은 엘시에게 편지를 써서 슬리퍼 이야기를 했다.

우리가 각자 슬리퍼 한 짝을 떠올렸는데, 마침 두 사람이라서 슬리퍼 한 켤레
가 될 수 있었지. 사실 우리 둘 중 한 사람이 슬리퍼 한 짝을 생각한 건데, 그때
마치 번갯불처럼 다른 사람도 한 짝을 생각했단다. 인간의 정신이란 게 참 놀
랍지. … 질레트는 놀랄 만큼 쉽게 멋들어진 수를 놓았는데 나는 내 것을 하느
라 고생하고 있어. 알다시피 이런 예술 활동은 처음이라 방법을 얼른 못 익혔

Nov. 30, 1908.

I like The Joan of Arc best
of all my books; + it is the best.
I know it perfectly well. And
besides, it furnished me seven
times the pleasure afforded me by
any of the others: 12 years of pre-
paration + 2 years of writing.
The others needed no preparation,
+ got none.

Mark Twain

죽음을 열다섯 달 앞두고 남긴 『잔 다르크에 관한 개인적 회상』에 관한 노트
나는 〈잔 다르크〉가 내 책 중에서 가장 좋다. 그리고 이 책이 최고라고 확신한다. 게다가 다른 책에 비해 일곱 배
는 되는 즐거움을 내게 주었다. 준비하는 데 12년, 쓰는 데 2년이 걸렸으니 다른 책은 준비 기간이 필요 없었고
준비도 안 했다.

어. 그러다가 그만 너무 바빠져서 집에서 작업할 시간을 놓쳤지. 열차 안에서는 수를 놓지 말라고 하더라고. 다른 승객들이 겁에 질린다나. 내가 영감을 받았을 때 눈에서 번뜩이는 빛을 사람들이 싫어한대. 게다가 내가 뭘 만들고 있는지 설명하니까 편견이 없다는 사람조차도 도무지 믿지 못하겠다는 말투더라고. 특히 열차 제동수. 제동수들은 한결같이 욕설을 하면서 가버리지. 무지한 사람들이 예술을 대하는 태도가 그래. 내가 슬리퍼라고 해도 믿지 않더라고. 무슨 병에 걸린 눈신처럼 생겼다나.

슬리퍼를 받아서 소중히 간직하렴, 엘시야! 여기에 들어간 한 땀 한 땀이 너의 가장 충실한 두 친구가 너에게 보내는 애정의 증거니까. 한 땀 한 땀 놓을 때마다 피를 흘렸단다. 지금은 땀구멍이 전보다 두 배로 늘었어. 자수의 길에 접어들어 그 예술 세계에 헌신하기 전에는 얼마나 다양한 곳을 바늘에 찔릴 수 있는지 상상도 못할 거야.

사람들 앞에서는 신지 마렴. 사람들이 시샘할 테니. 어쩌면 총을 쏘려고 할지도 몰라.

그냥 너를 세상에서 가장 아끼는 수많은 사람 가운데 네 친구가 있다는 걸 떠올리는 용도로 쓰길.

리처드슨이 각색하고 데이비드 벨라스코가 연출한 연극 〈왕자와 거지〉는 1889년 크리스마스 이브에 필라델피아 파크 극장에서 상연되었다. 책이 출간되고 7년 정도 지난 후였다.

트웨인은 자신의 마지막 소설인 『잔 다르크에 관한 개인적 회상The Personal

Recollections of Joan of Arc』을 1896년에 발표했다. 그의 나이가 61살 때였다.

위대한 작가 마크 트웨인은 1910년 4월 21일에 사망했다. 그는 죽기 전해에 이런 말을 했다.

"나는 1835년에 핼리혜성과 같이 왔다. 혜성이 내년에 또 온다고 하니, 나도 그때 떠날 것이다. 핼리혜성과 같이 떠나지 못한다면 내 인생 최대의 실망을 느낄 것이다. 전능하신 신께서 이렇게 말하시니까. '여기 설명할 수 없는 괴상한 것 두 가지가 있군. 둘이 같이 왔으니까 갈 때도 같이 가야지.'"

트웨인은 코네티컷 레딩에 있는 집 스톰필드에서 핼리혜성이 지구를 지나갈 때에 심장마비로 사망했다.

앞으로 펼쳐질 마크 트웨인의 놀라운 성취, 어리석은 실수, 엄청난 기쁨, 바닥 모를 슬픔으로 가득한 삶의 이야기를 겉핥기식으로 미리 훑어보았다. 한 존재의 경험을 책 한 권에 모두 담는다는 건 불가능한 일이다. 마크 트웨인 같은 비범한 인물의 삶이라면 더욱 그렇다. 마크 트웨인은 조판공, 언론인, 광부, 증기선 선원, 출판업자, 스크랩광, 당구선수, 고양이 아빠, 남편이자 아버지였다. 이 책에 골라 모은 편린들이 미국 문학에서 가장 중요한 인물의 다채롭고도 복잡다단한 삶을 들여다보는 기회가 될 수 있기를 바랄 뿐이다.

작가와 글을
말하다

•••

좋은 책은 그 안에 든 것이 아니라, 들어 있지 않은 것에 의해 만들어진다.

— 헨리 H. 로저스에게 보낸 편지에서, 1897년 4월 26~28일

훌륭한 책인지 아닌지는 문법을 얼마나 다듬고 꾸몄느냐가 아니라
문체와 주제로 가늠하고 평가한다. — 『마크 트웨인 전기』

글쓰기

비평

비평이란 희한한 것이다. 내가 "그녀는 실오라기 하나 걸치지 않은 알몸이었다."고 쓰고 자세하게 그 모습을 묘사하면 비평가들이 잡아먹을 듯이 달려든다. 아무도 이런 책을 응접실 테이블 위에 올려놓지 못할 것이다. 그런데 화가가 그렇게 하면 남녀노소 불문하고 모여들어 보고 손으로 가리켜가며 이야기한다. 그렇지만 나는 "그의 머리를 자르고 칼로 찔렀다."라고 쓰고 피칠갑과 고통어린 표정을 묘사해서는 안 된다.

— 〈노트 18권, 1879년 2~9월〉

〈캘러베러스 카운티의 명물 점프하는 개구리〉에 관하여

엘마이라, 뉴욕, 1870년 1월 26일

짐에게

나도 그때 그 밤들을 생생하게 기억하네! 자네를 기념하는 물건이 내 보물 가운데 잘 간직되어 있지. 그 나날들을 생각하면 아직도 가슴이 아리네. 하지만 그러면 안 되겠지. 가난하고 땡전 한 푼 없는 떠돌이 시절에 내 행운의 싹이 텄으니 말이야. 우리가 앤젤 캠프에서 비에 쫄딱 젖고 흙투성이가 되어 우울하게 지낼 때 한바탕 유쾌하게 웃었던 일을 기억할 거야. 술집 난롯가에 둘러앉았을 때 한 친구가 개구리 뱃속에 산탄을 채운 이야기를 들려준 날 말이야. 구릉에서 자네랑 스토커(Jacob Richard Stoker, 1820~1898, 길리스와 함께 일하며 같이 살았던 광부 - 옮긴이 주)랑 사금을 거르고 씻고 하면서도 우리는 계속 그 이야기를 하면서 웃었지. 나는 공책에 그날 이야기를 적어두고 그걸 팔아서 10달러나 15달러쯤이라도 벌면 좋겠다고 생각했어. 몰라도 한참 몰랐지. 하지만 그땐 우리가 너무나 궁했으니까. 아무튼 그 글을 발표했는데 미국, 인도, 중국, 영국에까지 널리 알려졌다네. 이 이야기의 인기 덕에 수천 달러를 벌었어. 다만 너덧 달 전에 「버펄로 익스프레스」의 지분을 사느라(자네가 살아있는 한 이 신문을 계속 받아볼 수 있도록 일러두었네. 혹시라도 회계부서에서 청구서를 보내면 나한테 말하게) 지금 큰 빚을 진 상태야. 만약 그날 우리가 점프하는 개구리 이야기를 듣지 않았다면 이런 대범한 일을 벌이지도 못했겠지.

아, 그리운 스토커를 만나서 그 친구 특기인 〈불타는 수치〉에 나오는 '리날도' 역을 끝내주게 흉내 내는 걸 어찌나 보고 싶은지! 그는 어디에서 뭘 하고 있나? 내 불타는 사랑과 열렬한 그리움을 전해주게.

일주일 뒤에 나 결혼하네. 마할라(누군지 밝혀지지 않음 - 옮긴이 주)보다 더 훌륭하고 절세미녀 숲메추리들(트웨인이 길리스와 함께 지냈던 재캐스 언덕 근처 목장의 피닐리아와 메리 그리졸드 자매. 예쁘장하고 통통해서 '숲메추리'라는 별명으로 불렸다 - 옮긴이 주)보다도 사랑스럽지. 여기까지 오기는 어렵겠지만 그래도 진심으로 자네와 딕을 초대하네. 자네들이 기쁜 날 여기에 와준다면 임금님처럼 대접하

The young lady is Miss
Olivia L. Langdon — (for you
would naturally like to know
her name.)

Remember me to the
boys — & recollect Jim, &
whenever you or Dick take a
chance to stumble into Buffalo
we shall always have a knife
& fork for you, & an honest
welcome.

Truly Your Friend
Saml. L. Clemens

P. S. California plums are good,
Jim — particularly when they are stewed.
Do they continue to name all
the young Injuns after me — who
you pay them for the compliment?

Elmira, N.Y., Jan. 26, /70.

Dear Jim —

I remember that all right just as well! And some-where among my relics I have your remembrancer stored away. It makes my heart ache yet to call to mind some of those days. — Still, it shouldn't — for right in the depths of their poverty & their pocket-hunting vagabondage lay the germ of my coming good-fortune. You remember the one gleam of jollity that shot across our dismal sojourn in the rain & mud of Angel's Camp — I mean that day we sat around the tavern stove & heard that chap tell about the frog & how they

겠네.

그 아가씨 이름은(당연히 자네가 궁금해할 테니) 올리비아 L. 랭던이야.

다른 친구들에게도 안부 전해주게. 그리고 짐 자네나 스토커가 버펄로에 들릴 기회가 있으면, 언제라도 수저를 구비해 놓고 마음에서 우러나는 환대를 준비해 놓겠네.

진정한 친구

새뮤얼 L. 클레멘스

추신. 캘리포니아 자두는 아주 맛있어 – 특히 끓이면 말이야(샘 클레멘스가 짐 길리스와 같이 지내던 시절의 일화를 빗대서 하는 말. 원주민이 먹을 수 없는 야생 과일을 팔러 오자, 못 먹을 줄 알면서도 짐이 스토커를 낚으려고 끓이면 아주 맛있다고 허풍을 쳤다. 스토커와 샘이 그러면 왜 안 사냐고 도발하자, 짐이 과일을 사서 끓이기 시작했다. 설탕을 포대로 넣었는데도 시큼하고 지독한 맛이 났지만 짐은 아주 맛있다며 혓바닥이 아릴 때까지 계속 먹고는 그 뒤 며칠 동안 밥을 못 먹었다고 한다 – 옮긴이 주). 아직도 인디언 아기들 이름을 내 이름을 따서 짓곤 하나? 자네가 감사의 뜻으로 돈을 주면?

• • •

1865년인가 1866년, 아티머스 워드(Artemus Ward, 1834~1867, 유머 작가 찰스 퍼라 브라운의 필명 – 옮긴이 주)가 순회강연 길에 캘리포니아를 지날 때 샌프란시스코에서 만났는데 그때 '점프하는 개구리' 이야기를 들려주었다. 워드는 나한테 그걸 글로 써서 뉴욕에 있는 자기 출판업자 칼튼에게 보내라고 말했다. 자기가 얇은 책을 출간하려고 준비 중인데 가격에 걸맞은 두께가 되려면 내용을 더 채워 넣어야 하니 내 글을 넣겠다는 것이다.

헨리 클랩이 『캘러베러스 카운티의 명물 점프하는 개구리』를 「새터데이 프레스」에 처음 실었다.

　칼튼이 제때 원고를 받긴 했지만 원고가 마음에 썩 들지 않고 조판 비용을 추가로 들이기도 내키지 않았던 모양이다. 그래도 칼튼은 쓰레기통에 던져 버리는 대신 헨리 클랩에게 선물로 줬다. 클랩은 그 글을 폐간을 앞둔 문예 주간지 「새터데이 프레스」의 장례식에 사용했다. 〈점프하는 개구리〉는 「새터데이 프레스」 마지막 호에 실려 장례식에 재미를 더해주었다. 곧 미국과 영국 여러 신문에서 받아 실었다. 아주 유명해졌고 내가 말하는 그 무렵(첫 책『캘러베러스 카운티의 명물 점프하는 개구리와 그 외 소품들』의 출간을 준비하던 1867년 – 옮긴이 주)에도 여전히 꽤 인기가 있었다. 그렇지만 나는 인기 있는 건 내가 아니라 개구리라는 걸 알았다.

—『마크 트웨인 자서전』

어제와 오늘의 이야기들

엘마이라, 뉴욕. 1874년 5월 7일

A. R. 스포퍼드 님

소책자 표지 디자인을 판권 등록을 위해 동봉합니다.

또 소책자 속표지와 목차도 판권 등록하고 싶습니다.

수수료 1달러를 동봉합니다.

새뮤얼 L. 클레멘스 올림

『어제와 오늘의 이야기들(Sketches New and Old)』이라는 단편집 판권 등록 요청 글

출판업자에 관해

트웨인은 작가이자 친구였던 토마스 베일리 올드리치에게 보낸 편지에서 자신의 책을 출판하던 아메리칸 퍼블리싱 컴퍼니의 일라이서 블리스 2세에 관해 이야기한다.

1874년 3월 24일

올드리치에게

좋네, 교정지를 보내게.

블리스는 신경 쓰지 말길. 난 신경 안 써. 자네 책이 준비되면 난 그냥 이렇게 말할 거야. "여기 올드리치의 원고예요. 인세 10% 줄 수 있어요? 아니면 원고를 길 건너 워싱턴, 더스틴 앤드 컴퍼니로 가지고 갈까요?" 하우얼스(William Dean Howells, 1837~1920, 미국 작가, 비평가, 극작가, 1869년부터 마크 트웨인과 우정을 이어갔다 - 옮긴이 주) 책도 마찬가지야. 확고하게 값을 말하고 사이 나쁜 라이벌 이름을 대기만 하면 고역스럽게 흥정을 할 필요가 없게 된다고. 자네가 허락한다면 세부적인 부분이나 계약서 초안은 내가 검토하겠네.

블리스와 다음 책을 인세 10%로 계약했기 때문에(18개월 전에 한 계약) 『도금 시대』도 그렇게 지불하도록 만들었네. 『유랑』은 7.5%, 『물 건너간 얼뜨기들』은 5%를 받았어. 후아킨 밀러의 『모도크Modoc』는 7.5%로 계약할 수밖에 없었어. 밀러가 미국에서 몸값이 아주 높은 건 아니라서.

뉴욕에 알려지지 않은 녀석이 있는데 순수하게 상업적인 주제로 책을 써서 명성을 얻고 싶어 한다네. 그런데 출판사를 찾지 못해서 곤란을 겪나봐. 그래서 내가 책을 쓰라고 주문했고 원고를 넘기면 2,000달러를 주겠다고 약속했네. 팔 절판 500쪽이고 노트 종이로는 1,800쪽이야. 그 친구 이름으로 책이 나올 거고 교정도 보겠다고 했어. 그 책으로 1만 달러를 벌 생각이지만 자네나 하우얼스가 출간하는 방식은 아닐 거야.

안타까운 일이지.

예약 구독 출판(마크 트웨인은 예약 구독 출판업체인 아메리칸 퍼블리싱 컴퍼니에서 초기 주요 소설 여섯 권을 출간했다. 구독 출판은 판매원이 가가호호 방문하여 책을 광고해 예약 구독 신청을 받는 방식으로 판매한다. 19세기 말 서점이 등장하고 도시화가 진행되면서 쇠퇴했다-옮긴이 주)을 할 때 한 가지 씁쓸한 점은 질 낮은 종이와 조악한 삽화를 참아야 한다는 거지. 출판업자가 저자에게 10% 인세를 줄 때에는 투자를 별로 안 하는 것 같아. 『도금 시대』가 거지 같이 나온 걸 봤겠지. 그래도 판매 부수가 5만 부 가량 되었다네. 그러니까 저자 인세가 1만, 아니 약 1만 8,000달러야. 그런데 회사가 책 출간 뒤 수익 배당금을 10%로 발표했다네(마크 트웨인은 당시 이 회사 주식 5,000달러어치를 갖고 있었다-옮긴이 주). 7.5% 인세 책을 5만 부 팔았으니 30, 아니 25%는 배당금으로 주어야 할 텐데.

내 다음 책은 같은 예약 구독 출판사를 통해 직접 관리하면서 인쇄 출판하려고 생각하고 있어. 그러니까 아주 빳빳한 책이 될 거야. 대신 돈은 많이 못 벌겠지.

아내는 아주 조금씩 나아지고 있어. 하지만 일주일쯤 더 있다가 아내가 여행할 만한 상태가 되면 엘마이라 처가로 가려고. 집안일이나 건축 문제에서 벗어날 수 있는 곳으로 데려가야겠어. 도무지 잠을 자지를 못하네.

트웨인이 올드리치에게 보낸 편지 마지막 장

우리 케임브리지 계획에 대한 '실망'〔실망화(frustratification. 마크 트웨인이 만든 말 – 옮긴이 주)가 맞는 말일세〕은 유감이네. 그렇지만 생쥐와 인간의 최선의 무리도 실망화 할 때가 많지 않나(로버트 번스의 1785년 스코틀랜드어 시 〈쥐에게〉의 한 구절을 바꾸어서 한 말. "The best laid schemes o' mice and men / Gang aft a – gley." 원문을 번역하면, 생쥐나 인간의 최선의 계획도 엇나가곤 한다 – 옮긴이 주). 하느님의 섭리에 따라.

희망과 기쁨.

그렇지만 걱정 말게. 가을엔 놀러 갈 테니. 아니면 자네가 오게. 그때는 자네가 엘름우드를 떠났을 거고 세련된 도시 생활을 하다 보니 우리 같은 시골 사람을 집으로 맞이하기가 힘들지도 모르니까. 우리 식구 모두 자네들 삼위일체('삼위일체'는 올드리치, 하우얼스, 오스굿을 의미한다. 오스굿은 보스턴 출판업자로, 마크 트웨인의 책을 출간했고 마크 트웨인의 미시시피 여행에 동행하기도 했다 – 옮긴이 주)의 방문을 매우 즐겼고 자네들도 즐거워해서 얼마나 좋은지 모르네. 타고난 왕자 조지프 트위철(Joseph Twichell, 1838~1918, 작가이자 목사. 마크 트웨인과 40년 넘게 친구로 지냈고 『물 건너간 얼뜨기들』에 '해리스'로 등장한다 – 옮긴이 주)이 어제 집에 왔는데 그때 일을 떠올리며 아직도 흐뭇해하지. 대단한 사람이 되는 것 다음으로 좋은 일은 대단한 사람을 직접 대면하는 일이라고 말하네. 자네들이 이 동네에 흔치 않은 충격을 남기고 갔네.

일반적 관찰.

지난 밤 재미있고 멋진 친구 유령(누구 또는 무엇을 가리키는지 밝혀지지 않음 – 옮긴이 주)한테서 연락이 왔네. 자네가 해골이라고 불러주어 비현실적인 모습에 어떤 의미가 있다는 생각을 하게 되어 기뻤다며 고마워하더군. 몇 주 뒤면 다시 하트퍼드로 돌아갈 거고 올라가서 자네 계획을 맥주 한 잔 하면서 의논하면 좋겠군.

그런데 아무짝에도 쓸모없지만 그래도 재미있는 친구 킬러(랠프 킬러는 트웨인의 친구이고 올드리치와 하우얼스와도 친구였다. 1873년 쿠바 해안에서 의문의 죽음을 당했다. 여기에서 트웨인은 킬러의 죽음을 인정하고 싶지 않은 심정을 드러낸 것으로 보인다 – 옮긴이 주)한테서는 여전히 아무 소식이 없다네! 안타까움이 이만저만이 아니야.

어린 바이올린 주자의 기도(올드리치가 트웨인에게 〈어린 바이올린 주자〉의 원고를 보낸 듯하다. 1877년에 책으로 발간되었다 – 옮긴이 주)가 내 몸 안에서 수맥을 찾았네. 광부가 은맥을 찾은 것처럼 말이야. 아름다운 소품 – 좋은 소품일세.

어이!

식구들 모두 인사와 축복을 보내네.

늘 충실한 마크

교정지 가방 잘 도착했네.

추신. 짧아서 미안하네.

『톰 소여의 모험』에 관해

우리 어머니는 나 때문에 속이 많이 썩었지만, 어머니도 나름 즐기셨다고 생각한다. 나보다 두 살 어린 동생 헨리는 전혀 말썽을 부리지 않았기 때문에, 착하고 정직하고 순종적인 헨리가 안겨주는 따분함을 내가 다른 방면으로 다양하게 해소해주지 않았더라면 어머니가 꽤 힘드셨을 것 같다. 나는 어머니의 원기회복제였다. 소중한 존재였다. 전에는 그렇게 생각하지 않았는데 이제 알 것 같다. 헨리가 나한테나 다른 누구한테나 한 번도 못된 짓을 하는 것은 본 적이 없다. 그렇지만 헨리는 옳은 일을 해서 나한테 손해를 끼쳤다. 나에 관해 보고하는 게 헨리의 임무였는데, 내가 솔직하게 보고를 안 할 때마다 헨리가 매우 충실하게 이 의무를 이행했다. 헨리가 『톰 소여』에 나오는 '시드'다. 그렇지만 시드가 헨리인 건 아니다. 헨리는 시드보다 훨씬 괜찮은 녀석이었다.

내가 몰래 수영하고 와서 새로 셔츠 칼라를 꿰매 달았을 때 실 색깔이 어머니가 쓴 실 색과 다르다는 사실도 헨리가 어머니한테 알려주었다. 헨리가

『톰 소여의 모험』 초판

아니었다면 어머니는 알아차리지 못했을 거다. 어머니는 눈에 보이는 증거를 놓쳤다는 사실 때문에 한층 화가 났다. 그래서 내가 더 큰 벌을 받았을 것이다. 인간적으로 그런 반응이 나올 수 있다. 우리는 흔히 그럴 구실만 있으면 자신의 약점을 다른 사람의 탓으로 돌려 벌을 준다. 그렇지만 상관없다. 나는 헨리한테 그

랬으니까. 그래도 부당한 일에는 늘 보상을 했다. 나는 헨리한테 주로 내가 아직 하지 않은 일에 대한 선불금을 받는 거라는 식으로 생각했다. 저항하기 힘들 정도로 유혹적인 기회들이 있었기 때문에 미래로부터 대출을 받지 않을 수 없었다. 이 아이디어를 어머니한테 배운 건 아니었지만 어머니도 가끔 이런 개념을 이용했다.

『톰 소여』에 깨진 설탕 단지 사건이 들어 있다면 – 내가 책에 이 이야기를 썼는지 안 썼는지 기억이 잘 안 난다 – 완벽한 예로 들 수 있다. 헨리는 설탕을 훔쳐 먹은 적이 없다. 당당히 단지에서 꺼내어 먹었다. 어머니는 헨리가 어머니 몰래 설탕을 먹지는 않으리라고 생각했지만, 나에 관해서는 늘 의심했다. 그냥 의심이 아니라 내가 실제로 그런다는 걸 잘 알고 계셨다.

어느 날 어머니가 없을 때 헨리는 어머니가 아끼는 집안 가보인 오래된 영국제 설탕 단지에서 설탕을 꺼내 먹다가 깨뜨리고 말았다. 사상 최초로 내가 헨리가 한 짓을 고자질할 수 있는 기회가 와서 나는 무척 기뻤다. 내가 헨리에게 어머니한테 이르겠다고 말했는데 헨리는 표정 변화가 없었다. 어머니가 돌아와서, 단지가 바닥에 산산조각이 난 것을 보고는 한참 아무 말도 하지 못하셨다. 나는 정적 속에서 효과가 최고조로 높아질 때까지 말없이 기다렸다. 나는 어머니가 "누구 짓이냐?"라고 물으면 사실을 말하려고 기다리던 중이었다. 그런데 판단착오였다. 어머니는 침묵을 깨고 질문하는 대신에, 다짜고짜 쇠골무로 내 두개골을 강타했고 그 충격이 발뒤꿈치까지 찌릿하게 퍼졌다. 뒤늦게라도 나는 무고함을 주장해서 엉뚱한 아이를 벌준 것에 관해 어머니가 미안함을 느끼게 하려고 했다. 나는 어머니가 후회하고 뉘우치기를 바라며 내가 아니라 헨리의 짓이라고 말했다. 그런데 아무 극적인 변화가 없었다. 어머니는 흔들림 없는 목소리로 이렇게 말했다. "좋아. 상관없어. 네가 저질렀지만 내가 모르는 일 때문에 맞았다고 생각하면 돼. 아무 짓도 안 했다면, 앞으로 네가 저지를 텐데 내가 모를 일 때문에 맞은 거고."

—『마크 트웨인 자서전』

『허클베리 핀의 모험』에 관해

톰 블랭큰십은 허클베리 핀의 모델이다. 그는 트웨인이 나고 자란 미주리주 한니발에 살던 톱장이 술꾼의 아들이다.

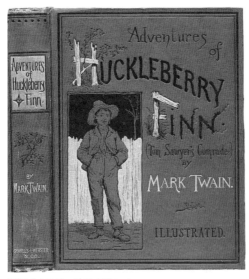

『허클베리 핀의 모험』의 초판 표지

이 집이 허클베리 핀의 집이라고 한다.

　『허클베리 핀』에서 나는 톰 블랭큰십의 모습을 있는 그대로 그려냈다. 톰은 무식하고 더럽고 늘 제대로 못 먹고 지냈다. 하지만 어떤 아이보다도 마음씨가 착했다. 또 아무런 제약 없이 자유를 누렸다. 그 동네에서 어른과 아이를 막론하고 진짜로 독립적인 사람은 톰 하나뿐이었다. 그래서 톰은 늘 평온하고 행복했고 우리 모두 톰을 부러워했다. 게다가 부모님들이 톰하고 놀지 못하게 되었다는 사실 때문에 톰과의 교류는 세 배, 네 배로 소중해졌다. 그래서 우리는 다른 누구보다도 톰하고 놀고 싶었다.

—『마크 트웨인 자서전』

『쌍발총 탐정』 소설이 지지부진하네. 더는 쓸 수가 없어. 이미 쓴 부분은 여전히 낯설고도 낡았네. 내년 겨울에 다시 시작할지도 모르겠지만, 확실히 모르겠어. 이 책에 대한 흥미가 다시 살아나기를 오래 기다리다가 한 달 전에 그냥 포기하고 다른 소년 소설을 쓰기 시작했어. 일을 쉬지 않으려고. 지금 400쪽 정도를 썼으니까 거의 절반 정도 온 셈이야. 『헉 핀의 자서전』이라네. 지금까지는 그냥 겨우 참아줄 만한 정도라서, 다 마치고 나면 원고를 창고에 처박아 놓거나 불태울지도 모르겠어.

– 윌리엄 딘 하우얼스에게 보낸 편지. 1876년 8월 9일

타이프라이터에 관해

트웨인은 1872~1888년에 제임스 W. 페이지가 발명한 '페이지 식자기'에 30만 달러(오늘날 가치로 5,905,833달러)를 투자했다. 하지만 이 기계는 실패였고 한 푼도 수익을 가져다주지 못했다. 트웨인이 책에서 벌어들인 수입과 아내의 유산 상당 부분을 페이지 식자기에 투자한 탓에 가계 사정이 심하게 악화되었다. 트웨인은 1893년 59세 때 파산 신청을 했고 하트퍼드 집을 팔고 떠나야 했다.

• • •

트웨인은 『미시시피 강의 생활』(1882)이 타이프라이터로 작성한 최초의 문학 작품이라고 생각했다.

… 이제부터 나는 (이 타이틀을 박탈당하기 전까지는) 내가 세계 최초로 문학

```
BJUYT KIOP M LKJHGFDSA:QWERTYUIOP:_-98V%6432QW RT
                                      HA
                   HARTFORD, DEC. 9.
DEAR BROTHER:
I AM TRYING T TO GET THE HANG OF THIS NEW F
FANGLED WRITING MACHINE, BUT AM NOT MAKING
A SHINING SUCCESS OF IT.  HOWEVER THIS IS THE
FIRST ATTEMPT I. EVER HAVE MADE, & YET I PER-
CEIVETHAT I SHALL SOON & EASILY ACQUIRE A FINE
FACILITY IN ITS USE.  I SAW THE THING IN BOS-
TON THE OTHER DAY & WAS GREATLY TAKEN WI:TH
IT.  SUSIE HAS STRUCK THE KEYS ONCE OR TWICE,
& NO DOUBT HAS PRINTED SOME LETTERS WHICH DO
NOT BELONG WHERE SHE PUT THEM.
THE HAVING BEEN A COMPOSITOR IS LIKELY TO BE
A GREAT HELP TO ME,SINCE O NE CHIEFLY NEEDS
SWIFTNESS IN BANGING THE KEYS.THE MACHINE COSTS
125 DOLLARS.THE MACHINE HAS SEVERAL VIRTUES
I BELIEVE IT WILL PRINT FASTER.THAN I CAN WRITE.
ONE MAY LEAN BACK IN HIS CHAIR & WORK IT. IT
PILES AN AWFUL STACK OF WORDS ON ONE PAGE.
IT DONT MUSS THINGS OR SCATTER INK BLOTS AROUND.
OF COURSE IT SAVES PAPER.
                         SUSIE IS GONE,
NOW, & I FANCY I SHALL MAKE BETTER PROGRESS.
WORKING THIS TYPE-WRITER REMINDS ME OF OLD
ROBERT BUCHANAN, WHO, YOU REMEMBER, USED TO
SET UP ARTICLES AT THE CASE WITHOUT PREVIOUS-
LY PUTTING THEM IN THE FORM OF MANUSCRIPT. I
WAS LOST IN ADMIRATION OF SUOH MARVELOUS
INTELLECTUAL  CAPACITY.
                    LOVE TO MOLLIE.
              YOUR-BROTHER,
                    SAM.
```

트웨인은 형 오라이언에게 보내는 이 편지를 1879년 무렵에 타이프했다.

에 타이프라이터를 이용한 사람이라고 주장할 것이다. … 초창기 모델은 변덕과 결함투성이인 극악무도한 기계였다. 오늘날 기계에 미덕이 있다면 옛날 기계는 부도덕했다. 한두 해 쓰다 보니 타이프라이터가 내 성질을 버린다는 걸 알게 되어서 하우얼스에게 주었다. … 하우얼스는 그걸 보스턴 집으로 갖고 갔다. 내 성질은 좋아지기 시작했는데 하우얼스의 성질은 전혀 나아지지 않은 채로 있다.

— 〈최초의 타자기〉

페이지 식자기

검열에 관해

다음 이야기는 1906년 3월 27일자 「뉴욕 타임스」에 실린 기사다.

아파도 이야기는 할 수 있음

브루클린에서 마크 트웨인 책을 금지한 것에 관해
마크 트웨인의 한마디를 듣다

새뮤얼 L. 클레멘스라는 뉴욕시 5번로 21번지에 사는 딱한 사람이 서명한 편지가 브루클린으로 갔다. 클레멘스 씨는 마크 트웨인이라는 필명으로 널리 알려진 사람인데 감기에 걸려 일주일째 앓고 있고 폐렴 위험이 있다. 어제는 조금 나아졌으나 브루클린 공공 도서관에서 프랭크 P. 힐 사서가 '금서 목록'에 『허클베리 핀』과 『톰 소여』 둘 다를 넣은 일에 관해 어떻게 생각하는지, 이 문제에 관해 도서관에 보낸 편지에 뭐라고 썼는지 기자들에게 설명할 수 있을 만큼 회복되지는 않았다.

클레멘스 씨의 비서가 기자들에게 '작가는 브루클린에서 자기 책이 금지되었다는 사실을 알고 읽고 있던 단테의 『지옥』을 집어 던졌다'고 전했다. 그리고 나서 '이야기를 고친 영국인에 관한 이야기를 들려주었다'고 했다. 비서가 전해준 이야기는 이렇다.

옛날에 클럽에서 밤늦게까지 놀곤 하던 못된 남편이 있었다. 그런데 아내에게는 뻐꾸기시계가 있었다. 남편이 집에 들어오는데 뻐꾸기가 두 번 우는 소리를 냈다. 남편은 '뻐꾹' 소리를 이어서 열 번 더 냈다. 다음 날 아침에 일어나서는 아내가 자기가 열두 시에 들어왔다고 착각한 걸 알고 기뻐했다.

이 이야기를 미국인이 영국인에게 들려주었는데, 유머 감각 없는 영국인이 그 이야기 속편을 들려주겠다고 우겼다. 무슨 이야기냐 하면, 이 놀기 좋아하는 양반이 아침에 아내에게 왜 제시간에 깨우지 않았냐고 불평하자 아내가 잠깐 밖에 다녀왔다고 말했다. 까닭인즉슨 아내가 밤에 시계가 '꺽꺽'거리는 소리를 들어서 딸꾹질을 하는가 보다 생각하고 시계수리공한테 가지고 갔다는 것이다.

이 이야기가 끝났을 무렵, 의사가 왕진을 마치고 환자의 상태가 아주 좋아졌다고 말했다. 하지만 사서 힐 씨가 『허클베리 핀』과 『톰 소여』를 금지한 일에 관련된 편지를 공개하는 것을 거부했기 때문에 클레멘스 씨의 비서도 개인적 서신이라 공개할 수가 없다고 했다.

그림 수수께끼 편지

1881년 11월 판권 문제 때문에 몬트리올에 가 있던 클레멘스가 아내 리비와 세 딸 수지, 클라라, 진에게 '그림 수수께끼 편지'를 보냈다. 그림으로 단어나 음절을 대신하는 퍼즐이다. 클레멘스의 그림을 해독하기 힘든 사람을 위해 글로 옮겨 적었다.

Livy dear, a mouse kept me awake last night till 3 or 4 o'clock – so I am lying abed this morning. I would not [a log with a 'knot'] give sixpence [the nibs of six pens] to be out yonder in the storm, although it is only snow.

(사랑하는 리비, 생쥐 때문에 어젯밤 서너 시까지 잠을 못 잤어. 그래서 오늘 아침에는 침대에 누워 있어. 폭풍 치는 집 밖에는 절대 나가지 않을 거야. 눈만 내리지만.)

애들 때문에 이렇게 쓴 거요. 애들이 글을 읽을 줄 아는지 잘 모르겠더라고요. 특히 진은 희한하게 뭘 잘 모르더라고(이때 수지는 9살, 클라라는 7살, 진은 고작 15개월이었다 – 옮긴이 주).

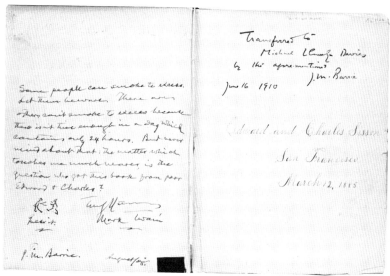

마크 트웨인이 1885년 3월 12일 샌프란시스코에 사는 에드워드와 찰스 시슨에게 서명해 선물한 『허클베리 핀의 모험』. 서명 왼쪽에는 트웨인이 그린 권투를 하는 사람들 그림이 있다. 그 아래에는 '뭘까요'라고 적은 듯하다.

〈서명 내용〉
어떤 사람은 지나치게 담배를 많이 피우지. 조심하라고 해. 하루가 24시간밖에 없어 그만큼 담배를 피울 시간이 없는 사람도 있으니까. 하지만 이건 신경 쓰지 마. 내가 가장 신경 쓰는 문제는 누가 이 책을 불쌍한 에드워드와 찰스에게서 가져갔느냐거든.
진심으로!

Montre___, ☀️ day,   27, 1881

(The blank means that there is no vem-
ber there.)

___ Liv___ ___, A ___ kept me awake

___ night till 3 or 4 o' [clock] — so

___ am lying a-[bed] this morning

I would ___ give

[six bottles] ___ ___ out

Yonder in the [storm] ___

although it is only snow.

There. — thats for the children
— was not sure that they could read
writing, especially Jean, who is strangely
ignorant in some things.

그림 수수께끼 편지

날씨에 관해

편지 속 기호는 원래 트웨인이 1892년 12월 14일에 초고를 완성한 〈얼간이 월슨Pudd'nhead Wilson〉에 들어가기로 되어 있었다. 트웨인은 원고를 수정하면서 각 장 머리에 여러 가지 기호를 넣자고 제안하는 글을 인쇄업자에게 보냈다. 1894년 11월 28일 책이 출간되기 전에 이 아이디어는 폐기되었다.

모건 도서관 큐레이터는 이렇게 전한다.

트웨인은 파산을 눈앞에 두고 다급하여 창의력이 폭발한 상태에서 『얼간이 월슨』을 썼다. 트웨인의 출판사 웹스터 앤드 컴퍼니의 재정 상태가 악화되고 있었고 페이지 식자기에 계속 투자하여 손해가 막심했다. 급하게 상업적으로 성공을 거둘 소설을 써야 해서 1892년 11월 12일부터 12월 14일 사이에 6만 단어를 썼다. 이렇게 서둘러 놓고서는 날씨 상태를 나타내는 기호 일곱 개를 그려서 인쇄업자에게 각 장 머리에 삽입하라고 지시했다. 출판된 책에는 들어가지 않았다. 1893년 7월 트웨인은 원고를 마무리한 뒤 프레드 홀에게 '책에 날씨가 없고 배경도 없어 – 급해서 다 뺐지!'라고 말했다.

편지의 내용은 이렇다.

인쇄하는 분에게 : 이 기호를 본떠서 장 머리 그림으로 넣어주세요. 심심하면 두 개씩 넣고요. 장에 나오는 날씨하고 꼭 맞을 필요는 없어요.

마크 트웨인이 인쇄공에게 보낸 지시 자기가 그린 날씨 표시 기호를 각 장 머리에 넣어서 "책에서 날씨가 어떤지 설명하는 데 쓰이는 공간을 절약할 수 있다."고 했다.

이 책에 사용할 기호.

이런 종류의 책에서 날씨가 어떤지 설명하느라 사용되는 공간을 아끼기 위해 날씨 기호를 사용하는 간단한 시스템으로 대체하고자 합니다. 각 장 머리에 있는 상형문자를 보면 독자가 앞으로 어떤 날씨가 펼쳐질지 완벽하게 바로 알 수 있을 겁니다.

기호와 의미는 아래와 같습니다.

두 개 이상의 기호가 같이 나타나면 제시된 기호의 수만큼 앞으로의 날씨가 변덕스러울 것임을 의미합니다.

• • •

트웨인은 책에 나오는 날씨 설명에 진저리를 냈다. 다른 책을 쓸 때는 날씨를 완전히 없애는 방법을 시도하기도 했다.

이 책에는 날씨가 안 나온다. 날씨 없이 책을 완결하고자 하는 노력의 일환이다. 허구 문학에서 최초의 시도이기 때문에 실패할 수도 있지만 앞뒤 가리지 않는 대담한 사람이라면 한 번 시도해 볼 만한 일이고 저자의 기분이 지금 딱 그런 상태다.

독자들이 책을 한달음에 읽고 싶은데도 날씨 얘기 때문에 지연되어 그러지 못할 때가 많다. 저자도 몇 쪽마다 한 번씩 날씨 얘기를 하려다 보면 이야기 전개의 맥이 끊기곤 한다. 따라서 날씨가 자꾸 끼어드는 게 독자에게도, 저자에게도 좋지 않음이 분명하다.

• • •

물론 날씨는 인간 경험의 필수 요소다. 그건 인정한다. 그렇지만 방해가 되지 않는 곳에 두어야 한다. 서사의 흐름을 끊지 않는 곳에. 그리고 최고로 능력 있는 날씨여야 한다. 무지하거나 질이 낮거나 아마추어인 날씨가 아니

1874년 뉴욕 주 엘마이라에 있는 서재에서 글을 쓰는 마크 트웨인

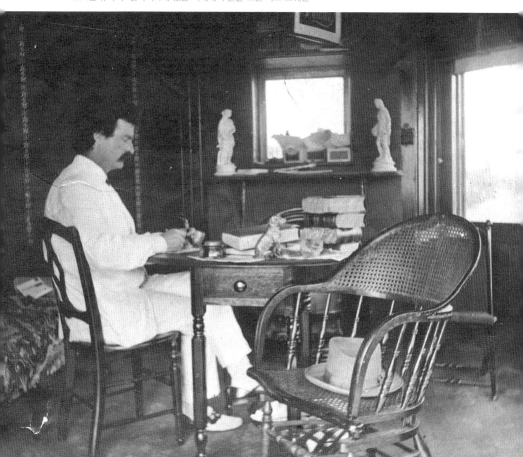

라. 날씨는 문학의 전문 분야라 미숙한 사람은 날씨를 잘 그려낼 수가 없다. 본 작가는 흔한 보통 날씨 몇 가지밖에는 쓰지 못하고 그것도 그다지 잘 못한다. 그래서 날씨가 필요하면 능력 있고 인정받는 전문가들의 책에서, 물론 출처를 밝히고 빌려서 쓰는 편이 현명할 듯싶다. 이 책에서는 날씨가 방해가 되지 않게 책 뒤쪽에 실었다. '부록'을 보라. 독자는 책을 읽다가 가끔 책 뒤로 가서 날씨를 누리길 바란다.

— 〈미국 청구인The American Claimant〉

자서전

내 자서전은 거울이다. 나는 여기에서 줄곧 내 모습을 본다. 거울을 보다가 언뜻 내 등 뒤로 지나가는 사람이 보인다. 이 사람들이 나를 널리 알리거나 돋보이게 하거나 띄우는 데 도움이 되는 말이나 행동을 한다면 그걸 자서전에 적는다. 왕이나 공작이 지나가서 자서전에 쓸 수 있다면 무척 기쁘겠지만 이런 손님은 아주 드물게 찾아온다. 이런 손님이라면 글 속에 등대나 기념비처럼 효과적으로 사용할 수 있지만 실제로는 보통 사람들에게 의지해서 쓴다. … 사소한 것들은 빼고 큰 것들만 열거하는 자서전으로 인물의 삶을 제대로 그릴 수는 없다. 삶은 감정과 흥미로 이루어지고 겉보기에는 크기도 하고 작기도 한 여러 가지 일들이 이런 감정들을 일으킨다.

— 『마크 트웨인 자서전』

자서전은 책 중에서 가장 진실한 책일세. 자서전은 필연적으로 진실을 은폐하

1905년. 트웨인은 종종 침대에서 글을 썼다.

고, 피하고, 일부만 드러내므로 있는 그대로 솔직한 진실은 찾아볼 수가 없지만, 행간에는 가차 없는 진실이 들어가기 마련이지. 저자가 고양이처럼 제 몸 위에 모래를 덮어도 제 몸도, 냄새도 숨기지 못하니까(내가 고양이 이미지를 쓴 건 아니지만), 그래서 작가가 아무리 부지런을 떨어도 독자는 작가를 알게 되고 마는 거야.

─1904년 3월 14일, 윌리엄 딘 하우얼스에게 보낸 편지

글 한 편을 작성해 보겠다.

한 사람의 행동과 말은 그의 삶에서 얼마나 작은 부분을 차지하는가! 진짜 삶은 머릿속에서, 본인만 아는 상태로 진행된다. 온종일, 날마다, 뇌 안의 맷돌은 돌아가고 다른 것이 아니라 생각이 곧 그의 역사가 된다. 말과 행동은 눈에 보이는 세계라는 얇은 외피에 불과하다. 눈 덮인 산정이 띄엄띄엄 있고, 광대하고 황막한 바다로 덮인 외피는 전체의 얼마나 작은 부분에 불과한지! 덩어리를 감싼 겉껍질일 뿐이다. 거대한 땅덩이와 낮에도 밤에도 쉬지 않고 흔들리고 들끓는 화산의 불덩이는 감추어져 있다. 이런 것이 삶이고, 이건 글로 쓰이지 않았고 쓰려 해도 쓸 수 없다.

한 사람의 '하루'는 8만 단어로 이루어진 '책 한 권'이 된다. 1년이면 365권이 되는데 전기는 그 사람의 옷과 단추에 불과할 뿐이다. 한 사람 자체의 전기는 글로 쓸 수 없다.

─『마크 트웨인 자서전』

『쌍발총 탐정 이야기』

"사람은 절대로 잘못을 저지르면 안 된다. 다른 사람이 볼 때는."

첫 장면은 버지니아 주 시골이고, 때는 1880년이다. 가난하지만 잘생긴 젊은 남자와 부유한 아가씨의 결혼식이 있었다. 첫눈에 반해 번갯불에 콩 구워 먹듯 결혼식을 올렸다. 하지만 홀아비인 신부의 아버지는 이 결혼에 극심하게 반대했다.

신랑 제이콥 풀러는 스물여섯 살이고 유서 깊지만 별 볼 일 없는 집안 출신이다. 영국 세지무어에서 충동적으로 이민 온 집안인데, 사람들은 제임스 왕의 재정적 이득을 위해서라고 말하곤 했다. 악의적으로 그렇게 말하는 사람도 있었고 그냥 그런 줄 알고 말하는 사람도 있었다. 신부는 열아홉 살이고 아름다웠다. 열정적이고 예민하고 낭만적이고 기사 가문인 것에 관해 대단한 자부심이 있었고 남편을 열렬하게 사랑했다. 그래서 아버지의 반대를 무릅쓰고 아버지의 꾸지람을 참았으며 아버지의 경고를 듣고도 마음이 흔들리지 않았다. 결국, 아버지의 축복을 받지 못한 채로 집을 나왔다. 신부는 자기 마음에 자리 잡은 애정이 얼마나 굳건한지 입증할 수 있어서 자랑스럽고 행복했다.

제임스 페니모어 쿠퍼의 문학적 위반

글쓰기에 대한 마크 트웨인의 생각 :

1. 이야기는 무언가를 성취하고 어딘가에 도착해야 한다.
2. 이야기에 포함된 삽화揷話는 필요한 요소이고 이야기 전개에 도움이 되어야 한다.

A DOUBLE-BARRELLED DETECTIVE STORY.

IN TWO PARTS. PART FIRST.

I

We ought never to do wrong when people are looking.

The first scene is in the country, in Virginia; the time, 1880. There has been a wedding, between a handsome young man of slender means, & a rich young girl — a romantic case of love at first sight & a precipitate marriage; a marriage bitterly opposed by the girl's widowed father.

Jacob Fuller, the bridegroom, is 26 years old. OVER

The bride is 19 & beautiful. She is intense, romantic, high-strung, measurelessly proud of her Cavalier blood, & passionate in her love for her young husband. For its sake she braved her father's displeasure, endured his reproaches, listened with loyalty unshaken to his warning predictions, & went from his house without his blessing, proud & happy in the proofs she was thus giving of the quality of the affection which had made its home in her heart.

이 원고는 1902년 출간된 『쌍발총 탐정 이야기A Double Barreled Detective Story』의 첫 장이다.

3. 이야기 안의 인물은 살아 있어야 한다(시체는 제외). 그리고 독자가 시체와 산 사람을 구분할 수 있어야 한다.

4. 이야기 안의 인물은 죽었거나 살았거나 이야기 안에 존재 이유가 충분해야 한다.

5. 이야기에서 인물 사이의 대화는 실제 대화처럼 들려야 하고, 사람이 주어진 상황에서 실제로 쓸 법한 말이어야 하고, 의미와 목적을 알 수 있어야 한다. 그리고 다루는 주제와 관련이 있어야 하고, 독자의 흥미를 유발하고, 전체 이야기에 도움이 되어야 하며, 더 이상 할 말이 없을 때는 끝나야 한다.

6. 작가가 이야기에서 인물의 성격을 묘사한다면 그 인물의 행동과 말이 그 묘사에 들어맞아야 한다.

7. 어떤 인물이 문단 처음에 그림이 들어 있고 금테를 둘렀고 나뭇결무늬 송아지 가죽을 손으로 제본한 7달러짜리 『우정의 선물』(유럽에서 시작되어 북미로 건너온 영국 스타일의 고급 문예지 – 옮긴이 주)처럼 말하기 시작했다면 뒤에 가서 유랑극단 흑인 배우처럼 말하면 안 된다.

8. 작가나 이야기 속의 인물이 독자에게 무신경한 어리석음을 드러내면 안 된다.

9. 이야기 속 인물은 개연성 속에서 움직여야 하고 기적이 등장하면 안 된다. 만약 기적을 도입하려면 작가가 그게 그럴듯하고 있을 법하게 보이도록 설정해야 한다.

10. 작가는 이야기 속의 인물과 그들의 운명에 독자가 깊은 관심을 느끼

도록 이끌어야 한다. 또 독자가 좋은 인물은 좋아하고 나쁜 인물은 미워하도록 만들어야 한다.

11. 인물이 뚜렷하게 정의되어 매우 급한 상황에서 어떻게 행동할지 독자가 짐작할 수 있어야 한다.

작가는,

12. 말하려는 바를 변죽만 울리지 말고 말하라.

13. 정확한 단어를 써라. 그 단어의 먼 친척을 쓰지 말고.

14. 쓸데없는 말을 피하라.

15. 꼭 필요한 세부사항을 생략하지 마라.

16. 형태가 너저분해지지 않게 하라.

17. 문법을 잘 맞춰라.

18. 단순하고 명료한 문체를 쓰라.

— 〈제임스 페니모어 쿠퍼(James Fenimore Cooper, 1789~1851, 『모히칸족의 최후 The Last of the Mohicans』 같은 개척지의 삶을 그린 소설로 유명한 미국 작가)의 문학적 위반〉

실화

72쪽 사진 속 원고는 마크 트웨인의 〈들은 대로 옮겨 적은 실화〉 첫 장이다. 윌리엄 딘 하우얼스가 『애틀랜틱』에 처음 실은 트웨인의 글이고, 또 트웨인이 처음으로 유머나 우스개가 전혀 없이 써서 발표한 글이기도 하다.

이 글은 노예였을 때 남편과 아이들과 생이별을 했으나 여러 해가 지난

마크 트웨인의 반자전적 이야기인 「유랑」삽화 1872년 처음 출판되었다.

「애틀랜틱」에 발표된 마크 트웨인의 글
〈들은 대로 옮겨 적은 실화〉
여름 해 저물 무렵이었다. 우리는 언덕 꼭대기에 있는 농가 포치에 앉았고 레이철 이모는 겸손하게 우리보다 한 계단 아래에 앉았다. 하인이며 흑인이기 때문이다. 레이철은 키가 크고 체구가 당당하고 예순 살이었다.

뒤에 북군 병사들에게 밥을 주다가 아들들을 다시 만난 여자의 이야기다.

· · ·

다음은 이 이야기와 함께 하우얼스에게 보낸 편지다.

친애하는 하우얼스!

방금 전보 받았네. 편지 기다리겠네.

그런데 자네한테 쓴 편지에다 실수했어. 설명하자니 너무 길어서 내 생각보다 33%를 더 청구했다는 것만 이야기할게.

아주 짜증이 나네. 어쨌든 '나이든 소년 소녀를 위한 우화'를 동봉하네. 값을 내렸으니까 어쩌면 자네가 좋아할지도 모르겠어. 하지만 마음에 안 들면 욕설과 함께 나한테 던지게. 난 피할 수 있으니까.

또 유머 없이 진지한 '실화'도 함께 보냈어. 이 글을 싣고 싶다면 원고료는 자네가 알아서 적당히 주면 되네. 원래 내 스타일의 글은 아니니까. 흑인 아주머니 이야기를 하나도 고치지 않고 시간 순서대로만 바꿨어. 그 아줌마는 중간부터 시작해서 양쪽으로 나아갔거든.

이 이야기를 헤이(John Milton Hay, 1838~1905. 미국 국무장관. 작가 – 옮긴이 주)하고 다른 친구들한테 들려줬더니 마음에 든다고 하더라고. 그래서 글로 써봤지.

마크가

– 1874년 9월 2일, 딘 하우얼스에게 보낸 편지

언어

형용사에 관해

마크 트웨인은 형용사에 관해 할 말이 많았다. 1894년 소설 『얼간이 윌슨』에서는 이렇게 짤막하게 말했다.

"형용사에 관하여 : 아니다 싶을 때는 삭제해버려라."

트웨인의 생각이 어떠했는지는 1880년 3월 20일 D. W. 바우저에게 보낸 편지에 잘 나와 있다.

소박하고 단순한 말, 쉬운 단어, 짧은 문장을 쓰시는군요. 자고로 영어는 그렇게 써야 합니다. 현대적이기도 하고 가장 좋은 방법이지요. 계속 그렇게 쓰세요. 꾸밈과 가두리와 장광설이 끼어들게 하지 마시고요. 형용사를 잡았다면 죽이세요. 아니, 전부 다 죽이라는 건 아니고, 대부분 제거하세요. 그러면 살아남은 것들이 소중해질 겁니다. 형용사들이 다닥다닥 붙어 있으면 힘이 없어집니다. 멀찌감치 떼어 놔야 힘이 생기지요. 형용사를 쓰는 습관, 그러니까 장황하고 산만하고 화려한 글을 쓰는 습관을 한번 들이고 나면 다른 나쁜 버릇들처럼 떨치기가 아주 힘듭니다.

부사에 관해

"나는 부사에 무감각하다. 부사는 아무런 감흥을 일으키지 않는다. 나는 냉담하고 무심하게 부사를 잘못 쓸 수 있다. 그래도 아무런 고통을 느끼지 않는다. … 세상에는 내가 도무지 알 수 없어 혼란만 일으킬 뿐 어떤 의미도 없는 미묘한 것들이 있는데 부사가 그중 하나다. … 그렇다. 절대로 익힐 수가 없는 것이 있게 마련이니 안달할 필요가 없다. 나는 부사를 익힐 수가 없다. 그뿐만 아니라 익히고 싶은 생각도 없다."

트웨인은 1880년 6월 『애틀랜틱』에 실린 〈보스턴 소녀에게 보내는 답변〉에 이렇게 썼다.

"'아주'라고 쓰고 싶을 때마다 대신 '더럽게'라고 써라. 그러면 편집자가 지울 테니 결과적으로 글이 깔끔해진다."

철자법에 관해

나는 예순 해 넘게 바른 철자에 반감을 품고 살아왔다. 이유는 단 하나, 내가 어릴 때 책에 나온 대로 철자를 쓰는 것 말고는 그런대로 잘하는 일이 하나도 없었기 때문이다. 초라하고 보잘 것 없는 특징이라 어릴 때도 자랑스럽지가 않았다. 아마 철자를 정확히 쓰는 능력은 노력으로 얻은 게 아니라 타고난 재능이기 때문일 것이다. 수고를 통해 얻은 성취에는 어떤 범접할 수 없는 위엄이 있다. 그렇지만 노력 때문이 아니라 그냥 타고난 덕에 무언가를 잘한다면, 그 뛰어남이 하늘나라에서는 뿌듯하고 만족스러운 일일지 몰라도 현실에서는 헐벗은 빈손일 뿐이다.

—『마크 트웨인 자서전』

작가들

찰스 디킨스

트웨인은 찰스 디킨스가 미국을 두 번째 방문했을 때 디킨스의 낭독회에 갔다. 트웨인은 1868년 2월 5일 샌프란시스코 신문 「알타캘리포니아」에 다음 글을 투고했다.

디킨스의 낭독은 딱 한 번 들었다. 지난주 뉴욕에서였다. 나는 스타인웨이 홀 가운데쯤에 앉았는데 연사로부터는 꽤 멀어 그다지 좋은 자리는 아니었다.

8시 정각에, 소개말도 없이 청중이 손뼉을 치거나 발을 굴러 부르기도 전에, 키가 크고 (이렇게 말해도 될지 모르겠지만) '정정하고' 다리가 가는 노신사가, 돈 걱정 없이 차려입고(특히 셔츠 앞섶과 다이아몬드) 단춧구멍에 빨간 꽃을 꽂고 잿빛 턱수염·콧수염을 기르고 앞머리는 벗어졌는데 옆머리는 바람맞은 듯 거칠게 앞으로 빗어 마치 돌풍을 뒤에서 맞고 있는 것과 같은 모습으로, 디킨스 본인이 등장했다! '무대에 등장'한 게 아니라(이런 표현은 너무 인위적이다) 성큼성큼 걸어 나왔다. 아주 영국적인 방식으로 가장 영국적인 스타일과 모습을 드러내며 넓은 무대를 곧장 저벅저벅 걸었다. 어떤 것에도 신경 쓰지 않고 무수한 청중도 눈에 들어오지 않는지, 왼쪽도 오른쪽도 돌아보지 않고 마치 아는 아가씨가 길모퉁이 뒤로 돌아가는 모습을 보기라도 한 것처럼 똑바로 쭉쭉 걸어 나왔다.

디킨스는 멋지게 중앙에 멈춰 서서 자기를 보고 있는 오페라글라스들을 마주 보았다. 사진으로 본 디킨스가 잘생겼다고 하긴 힘들다고 생각했는데, 디킨스도 다른 사람들처럼 실물이 사진보다 좀 못한 것 같았다. 머리카락과 염소수염을 고집스레 앞으로 빗는 스타일 때문에 얼굴이 스코틀랜드테리어를 닮아 우습다. 나머지 부분은 장중하고 위엄 있는 모습이라 그런 특징이 특히 대조적으로 두드러졌다. 그렇지만 시간이 흐르면서 기이한 머리에서 어떤 아름다움과 신비가 우러나기 시작했다. 그 안에 들어 있는 놀라운 장치, 남자와 여자를 창조해 내고 그 인물들 안에 숨결을 불어넣고 요람부터 무덤까지 기나긴 여정 동안 동작과 행보를 이리저리 바꾸고 고양하거나 타락시키고 죽이고 결혼시키고 선과 악, 기쁨과 슬픔을 겪게 하면서도 한순간도 신적인 지배력을 놓치거나 실수를 하지 않는 복잡하면서도 정교한 기계

찰스 A. 배리가 스케치한 찰스 디킨스 모습의 목판화. 1867년 12월 『하퍼스 위클리』

장치를 생각하니 말이다! 머릿속에서 톱니바퀴와 도르래가 돌아가는 게 보일 지경이었다. 이 사람이 바로 디킨스, 정말 디킨스였다. 의문의 여지 없는 일이었으나 어쩐지 실감이 나지 않았다. 어째서인지 이 위대한 신이 실은 그냥 한 인간에 지나지 않는 듯 보였다. 위대한 사람도 평범한 인간의 모습으로 만나 이들도 다른 사람처럼 돼지고기와 양배추를 먹고 똑같은 행동을 한다는 것을 알게 되면 높은 단에서 아래로 떨어진 듯 보이는 것이다.

디킨스 씨 앞에 책을 올려놓는 테이블이 있었는데 그 위에는 컵과 멋진 유리병, 조그만 꽃다발도 있었다. 뒤쪽에는 거대한 붉은 장막이 있었다. 공명판 역할을 하는 것 같았다. 머리 위 앞쪽에는 불빛을 반사하는 거대한 판이 달려서 신사의 머리 위에 영광의 빛을 쏟아부었다. 미술관에서 최대 효과를 연출하기 위해 조명을 다는 것과 같은 방식이었다. 그 스타일이라니! 디킨스에게는 스타일이 있고 그 주위에도 스타일이 있었다.

디킨스는 『데이비드 카퍼필드』를 읽었다. 어떤 면에서는 좋지 않은 낭독자였다. 단어를 또렷이 또박또박 발음하지 않았다. 음절을 깨끗이 끊지 않아서 우리가 앉은 자리까지 들리기 전에 뭉개지고 말았다('우리'라고 말한 것은 자랑이지만 아름다운 아가씨, 매우 고결한 백인 여성이 나와 함께 있었기 때문이다). 나는 디킨스 씨의 낭독에 꽤 실망했다. 솔직히 말하면 무척 크게 실망했다. 「헤럴드」와 「트리뷴」 평자들이 늘어놓은 엄청난 칭찬은 상상의 산물인 것 같다. 디킨스 씨의 낭독은 대체로 단조로웠다. 목소리는 걸걸했다. 정조는 아름다운 글에서 나오는 것이 전부였다. 낭독 자체는 감정도, 느낌도 없이 반짝이는 성에 무늬 장식 같았다. 디킨스의 풍부한 유머를 들으면 웃음을 터뜨릴 수밖에 없을 텐데 디킨스가 읽을 때만은 예외였다. 더군다나 이렇게 지적이고 영민한 청중들인데! 청중들을 쥐락펴락하며 웃기고 울리고 소리 지르게 할 수 있을 텐데 그러지 않았다. 청중들이 뜻밖에 매우 조용했다.

디킨스는 '스티어포스'를 '스트요푸스'라고 발음했다. 발음이 영국식이라 그런 것 같다. 그렇지만 크게 거슬리지는 않는다. 나는 낭독을 들으며 몇 군데를 메모했다. 메모 내용에 따르면 어린 엠리가 사라진 정황을 알고 페거티가 화를 내는 장면은 '뛰어난 연기 – 느낌이 살아 있다.' 또 페거티가 엠리를 찾아다닌 이야기를 들려주는 장면은 '별로'였고 미코버 부인이 남편의 청구서를 두고 협상하는 부분은 '좋았다.'(그러니까 물론 낭독을 두고 하는 말이다) 철없는 아내 도라와 스티어포스가 목숨을 잃는 야머스의 태풍 대목은 기대만큼 좋지 않았다. 내가 메모한 부분을 제외하고 나머지 디킨스 씨의 낭독은 세간의 평판을 듣고 기대한 만큼에 한참 못 미쳤다. 내가 전하는 것은 '첫인상'이다. 디킨스 씨의 낭독을 몇 번 더 들을 수 있다면 낯선 전달 방식에 익숙해질지도 모르겠다. 어떨지 잘 모르니 확실히 말하기는 힘들다.

· · ·

트웨인은 1907년 10월 10일을 이렇게 회상했다.

사람들이 모이는 곳에서 이루어지는 오락행사인 '낭독회'를 처음 시도한 사람이 찰스 디킨스일 것이다. 디킨스는 1867년에 영국에서 건너와 낭독회라는 개념을 전파했다. 영국에서 아주 인기가 있었고 미국에서도 반응이 좋아 인기를 끌었기 때문에 디킨스 강연회가 열리는 곳은 어디나 만원이었다. 투어 한 번으로 20만 달러를 벌었다. 나도 한번 가서 낭독을 들었다. 12월에 스타인웨이 홀에서 열린 행사였는데 이때 나는 가장 값진 것을 얻었다. 돈으로 따질 수 있는 것이 아니라, 내 인생의 진정한 행운, 내 삶의 기쁨을 찾았다. 그날 나는 퀘이커시티호 여행 때 같이 배를 탔던 찰리 랭던을 만나러 세인트니컬러스 호텔에 가서 상냥하고 수줍음 많고 사랑스러운 랭던의 여동생을 소개받았다. 랭던 가족이 디킨스 낭독회에 간다기에 나도 따라갔다. 40년 전의 일이다. 그날부터 오늘날까지 그 여동생은 늘 내 마음속, 내 머릿속에 있다.

디킨스 씨는 책에서 몇 대목을 읽었다. 멀리서 보기에 디킨스 씨는 체구가 작고 마르고 상당히 희한한 옷차림이어서 특이하고 볼 만했다. 검은 벨벳 코트를 입고 단춧구멍에는 화려한 빨간 꽃을 꽂았다. 머리 위쪽에 붉은 상자 같은 것이 있었는데 기울어진 면에 강한 빛을 내는 등이 일렬로 달려 있었다. 미술관에서 회화 작품에 강한 빛을 쏘아 작품에 주목하게 하는 것과 비슷한 방식이었다. 청중들은 편안한 어스름 속에 있었고 디킨스는 눈에 보이지 않는 등에서 쏟아지는 강한 조명을 받고 있었다. 디킨스는 매우 힘있고 활기 있게 책을 읽었고 생동감 있는 장면에서는 강한 효과를 냈다. 그냥 읽기만 한 것이 아니라 연기도 했다. 스티어포스가 목숨을 잃는 폭풍 장면은 매우 실감이 나고 힘과 열정으로 가득해서 청중을 완전히 사로잡았다.

디킨스가 시작한 유행을 다른 사람들도 따르려 했으나 디킨스만큼 큰 성공을 거둔 사람은 없었던 것 같다. 디킨스가 들여오고 나서 얼마 지나지 않아 대중 낭독회가 사라졌다가 20여 년 뒤에 다시 시작되었다. 그래서 작가의 낭독이라는 별나고 소박한 오락거리가 한동안 유행하며 이어졌다. 신께서 이런 범죄는 이제 더 못 보아주겠다고 하셔서 작가 낭독회는 더는 사람들을 괴롭히지 않고 소멸했다.

월트 휘트먼

트웨인은 월트 휘트먼을 '자유시의 아버지'라고 불렀다. 다음은 그가 휘트먼의 70세 생일 때 보낸 편지다.

하트퍼드, 1889년 5월 24일

월트 휘트먼께

당신은 세계사에서 가장 위대하고 풍요롭고 진보한 70년을 살았습니다. 이 70년 동안에 인간과 다른 동물 사이의 틈이 이전 5세기 동안에 벌어진 만큼보다도 더 크게 벌어졌습니다.

당신은 얼마나 위대한 탄생들을 목격했던가요! 증기 인쇄기, 증기선, 강선鋼船, 철도, 조면기의 완성, 전신, 전화, 축음기, 사진술, 그라비어 인쇄, 전기판電氣版, 가스등, 전등, 재봉틀, 놀라울 정도로 다양한 콜타르 화합물 등 경이로운 시대의 놀랍고 새롭고 신기한 발명품들. 게다가 당신은 이보다 더 위대한 탄생도 목격했습니다. 수술에 마취가 도입되어, 고대 최초의 생명부터 시작되고 시달려온 통증이 이제 지구상에서 영원히 끝났습니다. 노예가 해방되었고, 프랑스에서 왕정이 폐지되었으며 영국에서는 왕정이 통치에 관심과 열의를 쏟는 것처럼 가장할 뿐 실제 정치에 영향을 끼치지 못하는 장치로 축소된 것을 보았습니다. 그래요, 정말 많은 것을 보았습니다.

하지만 아직 조금 더 머무르세요. 더 위대한 일은 앞으로 일어날 테니까요. 30년만 더 기다렸다가 이 지구를 보세요! 당신이 목격한 탄생에 경이와 경이가 더해지는 걸 보게 될 것입니다! 그리고 그 위에서 엄청난 결과가, 인간이 드디어 우뚝 서서, 눈에 보일 정도로 뚜렷하게 계속 쑥쑥 성장하는 모습을 볼 것입니다. 그날에는, 왕이나 귀족들이 꿈꾸지 못한 특권을 가진 이들은 슬리퍼를 챙겨서 춤출 준비를 하라 하십시오. 음악이 있을 테니까요. 남아서 이런 일들을 보세요!

당신을 사랑하고 존경하는 30명들은 기회를 준비하겠습니다. 우리는 다 모두 합해 건강한 600년을 삶이라는 은행에 남겨두었답니다. 이 가운데 30년을 가져가서 – 이 세상 어떤 시인도 이렇게 후한 생일선물을 받지는 못했을 겁니다 – 앉아 기다리세요. 위대한 인물이 나타나 그의 깃발이 먼 태양 빛을 받아 빛나는 모습을 볼 때까지 기다리세요. 그때에는 만족하며 떠날 수 있을 겁니다. 그 위인을 통해 세상이 창조된 이유를 알게 되는데, 그는 인간의 밑알이 가라지보다 더 가치 있다고 선언할 것이니까요. 그러한 기초 위에 인간의 가치를 새롭게 정비할 것입니다.

마크 트웨인

마크 트웨인이 월트 휘트먼에게 보낸 편지

윌리엄 L. 브라운 대령

1900년 11월 13일 뉴욕 프레스클럽 연례 정찬에서 「데일리 뉴스」의 전 편집장이자 프레스클럽 회장인 브라운 대령이 트웨인을 미국 문학의 주요 장식품이라고 소개했다. 그러자 트웨인이 이렇게 답했다.

'집에서 권총을 챙겨 올 걸' 하는 생각이 벌써 들기 시작하네요. 의장이 이런 찬사로 저를 괴롭힐 때마다 다음에 또 이런 일이 일어나면 권총을 사용하겠다고 누누이 말해 왔습니다. 그러니 제가 답례로 의장을 칭찬하는 특권을 누려도 되겠지요.

여러분께서 보시는 이 분은 아주아주 나이가 많습니다. 아무리 날카로운 사람이라도 이 분을 대충 보면 속을 겁니다. 겉보기에는 어떤 고귀한 품성도 없는 사람으로 보입니다. 대체로 주일학교 같은 삶을 살아와서 모든 세대에게 본보기가 될 삶의 흔적이 아니라, 온갖 악덕의 흔적만 보이는 듯하지요. 그런데 사실은 이 분의 내면에는 겉으로는 전혀 없을 것 같은 미덕이 가득합니다. 이 분의 전력을 살펴보면 겉모습만큼이나 기만적이라고 생각할 겁니다. 온갖 방탕과 비행으로 점철되어 있으니까요. 그렇지만 사실 이런 일들은 위대한 정신이 나약한 몸을 타고 난 탓에 일어난 일들, 거대한 발자국에 따르는 사고들일 뿐입니다. 마음속에는 모든 미덕을 담고 있고 그걸 언제나 남모르게 비밀스레 행하지요. 여러분, 모두 이 분을 너무나 잘 아니 소개할 필요도 없겠지요. 여러분, 브라운 대령입니다.

브렛 하트

프랜시스 브렛 하트는 마크 트웨인과 비슷한 또래의 작가이자 시인이다. 캘리포니아 개척민의 삶을 담은 작품을 써서 널리 알려졌다.

트웨인의 전기 작가 앨버트 비글로 페인에 따르면, 트웨인은 편지에서 브렛 하트와 자기 자신이 앞으로 동부 신문에 글을 싣기를 기대하며 「캘리포니언」을 그만둔다는 이야기를 했다. 또 이렇게 덧붙였다.

내가 대체로 이쪽 지역의 졸필가 가운데 우두머리 취급을 받긴 하지만 사실 그 자리는 브렛 하트가 차지하는 게 마땅해요. 브렛도 다른 사람들처럼 그 자리를 거부하긴 하지만요. 브렛이 내 소품들과 자기 것 여러 개를 합해서 책으로 내자고 해요. 브렛이 모든 수고를 떠맡겠다고 하지 않는 한 안 할 생각이에요. 그렇지만 일단 그걸로 돈이 될지 안 될지를 먼저 알아야겠죠. 아무튼 브렛이 뉴욕 출판업자에게 편지를 썼으니 출판사에서 한 달치 급료를 주겠다고 하면 작업에 들어가 출판할 수 있게 준비하려고요.

• • •

트웨인의 첫 번째 단편 〈캘리베러스 카운티의 명물 점프하는 개구리〉는 1865년 「캘리포니언」에도 실렸다. 이 단편이 책으로 출간되자 브렛 하트에게 이런 편지를 보냈다.

　책이 예쁘게 나왔어. 개구리 글에 빌어먹을 문법 오류와 오타가 가득하네. 내가 여행 중이라 교정쇄를 못 읽었거든. 그렇지만 친구답게 아무 말 말아주게. 바쁜 일이 끝나면 애들에게 나쁜 물을 들일 수 있도록 한 부 보내겠네.

• • •

　트웨인과 하트는 함께 쓴 희곡 〈아, 죄여!Oh, Sin!〉가 실패하자 사이가 벌어졌다. 트웨인은 1878년 6월 친구 윌리엄 딘 하우얼스에게 '하트는 거짓말쟁이, 도둑, 사기꾼, 속물, 술고래, 기생충, 비겁자, 제러미 디들러(제임스 케니의 1803년 소극笑劇 〈현금 조달Raising the Wind〉에 등장하는 사기꾼 – 옮긴이 주) 같은 놈일세. 기만으로 꽉 찬 인간이지. … 어떻게 아느냐고? 최고의 증거인 개인적 관찰의 산물일세.'라고 적어 보냈다.

엘마이라, 8월 3일

하우얼스에게

교정쇄 한 묶음을 런던으로 발송하고 벤틀리한테 자네가 9월 15일에 찍을 『애틀랜틱』 10월호에 이 글이 실리니까 『템플 바』에는 그 뒤에 실어야 한다고 말했네. 날짜나 그런 것이 맞는 거지?

첫 번째 교정쇄가 원고 상태일 때보다 훨씬 잘 읽힌다니 아주 잘됐네. 벤틀리한테 매번 발행일 6주 전에 원고를 보내겠다고 말했어. 그렇게 할 수 있는 거지? 두 달 전이면 더 좋겠지만, 어떨지 모르지.

〈아, 죄여!〉가 5번로에서 대박을 터뜨렸다네. 〈셀러스 대령〉(〈도금 시대〉에 나오는 이야기를 바탕으로 한 희곡. 1874년에 상연되었다 ─ 옮긴이 주)의 반응은 그에 비하면 조용할 지경이야. 브렛 하트 이름만 감췄다면(그렇게 하자고 제안할 생각은 못 했었네) 극장에서 갈채를 받은 만큼 신문에서도 갈채를 받았을 텐데. (×) 비평은 온당했어. 대규모 뉴욕 일간지 비평은 늘 공정하고 지적이고 온당하고 정직하지. 얼마 전에는 누구 잘못이라고도 하기 힘든 실수 때문에 볼티모어 신문 지면에 내가 이것과 정반대의 말을 한 것으로 나오긴 했지만. 나는 그런 말을 한 적이 전혀 없고 머릿속으로 생각해 본 적도 없네. 그렇다고 연극이 뉴욕에서 상연되기 전에 공개적으로 그 말을 정정할 수도 없어. 그러면 내가 정말 그런 말을 했고 이제 돈벌이와 평판이 걱정되어서 취소하려고 하는 듯 보일 테니까. 그렇지만 이제 정정할 수 있고 그렇게 하려고. 이제는 내 순수한 동기를 의심하지 않을 테니. 편지를 쓰기 시작할 때는 자네를 이용해야겠다는 생각이 없었는데 이제 그래야겠다는 생각이 드네. 뉴욕 비평가들의 진실함과 능력은 의문의 여지가 없다고 1년 전에 내가 자네한테 이야기했고 그 뒤에도 같은 이야기를 나눴으니 자네를 통해 밝히는 게 적당하지 않겠나. 그러니 자네가 어딘가에 이 글을 싣는다면, 내가 실제로는 그렇게 생각하지 않으면서 그냥 재미있으라고 부당한 소리를 한다는 인상을 지울 수 있을 거야.

그러니까, 자, 자네가,

"마크 트웨인은 『애틀랜틱』의 하우얼스 씨에게 편지를 보내 새로운 희극 〈아, 죄여!〉의 반응을 전하며 이렇게 말했다."

이렇게 말하는 거지.

(×) 자가 있는 곳 "비평은 온당했어."부터 시작해서,

그 문단을 편지에서 잘라 내어 내가 써놓은 문구와 함께(아니면 자네가 더 나은 말로 바꿔서) 「글로브」나 다른 신문사에 보내주겠나? 이보다 더 고마운 일은 없을 걸세. 그렇지만 아주 조금이라도 꺼려진다면 그냥 잊어버리게. 어쨌든 나한테 바로 알려줘. 다시 문제가 되기 전에 바로잡고 싶으니까. 내가 비평가 딱 한 사람한테(「더 월드」 소속) 해명을 했는데 그 덕에 연극에 대한 호평이 실렸어. 이 비평가가 나한테 연락을 해 왔기에 망정이지 아니면 해명할 기회도 없었을 걸세. 〔종이 가장자리에 쓴 말 : 아내가 "하우얼스 씨에게 그런 부탁하지 말아요. 불편해 할 거예요."라고 하네. 나는 그런 생각은 안 해봤는데, 아내 직감이 옳다는 데 걸겠네. 보면 알겠지.〕

뉴욕에 온 뒤로 그 연극에 수고를 엄청 쏟았고 하트의 자취는 완전히 없애 버렸어. 그래도 고칠 수가 없는 결함들이 가득하네. 하트가 의도적으로 표절하고 훔쳐온 것들이 있고 내가 나도 모르게 그렇게 한 것도 있으니까. 하트가 정직하게 뭘 해보겠다는 생각을 해본 적이나 있을지 모르겠네. 그 자는 최악의 도둑이자 쓰레기야.

내 연극에 나오는 플렁킷 가족이 무대에서 아주 거칠고 상스러워 보이지만 막돼먹고 터무니없게 연기를 해서 그런 걸세. 중국인은 끝내주게 재미있어. 그렇게 재미있는 인물은 본 적이 없는 것 같네. 사람들이 중국인이 더 많이 나와야 한다고 하네. 중국인이 절대 더 안 나온다는 게 바로 승리의 비결이지. 존 브로엄이 이러더군.

"비평가들이 작품에서 지적한 것의 목록을 보면, 그게 바로 이 연극에 성공과

⚐ – Ah Sin Enters – gos to table & looks at
cards – looks at Broderick's hand) Two littlee
tenee – two littlee ~~deuces~~ twoee – velly good ha
(looks at Plunketto hand) Two littlee fivee –
(disgusted) Some mellican man no can
deal – don't Know how. (goes up stage & shuffs
cards – watching off R occasionally – picks o
4 Kings & gives them to Broderick & then give
4 Aces to Plunkett.) Him all littlee now.
(looks about jabbering in chinese – tries to put pis
in his waist – but not having time puts it in
the barrel and exits quickly L.U.E. talking
chinese)

Ah Sin – Broderick he likee hand, velly
good hand – Chinaman deal &c ⸺.

공책에 적은 〈아, 죄여!〉 대본
브렛 하트와 공저한 희곡으로 1877년 초연되었다.

without looking at hands. R.3.E.

Brod.

Whats that?

Plunk.

There's a man for breakfast!

Exuent both R.3.E.

(Music)   Enter Ah Sin.

He puts revolver in barrell con=
ceals himself — Re-enter Plunkett
and Brod.

Brod. (resuming former posi-
tion) didn't you think you heard a
shot! (looks at hand and shows furtive
signs of delight which he instantly
suppresses.)

Plunk.

I know I heard it, and it wasn't
20 steps from where we're — (aside)
My soul, what a hand! (Looks at his
hand and shows signs of delight which
he tries to suppress.)

Brod. (aside)

Oh, but I'll sweat him this time, if I
can only draw him on to bet.

Ah Sin.

Chinaman deal alle same like poker sharp.

Brod. (Dissimulating)

Consorn it, I don't seem to have
any luck, Give me 4 cards (Discarding)
Never mind, no use to try to improve
such a hand as this. (aside exultingly)
There ain't much lie about that (Takes
back his discard)

Ah Sin.

Him old smarty from Mud Springs.

Plunk. (pretending disgust)

장수의 모든 요건이 갖추어져 있다는 반박할 수 없는 증거다."

맞는 말이야. 청중들이 폭소를 터뜨릴 때마다, 다음날 아침 신문에서 그 장면을 비난할 테지만(정당한 비판이기도 해) 그대로 놓아두어야 한다는 걸 나는 알고 있다네. 원래 코미디라는 게 거실, 부엌, 헛간을 위해 쓰는 거니까, 부엌과 헛간을 잘라내고 거실만 남긴다면 연극이 버틸 수가 없어. 첫 2회 공연 수익이 〈셀러스 대령〉의 첫 열흘 간 수익만큼이나 되었다네. 세 번째 날 소식은 못 듣고 떠나왔지.

마크

제인 오스틴

『오만과 편견』이나 『이성과 감성』을 읽을 때마다 나는 하늘나라에 들어간 술집 주인이 되는 것 같다. 그러니까 술집 주인 같은 심정이 된다는 말이다. 그 사람 기분이 어떨지, 무슨 말을 할지 눈으로 보는 것처럼 확실하게 알 수 있다. 술집 주인은 틀림없이 경건한 장로교도들이 자기만족적인 태도로 줄줄이 지나갈 때처럼 윗입술을 추어올릴 거다.

제인 오스틴은 내가 책에 나오는 인물들을 하나같이 혐오하게 한다. 의도한 걸까? 그럴 것 같지는 않다. 아니면 독자들이 중간까지는 싫어하게 만들다가 그 뒤에는 다시 좋아하게 만드는 게 목적일까? 그럴지도 모르지. 그렇다면 아주 고급 예술이고 읽을 가치도 있을 거다. 언젠가는 뒤쪽도 읽어보고 확인해 보아야겠다.

— '제인 오스틴', 〈마크 트웨인은 누구인가?Who Is Mark Twain?〉에 실린 글

나한테 책을 비평할 권리는 없고 또 나는 싫어하는 책이 아니면 그렇게 하지도 않는다네. 제인 오스틴을 비평하고 싶을 때가 많은데, 제인 오스틴 책을 읽으면 너무 화가 나서 분노를 감출 수가 없어. 그래서 시도할 때마다 끝까지 못 읽고 결국 덮고 말지. 『오만과 편견』을 읽을 때마다 오스틴의 유골을 파내서 정강이뼈로 두개골을 때려주고 싶은 심정일세.

— 1898년 9월 13일, 조지프 트위철에게 보낸 편지

트웨인의 필체

제대로 된 사람은 읽지만 얼간이는 보지 않고 서명한다.

— 존 N. 니커슨 판사에게 증정한 『물 건너간 얼뜨기들』 책 속지에 적은 글

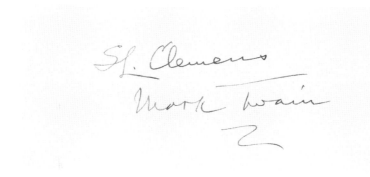

자화상

다음 쪽에 있는 동판은 1902년 11월 28일 뉴욕 메트로폴리탄 클럽에서 있

마크 트웨인 그림
동판에 이렇게 새겨 있다. "참고. 입을 잘 못 그려서… 입을 잘 못 그려서 생략했음. 입 말고 다른 것도
많으니까. 최상급 잉크로 그림. M. T."

었던 마크 트웨인의 예순일곱 번째 생일 축하연에서 손님들에게 나누어준 기념품 가운데 하나다.

「모건 라이브러리」에 따르면 금박으로 'J. 피어폰트 모건'이라고 새긴 갈색 가죽 케이스에 들어 있었다고 한다. 그림 아래쪽에 삽입한 종이 이미지는 트웨인이 특유의 장난스러운 말투로 선물을 받은 사람에게 직접 쓴 메모다. 마크 트웨인은 "재정적 조언이 필요하면 망설이지 말고 마크 트웨인을 찾으시오."라고 적은 노트와 함께 이 동판을 피어폰트 모건에게 선물했다.

연설, 낭독, 회식

로터스 클럽은 미국에서 손꼽히는 오래된 문예 클럽이다. 트웨인은 1895년 평생회원이 되었다. 로터스 클럽에서 마크 트웨인을 위한 정찬 모임이 여러 차례 열렸는데 특히 1908년 모임은 「뉴욕 타임스」에 보도되었다.

「뉴욕 타임스」, 1908년 1월 12일

마크 트웨인이 칭찬을 수집하다

로터스 클럽 정찬에서 우표 수집하듯 칭찬을 수집한다고 말해
늦게까지 남아 있으려고 식사 도중에 한숨 자기도

어제 마크 트웨인을 위해 로터스 클럽에서 열린 정찬에서 참석자들이 먹은 식사 메뉴인 '물 건너간 얼뜨기들 굴'과 '유랑 수프', '허클베리 핀 생선', '잔 다르크 비프 필레'가 제공되는 동안 주빈 마크 트웨인은 흰 양복을 입고 연사 테이블 뒤 안락의자에 앉아 있었다. 그렇지만 '점프하는 개구리 거북'

차례가 되자, 요리 제목이 기념하는 작품들을 쓴 저자는 오늘 밤 평소보다 많이 늦게 잠자리에 들게 될 것 같으니 잠시 눈을 붙이고 싶다고 했다.

참석자들의 박수를 받으며 작가는 손을 흔들면서 위층으로 안내를 받아 갔다. 식당에 남은 사람들은 '펀치 형제들 펀치', '도금 시대 오리', '해들리버그 샐러드', '미시시피 강의 생활 아이스크림', '왕자와 거지 케이크', '얼간이 치즈', '흰코끼리 커피'를 계속해서 즐겼다. 코스가 끝날 무렵 마크 트웨인이 다시 나타났다.

한마디 할 차례가 되자 트웨인은 새로운 아이디어가 생각났다고 말했다. 다른 사람들은 우표, 고양이, 개, 사인을 모으지만 자기는 칭찬을 모으겠다고 선언했다. 트웨인은 칭찬 견본 몇 개가 있으니 읽겠다고 했다. 읽은 다음에는 칭찬을 한 사람들의 진정성을 칭찬했다. 트웨인은 칭찬은 그 자체로 예술이라고 말했다.

연사 테이블에 마크 트웨인과 함께 앉은 사람은 클럽 회장 프랭크 R. 로런스, 로버트 P. 포터 대령, 앤드루 카네기, 로버트 S. 매카서 박사, 해밀턴 W. 메이비, 제임스 M. 벡, 조지 M. 하비 대령, 윌리엄 C. 처치 대령, 스튜어드 L. 우드퍼드 장군, H. H. 로저스, 체스터 S. 로드, 알렉산더 C. 험프리스 박사, 윌리엄 H. 매켈로이었다. 식사가 끝날 무렵 뉴저지 주 포트 주지사가 들어왔다.

마크 트웨인이 다시 자리에 앉고 다른 손님들이 흰코끼리 커피를 마시고 나자 로런스 회장이 주빈을 소개하기 전에 서두 삼아 오늘 모임의 한 가지 중요한 점을 지목했다. 5번로 558번지에 있는 현 클럽하우스에서 처음 정

1908년 로터스 클럽 정찬 메뉴

찬 모임이 열린 게 14년 전이었고 그때 주빈은 마크 트웨인이었다. 7년 뒤,
마크 트웨인이 "이곳저곳 마구잡이로 돌아다니다가 돌아온 일을 기념하여"
또 한 차례 정찬 모임을 가졌다.

그때 농담 삼아 7년마다 한 번씩 마크 트웨인을 위한 정찬 모임을 하자고
했었다. 그렇게 해서 어젯밤에 다시 7년 만에 모였다. 로런스 씨는 현 건물

에서 열리는 마지막 모임이 될 가능성이 있다고 말했다(새로운 건물은 서 57번가 110번지로, 1월 15일에 개장이 계획되어 있었다).

다음에 로런스 씨는 얼마 전 클레멘스 씨가 문학 박사 학위를 받으러 옥스퍼드에 갔을 때 대동했던 포터 대령을 불러 그때 이야기를 들려 달라고 청했다.

포터 씨는 영국에서 어찌나 많은 사람들이 클레멘스 씨를 알아보는지 놀랐다고 했다. 거리에서 만난 사람들, 심지어 옥스퍼드 행사에 현지 경찰을 보조하려 파견된 런던 경찰들조차도 클레멘스 씨를 알더라고 했다.

클레멘스 씨의 건강을 기원하며 건배를 한 뒤에, 클레멘스 씨는 특유의 나른하고 부드러운 말씨로 "빼먹을까 봐 걱정이 되니까 일단 할 말부터 하겠습니다."라며 말을 시작했다.

"오늘 여러분의 환영에 감사드리고, 7년 전의 환영에도 감사드립니다. 그때 감사드리는 걸 잊어 버렸거든요. 14년 전에도 잊어버렸으니 그것도 감사드립니다. 저도 잘 압니다. 응접실에서 나설 때에는 당연히 아주 즐거운 시간을 보냈다면서 예의바른 말을 하는 게 마땅하지요. 저만 빼고 모든 사람이 그렇게 합니다.

여러분들이 7년에 한 번씩 저를 위해 정찬 모임을 열어주는 훌륭한 관습을 계속 유지해 나갔으면 좋겠습니다. 저는 꽤 오래 전부터 다른 세상에 ― 어느 쪽 세상인지는 모르겠지만 ― 초대를 받아갈 생각을 하고 있지만, 이 관습이 아주 마음에 들기 때문에 7년만 더 미루었다가 가려고 합니다.

주빈이라는 자리는 찬사를 받는 자리라 참 쑥스러운 자리입니다. 칭찬하는 사람도 주빈이 칭찬을 받을 자격이 있든 없든 그냥 하는 거라고 대놓고 말하기 힘든 법이고요.

얼마 전에 엔지니어 클럽 정찬에서는 사람들이 이 자리에 계신 카네기 (철강 사업가 앤드루 카네기를 말한다 - 옮긴이 주) 씨에게 불편한 칭찬을 했지요. 온통 칭찬 일색이었고 받을 만한 자격이 없는 칭찬들이라, 제가 비판을 하고 아무도 몰랐던 사실을 지적해서 카네기 씨를 좀 도와줬어요.

사람들이 말하길 빵만으로는 살 수 없다고 하는데 저는 칭찬만으로 살 수 있어요. 칭찬은 씹어 먹을 수 있거든요. 저는 칭찬이 전혀 불편하지 않아요. 지금까지 살면서 시시때때로 꺼내어 보도록 칭찬을 잘 모아 두지 않은 걸 아주 후회합니다. 이제라도 시작하려고 합니다. 다른 사람들은 사인, 개, 고양이를 모으지만 저는 칭찬을 모읍니다. 이 자리에도 몇 개 가지고 왔어요. 잘 보관하려고 적어 놓은 것들인데 아주 훌륭하고 무척 타당한 칭찬이라고 생각합니다."

그리고 나서 클레멘스 씨가 몇 개를 읽었다. 첫 번째 칭찬은 해밀턴 W. 메이비의 말인데, 미시시피 강을 처음 여행한 사람은 라살(Robert de La Salle, 1643~1687, 오대호, 미시시피 강, 멕시코만 등 북미 지역을 탐험한 프랑스 탐험가 - 옮긴이 주)이라고 하지만 인류를 위해 이 강의 빛과 유머를 기록한 사람은 마크 트웨인이 최초라고 했다.

"이 책을 출간한 해에 이런 칭찬을 해줬다면 내 주머니에 돈이 더 많이 들어왔을 텐데."

마크 트웨인이 말했다.

"칭찬을 우아하고도 진실성 있게 하는 것도 재능입니다. 그 자체로 예술이죠. 자, 이번에는 제 전기 작가가 한 칭찬을 들어 봅시다. (웃음) 누구보다도 저를 잘 아는 사람이죠. 2년 반 동안 제 뒤를 따라다녔으니까요. 앨버트 비글로 페인의 말입니다. '마크 트웨인은 위대한 작가, 위대한 철학자일 뿐아니라, 장점과 강점을 모두 지닌, 인간을 가장 잘 표현하는 존재다.'"

마크 트웨인이 읽던 종이에서 고개를 들고 말했다.

"압축의 묘미가 있죠!"

마크 트웨인이 말하길, 하우얼스는 '트웨인이 하트퍼드에서 최고이자 더 크게 우주는 아니더라도 태양계에서는 최고'라고 말했다.

"하우얼스가 얼마나 말을 신중하게 하는 사람인지 다들 잘 아시죠?"

마크 트웨인이 덧붙였다.

"제 명성이 명왕성, 토성까지 뻗어 갔다는 걸 알게 되면 저라도 만족할 수밖에 없네요. 하우얼스가 무척 겸손하고 말을 삼가는 사람으로 다들 아시겠지만, 그 사람 속마음은 저만큼이나 허영심이 가득해요."

마크 트웨인은 하우얼스 씨가 옥스퍼드에서 붉은 가운을 입고 학위를 받았다고 했다. 그 뒤에 컬럼비아 대학교 졸업식에 초대를 받았다. 사람들에게 물어보니 컬럼비아 대학교에서는 보통 검은색 가운을 입는다고 했다. 그래서 하우얼스도 검은 가운을 입었는데 다른 사람 세 명이 밝은색 가운을 입은 것을 보고는 자기가 검은 덩어리 가운데 하나고 붉은 횃불이 되지 못했다며 한탄했다고 한다.

에디슨은 이렇게 썼다.

"보통 미국인은 가족을 사랑한다. 그러고 나서도 다른 사람에게 줄 사랑이 남아 있다면, 대개 마크 트웨인을 택한다."

마크 트웨인이 이어서 말했다.

"이건 몬태나 주에 사는 어린 여자아이의 칭찬입니다. 전해 들었어요. 제 사진이 커다랗게 붙어 있는 방에 여자아이가 들어갔답니다. 한참 사진을 보고 나더니 이렇게 말했대요. '우리 집에 저렇게 생긴 세례 요한 그림 있어요.'"

좌중의 폭소가 가라앉고 나자 클레멘스 씨가 덧붙였다.

"또 아이가 이렇게 말했대요. '근데 우리 집 것은 장식이 있어요.' 아마 후광을 두고 한 말인 것 같아요.

이번 것은 금광부의 칭찬입니다. 42년 전이죠. 제가 오두막 학교에서 강의할 때 저를 소개하면서 한 말입니다. 거기에는 남자들뿐이었습니다. 제가 유명하기 전이라 아무도 저를 몰랐죠. 온통 흙투성이이고 바짓가랑이를 장화 속에 쑤셔 넣은 광부들만 득실득실했죠. 누군가가 저를 소개해 주어야 해서, 사람들이 광부 한 사람을 골랐는데 그 사람은 자기는 사람들 앞에서 말을 해 본 적이 한 번도 없다며 싫다고 했죠. 어쨌든 이렇게 소개말을 하긴 했습니다.

'난 이 사람에 관해 아무것도 몰라요. 아무튼 딱 두 가지는 알죠. 첫째는 이 사람이 감옥에 들어간 적이 없다는 거고, 둘째는 왜 안 들어갔는지 모르겠다는 거요.'

영국 여행에 관해 한 가지 하고 싶은 이야기가 있어요. 제가 영국 국왕을 오래전부터 알긴 했는데, 직접 만난 건 그때가 처음이었죠. 신문에 제가 모자를 쓰고 왕비를 알현했다고 보도되어 유감이었어요. 전 어떤 여성분 앞에서도 그러지 않습니다. 왕비가 모자를 쓰라고 하기 전에는 쓰지 않았습니다. 왕비가 모자를 쓰라고 하면 그건 명령이잖아요. 미국식 민주주의를 너무 고집했나 싶어 모자를 썼지요. 사실 전 예전이나 지금이나 모자를 왜 쓰는지 모르겠어요.

아까 누가 런던 경찰이 절 알더라고 이야기했죠? 글쎄 어디에 가든 경찰이 저를 알아보더라니까요. 어디에서든 경관이 저한테 경례하고 손을 들어 교통을 제지하더군요. 마치 제가 공작부인이라도 되는 듯 대접했어요."

앤드루 카네기가 클레멘스 씨 뒤를 이어 발언하며 영국 대중이 작가로서 트웨인의 성취를 매우 높이 칭찬했지만, 우리에게는 또 다른 마크 트웨인, 곧 인간 마크 트웨인이 있다고 말했다. 마크 트웨인을 긴 말로 칭송한 뒤에 그와 관련이 있었던 출판사의 부채를 단 한 푼도 빼지 않고 갚은 일을 언급했다.

그밖에 매카서 박사, 해밀턴 W. 메이비, 제임스 M. 벡, 조지 M. 하비 대령, 윌리엄 C. 처치 대령, 스튜어드 L. 우드퍼드 장군 등이 발언했다.

메뉴는 학위증처럼 돌돌 말린 큰 종이에 인쇄되었다. 가운데에는 옥스퍼드 박사 가운을 입은 마크 트웨인 사진이 있고 가장자리에는 작품에 나온 장면과 인물을 묘사하는 작은 그림들이 있었다.

또 로터스 클럽의 이전 건물들과 새 건물의 모습도 나와 있었다. 마크 트웨인 초상 아래에 있는 여인은 한 손에는 클레멘스 씨의 여러 학위가 적힌

참석자들이 먹은 메뉴

물 건너간 얼뜨기들 굴 　　　　해들리버그 샐러드

유랑 수프 　　　　　　　　　미시시피 강의 생활 아이스크림

허클베리 핀 생선 　　　　　　왕자와 거지 케이크

잔다르크 비프 필레 　　　　　얼간이 치즈

점프하는 개구리 거북 　　　　흰코끼리 커피

펀치 형제들 펀치 　　　　　　샤토 욤 로얄

도금 시대 오리 　　　　　　　포부리 브륏 와인 / 헹코 코냑

두루마리를, 다른 손에는 마크 트웨인을 닮은 가면을 들었다. 가운데 아래
쪽에는 책과 인물 이름을 빗댄 메뉴가 적혀 있다.

　모임이 끝난 뒤 로런스 회장이 이 모임이 이곳에서 열리는 로터스 클럽
의 마지막 모임일 수도 있지만 로터스의 정신은 새로운 곳으로 옮겨가서도
환하게 타오를 것이라고 말했다.

• • •

「뉴욕 타임스」, 1906년 12월 8일
흰 양복의 마크 트웨인이 의원들을 즐겁게 하다

새 저작권법과 복식 개량 옹호

밝은 면 양복 차림

71세가 되니 어두운색을 보면 우울하다고
작가에게 이윤을 얻을 권리가 있다고 진지하게 주장
「뉴욕 타임스」 독점

복식 개선을 옹호하다

위원회 출석을 기다리는 도중 클레멘스 씨가 기자들에게 말했다.

왜 계절에 맞지 않는 옷을 입었냐고 묻지 않죠? 제가 답할게요. 저처럼 일흔하나라는 나이가 되면, 어두운 빛깔의 옷을 계속 보면 우울한 기분이 듭니다. 밝은색 옷이 보기에도 좋고 기분도 밝게 해줘요. 물론 다른 사람들 한테 나를 위해서 그런 옷을 입어달라고 할 수는 없는 일이니 대신 제가 직접 입는 겁니다.

사실 나 정도로 나이를 먹기 전에는 사람들이 손가락질할까 봐 옷을 마음대로 못 입지요. 저는 겁이 안 나요. 저는 고운 색깔 조합의 옷을 확고하게 지지합니다. 오페라 극장 같은 곳에서 여자들이 입은 옷을 보는 게 좋아요. 공무를 볼 때 남자들이 관습적으로 입는 시커먼 복색만큼 침울한 게 또 어디 있겠어요. 야회복을 차려입은 남자들이 모여 있으면 까마귀 떼 같아서 아주 암울하죠.

사실 옷을 입는 이유가 뭡니까? 일차적으로 체면을 유지하고 몸을 편하게 하는 게 목적 아닙니까? 그런데 오늘날 남성 일상복만큼 불편한 게 없는 것 같아요. 최고의 옷은 사람 살갗 그 자체지만 사회적 체면 때문에 조금 더 걸쳐야 하죠.

제가 본 사람 가운데 옷을 가장 잘 입는 사람은, 30년 전에 만났던 샌드위치 제도에 사는 원주민이었습니다. 이 사람은 행사나 명절 등을 기념하기 위해 특별한 차림을 하고 싶을 때는 가끔 안경을 썼습니다. 이때를 제외하고는 신이 주신 모습 그대로로 충분했죠.

당연히 저한테는 복식을 어떻게 개선하면 좋을지 여러 아이디어가 있습니다. 일단 여성 복식 일부를 받아들이는 건 어떨까요? 여자들도 남자들 옷을 많이 차용하지 않습니까. 예를 들면, 여자 옷 가운데 허리 부분이 비치는 옷 같은 거요. 시원하고 편하다는 장점이 있을 뿐 아니라 밝은색으로 만들기 때문에 기분이 가라앉지 않고 들뜨게 해주지요.

제가 코네티컷 양키가 아서왕 궁전에 갈 때 실크해트를 쓰게 설정한 건 사실입니다만, 벌써 25년 전 일입니다. 그때는 실크해트를 쓰지 않으면 옷을 제대로 차려입었다고 쳐주질 않았어요. 요즘에는 그걸 집에 두고 와야 잘 차려입었다고 하지요. 그런데 어제 집에서 나설 때 식구들이 실크해트를 꺼내 주며 쓰라고 하더군요.

"이거 쓰세요. 워싱턴에 실크해트도 없이 간다니요!"

하지만 저는 싫다고 했습니다. 중산모를 쓰거나 아니면 아무것도 안 쓰겠다고요. 글쎄 저는 뉴욕 거리를 돌아다니더라도 – 제가 절대 안 하는 일이긴 하지만 할 수도 있죠 – 잘 차려입고 실크해트를 쓴 사람은 절대 볼 수 없을 거로 생각합니다. 만약에 그런 사람을 본다면 어쩐지 의심스러울 겁니다. 뭐로 의심해야 할지는 모르겠지만, 어쨌든요.

그런데 어제 여기 오려고 펜실베이니아 페리선의 2층에 올라갔는데 하우얼스가 다가오더군요. 하우얼스가 그 배에서 실크해트를 쓴 유일한 사람이었어요. 나는 부끄러운 줄 알라고 말했습니다. 하우얼스는 자기도 안 쓰려고 했는데 식구들한테 설득당했다고 말했습니다. 아니 나이 일흔이 다 된 사람이 이런 문제를 스스로 결정 못 하다니요!

작가 낭독회

1889년 10월 9일, 『퍼블리셔스 위클리』와 『하퍼스 매거진』 편집자, R. R. 보커 컴퍼니 설립자 리처드 R. 보커에게 보낸 편지. 「뉴욕 선」에 실렸던 편지글을 1889년 12월 8일 「필라델피아 인콰이어러」가 4면에 실었다.

저는 1872년부터 17, 18년 동안 저작권 옹호자들이 제안하는 모든 방면에서 저작권 수호를 위해 힘써 왔습니다. 또 앞으로도 계속 열심히 다방면으로 노력할 터인데, 한 분야에만은 선을 긋고 싶군요. 바로 연단이죠.

지금까지 다 합해서 작가 낭독회가 12차례 정도 있었습니다. 그렇지만 그 가운데 합리적으로 진행된 건 단 한 건도 없었습니다. 행사 주관은 전문적인 일입니다. 잘하려면 전문가가 해야지 초보자나 신참은 할 수 없습니다. 그런데 이 자리에 걸맞은 기개를 가진 전문가가 없어요. 찾으려 해야 찾을 수가 없습니다. 아직 태어나지도 않았으니까요. 어떤 자격 조건이 필요한가 봅시다. 우선 잔챙이 작가에게는 이렇게 말해야

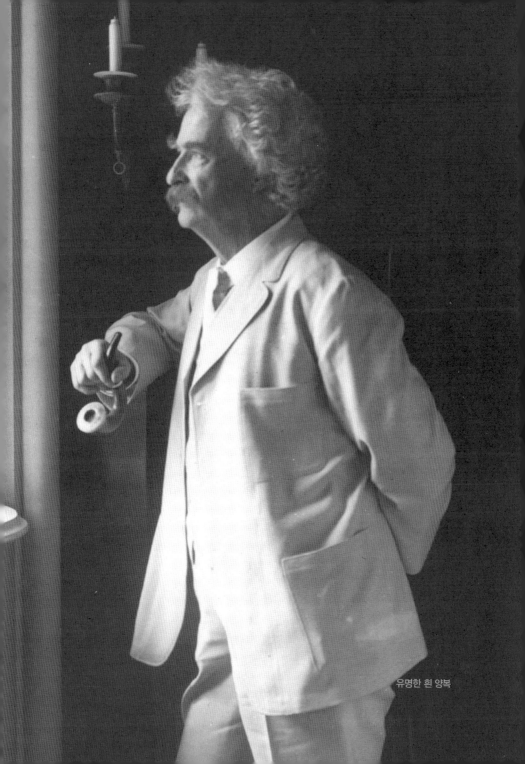

유명한 흰 양복

합니다. "연단 위에서 10분이 주어집니다. 2분을 더 초과하면 의사봉을 두드려 입을 다물게 만들겠습니다." 위대한 시인에게라면 이렇게 말해야지요. "선생님을 위해서 15분을 드리겠습니다. 집에서 원고를 가지고 연습해 보면서 친구분에게 시간을 재달라고 하세요. 또 연단 위에서의 시간과 집에서의 시간 차이를 고려해야 하는데, 그게 3분입니다. 집에서 12분이 넘었다면 줄여서 12분으로 맞춰야 합니다. 주어진 시간보다 더 하려고 하면 망치 두드리는 소리가 울릴 겁니다." 청중들에게는 "낭독이 끝났든 안 끝났든 10시에 행사가 종료됩니다." 라고 말하고 그 약속을 꼭 지켜야 합니다. 또 뒤쪽 순서를 맡을 무명 인사를 섭외할 때는 차례가 아예 오지 않을 수도 있다는 조건을 받아들이게 해야 하고 유명 인사한테는 10시가 넘으면 불러도 절대 대답하지 않겠다고 약속하고 반드시 지키라고 해야 합니다.

현존하는 사람 가운데 그런 사람은 없습니다. 아주 간략하고 유쾌한 수기를 남긴 셔먼 장군(William Tecumseh Sherman, 1820~1891, 남북전쟁 때 북군의 명장 – 옮긴이 주)이라면 또 모를까. 셔먼 장군을 섭외한다고 하더라도 감시하면서 가끔 '장군, 시간이 다 됐습니다.'고 속삭여줄 사람이 필요하지요.

아마 잘 아시겠지만 작가 낭독회에서 이미 견딜 수 없이 긴 프로그램에 한 시간이 더 늘어나지 않는 일이 역사상 단 한 번도 없었으니까요. 안 되지요. 즐거운 오락거리가 되어야 할 작가 낭독회가 기존 방식으로 진행하다 보면 청중 관점에서 영원한 고통의 기억으로 남을 경험이 되고 맙니다. 워싱턴을 떠올리세요. 그때 돈 내고 그곳에 입장한 사람 가운데 아직까지 살아 있는 사람은 네 명밖에 없습니다. 다들 쉬쉬했지만 스물두 명이 그 자리에서 죽었고 여든한 명은 집으로 오는 길에 사망했다는 게 공공연한 사실입니다. 내가 그 부당하고 명분 없는 학살에 관련되어 있다는 걸 생각하면 비통한 심정입니다. 제가 대의에 도움이 될 만한 다른 분야가 있다면 말씀해 주시면 성심을 다하겠습니다.

북 투어

1895년 7월 15일, 오하이오 주 클리블랜드에서 한 강연에서 발췌한 것이다.

오스트레일리아에 사는 사람이 저에게 세계 투어 강연을 청했습니다. 제가 오스트레일리아에서는 무엇에 대한 강연을 듣고 싶어들 하냐고 물었습니다. 그 사람이 답장을 보내왔는데 자기들은 워낙 투박하지만 진지해서 무언가 견고하고 장대한 주제를 좋아한다고 했습니다. 또 저에게 온당한 도덕성에 관해, 어느 주제든 상관없지만 올곧은 도덕성에 대한 이야기로 서너 차례 강연을 준비하면 좋겠다고 제안했고 저는 그것이 마음에 들었습니다.

저는 이 일에 엄청난 열의가 있고 그 사람들에게 도덕성을 가르치고 싶습니다. 다른 사람이 저한테 도덕을 가르치는 건 좋아하지 않고 그보다 더 재미없는 일은 상상할 수도 없지만, 저는 제가 그 사람들을 만족시킬 만한 괜찮은 도덕을 만들어낼 수 있을 거라고 생각해요.

원칙을 가르치려면 먼저 스스로 본보기를 보여주어야 합니다. 모든 사람이 마음에 지니고 돌아갈 사례를요. 저는 도덕에 관한 첫 번째 강연 계획을 세웠습니다. 여기 서서 밤새 이야기하면 안 되는데. 시계를 주세요. 처음 하는 강연이라 길이가 얼마나 될지 감이 안 잡히네요.

J. Keppler.

OFFICE OF "PUCK" 23 WARREN ST. NEW YORK.

"MARK TWAIN,"
AMERICA'S BEST HUMORIST.

MAYER, MERKEL & OTTMANN, LITH. 21-23 WARREN ST. N.Y.

먼저 이 사람들에게 감동을 줄 도덕적 원칙 두어 개로 시작할 겁니다. 강연은 단계적으로 차근차근히 해야죠. 사례가 가장 중요해요. 그래서 마침내 강연이 완결되었을 때에는 잔잔한 바다 위에 사례들이 녹색 섬들처럼 정겹게 떠 있게 될 겁니다.

다음에, 가르칠 원칙을 밝히려고 합니다. 저에게는 그곳에서, 아니 사실 어느 곳에서나 착한 일을 아주 많이 하게 해줄 이론이 있습니다. 뭐냐 하면 자기가 저지르는 모든 잘못과 범죄를 아주 소중하게 여기라는 겁니다. 그러니까 그것이 주는 교훈을요.

영원하게 만들라는 겁니다. 깊이 새겨서 살아 있는 한 같은 죄를 다시는 저지르지 않게 하는 거죠. 그러다 보면 논리적으로 어떤 결과가 될지 알 겁니다. 범죄를 저지르는 일에 관심을 쏟게 되지요. 이렇게 해서 한 단계 한 단계 완벽한 인성의 금자탑을 이룰 수 있습니다. 어떤 죄도 낭비해서는 안 됩니다. 낭비하라고 있는 죄가 아니라 더 큰 목적을 위해 써야 합니다. 세상에 사람이 저지를 수 있는 범죄가 462가지가 있는데, 이게 최대입니다. 이제까지 존재하지 않았던 새로운 범죄는 불가능합니다. 모든 가능성을 고려하고 실험해 보았고 그것도 교도소에 있는 가장 능력이 출중한 사람들이 다 시도해 보았으니까요. 어떤 잘못을 저지르면 그걸 머릿속에 잘 담아 두세요. 그러면 그게 도덕적 완성으로 이끌어 줄 겁니다. 462가지 죄를 다 저지르고 나면 다른 어떤 가능성도 남아 있지 않으므로 완전무결한 존재로 가는 계단을 다 오른 것이지요. 마침내 462단계를 완성하여 완벽한 도덕적 완성에 이르는 겁니다.

저는 이 계단을 3분의 2 정도 올랐습니다. 이 길을 따라 올라가고 있고 앞으로 얼마 남지 않았다는 생각을 하면 가슴이 얼마나 벅차오르는지 모릅니다. 끝에 다다르면 도덕적 완성을 이루고, 나의 금자탑 같은 도덕적 인품이 완벽한 모습으로 세상에 우뚝 선 것을 볼 수 있게 될 테니까요. 이를테면, 제가 처음 수박을 훔쳤을 때 – 처음인지 아닌지는 확실하지 않지만 그 뒤로부터는 옳게 행동했으니 상관없지요 – 그 수박을 으슥한 그늘로 가지고 갔습니다. 벌목장에 있는 인적 없는 그늘로 수박을 가지고 가서 깨보았는데, 이게 안 익은 거예요.

그래서 그때부터 곰곰이 생각했습니다. 이렇게 생각에 잠기는 게 사실상 교화의 시작입니다. 생각을 하지 않으면 그 잘못이 낭비됩니다. 저는 생각에 골몰하여 나 자신에게 이렇게 말했죠. 나는 잘못을 저질렀다. 그 수박(그런 종류의 수박)을 훔친 것은 잘못이었다. 그래서 이렇게 생각했죠. 정신이 제대로 되어 있고 올바른 아이라면 이런 때에 어떻게 할까? 자기가 잘못을 했다는 것, 이런 수박을 훔쳤다는 사실을 알게 되었을 때에. 어떻게 해야 할까? 옳은 일을 하라. 보상을 하라. 이 물건을 주인에게 돌려주어야 한다. 저는 그렇게 하기로 결심을 했고 이런 훌륭한 결심을 하는 순간 도덕적인 고양을 느꼈습니다. 잘못에 대한 승리였죠.

영적으로 새로워지고 강해진 저는 수박을 다시 수박 수레로 들고 가서 농부에게 건넸습니다. 농부에게 되돌려 주면서 사람들이 당신을 믿고 수박을 살 텐데 안 익은 수박을 팔다니 부끄러운 줄 알라고 말했습니다. 아주 강직하게 농부에게 잘못된 일이라고 말했지요. 이런 행태를 그만두지 않으면 다시는 이용하지 않겠다고 말했더니 농부가 부끄러워했습니다. 정말로 부끄러워했어요. 다시는 그러지 않겠다고 말했습니다. 제가 저 자신뿐 아니라 그 사람에게도 좋은 영향을 주었다고 생각합니다. 농부가 교화되었으니까요. 제가 좀 심하게 따끔하게 하긴 했지만요. 저는 수박을 반납하고 잘 익은 수박을 받았습니다. 저는 농부에게 도덕적으로 도움을 주었고 동시에 저 자신도 도움을 받았습니다. 그 교훈이 저에게 남아 완벽함을 향해 갈 수 있게 해주었으니까요. 그날 이후로는 단 한 번도, 그런 수박은 훔치지 않았습니다.

그리고 또 다른 이론이 있습니다. 무언가를 하려면 온 힘을 다해서, 열성을 다 하라고 가르치는 겁니다. 캘리포니아에서 짐 아무개 베이커라는 사람을 만난 기억이 납니다. 아주 신사다운 기질의 싹싹한 사람이었고 여러모로 훌륭한 점이 많았습니다. 캘리포니아 숲속에서 여러 해 동안 숲에 사는 들짐승들을 벗하며 산 사람입니다. 관찰력이 뛰어난 사람 같았습니다. 여러 동물들의 움직임을 관찰해서 동물들이 서로 무어라고 말하는지 이해하고 정확하게 번역할 수 있었어요. 이런 능력이 있는 사람은 다른 어디에서도 본 적이 없습니다. 본인한테 직접 들어 이런 능력이 있다는 걸 알게 되었는데, 그 사람 말이 어떤 동물들은 아주 교양이 없고 어휘도 빈약하다고 합니다. 동물들은 말하기를 아주 좋아한대요. 뽐내기를 좋아하는데 그 가운데에서도 '큰어치'가 으뜸이라고 합니다. 그가 이렇게 말했어요.

"아, 이 큰어치라는 녀석은 다른 어떤 동물보다 급이 높아요. 아주 다양한 감정이 있죠. 큰어치는 어떤 감정이든 말로 표현할 수 있는데 흔히 쓰는 입말이 아니라 바로 책에서 튀어나온 것 같은 고상한 말씀이란 말이에요.

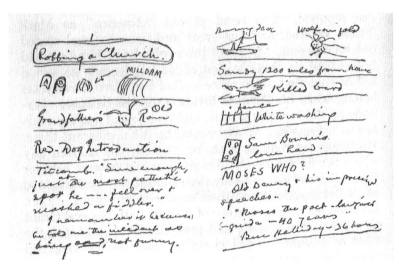

트웨인의 강연용 메모

말을 어찌나 유창하게 하는지요. 큰어치가 어떤 단어가 생각이 안 나서 머뭇거리는 일은 결코 없어요. 언어의 분수 같아요. 글쎄 큰어치를 새라고 해야 하지만, 사실 깃털 옷을 입고 있으니 어떤 면에서는 새고 교회도 안 다니지만 말이에요, 그래도 어떤 점에서는 사람하고 하나도 다를 게 없어요. 큰어치는 전직 의원만큼이나 원칙이 없어서 훔치고 속이고 다섯 번에 네 번은 배신하고 의무의 신성함에 관해서는 구체적 원칙을 들이대 보아야 아무 소용이 없어요. 그런데 어떤 동물보다도 문법을 잘 구사해요. 고양이도 문법을 잘 지킨다고 할 수 있어요. 네, 사실이에요. 그렇지만 고양이를 흥분시키거나 다른 고양이랑 물어뜯고 싸우게 만들면 문법이 엉망이 돼요. 큰어치는 사람이나 다름없어요. 사람의 능력과 약점 모두를 가졌죠. 특히 스캔들을 좋아해요. 큰어치도 자기가 등신이라는 걸 알아요. 우리처럼요.”

다음은 ‘마크 트웨인의 첫 무대’라는 제목의 1906년 담화이다.

제가 처음 강연할 때가 기억납니다. … 강연시간 45분 전에 극장에 도착했죠. 다리가 덜덜 떨려서 서 있을 수가 없었어요. 세상에서 가장 끔찍한 병이 있다면 무대 공포증일 겁니다. 뱃멀미하고요. 둘이 짝이에요. 그때 처음이자 마지막으로 무대 공포증을 경험했습니다. 뱃멀미도 딱 한 번 겪었어요. 승객 200명을 태운 작은 배에 타고 있었어요. 아주 안 좋았습니다. 제가하도 멀미를 많이 해서 다른 승객들은 낄 틈도 없었죠.

첫 강연 때 제 친구들 중에서 건장한 사람들을 골라 커다란 지팡이를 쥐어주고 청중 사이 곳곳에 세워 두었어요. 제가 웃기려는 말을 할 때마다 지팡이로 바닥을 탕탕 치라고 시켰죠. 또 박스석에 친절하신 귀부인이 한 명 앉았는데, 저랑 친분이 있는 주지사 부인이었어요. 부인이 저를 놓치지 않고 보고 있다가, 제가 부인 쪽을 쳐다보면 주지사급의 호방한 웃음을 터뜨려서 나머지 사람들이 손뼉을 치도록 유도하기로 했어요.

아, 첫 5분이 고통스럽게 지나가고 나자 무대 공포증이 사라졌고 다시는 돌아오지 않았어요. 아마 제가 교수형을 당하게 되면, 사람들 앞에서 멋진 연기를 선보일 수 있을 겁니다.

삶의 태도를
말하다

♦♦♦

좋은 친구, 좋은 책 그리고 잠자는 양심. 이것이 이상적인 삶이다.
— 〈1898년 노트〉

우리가 죽었을 때 장의사조차도 슬퍼할 정도로 살도록 노력하자.
— 『얼간이 윌슨』

열다섯 살 때의 마크 트웨인
식자용 스틱에 글자 'SAM'을 만들어 들고 있다.

젊음

이 자리에서 강연하라는 말을 듣고 어떤 종류의 이야기를 하면 좋겠냐고 물었습니다. 청소년들에게 적당한 내용, 뭔가 교훈이나 좋은 충고가 될 만한 것이어야 한다는 말을 들었습니다. 좋아요. 젊은이들에게 가르침이 될 만한 이야기라고 생각한 것이 몇 가지 있거든요. 어릴 때 이런 이야기를 들으면 뿌리를 잘 내려 오랫동안 소중하게 간직할 수 있으니까요.

첫째로, 젊은 친구들에게 간절히 말합니다. 부모님이 살아계실 때는 항상 부모님 말씀을 들으세요. 길게 봐서 가장 좋은 책략입니다. 말을 듣지 않더라도 결국 억지로 듣게 만들 테니까요. 부모님 대부분은 자신이 여러분보다 더 잘 안다고 생각합니다. 자신의 판단이 더 옳다고 하더라도 그것에 따라 행동하기보다는 부모님 비위를 맞춰주는 편이 대체로 이득이 더 많습니다.

주위에 윗사람이 있으면 존중하세요. 낯선 사람이나 다른 사람들도 존중하고요. 다른 사람이 여러분 기분을 상하게 했을 때 일부러 그랬는지 아닌지 확실히 모르겠다면 극단적인 방법은 쓰지 마세요. 그냥 기회를 보다가 벽돌로 치세요. 그 정도면 충분합니다. 상대가 일부러 그러지 않았다는 것을 알게 되면 때린 것은 잘못이라고 솔직하게 인정하세요. 남자답게 시인하고 그럴 생각은 아니었다고 말하세요. 폭력은 반드시 피해야 해요. 요즘 같은 자비와 온정의 시대에서 그건 시대착오적인 겁니다. 다이너마이트는 저열하고 촌스러운 사람들이나 쓰라고 해요.

일찍 잠자리에 들고 일찍 일어나는 게 현명합니다. 해 뜰 때 일어나라는 사람도 있어요. 이런저런 다른 것과 맞추어 일어나라는 사람들도 있는데, 사실은 종달새를 따라 일어나는 게 가장 좋습니다. 종달새와 함께 일어난다고 하면 사람들이 엄청나게 우러러볼 테니까요. 게다가 종달새를 기르면서 잘 길들이면 날마다 아홉시 반에 일어나도록 훈련할 수 있어요. 이런 건 사기가 아니에요.

이제 거짓말에 관해서 이야기할게요. 거짓말에 관해서는 아주 조심해야 합니다. 조심하지 않으면 걸릴 위험이 높거든요. 한 번이라도 들키면 다시는 예전처럼 선하고 순수한 존재로 비칠 수가 없습니다. 단 한 번의 어설프고 불완전한 거짓말 때문에 영원한 오명을 갖게 된 젊은이들이 많습니다. 훈련이 부족해서 이런 부주의한 행동을 하게 되는 겁니다. 아이들은 절대 거짓말을 하면 안 된다고 하는 권위자들도 있습니다만, 좀 필요 이상으로 지나친 요구입니다.

저는 그렇게까지는 하지 못하지만, 여러분들이 이 위대한 예술을 한동안은 자제해야 한다고 생각합니다. 연습과 경험을 통해 자신감, 세련됨, 정확함을 확보하여 우아하고 유익한 성취가 될 수 있을 때까지는요. 인내, 노력, 세부적인 것에 대한 꼼꼼한 관심이 필수요소이고, 이렇게 하다 보면 완벽함에 가까워집니다. 앞날에 탁월한 성취를 이루려면 이런 것들로 확실한 토대를 이루어야만 합니다. "진실은 강하며 승리할 것이다."와 같은 고아하고 장대한 격언을 만천하에 공포한 걸출한 거장이 그런 경지에 이르기까지 얼마나 많은 지루한 나날을 연구와 연습을 하면서 보냈을지 생각해보세요. 여자에게서 태어난 다른 어떤 인간도 아직 이루지 못한 장엄한 허위의 복합체지요.

우리 역사나 각 개인의 경험을 통해 보아도 진실은 쉽게 사그라지지만 잘 만든 거짓말은 영원하다는 증거가 무수히 많습니다. 보스턴에 가면 마취제를 발견한 사람의 기념비가 있습니다. 요즘에는 그 사람이 마취제를 발견한 게 아니라 다른 사람의 발견을 훔쳤다는 사실이 많이 알려졌지요. 그런데 이런 진실이 강하고 승리합니까? 아닙니다. 이 기념비는 단단한 재료로 만들어져 있어서 그게 말하는 거짓말은 아마 100만 년은 버틸 겁니다. 다만 어설프고 어정쩡하고 빈틈이 있는 거짓말만은 부단한 노력으로 피해야 합니다. 이런 거짓말은 보통 진실보다도 더 오래 못 갑니다. 차라리 진실을 말하고 마는 편이 낫지요. 서툴고 어리석고 터무니없는 거짓말은 2년도 못 버팁니다. 다른 사람을 중상한 경우를 제외하고요. 다른 사람을 비난하는 거짓말은 영원불멸하지만 나 자신에게는 아무 도움이 되지 않지요. 단언컨대, 이 우아하고 아름다운 기술을 습득하기 위한 훈련은 일찍 시작하세요. 바로 지금요. 저도 일찍 시작하기만 했으면 습득했을 겁니다.

총기류를 함부로 다루지 마세요. 아이들이 총기를 아무 생각 없이 부주의하게 다루다가 일어난 슬프고 고통스러운 일이 얼마나 많았는지요! 바로 나흘 전에, 제가 여름을 보내는 집 바로 옆에 있는 농가에서, 머리가 희끗 희끗 센 다정하고 세상에서 가장 좋은 할머니 한 분이 앉아서 일하고 있었습니다. 그때 어린 손자가 들어와 몇 년 동안 쓰지 않아 낡고 녹슬고 다 망가졌고 총알도 없다고 생각했던 총을 꺼내 와서는 장난으로 할머니에게 겨누고 웃으며 쏘겠다고 했습니다. 할머니는 놀라서 소리를 지르며 방 반대쪽에 있는 문으로 달려갔지요. 그런데 손자 앞을 지날 때 손자가 총을 할머니 가슴팍에 갖다 대고 방아쇠를 당겼어요! 총알이 안 들어있다고 생각했겠지요. 그런데 맞았어요. 총알이 없었지요. 그래서 아무 일도 일어나지 않았습니다.

제가 들은 이야기는 이것뿐이라서. 어쨌든, 그래도 마찬가지입니다. 낡고 총알 없는 총기를 가지고 놀지 마세요. 인간이 만들어낸 것 가운데 가장 치명적이고 정확한 물건입니다. 절대 근처에도 가지 마세요. 총 받침도 마련하지 말고, 조준기도 갖추지 말고, 조준도 하지 마세요. 절대로요. 친척 한 명을 골라서 쏘았다 하면, 틀림없이 맞을 겁니다. 개틀링 기관총을 45분 동안 쏘아도 30m 거리에 있는 대성당을 못 맞추는 어린이도 100m 거리에서 낡고 속 빈 화승총으로 할머니를 쏘았다 하면 명중시킨다니까요. 워털루 전투에서 한쪽 군대는 총알을 장전하지 않았다고 간주하는 낡은 화승총으로 무장한 소년들이고 다른 쪽 군대는 여자 친척들이었다면 어땠을까 생각해보세요. 상상만 해도 몸서리가 납니다.

세상에는 여러 가지 책이 많습니다. 그런데 아이들을 위한 책이 여러분에게는 좋습니다. 명심하세요. 성장에 헤아릴 수도 말할 수도 없을 정도로 막대한 도움을 줍니다. 그러니까 신중하게 고르세요. 다른 책은 말고 로버트슨의 『설교집』, 백스터의 『성인들의 휴식』, 또 『물 건너간 얼뜨기들』 같은 책만 읽으세요.

할 말은 다 한 것 같네요. 제가 말한 교훈을 소중히 간직하여 길잡이이자 생각의 등불로 삼으세요. 이 가르침에 따라 성품을 신중하고 성실하게 길러 가다 보면, 어느새 자신의 성품이 다른 모든 사람들의 모습을 그대로 닮았다는 것을 깨닫고 놀라면서도 만족스러움을 느낄 겁니다.

— '청소년들에게 하는 조언', 1882년 연설

집과 터전

미주리 주 한니발

다음은 "이 지역 출신 역사가가 말하는 한니발에 관한 글"이다.

내가 기억하는 한 한니발의 삶은 언제나 힘겨웠다. 내가 그곳에서 자랐으니 잘 안다. 힘겨운 까닭 중에 첫째로 내가 거기에 살고 있었다. 하지만 사실 그때는 너무 어려서 그곳에 큰 피해를 끼치지는 않았다. 다음으로 마을 술꾼 지미 핀이 개심하는 바람에 마을에 딱 하나 있던 술집이 망했다. 그렇지만 금주주의자들은 좋아했다. 공공의 행복을 희생해서라도 공공의 도덕성을 이루고 싶어 했으니까. 그래서 지미 핀을 크게 칭찬하고, 새 옷을 입히고 아침저녁으로 초관해서는 대단한 기인이나 되는 것처럼 자랑했다. 지미 핀은 금주주의 원칙이 진실하고 찬란하게 빛나는 살아있는 사례였다.

To the Once Boys & Girls
who comraded with me in
the morning of ~~time~~ time &
the Youth of antiquity, in the
village of

Hannibal, Missouri,

This book is inscribed, with
affection for themselves,
respect for their virtues,
& reverence for their
honorable gray hairs.

The Author.

(Never used (Chas L. Webster.)

마크 트웨인은 쉼 없이 자기 어린 시절을 글로 썼는데 특히 미주리 한니발에서 보낸 나날을 주로 이야기했다. 이 글은 『허클베리 핀의 모험』의 서문 부분으로 미주리 주 한니발의 아이들에게 이 책을 바친다는 내용이었지만 책에 들어가지는 않았다.

미주리 주 한니발에 있는 트웨인의 어릴 적 집

　아주 좋은 일이고, 듣기에나 읽기에도 좋은 일이었으나 지미 핀은 견딜
수가 없었다. 자유를 잃게 되었기 때문에 곧 후회했다. 그런 생각을 하니 우
울해졌다. 그리고 나자, 술을 마셨다. 마을 대표의 집에서 심하게 술에 취해
그 집을 돼지가 머물다 간 꼴로 만들었다. 이 일로 금주주의자들은 분개했
고 반대편은 즐거워했다. 금주주의자들이 궐기하여 지미를 다시 한 번 개심
시켰다. 그렇지만 사악한 시간에 유혹이 닥쳤고 지미는 위스키 큰 병 한 병
을 받고 자기 시신을 의사에게 팔았다. 이렇게 해서 지미는 세속의 모든 문

제를 해결했다. 지미가 한자리에서 그 술을 다 마셔 버려, 짐의 영혼은 세상을 떠나갔고 육신은 의사한테 갔다. 이 일이 한니발에는 또 하나의 타격이었다. 지미 핀 덕에 마을이 늘 이런 저런 일로 열기를 띠었었는데 이제는 완전한 무기력 상태에 빠져 버렸다.

그 뒤에 무모한 투기꾼 조 더딩이 30마일 떨어진 플로리다 읍에 일주일에 한 번씩 오가는 역마차 운영을 시작했다. 플로리다에는 몇 가구밖에 살지 않지만 그래도 이 새로운 자극 덕에 한니발이 눈에 뜨이게 활기를 찾았다.

그런데 그때 성홍열이 덮쳤고 두드러기도 유행해서 아이들을 모두 임시 거처에 모여 살게 해야 했다. 한니발에 또 한 차례 시련이 닥쳤다. 그러다가 머지않아 주간 신문이 창간되었고 동네 농부들 사이에 사업에 대한 열정이 불타올랐다. 농부들이 다 못 팔고 남은 감자가 있어도 버리는 대신에 신문 편집장에게 가져가서 신문 구독권과 맞바꿨기 때문이다. 하지만 결국 편집장이 감자무름병에 걸렸고 한니발은 다시 침체에 빠졌다. 그때 누군가가 돼지고깃집을 열었고 작은 마을에서 다시 활기가 살아났다. 그런데 홍역이 덮쳐 다시 꺼져버렸다. 그 뒤로도 한참 동안은 꺼져 있었다.

한참 뒤 10마일 떨어진 뉴런던까지 널빤지 도로를 깔자는 이야기가 나왔고 얼마 뒤에는 실제로 도로를 놓았다. 그래서 일거리가 있었다. 사람들은 들떠서는 30, 40마일 정도 떨어진 패리스까지 자갈길을 깔았다. 또 일거리가 생겼다. 이제는 광풍에 휩싸여 아예 기찻길을 놓자는 이야기가 나왔다. 200마일짜리 기찻길, 한니발에서 세인트조지프까지 이어지는 기찻길을 놓자는 거다! 그리고 놀랍게도 시간이 흐르고 - 10년인가 15년인가 뒤에 - 정말로 철로를 놓았다.

이제 정말 마을이 번창했다. 부가 늘었다. 눈에 뜨이는 변화로 뭐가 있었냐면 전에는 땅을 에이커 단위로 팔았는데 이제는 피트 단위로 팔았다. 한니발이 급속도로 팽창했다. 2년 만에 인구가 두 배로 늘었고 일간 신문을 발행하기 시작했고 '도시'라고 불리게 되었다. 소방차를 구비해서 독립기념일에 리본으로 장식해 자랑하기도 했다. 그런데 어느 날 소방서에 불이 나서 소방차가 망가져 버렸고 마을 전체가 우울해 했다. 또 민병대가 생겨났는데, '금주의 아들들'과 '금주의 생도들'이라는 이름이었다. 한니발은 금주라면 어쩐지 사족을 못 썼다. 나도 '금주의 생도들'에 가입했다. 여기 가입하면 담배도 술도 욕도 못하게 하지만, 그래도 저명한 시민이 죽었을 때 선명한 붉은 스카프를 두르고 장례 행렬을 따르고 싶은 간절한 소망 때문에 가입했다. 나는 넉 달 동안이나 버텼는데, 지긋지긋하게도 그동안에 저명한 시민이 단 한 명도 죽지 않았다. 7, 8주 동안 학수고대하며 기다리던 노턴 박사가 회복세로 접어들었다는 말을 듣고는 결국 그냥 탈퇴해 버렸다. 내가 신물이 나서 그만 두어 버리고 나니까, 우리 지부의 저명한 시민 거의 대부분이 그 뒤 3주 사이에 다 죽었다.

한니발이 이렇게 계속 번영할 줄만 알았는데, 세인트루이스에서 노스미주리 철로를 건설하는 바람에 타격을 입었다. 퀸시가 한니발과 세인트조지프 일부를 흡수해서 더욱 휘청했고, 이어 전쟁이 시작되었다. 전쟁 막판이 되자 한니발은 거의 무너져 버렸다.

이제 사람들이 50만 달러를 들여 모벌리라는 내륙 지역으로 이어지는 철로 지선을 놓으려고 한다. 이 일이 실패하면 사람들 일부가 이곳을 뜰 것이다. 이제 사람들은 모벌리 이야기밖에 안 한다. 교회 사람들은 아직 종교에 관해서 이야기하지만 모벌리를 넉넉히 섞어 이야기한다. 아가씨들은 패션과 모벌리에 관해서, 노인들은 자선과 금주, 경건, 무덤, 그리고 모벌리에 관해서 이야기한다. 한니발이 모벌리를 가져오면, 한니발을 구할 수 있다. 과거의 영광이 되살아날 것이다. 그렇지만 모벌리를 보호하려면 또 다른 철길을 놓아야 하지 않나? 그리고 또 그걸 보호하려면 또 길을 놓아야 하고? 철로는 거짓말과 비슷하다. 그게 버티게 하려면 계속해서 살을 덧붙여야 한다. 철로는 게걸스럽게 마을을 파괴한다. 그걸 막으려면 마을이 철로 끝에 있고 그 너머에는 바다가 있어야 한다. 그러면 길을 이어 다른 종착역을 만들 수가 없다. 그렇다고 하더라도 완전히 안심할 수는 없다. 트레슬교를 지어서 무슨 짓을 할지는 아무도 모르기 때문이다.

— 1867년 5월 26일 「샌프란시스코 알타캘리포니아」에 실린 글

(1867년 4월 16일 뉴욕에서 씀)

• • •

톰 내시는 내 나이 또래의 남자아이였고 우체국장 집 아들이었다. 미시시피 강이 얼어붙은 어느 날 밤 톰과 같이 스케이트를 타러 갔다. 아마 허락도 받지 않고 갔을 것이다. 허락을 안 받은 게 아니라면 밤중에 스케이트를 타러 갈 이유가 없다. 금지한 사람도 없는데 무슨 재미로 한밤중에 스케이트를 타러 가겠는가. 자정 쯤, 일리노이 주 쪽으로 반마일 넘게 나아갔을 때 우리가 지나온 길 뒤쪽에서 우르릉거리고 무너지고 갈리는 불길한 소리

가 들렸다. 우리는 그게 무슨 뜻인지 알았다. 얼음이 녹아 깨지고 있는 것이다. 우리는 겁에 질려 집을 향해 달리기 시작했다. 달빛이 구름을 뚫고 나와 어디가 얼음이고 어디가 물인지 구분할 수 있을 때에는 전속력으로 달렸다. 얼음이 끊기면 기다리고, 건널 만한 얼음이 나오면 다시 달리고, 물이 나오면 또 멈춰서 거대한 얼음 덩어리가 흘러와 그 사이를 메워줄 때까지 초조해 하며 기다렸다. 그렇게 가는 데 거의 한 시간이 걸렸다. 그동안 내내 불안과 두려움에 떨었다. 마침내 물가에서 멀지 않은 곳까지 왔다. 얼음이 끊겨서 다시 기다렸다. 사방에서 얼음이 무너지고 서로 부딪히고 물가에 산더미처럼 쌓였고 상황이 점점 위험해졌다. 빨리 뭍을 밟고 싶고 초조해져서 성급하게 얼음덩어리에서 덩어리로 뛰기 시작했다. 그러다 톰이 거리를 잘못 가늠해 물에 빠지고 말았다. 얼음물에 풍덩 빠지긴 했지만 물가에서 멀지 않았기 때문에 한두 번 팔을 젓자 발이 땅에 닿았고 무사히 나올 수 있었다. 나는 조금 뒤에 무사히 뭍에 닿았다.

땀을 흘리며 달린 뒤에 얼음물에 빠진 것이 톰에게는 재앙이었다. 몸져 누웠고 연달아 병을 앓았다. 마지막으로 앓은 병이 성홍열이었는데 그것 때문에 귀가 먹고 말았다. 한두 해 지나자 말도 하지 못하게 됐다. 하지만 몇 년 뒤에 어찌어찌 말하는 법을 배웠다. 톰이 무어라 말하려고 하는지 알아듣기가 어려울 때도 잦았지만. 자기 목소리를 들을 수 없으니 톰은 당연히 목소리 크기를 조절할 수가 없었다. 그래서 낮은 소리로 은밀하게 말한다고 하는데도 일리노이 주에서도 들릴 정도였다.

4년 전 1902년에 미주리 대학교 측은 명예 법학박사를 주겠다며 나를 초대했다. 나는 미주리에 가는 김에 한니발에서 일주일을 보냈다. 내가 어릴 때에는 마을이었는데 이제 도시가 되어 있었다. 톰 내시와 내가 한밤의 모험을 한 때로부터 55년이 지났다. 내가 한니발을 떠나려고 기차역에 가보니 사람들이 많이 모여 있었다. 톰 내시가 나에게 다가오는 모습을 보고는 한눈에 알아보고 나도 그에게 다가갔다. 늙고 머리가 하얗게 새었지만 열다섯 살 소년의 모습이 여전히 남아 있었다. 톰 내시가 다가와 손을 나팔처럼 만들어 내 귀에 갖다 대고는 사람들 쪽으로 고갯짓을 하며 귀엣말을 한답시고 안개 나팔처럼 우렁차게 소리를 질렀다.

"옛날이나 지금이나 똑같은 멍청이들이지, 샘." ―『마크 트웨인 자서전』

• • •

트웨인은 나중에 〈미시시피 강의 생활〉을 쓸 때 한니발에 다시 찾아왔다.

"배의 낭만은 이제 사라지고 없다. 한니발에서 이제는 증기선 선원이 신이 아니다. 아이들은 뱃사람들이 쓰는 속어를 쓰지도 않는다."

• • •

트웨인은 노트에 이렇게 적었다.

"아아! 한니발은 완전히 달라져 버렸다! 그런데 세 번째인가 네 번째 길에 접어들었을 때 눈물이 쏟아졌다. 진흙이 낯익었기 때문이다. 적어도 그 흙만은 예전 그대로였다. 애니 맥도널드가 빠졌던 그 진흙."

• • •

1887년 3월 25일, 트웨인은 제니 보드먼에게 보낸 편지에 이렇게 썼다.

내가 돌아왔어. 추방당한 아담이 반쯤 잊고 지내던 낙원에 다시 돌아와서 어떻게 그동안 바깥쪽 불모지를 푸르고 아름답다 생각하고 지낼 수 있었을까 생각하는 것 같았지.

하트퍼드

우리는 우리 집을 무생물이라고 생각하지 않았어. 마음과 영혼과 눈이 있어 우리를 보고 받아들이고 격려하고 공감하는 존재였지. 집은 우리의 일부였고 우리는 집을 믿고 집의 은총과 축복 속에 평화로이 살았네. 집에 돌아올 때마다 집이 얼굴을 환히 밝히고 입을 열어 환영해주지 않는 날이 없었고 우리는 늘 감동한 채로 집에 들어왔어.

— 조지프 트위철에게 보낸 편지. 『마크 트웨인 전기』에서 인용

• • •

코네티컷 주 하트퍼드 파밍턴 로에 있는 마크 트웨인의 집

EAST ELEVATION

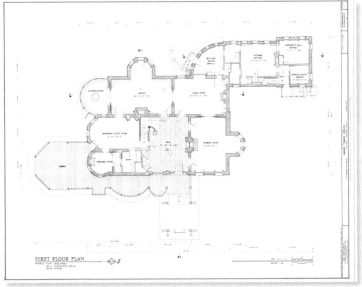

FIRST FLOOR PLAN

하트퍼드 집의 도면

클레멘스 가족은 집을 식구나 다름없이 생각했다. 1888년 가족이 유럽으로 이사하기 전에 슬픈 심정으로 집을 돌아보았다. 40년 뒤에 클라라는 이렇게 회상했다.

"소중한 아름다움을 너무 많이 두고 떠나야 했다. 우리는 집에 애정을 쏟았다. 서재, 달콤한 꽃향기가 가득한 온실, 환한 침실, 마당의 나무들, 여린 좁쌀풀, 강물에 비치는 구름과 하늘."

클라라는 눈보라, 벽난로에서 타는 불, 공부방에서 셰익스피어 연극을 하던 것, 조그만 피아노에 둘러 앉아 여는 음악회, 팝콘과 군밤도 떠올렸다.

"우리는 무거운 마음으로 이 방 저 방을 돌았다. 뒤를 돌아보며 머뭇거리고, 또 머뭇거렸다. 마음속에서 다시 돌아오지 못할 거라는 소리가 들렸고, 정말 그렇게 되었다."

트웨인은 1895년 3월 하트퍼드를 지나가는 길에 이 집에 잠시 들렀고 아내 리비에게 이런 편지를 보냈다.

현관에 들어서는 순간 우리 모두가 바로 지금 이 순간에 이 집에 다시 모였으면 하는 열렬한 욕구에 사로잡혔소. 그리고 영원히 다시는 이 집 마당 밖으로 나가지 않기를. … 조화로운 색조로 이루어진 달콤한 꿈같은 1층의 완벽한 모습, 사방에 스며든 평온과 고요와 깊은 만족감. … 세상에서 가장 사랑스러운 집이오. 악몽을 꾸다가 깨어났을 뿐 나는 이 집을 떠난 적이 없고, 당신이 우아한 위층에서 가벼운 걸음으로 내려오고 아이들이 뒤따라 올 것 같은 기분이라오.

도둑

1908년 9월 8일 코네티컷 레딩의 집에서 마크 트웨인이 위층에서 자는 동안 도둑 둘이 들었다. 도둑들은 식기장을 마당으로 가지고 나와 부순 다음 은식기를 훔쳐갔다. 결국 경찰에 잡혔다. 다음날 트웨인은 어린 화가 지망생 도러시 스터지스의 도움을 받아 이런 공고문을 작성했다. 그 뒤로 내내 현관문에 붙여 두었다.

다음에 방문할 도둑에게 알림. 오늘부터 앞으로는 이 집 안에 도금한 식기밖에는 없습니다. 식당 모퉁이 새끼고양이 바구니 옆에 있는 놋쇠 함에 있습니다. 고양이 바구니를 가져가고 싶으면 새끼고양이는 놋쇠 함에 넣으세요. 큰 소리는 내지 마세요. 식구들이 놀라니까요. 고무장화는 현관에 장인지 시렁인지 아무튼 우산 넣는 곳 안에 있습니다. 가실 때는 문을 꼭 닫고 가세요.

S. L. 클레멘스

서재

하트퍼드 집 서재 한쪽에는 책꽂이와 벽난로가 붙어 있다. 벽난로 위 선반 양쪽으로 책꽂이가 이어진 모습이다. 이 책꽂이와 벽난로 위에 여러 장식들이 죽 늘어서 있다. 한쪽 끝에는 고양이 머리를 그린 유화 액자가 있다. 다른 쪽 끝에는 우리가 에멀린이라고 부르는 예쁜 여자아이의 실물 크기 인상파 수채화 그림이 있다. 두 그림 사이에 앞서 말한 열두서너 개의 잡동사니들과 일라이후 베더의 유화 〈젊은 메두사〉가 있다. 아이들이 가끔씩 나한테 즉석에서, 단 한 순간도 머뭇거리지 말고 죽 이어지는 모험 이야기를 들려달라고 하는데 그 이야기에 이 온갖 잡동사니들과 그림 세 점이 들어가야 한다. 꼭 고양이에서 시작해서 에멀린으로 끝나야 한다. 순서를 뒤집는다거나 하는 변화는 용납되지 않는다. 잡동사니 장식품이 순서에 맞지 않게 이야기에 등장해도 안 된다. 이 잡동사니들은 하루도 평화롭게 조용히 쉬는 날이 없다. 얘들의 삶에는 안식일이란 없다. 삶에 평화가 없다. 폭력과 유혈의 단조로운 나날밖에는 모른다. 시간이 흐르면서 잡동사니와 그림도 낡아갔다. 모험 이야기 속에서 너무 자주 격렬한 모험을 겪었기 때문이었다.

— 〈내 자서전의 장들〉(1906~1907)

조언

칭찬에 관해

칭찬을 받으면 신나는 게 인간 본성이다. 그래서 아이들이 '똑똑한' 말을 하

코네티컷 하트퍼드에 있는 트웨인의 집 서재

The Brave Sir Mark

A Yankee Writer at King Arthur's Court

LOVIS RHEAD

1903년 『라이프 매거진』에 실린 루이스 리드가 그린 일러스트레이션고 행동은 얼뜨게 하고, 누가 옆에 있을 때에 '뽐내기'를 좋아하는 거다. 그래서 충격적인 소식이 있으면 비바람 속에서도 소문이 퍼진다.

—『물 건너간 얼뜨기들』

애정에 관해

이곳에 온 뒤로 일주일 만에 영국 곳곳의 사람들로부터 편지 수백 통을 받았습니다. 남자, 여자, 아이 할 것 없이요. 편지에는 칭찬, 찬사 등이 담겨 있었는데 애정이 느껴진다는 점이 특히 좋았습니다. 칭찬도 좋고 찬사도 좋지만 애정은 인품이나 성취에 대한 보상으로 사람이 바랄 수 있는 궁극적이고 결정적이고 가장 소중한 것이라 그걸 얻게 되어 무척 기쁩니다.

— 1907년 6월 25일, 사보이 호텔에서 열린

클레멘스 씨 초청 필그림 클럽 오찬 연설에서

용기에 관해

스스로 용감하다고 믿으면 용감해진다. 중요한 것은 이것 하나다.

—『잔 다르크에 관한 개인적 회상』(1896)

욕에 관해

5월 5일

형에게

내 개인 비서가 빠뜨렸어 – 내가 동봉할게.

May 5.

My Dear Bro —
It was my private
Secretary's carelessness —
but I enclose them.
I have a very bad
cold in the head, therefore
cannot enter into partic-
ulars; the time is needed
for swearing.
Y Bro
Sam.

마크 트웨인이 1877년 형 오라이언 클레멘스에게 보낸 편지

Be good + you will be lonesome.

Mark Twain

머리에 심한 감기가 걸려서 자세한 이야기는 못 하겠어. 욕을 해야 해서 시간이 없거든.

동생 샘

도덕에 관해

트웨인은 '착하게 살아라. 외로워질 것이다.'고 했다.

세상에는 도덕감과 부도덕감이 있습니다. 도덕감은 우리에게 도덕이 무엇인지를 알려주고 어떻게 피할 수 있는지를 알려줍니다. 부도덕감은 부도덕이 무엇

There is a Moral Sense, and there is an Immoral Sense. The Moral Sense teaches us what morality is and how to avoid it; the Immoral Sense teaches us what immorality is and how to enjoy it.
Truly Yours
Mark Twain
Wien 5 October, 1897.

1897년 잡지 『비너 빌더Wiener Bilder』에 보낸 헌사 『적도를 따라서Following the Equator』(1897)와 『얼간이 윌슨의 새 책력』(1894)에도 실렸다.

1877년 트웨인이 자기 이름 둘 다로 서명한 쪽지 수신자는 누군지 알 수 없다.

인지 알려주고 어떻게 즐길 수 있는지를 알려줍니다.

변함없는 벗, 마크 트웨인   1897년 10월 5일, 빈.

· · ·

언제나 옳은 일을 하십시오. 그러면 일부 사람들을 만족시키고 나머지 사람들을 경악케 할 겁니다.

마크 트웨인 올림   1901년 2월 16일, 뉴욕.

— 1901년 브루클린 그린포인트 장로교회 청년회에 보낸 편지.

잘못에 관해

잘못을 했으면 꼭 인정하세요. 그러면 윗사람들이 방심하기 때문에 또 잘못을 저지를 기회를 얻을 수 있습니다.

당신의 벗

새뮤얼 L. 클레멘스

마크 트웨인   1877년 7월.

예절에 관해

1877년 10월 22일, 코네티컷 주 하트퍼드

월요일 오후

찰리(Charles Warren Stoddard, 1843~1909)에게.

아내가 나를 깊은 양심의 가책에 빠뜨렸어.

"이런! 스토더드 씨를 역까지 배웅하지 않은 거예요?" 하더군. 나는 "일행에 여자가 있거나 남자라도 길을 모를 때만 가잖아요." 했지.

"하지만 날이 이렇게 험한데요. 누구라도 혼자 가려면 얼마나 쓸쓸하겠어요?" 그 말을 들으니 내가 얼마나 무자비했는지 알겠더군. 그렇지만 내가 아무 생각 없어서 그랬다는 걸 말하고 싶어. 어쨌든 몹쓸 행동이었지만. 그러니 다시 와서 나에게 한 번 더 기회를 주겠다고 약속해 주게. 그럴 거지?

마크가

우리 모두 자네가 와 있는 동안 즐거웠다네. 식구들 모두.

Monday, P.M.

Dear Charley: My wife has plunged me into an abyss of genuine remorse, by saying, "What! didn't you go to the station with Mr. Stoddard?" I said, "You know I only go when there are ladies, or when the gentlemen do not know the way." *She said, "But this is such a dismal day. It is so forlorn to send anybody away alone." I realized it in an instant & I have felt like a brute ever since — but I do assure you my conduct was innocent & only heedless — but it was hellish, nevertheless. Now you promise me to come again & give me one more chance. Will you? Yrs Ever Mark

We all thoroughly enjoyed your visit, my boy — all the tribe of us.

A-1402

트웨인의 친구이자 작가, 편집자인 찰스 워런 스토더드에게 보낸 편지

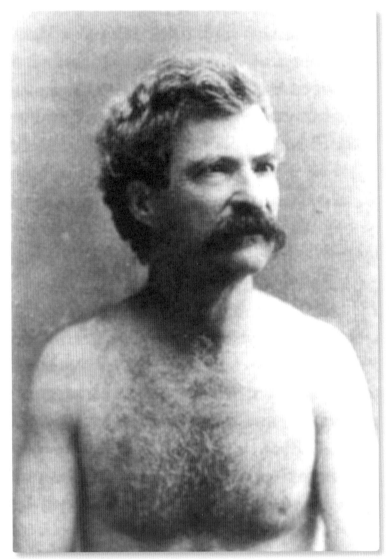

1883년 마크 트웨인의 모습 왜 웃옷을 입지 않았는지는 알 수 없다.

죽음

시간이 흐르면 전능하신 신 역시 '죽음이 실수'라는 걸 알 거다. 실수이고, 불충분하다는 것을. 살아남은 사람에게 고통을 안겨주기에 아주 탁월한 방법이긴 하지만 죽은 사람 자신은 무덤이라는 축복받은 피난처로 들어가 더는 박해받지 않으므로 불충분하다. 그러니 만족스럽지가 않다. 죽은 사람을 무덤까지도 쫓아갈 방법을 생각해내야 한다.

—『지구에서 보낸 편지Letters from the Earth』
　(마크 트웨인이 빚에 몰리고 아내와 딸을 잃었던 힘든 시기에 쓴 글들을 트웨인 사후, 1962년에 묶어서 출간한 책—옮긴이 주)

섹스

삶을 통틀어 보면 성적으로 어떻게 할 수 없는 한계와 제한이 있다. 남자는 짧은 기간 동안만 능력이 있다. 그 동안에도 남성의 경우에는 어느 정도까지만 능력이 있다고 말할 수 있다. 열여섯 살이나 열일곱 살 무렵에 능력이 생기고 그때부터 35년 정도 역량이 있다. 쉰이 넘으면 수행의 질이 떨어지고 간격도 멀어지고 양쪽 모두에게 큰 만족이 없다. … 해가 지날수록 양초는 점점 부드럽고 약해져서 결국에는 더 이상 서있을 수 없게 된다. 다시 기쁘게 우뚝 설 날을 고대하며 서글프게 휴식을 취하지만 그날은 결코 다시 오지 않는다.

—『지구에서 보낸 편지』

여성

『워싱턴 스타』, 1868년 1월 13일
여성에게 바치는 마크 트웨인의 찬사

워싱턴 기자 클럽에서 토요일에 창단 기념행사를 했다. 마크 트웨인이라는 필명으로 더 널리 알려진 클레멘스 씨가 '여성, 기자들의 자랑이자 우리의 보석'이라는 건배사에 답했다. 마크 트웨인의 말이다.

"회장님, 오늘 저녁 가장 특별한 대접을 받을 사람으로 왜 저를 지목하셨는지 모르겠습니다. 여성에 대한 건배에 답하는 일은 누구나 중요하게 생각하는 일일 텐데요. (박수) 왜 저에게 이런 특권을 주시는지, 제가 다른 클럽 멤버들보다 아주 약간 더 잘생겼다는 것 말고는 까닭을 모르겠네요. 그렇지만 어쨌든 회장님 저는 이 일을 맡아 아주 자랑스럽게 생각하고요, 아마 저보다 더 기꺼이 임무를 받아들이고 이 주제를 성심성의껏 제대로 다루려 애쓸 사람은 없을 겁니다. 왜냐하면, 저는 여성을 사랑하거든요. (웃음) 저는 모든 여성을, 나이와 피부색을 불문하고 사랑합니다. (웃음)

인간의 지성으로는 우리가 여성들에게 진 빚이 얼마나 많은지 헤아릴 수가 없습니다. 여성들은 우리 단추를 달아주고 (웃음) 옷도 꿰매 주고요, (웃음) 교회 바자회에도 끌고 갑니다. 우리에게 비밀 이야기도 해줘요. 이웃에서 일어난 아주 사소하고 시시콜콜한 일들까지도 전부 말해 줍니다. 여성들은 좋은 조언을 해주는데 그것도 아주 많이 해주지요. 가끔은 잔소리를 하고, 가끔은 큰소리도 칩니다. 아플 때에 돌보아 주고, 아이를 낳아줍니다.

삶의 모든 면을 고려해 볼 때, 온당하면서도 솔직하게 여성은 버팀목이라고 말할 수 있습니다. (큰 웃음)

여성은 어디에 있든, 어떤 위치에 어떤 자리에 있든 그곳을 장식해 주며 세상의 보물이 됩니다(트웨인 씨는 여기에서 말을 멈추고 청중을 보면서 이쯤에서 박수가 나와야 한다고 말했다. 박수가 나왔고 트웨인 씨는 말을 계속했다). 역사 속의 고귀한 이름들을 보세요! 클레오파트라를 보세요!

트웨인의 아내 올리비아 랭던 클레멘스 (1869년)

데스데모나를요! 플로렌스 나이팅게일을 보세요! 잔 다르크를 보세요! 루크레치아 보르자(Lucrezia Borgia, 1480~1519, 교황 알렉산데르 6세와 반노차 카타네이의 외딸이자 체사레 보르자의 누이. 대표적 팜므파탈로 기억된다 - 옮긴이 주)를 보세요!(사람들이 못마땅해 하자 트웨인 씨는 머리를 긁적이더니 "루크레치아는 빼야겠네요."라고 말했다) 조이스 헤스(조이스 헤스는 노예인데 1835년 주인이 헤스가 160살이 넘었고 조지 워싱턴의 유모였다고 주장하면서 유명해졌다. 최고의 흥행사 P. T. 바넘이 헤스를 사서 전시하면서 연예 사업을 시작했다 - 옮긴이 주)를 보세요! 인류의 조상 이브를요! 다시 말하지만 역사 속의 걸출한 이름들을 보세요. 과부 매크리(속요 〈과부 매크리〉에 나오는 과부 매크리는 상복을 벗고 새 남편을 맞으라고 구슬림을 당한다 - 옮긴이 주)는 어떤가요? 루시 스톤도 있지요! 엘리자베스 캐디 스탠튼![루시 스톤(Lucy Stone, 1818~1893)과 엘리자베스 캐디

145

스탠튼(Elizabeth Cady Stanton, 1815~1902)은 열렬한 노예 폐지론자였고 이후에는 여권 신장 운동을 주도했다 – 옮긴이 주] 조지 프랜시스 트레인!(George Francis Train, 1829~1904, 괴짜 사업가이자 작가이며 여성참정권을 적극적으로 옹호했다 – 옮긴이 주) (큰 웃음) 또, 여러분, 고개를 숙이고 깊은 존경심으로 조지 워싱턴의 어머니를 떠올리라고 하고 싶습니다! 워싱턴의 어머니는 거짓말을 하지 못하는 아이를 키웠지요. 할 수가 없었어요. (박수) 그럴 기회가 없었으니까요. 워싱턴이 신문 기자 클럽 소속이었다면 또 사정이 전혀 달랐겠지요. (웃음, 신음소리, 야유, "끌어내려" 하는 외침. 마크는 흥분한 청중을 태평하게 돌아보더니 다시 말을 이었다.)

다시 말하지만, 여성은 어디에 있든 사회의 장식이자 세상의 보물입니다. 애인으로서 여성을 능가할 사람이 없죠. (웃음) 여성이 사촌이면 편리합니다. 성질 고약하고 부유한 할머니는 정말 소중한 존재죠. 유모로서는 어떤 남자보다도 우월하고요! (웃음)

여러분, 여성이 없다면 이 세상에서 사람들이 어떻게 되겠습니까? 사람이 희소해지겠죠. 그러니 여성을 소중히 여기고 보호하고, 우리의 지지와 격려와 공감, 그리고 기회가 있으면 우리 자신을 바칩시다. (웃음)

농담은 이제 그만하고, 여성은 사랑스럽고 우아하고 다정하고 아름답습니다. 존경과 존중과 경의를 바칠 가치가 있습니다. 진실한 마음으로 우리가 모두 직접 알고 사랑하고 존경했던 최고의 여성 – 어머니의 건강을 위한 축배를 거절할 사람은 없겠지요! (박수)

프라이버시

이 자서전은 내가 이미 무덤에 묻힌 사람이라는 것을 늘 염두에 두고 쓰려 한다. 이 책이 출간되었을 때에는 내가 죽었을 터이니, 정말 말 그대로 무덤에서 말하는 셈이다.

살아서가 아니라 죽어서 말하려고 하는 까닭이 있다. 그러면 자유롭게 말할 수 있기 때문이다. 살아생전에 읽힐 책에서 개인사를 다루려 하면 숨김없이 터놓고 말하기가 꺼려진다. 아무리 솔직하려 해도 그렇게 되지를 않고 인간이 할 수 없는 일을 시도하고 있음을 알게 된다.

사람 속내를 가장 진솔하고 거리낌 없이 드러낸 글이 연애편지일 것이다. 연애편지를 쓰는 사람은 편지를 받는 사람 말고는 다른 누구도 읽지 않으리라는 생각에 내밀한 속을 아무 거리낌 없이 터놓고 표현할 수 있다. 그런데 가끔 약속을 깨뜨리는 일이 일어나기도 한다. 자기 편지가 만천하에 공개되었음을 알면 속이 쓰리고 괴롭고 이렇게 될 줄 알았더라면 그렇게 솔직하게 속마음을 털어놓지 말 걸 그랬다는 생각이 든다. 편지에는 한 점 거짓도 허위도 가식도 없지만, 그렇더라도 공개되리라는 걸 알았다면 훨씬 자제했을 것이다.

내가 죽어서 아무것도 모르고 관심도 없는 상태가 되기 전에는 아무도 내가 쓴 글을 보지 못하리라는 걸 안다면 연애편지 쓰듯 솔직하게 주저 없이 자연스럽게 쓸 수 있을 것 같다.

PREFACE.

As from the Grave.

≡

I.

In this Autobiography I shall keep in mind the fact that I am speaking from the grave. I am literally speaking from the grave, because I shall be dead when the book issues from the press.

I speak from the grave rather than with my living tongue, for a good reason: I can speak thence freely. When a man is writing a book dealing with the privacies of his life — a book which is to be read while he is still alive — he shrinks from speaking his whole frank mind; all his attempts to do it fail, he recognizes that he is trying to do a thing which is wholly impossible to a human being. The frankest & freest & privatest product of the human mind & heart is a love letter;

트웨인이 손으로 쓴 자서전 서문

잠

『하퍼스 매거진』에 실린 글에서 앨버트 비글로 페인은 트웨인이 소설가 조지 워싱턴 케이블과 같이 여행하다가 만화가 토머스 내스트의 집을 방문한 일을 들려준다. 토머스 내스트는 이 일을 그림으로 그렸다.

추수감사절 전날 이들은 뉴저지 주 모리스타운에서 토머스 내스트한테 접대를 받았다. 만화가가 조용한 저녁 식사 자리를 마련했고 손님들은 그 집에서 밤을 보냈다. 다음날 아침 일찍 기차를 타고 떠날 예정이라 내스트 부인이 제시간에 일어나도록 챙겨주기로 했다.

다음날 아침 깨어보니 집안이 고요했고 무언가 이상했다. 하인방에 가보았는데 하인들도 깊이 잠들어 있었다. 뒤쪽 홀의 알람시계가 손님들이 잠자리에 든 시간 무렵에 멈춰 버린 것이었다. 작업실 시계도 멈춰 있었다. 그러고 보니 집안에 있는 모든 시계

THOMAS NAST'S CARTOON OF MARK TWAIN COLLECTING THE OFFENDING CLOCKS

가 멈춰 있었다. 클레멘스가 시계가 잠을 방해한다고 아침 기차나 낭독회 스케줄은 아랑곳 않고 시계를 다 잠자게 해버렸다. 이를 추궁하자 클레멘스는 이렇게 말했다.

"그게, 시계들이 전부 과로하니까. 하룻밤 쉬고 나면 훨씬 좋아질 거야."

전화

가장 유용한 발명품이지만, 허가받은 도둑 같은 전화회사의 악랄함과 이기심 때문에 별 쓸모없는 물건이자 절도와 사기의 수단으로 전락해 버렸다.
—『마크 트웨인의 노트와 일기』, 3권, 30번 노트(1890년 8월~1891년 6월)

『뉴욕 타임스』, 1906년 12월 23일
트웨인과 전화

트웨인이 텔하모늄 소리를 듣고 떠오른 이야기를 하다

"이런 아름답고 새로운 물건들의 문제는 사람의 계획을 방해한다는 겁니다. 이런 경이로운 물건이 새로 나올 때마다 죽을 날을 미루게 되거든요. 이 소리를 듣고 또 듣기 전에는 이 세상을 떠날 수가 없을 것 같아요."

마크 트웨인은 어제 오후 어퍼브로드웨이에 있는 텔하모늄(전자 오르간의 초기 형태로, 1897년 새디어스 카힐이 개발했다. 건반의 전기 신호를 전화선으로 전달해 멀리 떨어진 곳에서 '나팔' 스피커로 소리를 들었다 – 옮긴이 주) 뮤직룸을 찾아 건반이 놓인 단상에 앉아 다리를 흔들고 빈둥거리며 이런 이야기를 했다. 이 악기는 방금 '로엔그린 결혼 행진곡'(리하르트 바그너의 오페라 〈로엔그린〉에 나오는 결혼 행진곡 – 옮긴이 주)을 연주했다.

"지난 일요일 「뉴욕 타임스」에서 이 기계에 대한 기사를 읽고 직접 들어보고 싶었어요. 왕실의 공주가 결혼한다면 결혼식 날 밤에 거리 곳곳에서 동시에 결혼행진곡을 연주할 수 있지 않겠어요? 아니면 위대한 사람이 죽는다면 – 예를 들면 '나'라든가 – 다 같이 장송곡을 연주할 수도 있고요. 이게 전화로 온 동네에 음악을 전달하기 위해 만든 기계라는 건 알지만, 사고현장에서 달아나는 운전사처럼 험한 말씨 때문에 수년 동안 전화번호를 비밀

하트퍼드에 있는 트웨인의 작업실 겸 당구실 이 방에 전화가 있었다.

로 해온 저 같은 사람에게는 좋은 점이 없겠네요.

제가 하트퍼드에 살 때, 적어도 뉴잉글랜드 그쪽 지방에서는 처음으로 우리 집에 전화를 놓았어요. 그런데 제가 무심코 한 말이 계속 말썽을 일으키더라고요. 식구들도 하나같이 생각이 없었고요. 어느 날은 집에서 꽤 떨어진 정원에 나와 있는데 제 글을 출판하려고 하는 누군가가 장거리 전화를 걸어서 글 제목이 뭐냐고 물었어요.

첫 번째 문장이 곧 제목인데 그걸 모르고요. 그래서 '지옥에나 가라고 해.'라고 했는데 딸아이가 그 말을 전하러 전화기 있는 곳으로 가는 동안에 계속 종알종알 읊어서 마을에 불경한 말이 쫙 퍼지게 됐어요. 뉴잉글랜드의 모든 사람들이 듣고 있는 것 같았죠. 딸이 그 말을 되풀이할 때마다 점점 더 목소리가 커졌거든요. 끔찍했습니다.

나는 식은땀을 흘리며 동네에 욕설이 울려 퍼지는 와중에 집으로 뛰어들어 딸에게 제발 그만하라고 사정했습니다. 하지만 딸아이는 고집을 꺾지 않고 마지막 한마디, 그러니까 '지옥'이란 말까지 꼭 하려고 했어요.

얼마 뒤에 뉴욕으로 이사했습니다. 아마 그 일 때문에 이사를 가게 되었을 거예요. 뉴욕에 와서는 화재 위험이 없는 전화를 설치해 달라고 신청했더니 전화회사에서 설치기사를 보냈습니다. 제가 고충을 모두 털어 놓았는데 기사는 그냥 웃으며 뉴욕에서는 별 문제 없을 거라고 말했습니다. 그 사람 말이 계약서에 보면 이용자 누구나 자기 모국어로 말할 수 있도록 허가한다는 조항이 있는데, 저라고 예외가 되지는 않을 거라고 했어요. 그 조항이 저한테는 신의 선물 같았지요."

Hartford, Dec. 27/90.

Dear Sir:

I doubt if it can be arranged. You see — 1. If it had not been for Professor Bell, there would not be any telephone; 2, & consequently no Hartford telephone; 3 — which makes him primarily & therefore personally responsible for the

마크 트웨인이 알렉산더 그레이엄 벨의 장인 가디너 허버드에게 보낸 편지

크리스마스를 맞아 따뜻한 마음으로 세상을 아우르는 소원을 빕니다. 우리가 모두 빈부귀천을 막론하고 존경받는 이나 경멸당하는 이나 사랑받는 이나 미움받는 이나 문명인이나 야만인이나 (전 세계 사해동포가) 마침내는 영원한 안식과 평화와 축복이 있는 천국에서 만나게 되었으면 하는 소원입니다. 전화기 발명자만 빼고.

— 1890년 12월 25일, 「보스턴 데일리 글로브」에 '크리스마스 인사'로 실린 글

• • •

다음은 트웨인이 알렉산더 그레이엄 벨의 장인 가디너 허버드에게 보낸 편지이다.

안녕하십니까.

저는 그럴 수 있을 것 같지가 않네요.

알다시피. 1. 벨 교수가 아니었다면 전화기도 존재하지 않겠지요. 2. 따라서 하트퍼드에도 전화가 없을 겁니다. 3. 따라서 벨 교수가 하트퍼드의 전화기에 일차적 책임이 있는 사람입니다. 하트퍼드 전화는 세계에서 최악입니다. 하루 중 어느 때라도 스무 단어짜리 메시지를 똑똑하게 전달하려면 일주일은 걸리고, 전깃불이 들어온 뒤에는 밤에는 전화가 먹통이 됩니다. 하지만 전화가 되거나 말거나 상관없이 냉정하게 야간 서비스 비용을 청구하지요. 게다가 전화로 욕이라도 할라치면 전화가 끊겨 버립니다. 어찌나 경건한지 저는 주눅이 들 수밖에 없네요. 날마다 전화를 걸어 연습하지만 도중에 늘 끊겨 버려요. 그러니까 정말 연습이라고 할 만한 연습은 전혀 할 수가 없습니다. 이해하시겠지요, 이 모든 일이 발명자의 책임이라는 걸요. 선생님을 위해서라도 발명자를 구원할 방법을 생각해내야 할 것 같은데 아무것도 떠오르지 않습니다. 그러니 자기 운명을 받아들이는 게 최선이겠지요. 그 사람한테 낙원의 위안과 안식을 그리워하게 되기 전에 하트퍼드로 와서 전화를 수리하라고 하세요.

그때까지, 행복하고 즐거운 크리스마스를 빕니다!

마크 트웨인

게임

당구

당구가 본디 유순한 내 성미를 망쳐 버렸다.　　— 1906년 4월 24일에 한 말.

· · ·

　　좋은 당구대가 질 낮은 당구대보다 뭐가 나은지 모르겠다. 곧은 큐가 구부러진 큐보다 뭐가 나은지, 동그란 공이 찌그러진 공보다 뭐가 나은지, 평평한 테이블이 기울어진 테이블보다 뭐가 나은지, 잘 튀기는 쿠션이 둔탁하고 잘 안 튀기는 쿠션보다 더 나은지 정말 모르겠다. 왜 이렇게 생각하느냐하면, 이 문제를 들여다보면 나쁜 당구 장비도 좋은 장비만큼이나 당구의

아끼는 당구대 앞에서. 1908년 무렵

155

정수를 만족스럽게, 철저하게 구현함을 알 수 있기 때문이다.

당구의 정수 가운데 하나는 재미다. 양쪽 중 재미를 조금이라도 더 많이 주는 게 무어냐 물으면 나쁜 장비의 손을 들어주게 된다. 나쁜 장비는 선수나 구경꾼들에게 좋은 장비보다 30% 더 큰 재미를 준다. 당구의 또 다른 정수는 선수들에게 최고의 실력을 행사할 기회를 주고 구경꾼들의 감탄을 자아낼 만한 플레이를 선보이게 하는 것이다. 이 점에 있어서도 나쁜 장비가 좋은 장비에 결코 뒤지지 않는다. 찌그러진 공과 기울어진 테이블의 특성을 정확하게 가늠하고 그걸 고려해서 계산하기는 아주 어렵다. 만족스러운 결과를 얻으려면 최고의 기술이 있어야 한다. 내기를 하면 게임의 흥미가 더해진다는 게 당구의 그 다음 정수인데, 이 점에서도 좋은 장비가 더 나을 게 없다.

경험을 통해 나는 나쁜 장비에도 최고의 장비 못지않은 가치가 있음을 안다. 경매에 내놓으면 7달러에도 안 팔리는 장비라고 하더라도 게임의 정수들을 생각해보면 1,000달러 넘는 장비 못지않은 가치가 있다. … 작년 겨울 이곳 뉴욕에서 나는 호프, 섀퍼, 서튼을 비롯한 세계적인 당구 챔피언 여러 명의 경기를 보았다. 이들의 기술과 정교함은 과연 경이로웠지만, 40년 전 재캐스 걸치의 다 쓰러져 가는 술집 망가진 당구대의 울퉁불퉁한 표면 위에서 텍사스 톰이 선보인 놀라운 샷보다 더 정교하고 아름다운 것은 보지 못했다.

—『마크 트웨인 자서전』, 1907년 11월, 〈노스 아메리칸 리뷰〉에 실린 부분.

• • •

당구대가 의사보다 나아요. 당구가 속쓰림을 몰아내는 데 효과가 있어요. 집에 당구선수가 한 명 있어 날마다 큐를 들고 10마일씩은 걷지요. … 점심 직후에 당구를 시작해 날마다 자정까지 계속하고 중간에 저녁과 음악 감상을 위해 두 시간만 쉽니다. 그러니까 날마다 9시간 움직이고 일요일에는 10~12시간 운동을 하는 셈이에요.

— 1906년 11월, 친한 친구 헨리 H. 로저스의 아내 에밀리 로저스에게 보낸 편지. (로저스 부부에게 선물로 받은 당구대를 트웨인이 뉴욕시 5번로에 있는 집에 설치했다.)

자동차

저는 자동차가 없지만 친구들에게는 자동차가 좋다고 사라고 권합니다. 그러면 친구들이 와서 나를 태워 데리고 나갈 수 있으니까요. 자동차로 울퉁불퉁한 길을 달리다 보면 평소에 좀 흔들어줘야 하는데 그러지 못하는 상체가 시원하게 흔들립니다. 계단 위를 달려 올라갈 때처럼요. 몸을 풀어 주고 (계단의) 탄력성을 보장해주는 아주 좋은 운동입니다.

— 1906년 5월 『모터』에 실린 '자동차를 탄 마크 트웨인'에서 인용.

• • •

미국에서는 날마다 과속차량이 사람을 치고 '무사히 달아난다'. 신문에 따르면 그렇다. 지금 쓰는 자동차 번호판은 너무 작아서 맨눈으로는 빠른 속도로 달아나 벌써 100피트는 멀어진 (보는 사람이 초점을 맞추기 전에 자동차가 그 정도는 달린다) 차의 번호판을 식별할 수가 없다. 나라면 법을 고치겠다. 숫자 크기를 키워 100야드 떨어진 곳에서도 읽을 수 있게 만들겠다. 과속을 한

마크 트웨인이 1906년식 올즈모빌 뒷좌석에 앉아 있다. 운전자는 유명한 레이싱카 드라이버 어니스트 킬러라고 한다.

번 하면 숫자를 더 크게 만들어 300야드 떨어진 곳에서도 보이게 만든다. 벌금 대신

이기도 하고, 보행자들더러 빨리 나무 위로 올라가라는 경고의 뜻도 된다.

— '과속', 『하퍼스 위클리』, 1905년 11월 5일.

축하

생일

「뉴욕 타임스」, 1905년 12월 6일.
마크 트웨인의 칠순을 축하하며

동료 소설가들이 델모니코스에서 정찬을 함께 함
어떻게 그렇게 오래 살았는지 어떻게 하면 다른 사람들도 그를 따라
칠순에 이를 수 있는지를 듣다

마크 트웨인이 다음과 같이 말했다.

"첫 번째 생일이 기억나요. 그날을 생각할 때마다 화가 나지요. 모든 게 투박하고 아름답지가 못했어요. 아무것도 준비가 안 되어 있었죠. 알다시피 저는 고상하고 섬세한 미적 취향을 가지고 태어났지 않습니까. 그런데 생각해보세요, 머리카락도 없고, 이도 없고, 옷도 없었어요. 첫 번째 생일을 그런 꼴로 맞아야 했죠.

게다가 사람들이 잔뜩 몰려왔어요. 미주리 산골에 있는 아주 작은 마을이었는데 여기에서는 당최 아무 일도 일어나지 않죠. 그래서 제가 그날 관심의 초점이 되고 말았어요. 시골 사람스럽게 다들 궁금하다고 찾아와서는 저를 들여다보고 뭐 새롭고 특이한 점이라도 있나 보았지요. 제가 태어난 일이 그 마을에서는 석 달 만에 일어난 뭔가 특별하다 할 만한 일이었고, 그 뒤로도 2년 동안은 거의 아무 일도 일어나지 않았어요.

뉴욕시 델모니코스에서 열린 마크 트웨인의 70번째 생일잔치

다들 자기 의견을 이야기했죠. 아무도 의견을 묻지 않는데도 한마디씩 했는데, 하나같이 편견으로 가득했어요. 그래도 저는 최선을 다해서 참았습니다. 제가 워낙 예의를 타고 나서요. 한 시간 정도 참았어요. 그러다가 벌레가 꿈틀했습니다. 제가 그 벌레예요. 이제 제가 꿈틀할 차례가 되었고, 그래서 꿈틀했습니다. 제 위치가 어떤지는 잘 알았죠. 제가 그 마을에서 유일하게 티 없이 순수한 존재라는 걸 알기 때문에 당당하게 그 사실을 밝혔습니다.

사람들은 당연히 뭐라고 대꾸해야 할지 몰랐죠. 그냥 당황해서 가버렸습니다. 그게 제 첫 노래였는데, 이제는 마지막 노래를 부르고 있네요. 그 첫 번째 생일에서 오늘 일흔 번째 생일까지 참 멀리도 왔습니다!"

트웨인은 장수 비결을 이같이 말했다.

"일흔 번째 생일이라니! 새로 끔찍한 위엄에 도달하는 때죠. 한 세대 동안 나 자신을 옥죄어 온 점잖은 겸손함 따위는 집어 던지고 두려움 없이 부끄러움 없이 7층짜리 정상에 우뚝 서서 아래를 내려다보며 훈계질을 해도 아무도 뭐라 하지 않아요. 이제 세상에 어떻게 이 자리까지 올라 왔는지 말해줄 수 있어요. 다들 그렇게 하니까요. 저도 지금까지 내내 제 방식을 설파하고 싶었는데 이제야 마침내 그럴 자격이 생겼네요.

저는 특별할 것 없는 방법으로 칠순에 이르렀습니다. 다른 사람이라면 죽음으로 직행할 생활 방식을 엄격하게 따르는 방법이지요. 과장처럼 들리겠지만 원래 이게 장수의 상도^{常道}입니다. 말 많은 노인들의 생활 패턴을 살펴보면, 이들에게는 도움이 되었지만 다른 사람은 망가뜨릴 습관이 꼭 있습니다. 그래서 이 말을 이 자리에서 격언으로 제시하겠습니다. 다른 사람의 길을 따라서는 장수할 수 없다는 것이지요.

이제부터 제가 70년 동안 의사와 교수형 집행인을 피할 수 있게 도와준 생활방식을, 누구든 자살하고 싶은 사람에게 확실한 비법으로 일러주려 합니다. 일부 사실처럼 들리지 않는 부분도 있겠지만 전부 사실입니다. 저는 속이려고 이 자리에 있는 게 아니라 가르침을 주려고 있는 거니까요."

트웨인은 잠자리 습관에 관해 이렇게 말했다.

"마흔이 되기 전에는 굳어진 습관이 없다가 마흔을 넘기면 생활 패턴이 단단해지고 곧 돌처럼 되므로 이때부터가 진짜 시작입니다. 마흔 살부터 저는 규칙적으로 잠자리에 들고 또 일어났습니다. 핵심 포인트 가운데 하나죠. 저는 같이 앉아 놀 사람이 아무도 없을 때 잠자리에 들고, 또 꼭 일어나야만 할 때 일어나는 걸 원칙으로 삼았습니다. 그러다 보니 불규칙한 생활을 규칙적으로 꾸준히 하게 되었지요.

식사에 관해서는, 이것도 핵심 포인트인데, 나하고 맞지 않는 음식을 그걸 이길 때까지 끈질기게 계속 먹는다는 원칙을 고수했습니다. 그렇지만 지난봄에는 자정이 지난 뒤에 고기파이 먹기를 그만뒀습니다. 그전까지는 그게 부담되는 음식이 아니라고 생각했거든요. 30년 동안 아침에 커피와 빵을 먹고 저녁 7시 30분까지는 아무것도 안 먹었습니다. 열한 시간 동안요. 저는 아무렇지도 않았습니다. 두통이 있는 사람은 이렇게 해서는 무탈하게

트웨인의 70번째 생일잔치 메뉴

일흔까지 살지 못할 겁니다. 이 점을 강조하고 싶습니다. 저는 이게 지혜라고 생각하는데, 일흔까지 살기 위한 방법 때문에 불편을 감수할 수밖에 없다면, 그 길로는 가지 마세요. 편안한 객차에서 내려 역한 냄새가 나는 기관차로 갈아타라고 하면, 차라리 짐을 챙기고 수표를 헤아린 다음 공동묘지가 있는 다음 기차역에서 내리세요."

트웨인은 침대에서 담배도 피웠다고 했다.

"저는 시가를 동시에 한 대 이상은 피우지 않는 걸 원칙으로 삼았습니다. 그것 말고는 흡연에 관해 별다른 제약이 없습니다. 제가 담배를 시작한 게 언제인지 정확히는 모르겠는데 아버지 생전인 것만은 분명하네요. 그때는 저도 조심했습니다. 아버지가 1847년 제가 갓 열한 살이 되었을 때 돌아가셨는데, 그 뒤에는 대놓고 피웠지요. 제가 딱히 절제를 좋아해서는 아니고 다만 다른 사람에게 본보기가 되기 위해서 잠잘 때에는 담배를 피우지 않고 깨어 있을 때에는 자제하지 않는다는 원칙을 늘 따릅니다.

저는 잠들기 직전까지 침대에서 담배를 피웁니다. 밤중에 한두 번, 때로는 세 번도 깨는데 이 기회를 놓치지 않고 또 흡연하지요. 아주 오래되고 소중한 습관이라 이 습관을 버린다면, 여기 계신 회장님이 유일한 미덕을 잃은 것과 비슷한 기분일 것 같습니다. 그러니까 미덕이 있다면 말이지요. 회장님을 비난하려는 것은 아닙니다만. 이 자리에서, 제가 가끔 몇 달 동안 금연을 한 적이 있음을 인정합니다. 결심이 있어서 그런 건 아니고, 뽐내기 위해서였죠. 내가 담배의 노예이고 속박에서 벗어날 수 없다고 비난하는 사람들을 타도하려고 그랬어요.

오늘로 제가 최대치로 담배를 피우기 시작한 지 60년이 되었습니다. 저는 금줄이 둘러진 시가는 절대 안 사요. 그런 것들은 비싸다는 걸 진즉에 알았거든요. 늘 싸구려 시가를 삽니다. 그러니까 적당히 싼 시가요. 60년 전에는 한 통에 4달러를 주고 샀는데 이제 취향이 좀 더 고급화되어서 7달러짜리를 삽니다. 6달러 아니면 7달러인데. 7달러인 것 같네요. 네, 7달러예요. 그런데 통값이 포함된 가격이죠. 저는 집에서 가끔 흡연 파티를 여는데 항상 오는 사람들은 막 금주를 맹세한 사람들입니다. 왜 그러는 걸까요?"

트웨인은 어릴 때 대구간유를 아홉 통 먹고 자랐다.

"술에 관해서는 원칙이 없습니다. 다른 사람들이 마실 때에는 저도 옆에서 거듭니다만, 다른 때에는 습관이기도 하고 취향이기도 한데 마시지 않습니다. 술을 안 마셔도 저는 아무 문제가 없는데 다른 사람이라면 저와 다르니까 문제가 될 수도 있지요. 그러니 그냥 두세요.

저는 일곱 살 때부터 약을 먹은 일이 거의 없습니다. 약을 먹을 필요는 더더욱 없었고요. 그렇지만 일곱 살 때까지는 대증요법 약을 밥처럼 먹고 살았습니다. 약을 먹을 필요가 있어서는 아니었어요. 경제적인 이유 때문이었죠. 아버지가 빚 대신 약방을 인수받았는데, 경제적인 이유로 대구간유를 아침으로 먹었죠. 대구간유가 아홉 통 있었는데, 제가 7년에 걸쳐 먹었습니다. 다 떨어진 다음에야 대구간유를 뗐죠. 나머지 식구들은 대황이나 토근(대황은 하제下劑, 토근은 구토제로 쓰는 약재다-옮긴이 주) 같은 걸 먹어야 했지만 전 특히 사랑받는 자식이었거든요. 제가 최초의 정유회사였던 셈이죠. 그걸 다 먹었으니. 약방의 약을 다 먹었을 때쯤 몸이 튼튼해졌고 그 뒤로는 건강 때문에 골치 썩는 일이 없었습니다."

트웨인은 별다른 운동은 하지 않았다.

"자고 쉬는 것 말고 운동은 한 적이 없어요. 앞으로도 할 생각 없고요. 운동은 지겨워요. 게다가 피곤할 때에는 운동이 도움이 안 되지요. 전 늘 피곤하거든요.

이제 아까의 교훈을 다시 되풀이해서 강조하고 싶습니다. 다른 사람의 길로는 장수에 다다를 수 없습니다. 제 습관이 저한테는 도움이 되지만 다른 사람이라면 그러다 죽고 말 겁니다.

저는 철저히 도덕적으로 살아왔습니다. 그렇지만 다른 사람이 그렇게 하려고 하거나 제가 다른 사람에게 그렇게 살라고 하는 건 잘못이겠지요. 아무도 성공하지 못할 겁니다. 아주 어마어마한 크기의 도덕성을 갖추고 있어야 해요. 적당히 해서는 도달할 수가 없습니다. 도덕성은 습득하는 겁니다. 음악, 외국어, 경건함, 포커, 마비처럼요. 타고 나는 사람은 없습니다. 저도 마찬가지였죠. 저도 가난하게 시작했습니다. 도덕성이라고는 단 한 개도 없었죠. 이 자리에 있는 누구도 과거의 저만큼 가난하지는 않을 겁니다. 네, 저는 그렇게 세상에 나왔어요. 도덕성 하나도 없이요. 보험용 도덕도 하나 없었지요."

트웨인은 계속해서 '도덕성'에 관해 말했다.

"처음으로 얻은 도덕성이 무언지 기억이 안 나네요. 세상이 모습이었는지 주위 풍경과 날씨는 기억해요. 아주 오래된 도덕, 낡은 중고 도덕성들이 있었어요. 수리도 할 수 없을 정도이고 잘 맞지 않는 것이었어요. 그렇지만 그런 것도 건조한 곳에 잘 보관해 놓으면 행진이나 여름학교, 만국 박람회 같은 때에 쓸 수 있어요. 가끔 한 번씩 좀약을 놓아주고 눈가림용으로 하얗게 색칠해주면 얼마나 오랫동안 버티며 좋은 (아니면 적어도 불쾌하지는 않은) 상태를 유지하는지 놀랄 겁니다.

곰팡이 슨 낡은 도덕성은 그동안 운동을 전혀 하지 못해 조금도 자라지 못한 상태예요. 그래도 열심히 써먹었어요. 특히 주일 같은 날에. 너무 혹사해서 힘이나 체구가 믿기지 않을 정도로 쇠했지만 그래도 63년 동안 쓸모가 많았어요. 저의 자랑이자 기쁨이었죠. 그러다 보험회사 사장들과 사귀기 시작하더니(당시 보험회사에서는 이윤을 크게 남겨 투기 등에 유용해 대중의 불신을 샀다. 1905년 무렵 뉴욕에서 대대적인 조사와 공청회가 열렸다 - 옮긴이 주) 실체도 성격도 사라져버려 더는 봐줄 수가 없게 되었고 쓸모도 없어져 버렸습니다. 저한테는 큰 손실이었죠.

그렇지만 전적으로 손해는 아니었습니다! 딱한 해골이 되어버린 녀석을 팔았으니까요. 벨기에 해적왕 레오폴 국왕[벨기에 국왕(1865~1909 재위) 레오폴 2세. 콩고 자유국을 설립해 무자비한 착취와 학살을 저지름 - 옮긴이 주]에게 팔았습니다. 레오폴은 그걸 미국 메트로폴리탄 박물관에 팔았고요. 박물관에서는 길이 57피트, 높이 16피트에 달하는 그 녀석이 브론토사우루스인 줄 알고 냉큼 사들였어요. 정말 그렇게 보이거든요. 그 정도로 큰 녀석이 자라나려면 열아홉 지질 시대를 거쳐야 할 거라고 합니다.

도덕은 헤아릴 수 없이 가치 있는 것입니다. 사람은 누구나 죄라는 세균이 가득한 채로 태어나는데 이 세균을 잡을 수 있는 것은 도덕뿐이기 때문입니다. 살균된 기독교인을 한 번 예로 생각해보세요. 세상에 딱 한 사람 있으니까 '그' 살균된 기독교인이라고 해야겠지요. 아, 왜 절 그렇게 빤히 보세요?

예순하고도 또 열!

일흔은 성경에서 제한해 놓은 나이입니다. 이 나이가 지나면 어떤 의무도 지지 않지요. 이제 힘든 삶은 끝이 났습니다. 키플링처럼 군대 용어를 빌

자면 만기 제대한 사람이지요. 잘했거나 못 했거나 복무 기한을 다 했으니 소집 해제됩니다.

지난 40년 동안 선약이 있다는 핑계를 대고 갈 길을 미루며 양심의 거리낌을 느꼈다면, 이제 다시는 그럴 필요가 없습니다. 무덤 이쪽에서는 그럴 필요가 없으니까요. 겨울밤, 밝고 떠들썩한 파티가 끝나고 밤늦게 황량한 길을 걸어 집에 돌아갈 생각을 하면 어깨가 처지고 쓸쓸해지잖아요. 이제는 늦은 밤에 들어갈 때 식구들을 깨우지 않으려고 살금살금 기어들어가야 한다는 생각이 아니라, 살금살금 걸을 필요도 없고 다시는 식구들을 깨우지 못하리라는 생각이 들겠지요 - 이렇게 대답하면 됩니다.

'초대해주셔서 영광입니다. 아직도 저를 기억해 주시니 기쁘지만, 저는 일흔입니다. 일흔이 되었으니 방구석에 웅크리고 앉아 파이프를 피우고 책을 읽으며 쉬고 여러분 모두에게 따뜻한 행운을 빌겠습니다. 여러분도 일흔 번째 부두에 다다르면 느긋한 마음으로 기다리던 배에 올라타 만족스러운 기분으로 가라앉는 해를 향해 나아갈 수 있기를 기원합니다.'"

새해

새해 첫 날은 우리가 늘 그렇게 하듯이 새로운 것을 결심해도 되는 시기입니다. 다음 주면 전처럼 지옥으로 가는 길을 닦고 있겠지만. 어제 모든 사람이 마지막 담배, 마지막 한 잔, 마지막 욕설을 마쳤습니다.

오늘 우리는 경건하고 모범적인 사람들입니다. 오늘로부터 30일 뒤에는 결심 따위는 바람에 던져 버리고 오래된 단점을 더 짧게 깎아 다듬겠지만요. 어쨌든 정진하십시오. 새해는 무해한 연례행사이고 원래 술을 진탕 마시거나 친구에게 전화를 하거나 헛된 결심을 하기 위한 핑계 말고는 아무 쓸모가 없으니까요. 여러분은 중대한 날에 어울릴 만큼 충분히 이 날을 즐기시길 바랍니다.

— 버지니아 시티 「테리토리얼 엔터프라이즈」에 보낸 편지. 1863년 1월

* * *

「뉴욕 타임스」 1907년 1월 1일
마크 트웨인과 쌍둥이 형제가 새해 파티를 축하하다

작가가 집에서 샴쌍둥이 연극을 벌이다

리본으로 묶인 두 사람

쌍둥이가 술에 취하고 트웨인이 금주에 관해 설교를 하는 동안
즐거운 취기가 감돌다

1906년 마크 트웨인이 마지막으로 한 일은 술에 취해 금주에 관해 설교를 한 것이었고, 1907년에 가장 먼저 한 일은 자기가 죽으면 다른 망자들 앞에서 자기가 최초로 집에서 텔하모늄 음악을 '가스처럼' 켠 사람이라고 자랑할 수 있게 되었다고 좋아한 일이었다.

물론 마크 트웨인은 금주에 관해 진지한 설교를 한 것도 아니고 심하게 취한 것도 아니었다. 취한 사람과 금주 설교자를 동시에 흉내 내면서 이 설교의 공은 모두 자기가 갖고 주사를 부린 탓은 모두 샴쌍둥이 형제에게 돌렸다.

클레멘스 씨에게 샴쌍둥이 형제가 있다는 말을 처음 들었다는 사람을 위해, 그런 형제가 있었던 것이 단 하룻밤 동안이었고 어젯밤 5번로 21번지 작가의 집에서 친구들과 조촐하게 가진, 딸 미스 클레멘스를 위한 파티에서 였음을 먼저 밝혀두어야겠다. 파티는 오늘 아침까지 이어졌는데, 잘 조절된 취기는 15분 넘게 계속되기 마련이고 그게 흉내라고 할지라도 마찬가지이며, 어젯밤의 술꾼 흉내는 열혈 팬이라고 하더라도 마크가 술 마시는 모습을 보았음을 인정하지 않을 수 없을 정도로 탁월한 연기라, 시쳇말로 '연장 공연'에 돌입하게 되었기 때문이다. 연장공연 동안에 클레멘스 씨는 정치에 관해 한마디 했다.

스무 명 남짓의 손님들은 셔레이드(어떤 사람이 하는 몸짓을 보고 무얼 나타내는지 맞히는 놀이 - 옮긴이 주) 등의 게임을 하며 저녁 시간을 보내다가 11시 30분에 클레멘스 씨가 응접실로 들어와 작은 무대에 오르자 놀랄 수밖에 없었다. 클레멘스 씨는 최근 워싱턴 펜실베이니아 대로에서 입었던 흰 양복을 입었다.

클레멘스 씨 곁에는 비슷하게 흰 양복을 입은 젊은이가 있었는데 작가가 샴쌍둥이 형제라고 소개했다. 두 사람은 서로에게 팔을 둘렀고 분홍 리본으로 몸이 한데 묶여 있었다. 트웨인은 키가 작은 편이고 살집이 있고 머리카락은 눈처럼 희다. 쌍둥이 형제는 키가 아주 크고 말랐으며 머리카락이 검었다. 두 사람이 형제라는 게 눈에 빤히 들어왔다. 마크는 방에 들어서면서 바로 자기들의 닮은 점을 이야기했다.

"우리는 멀리에서 왔습니다. 사실 아주, 아주 멀리에서 왔죠. 뉴저지에서요. 우리는 샴쌍둥이인데 이 나라에 오래 살았기 때문에 미국식 관습도 잘 알고 언어도 신문에서 쓰는 만큼 잘 쓰고 말할 수 있게 배웠습니다.

우리 형제는 서로 떼려야 뗄 수 없는 사이라, 내가 먹는 게 이 사람에게 영양이 되고 이 사람이 마시는 게 – 쿨럭 – 저에게 영양이 되지요. 별로 먹고 싶지 않을 때도 이 사람이 배고프면 먹습니다. 물론 내가 목이 마르지 않을 때도 이 사람이 자주 들이킨다는 이야기는 하지 않아도 아시겠지요.

안타깝지만 이 사람은 확고한 술꾼입니다. 사악하고 사악한 저주인 술 말입니다. 반면 저는 원칙에 따라, 또 맛을 별로 즐기지 않기 때문에 절대 술을 마시지 않아요."

마크는 또 자기가 금주를 지키라는 요청을 받았고 아주 잘해나가고 있다고 말했다. 자기 형제가 반면교사라고 했다.

"지방을 돌아다니며 금주에 관한 설교를 하다가, 내가 흰 리본을 두른 금주단 행렬 선두에 서있다는 사실을 알아차리고 아주 곤혹스러울 때가 많습니다. 너무 취해서 나도 모르게 그러고 있었던 거죠."

마크가 말했다.

"하지만 다행히도 내 쌍둥이 형제가 이제 마음을 바로 잡았습니다."

이 시점에서 샴쌍둥이 형제가 술병을 꺼내 마크 몰래 한 모금을 마셨다.

"3년 동안 한 방울도 마시지 않았죠."

또 한 모금.

"다시는 입에도 대지 않을 겁니다. 하느님께 감사드릴 일입니다."

여러 모금.

"여러분 앞에 내 형제를 소개해서 악마의 술의 끔찍한 저주에서 여러분을 구할 수만 있다면 저는 기쁠 것입니다."

마크는 거의 외치다시피 했다. 그때 술기운이 분홍색 리본을 타고 전해졌는지 마크가 딸꾹질을 몇 차례 했다.

"훌륭하게 새 사람이 되었－"

또 한 모금.

"훌륭한 새 샤람이에요"

"이대한 일－이대한 일을 하고 이셔요－이. 대. 한 일. 최고입니다. 야가 마음을, 고쳐 머꼬, 새 샤람이, 최고에요. 속이 안 좋아셔－"

사람들은 미친 듯이 웃어댔다. 마크는 거나하게 취한 듯 비틀거렸다. 쌍둥이 동생은 아직도 술병을 들고 용도에 맞게 사용하고 있었다. 웃음소리가 너무 커져서 노인은 소극笑劇을 더 진행하지 못했다. 몇 분 뒤 1마일 반 떨어진 브로드웨이에서 연주하는 텔하모늄 음악을 틀었더니 〈올드 랭 사인〉이 흘러나왔고 새해가 밝았다.

종교

트웨인은 창세기에 최초의 사람으로 나오는 아담을 풍자의 소재로 즐겨 삼았다. 1867년에는 노트에 이렇게 적었다.

모든 게 아담으로부터 시작되었다. 아담은 농담이나 거짓말을 한 최초의 인간이다. 얼마나 운 좋은 사람인가. 재미난 농담을 했을 때 자신보다 먼저

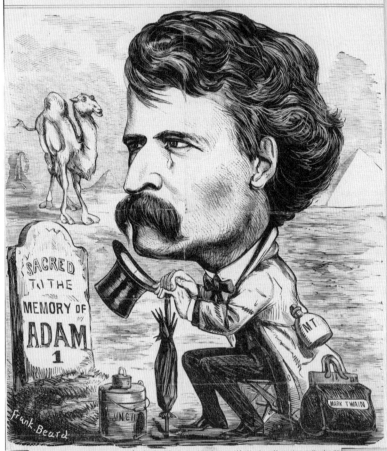

SACRED TO THE MEMORY OF ADAM 1

Frank. Beard

LUNCH

MT

MARK TWAIN

MARK TWAIN AT THE GRAVE OF ADAM.

Those of our readers who have perused the description given by the gifted author of the "Innocents Abroad," and "Roughing It," of his visit to the grave of our common ancestor, will, we are assured, read it again with pleasure here, given in connection with an illustration of the incident which our artist has most strikingly drawn; while those who have never read it (if such there be) will be enabled to do so for the first time, under the most favorable auspices, for a full realization of the situation and its surroundings. He says:

"The tomb of Adam! How touching it was, here in a land of strangers, far away from home, and friends, and all who cared for me, thus to discover the grave of a blood relation. True, a distant one, but still a relation. The unerring instinct of nature thrilled its recognition. The fountain of my filial affection was stirred to its profoundest depths, and I gave way to tumultuous emotion. I leaned upon a pillar and burst into tears. I deem it no shame to have wept over the grave of my poor dead relative. Let him who would sneer at my emotion close this volume here, for he will find little to his taste in my journeyings through the Holy Land. Noble old man —he did not live to see me—he did not live to see me. Weighed down by sorrow and disappointment, he died before I was born—six thousand brief summers before I was born. But let us try to bear it with fortitude. Let us trust that he is better off, where he is. Let us take comfort in the thought that his loss is our eternal gain."

1872년 7월, 「아메리칸 퍼블리셔」에 실린 프랭크 카터 비어드의 일러스트레이션 농담을 한 사람은 없다는 걸 알았을 테니. 그렇지만 에덴동산에 아담만 있었던 것은 아니니 모든 공을 아담에게 다 돌릴 수는 없다. 최초의 여자 이브도 있었고, 최초의 컨설턴트 사탄도 있었으니.

나중에는 또 이런 글을 썼다.

"아담이 사과를 먹은 건 사과를 먹고 싶어서가 아니라, 금지되었기 때문이었다. 만약 사과가 아니라 뱀이 금지되었더라면 얼마나 좋았을까."

인류 조상에 관한 최고의 풍자는 1901년 11월 10일 「뉴욕 타임스」에 실린 연설일 것이다.

"아담과 노아가 제 조상입니다. 이 사람들에 관해서는 별로 높게 평가하지 않습니다. 아담은 품성이 부족해요. 사과를 믿고 맡길 수가 없습니다. 노아는 어리석게도 항해 지식 없이도 항해할 수 있다고 착각했어요. 지구에서 딱 하나뿐이던 모래톱에 상륙한 건 우연이었죠."

• • •

아담은 요새 인기가 떨어집니다. 다윈 일파 때문이지요. 그리 오래 버티지 못할 것 같아요. 징후가 곳곳에 있습니다. 아담이 미생물로 축소됩니다. 각다귀를 교회 크기로 확대할 정도로 강력한 현미경 없이는 볼 수도 없을 정도로 작은 점이지요. 이 점을 배양합니다. 처음에는 벼룩이 나오고, 다음에 파리, 딱정벌레, 이것들을 교배하면 물고기가 나오고, 온갖 종류의 물고기들이 생겨날 테고, 또 이것 전부를 교배하면 파충류를 얻을 수 있고, 파충류를 계속 기르면 도마뱀과 거미와 두꺼비와 악어와 국회의원 등을 잔뜩 얻을 수 있고, 또 전부를 교배해서 양서류를 얻게 됩니다. 양서류는 젖었거나 말랐거나 살 수 있는 반*종족들이죠. 거북이라든가 개구리라든가 오리너구리라든가, 이들을 또 교배하면 뱀이 나오고 박쥐가 저주한 잡종 새 - 익룡이 나옵니다. 또 이걸 발전시키고 시시때때로 물을 주면 깃털이 달린 것 수백만 종이 하늘을 뒤덮지요. 이렇게 축적된 모든 동물을 다 교배해서 포유류를 얻어내고, 다시 희석을 시작해서 소니 호랑이니 쥐니 코끼리니 원숭이니 잃어버린 고리까지 이어지는 온갖 것들을 얻게 되죠. 잃어버린 고리와 인어 사이에서 인간이 태어나고, 그렇게 해서 우리가 여기에 있는 겁니다! 완벽하게 정돈된 상태로요. 이제 납작 엎드려서 과연 여태까지의 시간과 수고를 들일 가치가 있었는지 지켜보는 것 말고는 할 일이 없지요.

— 『인간 우화Fables of Man』에 실린 〈부랑자 쉼터〉에서

• • •

「샌프란시스코 콜」, 1901년 4월 29일
모욕을 농담으로 받다

마크 트웨인이 하층민 출신이라는 비아냥에 답하다

뉴욕, 4월 28일. 어제 저녁 마크 트웨인이 브루클린 성직자 조합에 초대되었다. '여성의 밤'이었기 때문에 회장인 J. F. 카슨 목사는 부인들에 관한 찬사로 이들을 환영했다.

"가장 고귀하고 선한 자극과 영감은 부인들한테서 옵니다."라고 목사가 말했다.

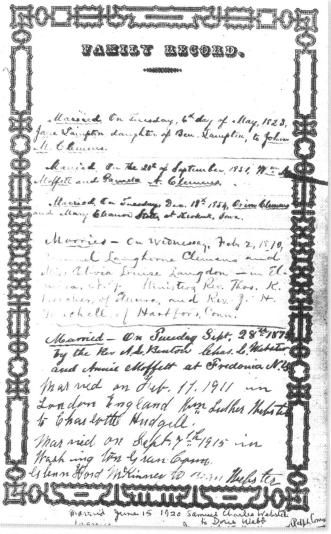

클레멘스 집안은 성경책 안에 가족에 관한 기록을 남겼다.

마크 트웨인의 차례가 오자 그는 이렇게 말했다.

"저는 오늘 성직자 여러분의 초대를 받아 이렇게 만날 수 있게 되어 마음이 아주 흡족합니다. 저는 브루클린에서만 이런 대접을 받습니다. 그렇지만 우리 아내의 이야기를 끌어들이면 뭐합니까? 과하다고 생각하지는 않습니까?

제 아내는 오늘 너무 피곤해서 못 왔습니다만, 다행이라고 생각합니다. 아내가 이런 이야기를 듣기를 바라지 않거든요. 직업적 제약이 있긴 하겠습니다만, 성직자 여러분께서는 왜 진실을 말하려고 하지 않나요? 여러분께서, 솜씨가 무뎌져서이기도 하겠지만, 어떤 분은 이렇게 말하고 다른 분은 저렇게 말하면, 사람들이 종교 문제를 두고 혼란을 느낍니다.

고매한 어떤 목사님이, 이름은 말씀드리지 않겠습니다만, 최근에 저더러 천하게 태어나 막 자랐다고 말했습니다. 마음이 상하지는 않았습니다. 셰익스피어도 천하게 태어났고, 아담도 그렇죠. 아담은 숲에서 태어났다고 들었어요. 그렇지만 목사님이 아담을 두고는 그렇게 말하지 않아 다행입니다. 집안 선조에 관해 그렇게 말하면 상처를 받으니까요. 어쨌든, 공화국에서는 다른 사람처럼 낮은 신분으로 태어나는 게 더 좋다고 생각합니다. 바다 건너편에서 태어났다면 뭐 공작으로 태어났다면 좋겠지요. 이름을 말할 수 없는 그 목사님도 그쪽에서 태어났다면 공작이었을 것 같네요."

트웨인이 말하는 사람은 교회 성직자 조합 회장인 웨일랜드 스폴딘 목사로, 지난 목요일에 마크 트웨인이 천하게 태어나 막 자랐다고 언급한 바 있다.

성경

아주 재미있는 책이다. 훌륭한 시가 들어 있다. 재치 있는 우화도 있다. 피로 물든 역사도 있다. 좋은 교훈도 있다. 외설성도 아주 풍부하다. 그리고 천 개도 넘는 거짓말이 가득하다. ─『지구에서 보낸 편지』(1962)

• • •

신약과 구약은 각각 나름대로 재미있다. 구약은 종교가 일어나기 전 유대인들의 신이 어떤 모습이었는지를 보여주고, 신약은 그 뒤에 어떤 모습으로 비추어졌는지를 보여준다. ─『지구에서 보낸 편지』(1962)

• • •

기독교 성경은 약방이다. 내용물은 바뀌지 않는데 치료 방법만 바뀐다. … 세상이 성경을 수정했다. 교회는 결코 그런 일을 하지 않는다. 그러면서 행렬 끄트머리에서 꼭 끼어들어 모두 제 덕인 양한다. 오랜 세월 동안 마녀가 있었다. 성경에서 그렇다고 했다. 성경이 마녀는 살려두면 안 된다고 명했다. 그래서 교회가 대략 800년이 지난 뒤에 밧줄, 고문 도구, 횃불을 끌어 모아서 이 성스러운 일을 본격적으로 시작했다. 9세기 동안 밤낮으로 열심히 일해 마녀 무리와 군단 전부를 투옥하고 고문하고 교수형이나 화형에 처하여 기독교 세계에서 마녀들의 더러운 피를 몰아냈다.

그리고 나서 세상에는 마녀라는 것이 존재하지 않고, 존재한 적도 없었다는 게 밝혀졌다. 웃어야 할지 울어야 할지 알 수 없는 심정이다. 마녀가 없다니. 마녀에 대한 글은 남아 있다. 실천만이 달라졌을 뿐. 지옥의 불길은 사라졌지만 글은 그대로다. 유아 저주라는 개념은 없어졌지만 글은 고스란히 있다. 사형으로 처벌하던 200가지가 넘는 죄목이 법전에서 지워졌지만 그 근거가 되었던 글은 그대로 남아 있다.

— '성경의 가르침과 종교적 실천', 『유럽과 다른 곳Europe and Elsewhere』(1923)

기독교에 관해

예수가 지금 여기 있다면 이것 한 가지만은 절대 되지 않을 것이다 – 기독교도.

— 〈마크 트웨인의 노트〉

· · ·

기독교는 분명히 지구 상에서 앞으로 10세기는 넘도록 유지될 것이다. 박제되어 박물관에 보관된 채로.　　　　　　　— 〈1898년 노트〉

· · ·

여러 기독교 국가는 가장 개화되어 있고 진보적이다. 그렇지만 기독교 덕이 아니라 기독교가 있음에도 불구하고 그렇게 된 것이다. 교회는 갈릴레오 이후부터 오늘날까지 혁신과 발견을 줄곧 반대해왔다. 출산 때 마취제를 사용하는 걸 죄악으로 취급하였는데 이브에게 내려진 성서의 저주를 피하는 방법이라는 이유였다. 천문학이나 지질학 분야의 발전도 늘 편협하고 미신적 생각 때문에 가로막혔다. 고대 그리스인들은 기독교라는 종교가 생기기 500년 전에 예술과 건축에서 오늘날을 뛰어넘는 수준을 이룩했다.

— 『마크 트웨인 전기』

· · ·

기독교도들은 소중한 지식, 생명을 구하는 지식을 "사람들이 그렇게 말

The Case of Rev. Dr. Ament, Missionary.

By Mark Twain.

I have received many newspaper cuttings; also letters from
several clergymen; also a note from Rev. Judson Smith, secretary of
the American Board of Foreign Missions---all of a like tenor, all
saying substantially what is said in the cutting here copied:

"An Apology Due From Mr. Clemens.

The evidence of the past day or two should induce Mark Twain
to make for the amen corner, and formulate a prompt apology for his
scathing attack on the Rev. Dr. Ament, the veteran Chinese mission-
ary. The assault was based on a Pekin despatch to the New York
Sun, which said that Dr. Ament had collected from the Chinese in
various places damages 13 times in excess of actual losses. So
Mark Twain charged Mr. Ament with bullyragging, extortion and
things. A Pekin despatch to the Sun yesterday, however, explains
that the amount collected was not 13 times the damage sustained
but one-third in excess of the indemnities, and that the blun-
der was due to a cable error in transmission. The 1-3 got con-
verted into 13. Yesterday, the Rev. Judson Smith, secretary of the
American board, received a despatch from Dr. Ament, calling atten-

'선교사 아멘트 목사의 일'이라는 글은 수정을 거쳐 1901년 '나를 비판하는 선교사들께'라는 제목으로 발표되었다.

해."라는 영구하고 완전한 절차를 통해 습득한다. 지금까지 72년 반 동안 살아오면서 나는 인간 종족에 맞먹을 만한 얼간이들은 보지 못했다.

—『마크 트웨인 자서전』

선교단

마크 트웨인은 선교단을 좋게 보지 않았다. 젊은 시절 샌드위치 제도로 여행 갔을 때부터 이미 선교단 활동을 두고 빈정거렸다. 나중에는 미국에서 반제국주의 운동에 앞장서며 굽힘 없는 소신을 드러냈다. 미국이 중국과 필리핀에 간섭하는 것에도 강하게 반대했다.

1900년 중국에서 의화단 운동이 벌어지자 기독교도들과 외국인들이 공격을 당했다. 선교사 가족, 개종한 중국인들까지도 무수히 살해당하고 많은 시설물이 파괴되었다. 선교사들 가운데에는 '중국 사람들에게 그리스도의 온화함을 보여주기 위해' 손해 배상을 원하지 않는다는 사람이 많았지만, 열강 연합은 중국 정부에 배상을 강요했다. 1901년, 1877년부터 중국에서 봉사해 온 선교사 윌리엄 스콧 아멘트가 여러 달, 여러 해에 걸쳐 논쟁에 뛰어들었다. 아멘트를 비롯한 사람들은 배상을 요구했고 트웨인을 비롯한 사람들은 옳지 않다고 생각했다.

트웨인은 아멘트의 활동이나 동기를 조롱했다. 아멘트는 지나치게 많은 보상을 원했는데, 상식적으로 이해하기 어려운 수준이었다. 중국은 관습에 따라 손실에 관해 3분의 1을 이자로 더해 갚는다. 아멘트 등은 손실의 열세 배로 갚으라고 요구했다. 트웨인은 아멘트가 '강탈'하려 한다고 비난했다.

두 사람은 신문 지면에서 논쟁을 펼쳤고 무수히 많은 기자, 정치가, 성직자들도 이 싸움에 끼어들었다.

성직자들은 트웨인이 대중에게 사과해야 한다고 했다. 트웨인은 대신 '나를 비판하는 선교사들께'라는 글을 썼는데, 사과 내용은 없었지만 선교사들도 나쁜 뜻은 아니었으리라고 생각한다는 말로 글을 맺었다. 원래 제목은 '선교사 아멘트 목사의 일'이었던 이 글이 1901년 4월 『노스 아메리칸 리뷰』에 실렸다. 트웨인은 이렇게 썼다.

스미스 박사는 '열세 배를 더해 갚으라'는 것이 '절도이자 강탈'이라고 했는데 옳은 말이고, 분명히 옳고, 의문의 여지가 없습니다. 스미스 박사는 이자를 '3분의 1'로 낮추면 그 정도 돈은 '절도이자 강탈'이 아니라고 생각합니다. 글쎄요, 위원회(아멘트 박사가 소속되어 있던 미국 해외 선교 위원회 – 옮긴이 주)는 그렇게 생각할 지도요! 이 어려운 문제를 위원회도 이해할 수 있도록 설명해 보려고 합니다. 어떤 가난한 사람이 나에게 1달러를 꾸어갔는데, 내가 그 사람을 갑자기 덮쳐서 14달러를 갚으라고 하면, 그 가운데 13달러는 '절도이자 강탈'이지요. 내가 만약 1달러 33.3센트만 갚으라고 한다면, 33.3센트는 그래도 '절도이자 강탈'입니다.

트웨인은 이 글을 타자기로 써서 보냈는데 트웨인이 타자기를 쓰는 것은 드문 일이었다.

사업과 정치를 말하다

•••

사업에서 성공하려면, 나처럼 하지 마시오.
— 마크 트웨인, 『뉴욕 타임스』, 1901년

10월. 이 달은 주식 투자를 하기에 특히 위험한 달 중 하다다.
그밖에 또 위험한 달은 7월, 1월, 9월, 4월, 11월, 5월,
3월, 6월, 12월, 8월 그리고 2월이다.
— 『얼간이 윌슨』, 1894년

CHORUS OF BRITISH AUTHORS:
Behold the Pirate Publisher stand,
Stealing our brains for Yankee-land;
He's rude, uncultured, bold and free—
THE PIRATE-PUBLISHER: You bet your life: The Law—that's Me.

CHORUS OF FRENCH VICTIMS:
He takes our novels and our pins,
And never a red centime he pays;
He is more Monarque than the Grand Louis—
THE P. P.: You bet your life: The Law—that's Me.

CHORUS OF GERMAN AND OTHER SUFFERERS:
The labors of our studious brains
All go to swell his sinful gains;
He ravages Norway and Germany—
THE P. P.: You bet your life: The Law—that's Me.

CHORUS OF HUMBLE AMERICAN AUTHORS:
Though no one ever, in all this fuss,
Has thought of according rights to us—
Remember we're pillaged across the sea—
THE P. P.: Who cares for show: The Law—that's Me.

THE PIRATE PUBLISHER.—AN INTERNATIONAL BURLESQUE THAT HAS HAD THE LONGEST RUN ON RECORD.

그림 가운데에 있는 사람은 '해적 출판업자'로, 한 발은 '법'이라고 적힌
큰 책 위에 올려놓았다. 전 세계 작가들이 이 사람을 둘러싸고 있는데
왼쪽에 마크 트웨인의 모습도 보인다. 작가들은 해적 출판업자가 원저자에게
아무런 보상도 없이 불법으로 작품을 출판한다고 비난하지만
출판업자는 자기에게 법적 권리가 있다고 주장한다.

마크 트웨인의 사업

저작권에 관해

저작권이나 라이선스 침해 등으로 큰 피해를 입었던 마크 트웨인은 이 문제를 해결하려고 열심히 노력했다. 마크 트웨인의 이름을 붙이거나 초상을 도용한 상품은 많았지만, 본인에게는 한 푼도 돌아오지 않았다. 찰스 디킨스도 한 세대 전에 같은 문제를 가지고 분투했다.

「뉴욕 타임스」, 1873년 6월 12일
마크 트웨인의 소송
─영구 중지 명령을 받아내다

'마크 트웨인'이라는 필명으로 널리 알려진 새뮤얼 L. 클레멘스가 벤저민 J. 서치에게 '자신의 소품 일부를 서치가 내용을 수정하고 수록한 책의 출간 중지 명령을 요청한 소송'에서, (관련된 사실은 어제자 「타임스」에 보도되었다.) 잉그럼 재판장은 영구 중지 명령을 발부하라고 지시했다. 간략한 첨부문서에 재판장은 이렇게 적었다.

"이 작품들은 원고의 재산이며 원고는 자신의 동의 없는 출판을 제한할

COPYRIGHTED BY
A.F. BRADLEY.
NEW YORK · 1907.

1907년 무렵의 트웨인

수 있다. 합의 사항은 소품 한 편만을 사용하기로 한 것이었으므로 그 작품을 수정해서 출간할 권한은 없다."

1906년 12월 8일, 「뉴욕 타임스」

흰 양복의 마크 트웨인이 의원들을 즐겁게 하다

새 저작권법과 복식 개량 옹호

밝은 면 양복 차림

71세가 되니 어두운 색을 보면 우울하다고 작가에게
이윤을 얻을 권리가 있다고 진지하게 주장

「뉴욕 타임스」 독점

12월 7일, 워싱턴.

오늘 마크 트웨인은 국회의사당에서 바쁜 오후를 보내고 반 시간 정도 신문 기자들을 재치 있는 말로 즐겁게 해주었다. 매서운 바람이 펜실베이니아 대로에 몰아치는데도 작가는 흰 면 양복을 입었다. 하원 회의를 지켜보기 위해 작가는 처음으로 방청석에 들어갔고 곧 사람들의 이목을 끌었다.

이후 트웨인은 의장실에서 '엉클 조'(1903~1911년 미국 하원 의장이었던 조지프 거니 캐넌의 별명 – 옮긴이 주)를 기다리던 중 자신에게 인사하러 온 주지사들과 페인, 데이즐, 포스터를 비롯해 열 명 남짓의 의원들을 맞았다. 클레멘스 씨는 의장과 계류 중인 저작권 법안에 관해 몇 마디를 주고받았다. 클레멘스 씨는 윌리엄 딘 하우얼스를 비롯한 작가들과 출판업자들과 함께 이 법안 공청회에 출석하려고 이곳에 왔다. 현재 의회도서관 상원 열람실에서 상하원 특허 위원회가 공청회를 개최 중이다.

클레멘스 씨는 하우얼스 씨, 에드워드 에버릿 헤일(Edward Everett Hale, 1822~1909, 미국 성직자, 작가, 편집자 – 옮긴이 주), 토머스 넬슨 페이지(Thomas Nelson Page, 1853~1922, 미국 작가이자 법률가, 외교관 – 옮긴이 주) 등의 작가들과 함께 오늘 오후 위원회에 출석했다. 저자의 저작권을 사망 뒤 50년까지 연장하는 저작권 법안을 논의하는 중이다. 화가, 음악가 등도 이 법안의 혜택을 받지만 주로 작가들이 발언했다. 밀레(Francis Davis Millet, 1848~1912, 미국 화가로 타이타닉호 침몰 때 사망했다 – 옮긴이 주)가 화가를 대표해 발언하고 존 필립 수서(John Philip Sousa, 1854~1932, 미국 취주악, 행진곡 작곡가 – 옮긴이 주)가 음악가들을 대표했다.

〈위원회를 즐겁게 만든 트웨인의 발언〉

클레멘스 씨는 오늘 주요 발언자이자 마지막 발언자였다. 클레멘스 씨의 발언 가운데 진지한 부분은 강한 인상을 남겼고 우스운 부분은 상하원 의원들한테서 큰 웃음을 자아냈다.

"오늘 이 법안을 읽었습니다."

클레멘스 씨는 이렇게 말을 시작했다.

"적어도 이해할 수 있는 부분은 읽었어요. 숙련된 입법자가 아니면 전부 이해하지 못할 텐데 저는 전문가가 아니거든요. 저는 법안에서 특히 제 직업과 관련된 부분에 관심이 갑니다. 저작권의 수명을 저자 평생과 그 뒤 50년까지 연장한다는 부분이 마음에 듭니다. 이렇게 하면 상식적인 작가라면 누구나 만족할 겁니다. 자기 자식들의 경제 문제를 해결해줄 테니까요. 손자 손녀들은 스스로 알아서 하라지요. 그렇게 하면 제 딸들 뒷바라지가 될 것이고, 그 뒤에는 별로 신경 안 씁니다. 그즈음에는 이 싸움에서 멀어진 지 오래라 아무 관심도 없을 테니까요.

이 법안이 미국의 모든 직업과 전문분야를 보호하겠다 해도 저는 반대하지 않습니다. 모두 중요하고 가치가 있는 일이니 저작권법으로 보호할 수만 있다면 그렇게 되는 것을 바랍니다. 일단 굴 양식도 여기 들어갔으면 좋겠고, 다른 것들도요.

저작권에 한계가 있어야 한다는 것, 미국 헌법에 따라 그래야 한다는 것은 압니다. 미국 헌법은 그 이전의 법, 그러니까 십계명이라 부르는 것을 대체하지요. 십계명은 다른 사람의 이득을 가로채면 안 된다고 가르칩니다. 저는 거친 표현을 쓰기 싫어요. 십계명에는 정확히 말하면 '도둑질하지 마라'라고 나와 있지만 저는 좀 더 점잖은 말로 하려고 합니다.

영국과 미국의 법은 이득을 가로챕니다. 이 땅에서 문학을 하는 사람들이라는 특정 부류만 골라 가로채지요. 문학에 관해 항상 좋은 말을 늘어놓고 위대한 문학이 훌륭하고 불멸이라고 떠들지만 그래놓고 돌아서서는 문학을 위축시키기 위해 최선을 다합니다.

한계가 있어야 한다는 건 압니다만, 42년은 너무 심합니다(1831년 개정된 미국 저작권법에서는 저작권 연한을 발표 시점부터 최대 42년까지로 제한했다. 1909년에는 최대 56년까지로 개정되었고, 1976년에야 마크 트웨인이 바라는 바대로 작가 사후 50년까지로 바뀐다 – 옮긴이 주). 아직도 한 사람의 노력의 산물을 소유하는 데에 한계가 있어야 하는지 잘 모르겠습니다. 부동산에는 그런 제한이 없잖아요.

헤일 박사는 "어떤 이가 탄광을 발견한 뒤 42년을 들여 개발하였는데 정부가 끼어들어 가져갈 수도 있겠다"고 말했습니다.

〈출판업자는 죽지 않는다〉

그럴 근거가 있나요? 책을 쓴 작가가 저작권 이득을 충분히 오래 누렸으니 정부가 그 이득을 취해서 인심 좋게 8,800만 국민에게 나누어준다는 뜻이라고들 하지요. 그런데 그게 그렇게 되지 않습니다. 실제로는 작가의 재산, 자녀들의 빵을 빼앗아 출판업자에게 두 배의 이득을 안겨주는 일이 됩니다. 출판업자는 책을 계속 출간하고 다른 공모자들도 같이 그렇게 하여 결국 출판업자 가족의 배만 부르게 됩니다.

그리고 이들은 이렇게 부당하게 얻은 이득을 세대를 이어 영원히 누리겠지요. 이들은 절대로 죽지 않으니까요. 몇 주, 몇 달 혹은 몇 년이면 저는 이곳을 떠나 바라건대 아마 기념비 아래 묻힐 겁니다. 제가 완전히 잊히지는 않기를 바라기 때문에 저도 그 기념비에 서명하고 싶을 정도입니다. 그렇지만 제 저작권이 50년 더 남아 있다면 어떻게 되든 신경 쓰지 않을 것 같아요. 저작권 덕에 해마다 제가 쓸 수 있는 돈 이상을 버는데, 제 아이들이 그걸 쓸 수 있겠지요. 저는 먹고살 수 있습니다. 여러 가지 재주가 있지요. 그렇지만 딸들은 제가 양갓집 규수처럼 기른 탓에 저만큼 잘 헤쳐 나가지는 못할 겁니다. 아무것도 모르고 할 줄 아는 것도 없습니다. 제가 딸들에게 베풀지 못한 자비를 의회에서 베풀어 주기를 바랍니다.

〈가족 수를 제한하지 않음〉

만약에 어떤 사람이 미치지도 않았는데 아주 열의가 넘쳐서 – 인구 조절에 관해 열의가 넘쳐 – 저를 찾아와 저의 막대한 정치적, 종교적 영향력을 이용하여 의회에서 한 어머니가 스물 두 명 이상의 자녀를 낳지 못하게 하는 법안을 통과시키도록 부추긴다고 해봅시다. 그러면 저는 그 사람을 진정시키려고 하겠지요. 설득하려고 할 테고요. 이렇게 말할 겁니다.

"그냥 두세요. 그냥 둬도 저절로 해결될 거예요. 미국에서 그 한계에 다다르는 사람은 일 년에 고작 한 가정 정도일 겁니다. 만약 그 선까지 왔다면 그냥 계속하라고 하세요. 원하는 대로 하라고요. 이 가족의 아이 수를 스물 둘로 제한한다면 인구 8,800만의 나라에서 한 해, 단 한 가정에만 불편과 불행을 끼치는 건데, 그럴 만한 가치가 없는 일이지요."

저작권도 마찬가지입니다. 일 년에 고작 한 명 정도가 42년이라는 제한을 넘어서 살아남을 작품을 써냅니다. 그게 전부예요. 이 나라에서는 그럴 만한 작가가 일 년에 두 명도 안 나옵니다. 그런 일이 안 일어나요. 그런데 저작권에 굳이 연한을 둔다는 것은 일 년에 단 한 명뿐인 그 작가의 자식들 입에서 빵을 빼앗는 일입니다.

〈살아남는 책〉

몇 년 전에 상원 위원회에 출석했을 때에 계산을 했는데, 독립선언 이후로 우리나라에서 책이 22만 권이 나왔습니다. 지금은 다 사라졌지요. 출간 10년이 채 되기 전에 모두 사라졌어요. 42년을 넘어 살아남는 책은 1,000권 가운데 한 권뿐입니다. 그런데 굳이 뭐하러 제한을 둡니까? 한 집에서 아이를 스물둘 이상 낳지 못하게 제한하는 것이나 마찬가지지요.

19세기에 수명을 42년 넘긴 책을 쓴 사람을 떠올려 보면 일단 제임스 페니모어 쿠퍼가 있습니다. 이어 워싱턴 어빙, 해리엇 비처 스토, 에드거 앨런 포가 있고, 그 다음에 한참 기다려야 합니다. 이제 에머슨이 등장하고 그러면 또 기다리며 앞날을 내다보아야 하지요. 하우얼스와 T. B. 올드리치가 나옵니다. 그러다 보면 그 수가 아주 희박해집니다. 미국에서 한 세기를 통틀어서 42년 넘게 절판되지 않은 책을 쓴 작가 스무 명을 꼽을 수 있는지 보십시오. 전부 모아도 (손으로 가리키며) 저 긴 의자에 함께 앉힐 수 있을 정도입니다. 아내와 자식까지 불러오면 두어 줄 정도 채우겠지요.

100명 정도밖에 안 되는 사람들의 빵과 버터를 무슨 목적으로, 누구를 위해 빼앗아 오겠습니까? 이 몇 권 안 되는 책을 해적 출판업자나 정식 출판업자의 손에 넘겨주면, 아내와 자식들에게 가야 마땅할 이득을 이들이 대신 차지하겠지요.

〈생각도 재산이다〉

지난 번 상원 위원회에 출석했을 때 의장이 저에게 그러면 언제까지로 제한하면 좋겠느냐고 물었습니다. 저는 "영원히요."라고 대답했지요. 의장은 불편한 기색을 보이더니, '그 생각은 합당하지 않다, 이미 오래전에 생각은 재산이 아니라는 결론이 내려졌다'고 말했습니다. 저는 '앤 여왕 때 이전부터 생각은 재산이었다'고 말했습니다. 영원한 저작권이 있다고요. 의장은 이렇게 말했습니다. "책이라는 게 뭡니까? 책은 토대부터 지붕까지 생각으로 만들어진 것이니, 재산이라고 할 수 없습니다."

저는 지구에서 금전적으로 가치 있는 재산이 어떤 생각부터 시작하지 않은 걸 하나라도 있으면 말씀해 보라고 했습니다. 의장은 부동산을 말하더군요. 저는 이런 경우를 가정했습니다. 영국인 열두 명이 야영하며 남아프리카를 횡단한다고 해봅시다. 열한 명은 아무것도 보지 못합니다. 마음의 눈이 멀었으니까요. 그런데 무리 가운데 한 명은 항구가 어떤 중요성이 있는지, 지형이 어떠한지를 압니다. 그 사람은 어느 날 철도가 여기로 지나가리라는 것, 그 항구에서 큰 도시가 생겨나리라는 걸 내다봅니다. 그건 그의 생각이지요. 그리고 또 다른 생각이 있는데, 마지막 남은 스카치위스키 한 병과 딱 한 장 남은 말 담요를 그 지역 추장에게 주고 펜실베이니아 주 크기의 땅을 사는 겁니다. (웃음) 그게 언젠가 희망봉과 카이로를 잇는 철도가 놓일 날이 올 것이라는 생각의 가치지요.

부동산 개발도 전부 누군가의 머릿속에서 나온 겁니다. 마천루도 한 가지 생각이고, 철로도 또 다른 생각이고 전화나 그밖에 모든 발명품은 생각을 나타내는 상징일 뿐이죠. 장작 받침, 욕조 등도 전에는 없던 아이디어에서 나온 거고요.

그러니 그분이 말한 것처럼 책이 온전히 생각만으로 이루어져 있다고 하면, 그것이야말로 재산이라고 할 수 있고 어떤 한계도 정하지 말아야 한다

는 가장 확실한 근거가 되지 않겠습니까. 지금은 그것까지는 요구하지 않습니다. 50년 뒤에는 요구하겠지요.

〈트웨인이 이야기를 들려주다〉

이 법안이 개악되지 않고 통과되기를 바랍니다. 제가 저와는 아무 상관이 없는 예술이나 다른 분야에 비정상적으로 관심이 많은 것처럼 보이긴 할 겁니다. 제가 워낙 마음이 넓고 너그러워서 어쩔 수가 없습니다. 제가 느끼는 만인에 대한 사랑을 새벽 두 시까지 술 마시고 얼근해져서 아주 행복한 기분으로 집에 돌아온 남자가 쏟아내는 인정에 비할 수 있겠네요. 이 남자가 보기에는 집이 빙빙 돌고 있는 것처럼 보입니다. 남자는 기회를 엿보다가 자기 발이 집 근처에 왔다 싶을 때 냅다 뛰어 현관으로 기어오르지요. 집은 계속 빙빙 돌고, 남자는 현관문을 가만히 보다가 기회다 싶을 때 안으로 뛰어듭니다. 계단참까지 가서 네 발로 기어오르는데 이제 집이 너무 심하게 흔들려서 올라가기가 힘듭니다. 그래도 어찌어찌 꼭대기에 도착해서는 발을 들어 계단 꼭대기에 올려놓지요. 그런데 발가락만 계단 끝에 걸리는 바람에 계단 맨 아래까지 데굴데굴 구르고 맙니다. 그러고는 두 팔로 난간 기둥을 감싸 안고 이렇게 말합니다. '이런 밤에 바다에서 항해하는 불쌍한 선원들을 신께서 돌보시기를.'

• • •

193쪽 컷은 토머스 내스트가 '캐나다에서 정의를 찾는 트웨인'을 그린 것이다.

1881년 1월 21일 만화가 내스트가 마크 트웨인이 캐나다의 이상한 저작권법에 불만을 표한 일을 풍자 만화로 그렸다. 『하퍼스』에는 다음과 같이 적혀 있다.

트웨인이 새 책의 저작권을 확보하러 캐나다에 간 일로 신문에 재미있는 기사가 많았다. 내스트는 작가들이 작품을 농업부에 등록하도록 하는 캐나다 저작권법의 기이한 조항을 풍자한 만화를 그렸다.

책 판매에 관해

트웨인이 『톰 소여의 모험』 출간에 관한 분쟁 때문에 아메리칸 퍼블리싱 컴퍼니에 보낸 편지다. 이 책 초판은 최종 원고를 조판소에 보내고 나서 1년이 지난 뒤에야 나왔다. 트웨인은 출간이 지연된 탓에 1만 달러의 손해를 입었다고 생각했다.

사신私信

엘마이라, 1876년 7월 22일

블리스 씨께

물론 당신 부하직원의 뉴욕 가십이란 게 뭔지도 모르기 때문에 고백할 것도 부인할 것도 없습니다. 그렇지만 보십시오―우린 다들 비슷한 사람들이라고 생각합니다. 회사 임원이나 다른 사람들 말을 듣다 보면 짜증이 치밀어 현명하지 못한 말과 행동을 하게 되고, 나중에는 후회하지요. 당신이 사람들을 즐겁게

마크 트웨인이 1876년 아메리칸 퍼블리싱 컴퍼니의
일라이셔 블리스 2세에게 보낸 편지

Elmira, July 22/76.

Friend Bliss:

Of course I can
neither confess nor deny
your underlings' New
York gossip without know-
ing what it is. But come
— we are all a good deal
alike, I judge. I listen to a
director of the company
+ others, & under irritated
impulse, talk + act unwise-
ly, & get sorry at leisure.
You tell hard things about
me to entertain a group
(the worst of it being that
they are mainly true, al-
though not pleasant
things to remember,) +
for a day I am angry

해주려고 나에 관해 나쁜 말들을 하면 (특히 최악인 점은 그게 사실이라는 것이겠지요. 그런 생각은 안 하고 싶지만) 하루 동안은 화가 나서 닥치는 대로 말하고 행동하게 됩니다. 별로 신통할 것도 없는 일에 시간과 혀를 낭비하고 있다는 생각이 들기 시작하면 – 그때는 그만두죠. 윌리엄스에 관해서라면〔『톰 소여의 모험』의 삽화를 그린 트루 윌리엄스(True Williams, 1839~1897). 알코올중독 때문에 문제를 일으키곤 했다 – 옮긴이 주〕내가 그에게 한 말은 아주 짧고 아무도 그것 때문에 편견을 갖지는 않을 테니 어디에서나 되풀이해도 된다고 짤막한 한마디로 치워버리지요. 그렇지만 일단 휴전합시다. 만나서 이야기할 일이지 편지로 할 일은 아니네요.

편지에 제가 회사의 비용을 크게 걱정하는 것처럼 쓰셨는데 정확히 말해 제 걱정은 딱 여기까지입니다. 사업이 돈이 되지 않는 듯 보이는데 아마 규모를 축소한다면 상황이 바뀌겠지요. 어디까지나 제 의견일 뿐입니다. 그리고 의견에서 멈추겠습니다. 주주이자 임원으로서 제 임무는 여기까지입니다. 사업 때문에 잠을 설치고 싶지는 않습니다.

그렇지만 제가 아주 큰 관심을 두는 문제가 있습니다. 예약 구독 출판업체에서 두 권을 동시에 출간하면서 둘 다 제대로 판매할 수는 없다고 여러 차례 말씀하셨지요. 그 말을 믿지 않을 이유가 없고 그래서 그렇게 믿었습니다. 그래서 저는『톰 소여』에 신경을 많이 씁니다. 실험적인 책이기 때문에 다른 책보다 훨씬 신경이 쓰여요. 가능하다면 다른 책처럼 홍보하여 순조로이 판매되기를 바랍니다. 그럴 수 있을까요? 언제가 될까요? 생각을 말해주세요. 9월과 10월에 구독 예약을 받고 11월 1일에 출간하면요? 그때 다른 책을 판매할 계획인가요?

제가 이사회에 참석할 의사가 없다고 생각하지는 마십시오. 그건 착각입니다. 공고문을 제가 항상 너무 늦게 받습니다. 그래서 저한테는 공고를 하루 일찍 발송해 달라고 부탁하는 편지를 두 번이나 보내지 않았습니까. 편찮으실 줄 알았으면 그렇게 심하게 하지 않았을 겁니다. 일부러 그런 게 아니라 우연이었습니다.

여섯 달 동안 『톰 소여』를 가장 많이 판 외판원에게 1,000달러 상금을 (제가 그 돈을 내겠습니다만 그 사실을 밝히지는 말고요) 걸면 (신문 말고 전단광고로) 좋은 성과가 날 거라고 생각합니다. 아니면 500달러 상금을 양쪽으로 걸면 어떨까요? 오하이오 동쪽 경계를 중심으로 동쪽에서 한 명, 서쪽에서 한 명, 이런 식으로요. 어떻게 생각하세요?

이 편지와 같이 교정지를 보내겠습니다.

우리끼리 하는 이야긴데, 제가 가을에 돌아왔을 때 개인적으로 사업 제안을 하려고 합니다. 수익성이 있다고 생각하고 당신도 그렇게 생각하시리라고 봅니다. 전에도 한 번 시도했었는데, 지금은 거의 사라졌고 곧 완전히 사라질 듯한 어떤 기분 때문에 못했지요. 처음 생각했을 때 완성하지 못한 게 어리석은 일이었다고 생각합니다. 그 사이에 하트퍼드로 갈 짬이 나면 자료를 모아서 다시 제안을 하겠습니다. 오늘 몇 시간 동안 구상했는데, 제가 조금이라도 머리가 있다면 아주 오래전에 마쳤을 일이지요. 다음에 만났을 때 이야기를 하고 싶습니다. 그 전에는 이 일에 관해 다른 사람에게 말씀하지 마시길 바랍니다. 저도 입 다물겠습니다. 그래서 편지 머리에 '사신'이라고 적었습니다.

새뮤얼 L. 클레멘스 올림

이번 교정쇄가 아주 깨끗하고 보기 좋습니다. 또 그렇게 해주시길.

* * *

출판업자는 콜럼버스다. 잘 팔리는 작가는 이들의 아메리카다. 이들에게 콜럼버스처럼 발견하려고 기대한 것, 애초에 발견하려고 의도했던 것이 아니라 엉뚱한 것을 발견했다는 사실은 전혀 문제가 안 된다. 다만 아메리카를 발견했다는 사실만 기억할 뿐. 인도 어딘가를 발견하려고 출발했었다는 사실은 잊는다.

—『마크 트웨인 자서전』

마크 트웨인의 『물 건너간 얼뜨기들』은 서점이 아니라 방문판매원 군단을 통해 판매되었다. 사진 속 상자는 외판원이 주문 제작한 것으로 여기에 샘플 페이지를 넣어 들고 돌아다녔다. 외판원은 농부, 외지에 사는 사람들, 서점이 없는 마을에 사는 사람들에게 책을 팔았다. 코넬 대학교 안내서에는 이렇게 나와 있다.

외판원들이 가지고 다니던 『물 건너간 얼뜨기들』의 설명용 물품 키트와 가제본 책(1867년)

1867년 11월 출판업자 일라이셔 블리스가 새뮤얼 클레멘스를 만나 유럽과 성지를 163일 동안 여행한 이야기를 여행기로 출판하자고 했다. 『물 건너간 얼뜨기들 또는 신新 천로역정』이라고 하는 이 책은 획기적으로 큰 성공을 거두었다. 출간 첫 해에 7만 부 넘게 팔렸고, 마크 트웨인 생전에 가장 많이 팔린 책이 되었다.

이 책은 예약 구독을 통해서만 살 수 있고 서점에서는 팔지 않았다. 마크 트웨인이 19세기에 발표한 주요 작품들은 전부 서점을 통해서가 아니라 방문판매원을 통해서 판매되었다.

남북전쟁 후 미국에서 예약 구독 출판산업이 크게 성했다. 퇴역군인이나 전쟁 과부 다수를 포함한 판매원 수만 명이 제품 안내서와 샘플 페이지, 삽화가 든 '책'을 들고 작은 마을이나 시골을 돌아다니며 주문을 받았다. 실내장식이나 가격대에 맞게 다양한 장정 가운데에서 골라 주문할 수 있었다. 예약 구매자는 장정을 선택하고 책이 배달되었을 때 책값을 치르겠다는 동의서에 서명했다.

새뮤얼 클레멘스는 이런 방식으로 일반 상업 출판 방식을 따를 때보다 책을 더 많이, 더 다양한 독자들에게 판매할 수 있었다. 대신에 구독출판 작가들이 상대적으로 저급으로 취급되는 현실과 싸워야 했다. 마크 트웨인의 책은 단순히 오락거리로 포장되어 '이 작품들이 얼마나 좋은 문학 작품인지는 결코 몰랐던' 대중들에게 소비되었다.

• • •

1867년 워싱턴에서 이런 아이디어를 떠올렸다. 39년 전의 일이다. 퀘이커시티 호 여행을 마치고 돌아왔을 때다.『물 건너간 얼뜨기들』을 집필하러 워싱턴에 갔는데, 집필하는 동안 먹고사는 데 쓸 돈을 좀 벌거나 빌려야 했는데 이건 어려웠고, 아니면 몰래 슬쩍해야 했는데 이것도 가능성이 희박했다. 그래서 최초의 연합통신사를 창설했다. 존경받는 존 스윈턴의 동생 윌리엄 스윈턴과 함께 시작했다. 윌리엄 스윈턴은 아주 똑똑하고 공부도 많이 하고 재주가 많은 사람이었다. 나와는 아주 대조적인 사람이어서 우리 둘 중 누가 더 나은 사람인지 알 수가 없었다. 양극단이 다 좋게 느껴졌기 때문이다. 나는 아주 아름다운 여성이나 아주 못생긴 여성이나 가리지 않고 바라보기를 좋아한다. 각자 그 자체로 완벽하기 때문에 아무리 봐도 질리지 않는다. 사람들은 많은 것에서, 어쩌면 대부분에서 완벽함을 볼 때 감탄한다. 아주 아름다운 문학에 우리는 끌린다. 그렇지만 그 반대편 극단, 구정물 같은 문학에도 마찬가지로 매혹을 느낀다. 나중에 시간이 나면 이 '구정물'이라는 단어를 설명하고 사례로 여기 내 침대 위에 놓인 책을 들어보겠다. 최근에 영국인지 아일랜드인지에서 보내온 책이다.

스윈턴은 늘 술병을 곁에 두었다. 병에 술이 가득할 때도 가끔 있었지만, 스윈턴 본인만큼 가득 찬 적은 없었다. 스윈턴은 술이 만땅일 때 글을 가장 잘 썼다. 일주일에 통신문 한 통을 써서 그걸 복사해 열두 군데 신문사로 보냈는데 신문사마다 한 편에 1달러씩 받았다. 이런 식으로 부자가 되지는 못했지만, 병을 계속 채우고 우리 둘의 배도 가끔은 채울 수 있었다. 모자란 수입은 잡지 기고로 메웠다. 이 분야에서는 내가 스윈턴보다 더 나았다. 나

「물 건너간 얼뜨기들」 판매원 모집 광고

는 퀘이커시티 호 여행 동안 기사 여섯 편을 써서 「뉴욕 트리뷴」에 실었고 「알타캘리포니아」에는 53 편을 실었고 돌아온 뒤에 특히 경쾌한 글 한 편을 써서 「뉴욕 헤럴드」에 실었다. 그러니 이름값도 약간 더 높았다. 가끔 잡지 기사를 쓰면 25달러를 벌 수 있었다.

〈트웨인이 『물 건너간 얼뜨기들』에 관해 말하다〉

『물 건너간 얼뜨기들』 서문에 관해 한마디 하고 싶다. 서문 마지막 문단에서 내가 퀘이커시티 호로 여행하는 동안 「데일리 알타캘리포니아」를 위해 쓴 편지들에 관해 사주들은 '그들의 권리를 포기'했다고 밝혔다. 나는 그때 젊었고, 지금은 백발이지만, 오랜만에 그 문단을 다시 읽으니 - 아마도 쓰고 난 뒤에 처음으로 읽는 것 같다 - 그 단어들이 주는 모욕감이 아직도 가슴에 응어리진 듯하다.

권리가 있다는 건 사실이다. 이 권리라는 건 힘센 사람이 약하거나 그 자리에 없는 사람에게서 빼앗아갈 수 있다. 66년에 조지 반스는 내가 「샌프란시스코 모닝 콜」 신문 기자 자리를 그만두게 했다. 그래서 몇 달 동안 직업도 돈도 없었다. 그렇게 지내다가 운이 풀렸는지 유력 일간지인 「새크라멘토 유니언」에서 나에게 샌드위치 제도로 가서 한 달에 편지 네 편을 쓰면 한

편당 20달러를 주겠다고 했다. 샌드위치 제도에 너덧 달 정도 있다가 돌아와 보니 내가 태평양 해안 지역에서 꽤 유명한 사람이 되어 있었다. 극장 여러 곳을 운영하는 토머스 맥과이어가 물 들어올 때 노를 저으라며 지금이 바로 돈을 벌 기회라고 말했다. 강연 분야에 뛰어들라는 것이다! 그래서 그렇게 했다. 샌드위치 제도에 관해 강연회가 열린다고 홍보하고 광고 끄트머리에 이런 말을 덧붙였다.

"입장료 1달러. 7시 30분 개장, 8시에 말썽이 시작됩니다."

예언이나 다름없는 말이었다. 정말로 8시에 말썽이 시작되었다. 생전 처음으로 청중 앞에 섰는데, 무대 공포증이 머리부터 발끝까지 나를 짓눌러 꿈쩍도 할 수 없었다. 무대 공포증은 2분 정도 계속되었고 죽음처럼 고통스러웠다. 그 기억이 잊히지 않지만, 대신 좋은 점도 있었다. 그 뒤로 청중 앞에서 위축되는 일에 대한 평생 면역이 생긴 것이다. 나는 캘리포니아 주요 도시와 네바다 주를 돌며 강연을 했고 샌프란시스코에서도 한두 번 강연을 한 뒤에, 이만하면 밭을 잘 갈아놓았다고 생각하고 샌프란시스코에서 배를 타고 서쪽으로 떠나는 세계 일주 계획을 세웠다. 「알타캘리포니아」에서 그 여행 기록을 신문에 싣기로 했다. 신문 지면으로 한 칼럼 반짜리, 그러니까 약 2,000단어짜리 편지를 50통 쓰기로 했고 수당은 한 편당 20달러로 정했다.

나는 세인트루이스에 계시는 어머니에게 인사하러 동쪽으로 갔다가, 퀘이커시티 호의 덩컨 선장의 여행 계획에 낚여서 이 배를 타기로 했다. 여행 도중에 편지 50통을 써서 부쳤다. 여섯 통이 중간에 분실되어서 새로 여섯 통을 써서 계약을 채웠다. 그러고 나서 샌프란시스코에서 이 여행 이야기로 강연회를 열어 짭짤한 수입을 올렸다. 다음에는 어느 시골 지역으로 나갔는데 결과는 참담했다. 나의 존재가 완전히 잊힌 것이었다! 강연장에 모인 청중의 수는 내 명성 실종 사건을 조사하기 위한 배심원단을 꾸릴 정도도 안 되는 수준이었다. 그 까닭이 뭔지 알아보았는데, 어마어마하게 부유한 「알타캘리포니아」의 알뜰한 소유주들이 알량한 20달러에 산 편지들의 저작권을 등록하고 다른 신문에서 이 글을 한 문단이라도 실으면 고소하겠다고 위협했던 것이었다.

그런 상황이었다. 나는 이 여행기를 책으로 출간하기로 하트퍼드의 아메리칸 퍼블리싱 컴퍼니와 계약을 했고 책 내용을 채우려면 그 편지를 이용해야만 했다. 신문사주들이 나도 모르게 저작권을 등록해 놓고 내가 그 편지를 사용하지 못하게 한다면 아주 곤란해지는 상황이었다. 그런데 정말로 그렇게 되었다!

맥크렐리시 씨가 자기네 회사에서 내 원고를 1,000달러를 주고 샀으니 그걸 가지고 책도 낼 계획이라고 말했다. 나는 「알타캘리포니아」에서 공정하고도 관대하게 행동해 지방신문들이 편지들을 실을 수 있도록 허락했더라면 내가 해안지방 강연회에서 1만 달러는 벌었을 테니, 「알타캘리포니아」 때문에 내가 그만큼의 손해를 보았다고 말했다. 그랬더니 맥크렐리시 씨가 타협안을 제시했다. 자기들이 그 책을 출간하고 나에게 10% 인세를 지급하겠다는 것이었다. 마음에 들지 않아 거절했다. 그가 하자는 대로 하면 책이 샌프란시스코에서만 판매될 터라 인세 수입으로 석 달 먹고 살만큼도 못 벌 테지만 동부에서 한 계약대로 성사되면 훨씬 큰 이득이 있을 것 같았다. 내가 「뉴욕 트리뷴」에 여행기 여섯 편을 실었고 「헤럴드」에도 한두 편을 실어서 대서양 연안에서 꽤 명성이 있기 때문이었다.

결국 맥크렐리시 씨가 책은 출간하지 않기로 하고 이런 조건을 내걸었다. 나더러 서문에 자기들이 "권리"를 포기하고 사용 허락을 내준 것에 관해 감사하다는 말을 쓰라는 조건이었다. 나는 거부했다. 내 순회강연을 망친 「알타」에 진심으로 감사하는 마음이 우러날 리가 없었다. 한참 논쟁이 오간 뒤에 내 생각이 관철되었고 감사의 말은 생략했다.

노아 브룩스가 그때 「알타」 편집장이었다. 브룩스는 성품이 훌륭하고 올곧은 사람이고, 사실이 별로 중요하지 않은 역사에 관하여 아주 잘 쓴다. 브룩스가 여러 해 뒤에(1902년) 나에 관한 짤막한 전기문을 썼는데 큰 상업적 성공을 거둔 이 책을 「알타」에서 아무 보상 없이 나에게 내어준 것이 얼마나 관대한 행동이었는지 아주 유창하게 칭찬했다. 이런 소동이 있었지만 결국에 나는 「알타」에 실은 편지를 그다지 많이 인용하지 않았다. 신문에 어울리는 글이지 책에는 맞지 않는다는 것을 알게 되었다. 유럽을 정신없이 돌아다니는 와중에 여기저기에서 짬이 날 때마다 또는 퀘이커시티 호를 타고 있을 때 내 선실에서 쓴 글들이라, 글이 짜임새도 없었고 바람과 짠물도 많이 섞여 있었다. 몇 편은 이용했다. 여남은 편 정도였던 것 같다.

『물 건너간 얼뜨기들』의 나머지 부분은 60일 만에 썼다. 2주일만 더 들였으면 편지를 전혀 이용하지 않고 쓸 수도 있었을 것이다. 그때는 아주 젊

CANVASS OF MARK TWAIN.

I have got specimen pages of Mark Twain's latest and greatest book. There is no occasion for me to talk to you about Mark Twain; there is not a man, woman or child in the United States that does not know him as AMERICA'S GREATEST HUMORIST. Probably there are MORE COPIES of is "Innocents Abroad" in the homes of the United States than there are of ANY OTHER SINGLE BOOK in existence with the exception of the Bible : Everybody has laughed with him hundreds of times.

We always have a warm place in our hearts for the man who can entertain us, who can make us laugh, who can make us FORGET the fret and worry of life, and help us to lengthen out our days by a little innocent enjoyment. There are nearly 700 pages in this book, and there is a laugh on every page.

The title of this work (open title page) is "Following the Equator" a journey around the world by Mark Twain. For frontispiece (opposite page) we have a picture of the great writer. He says he considers this the best photograph of himself ever taken. Underneath it you have a Mark Twainism "Be good and you will be lonesome." His inimitable humor crops out again in the dedication (read it.) Here we have another of the Pudd'nhead Maxims (read it.)

In this work Mark Twain carries us around the world visting such places as Hawaii, Australia, New Zealand, Ceylon, Fiji Islands, India, Indian Ocean, South Africa, etc. The book has been called forty thousand miles of fun; in this prospectus I can give you only the headings of a few of the chapters. You see our table of contents run only to Chapter 22 with a statement at the foot of the page that there are thirty more chapters to follow (read.)

(Turn back to page headed "Illustrations" and call attention of the customer to the statement in red type on the opposite page and the name of the illustrators. Tell him there will be several hundred illustrations in the book, the quality of which he can judge from the prospectus.)

마크 트웨인의 책 『적도를 따라서』를 어떻게 광고하면 좋을지 외판원들에게 개략적으로 알려주는 글이다.

었고, 몹시 젊었고, 놀라울 정도로 젊었고, 지금보다 젊었고, 앞으로도 절대 그렇게 될 수 없을 만큼 젊었다. 그때는 밤 열한 시나 열두 시부터 다음날 해가 훤할 때까지 일했는데 60일 동안 20만 단어를 썼으니 하루에 평균 3,000단어를 쓴 셈이다. 월터 스콧이나 루이스 스티븐슨 등에는 비할 바가 아니지만, 나로서는 놀라운 생산력이었다. 1897년 런던 테드워스 광장에 살 때 『적도를 따라서』라는 책을 썼는데 그때는 하루 평균 1,800단어였다. 지금 피렌체에서는(1904년) 하루 너덧 시간 정도 앉아서 평균 1,400단어 정도를 쓰는 것 같다.

이런 추세로 보면 36년 동안 지속적으로 느려진 것처럼 보이는데, 이 통계에는 맹점이 있다. 1868년 봄에 3,000단어를 쓸 때에는 한 번 앉으면 일곱 시간, 여덟 시간 또는 아홉 시간도 일했고, 요즘에는 그 절반 정도 작업을 하고 절반 정도 결과물이 나오니 그때가 지금보다 더 나을 것도 없다는 거다. 숫자가 혼란을 일으킬 때가 많은데, 특히 내가 그 숫자들을 나열하다 보면 꼭 그렇게 된다. 그러니 디즈레일리(Benjamin Disraeli, 1804~1881, 영국의 정치가이자 작가 – 옮긴이 주)가 했다고 하는 이 말이 아주 온당하고도 설득력이 있다.

"거짓말에는 세 가지 종류가 있다. 거짓말, 새빨간 거짓말, 통계."

— 『마크 트웨인 자서전』

북 투어에 관해

1884년에서 1885년 겨울 넉 달 동안 클레멘스는 남부 작가 조지 워싱턴 케이블과 함께 순회강연을 했다. 두 작가는 미국과 캐나다 60개 도시에서 자기 작품을 낭독했다. 케이블은 뉴올리언스가 배경인 작품을 많이 썼고 그중 〈그랜디심 가족 : 크리올 사람들 이야기The Grandissimes : A Story of Creole Life〉(1880)라는 작품이 유명했다. 루이지애나 매입(1803년 미국이 프랑스로부터 미국 중앙부의 광대한 지역을 사들인 일. 식민지에서 태어난 프랑스, 스페인 등 유럽인의 후손과 흑인, 원주민들이 뒤섞인 독특한 문화를 크리올이라고 부른다 – 옮긴이 주) 직후인 1800년대 초 여러 인종 집단과 계층이 섞인 사회의 삶을 묘사한 작품이다. 케이블의 중편 〈마담 델핀Madame Delphine〉(1881)은 남부 크리올 사회의 인종 문제를 한층 깊게 파고들었다.

마크 트웨인은 케이블에 관하여 이렇게 썼다.

"잘 돌봐주고 잘 알아보고 설명해주는 케이블 씨와 함께 다니니, 오래된 거리를 돌아다니며 짜릿한 즐거움을 느낄 수 있었다. 보이지 않거나 아주 희미한 것들이 생생하게 느껴진다. 생생하면서도, 변덕스럽고 어슴푸레했다. 두드러진 부분은 눈에 들어오지만 미묘한 빛은 놓치고 상상의 눈을 통해서 불완전하게 파악할 뿐이다. 드넓고 흐릿한 알프스의 지평선 가장자리를, 무지하고 눈이 안 좋은 여행자가 그 지역에 정통하고 통달한 원주민과 함께 여행하는 것과 비슷했다."

트웨인은 1907년에 이렇게 말했다.

"책을 보지 않고 낭송하면 이점이 있다. 날마다 100일도 넘게 읊어서 익숙해진 이야기의 결정적 순간 앞뒤에 짧은 공백을 둘 때 청중들의 얼굴을 보면 공백을 얼마나 길게 해야 할지를 포착할 수 있다. 같은 길이라도 청중에 따라서 너무 짧다고 느끼거나, 약간 길다고 느끼거나, 조금 더 길게 느낄 수도 있다. 낭독자가 청중의 미묘한 차이에 따라 공백의 길이를 조절해야 한다. 길이 차이가 아주 미묘하고 섬세하여 100만 분의 5인치를 재는 프렛과 위트니 기계의 정밀도에 비교할 수 있을 정도다. 청중은 이 기계와 쌍둥이처럼 닮았다. 그 정도로 미묘한 길이 차이도 감지할 수 있다.

나는 아이들이 장난감을 가지고 놀듯이 이 공백을 가지고 놀곤 했다. 웹스터 씨의 빚쟁이들을 위해(트웨인이 투자한 찰스 L. 웹스터 앤드 컴퍼니 출판사가 파산하자 트웨인은 출판사 부채를 갚기 위해 1895년 세계 일주 순회강연을 떠났다 – 옮긴이 주) 세계를 돌아다니며 낭독을 할 때 공백이 아주 중요한 역할을 하는 부분이 서너 군데 있었는데 나는 상황에 따라 그 공백을 늘이거나 줄였다. 정확하게 조정했을 때에는 아주 기뻤고 그러지 못했을 때에는 속상했다. 흑인 유령 이야기 '황금 팔'을 들려줄 때에 결말 직전에 공백이 있다. 공

트웨인과 조지 워싱턴 케이블의 1884~1885년 북 투어 신문 광고

YES! THEY ARE COMING HERE!

They All Talk Like This, Everywhere!

THE TWAIN—IN OTHER WORDS THE CLEMENS-CABLE COMBINATIoN.

[*From the Detroit Free Press, of Wednesday, December* 17, 1884.]

The scene at the "front of the house" in Whitney's last night was enough to make glad the heart of a manager. The sharp cries, "One, two, one, three" of the head usher rang out as he turned the well-dressed stream in ones and twos to the under-ushers. He stood like a rock at the head of the centre aisle and the stream poured in on him. It surged around him, but calm and immovable he stood, and it broke against him. He unitized it and turned the stream into rivulets that trickled down the different aisles like the separate arms of the delta of the great river beside which the Twain authors won their fame. The stream went in graceful cascades down the steps of the different channels into the parquet and inundated it. The theatre was a sea of faces.

The stage setting for this drama by two was of a nature calculated to inspire the authors with wonder at the wealth and splendor of Detroit interiors. Could Hartford insure a lovelier blue satin parlor suite? Could New Orleans exhibit a more gorgeous table-cover with a redder embroidered rose? The doors at the back were twain, and the lace hung in cables over the middle entrance.

A man, whose shadow was now and then projected against the wings, snapped on the footlight gas. Then with a crack the overhead illumination flooded the stage with light, and a third thrill awaited the audience when the same invisible magician with a lightning touch sprang the big chandelier into a dazzling combination of jets. "It is like the President at Washington starting the exhibition in the South to-day," said a lady to her escort.

These little electric excitements led up the audience to the event of the evening—the entrance of the great American novelist, the humorist leading slightly, as they say in sporting circles. The sensation that had been caused by a brilliant-headed stage boy coming in and moving one of the blue chairs up to the footlights had subsided, and when the real actors came on there was a grand burst of applause. Mark Twain, drifting round the table to the front, leaving Cable kind of stranded on the other side, drawled out:

"Lays sun gen'lmen, I introduce to you Mr. Caaa-ble."

And with a wave of his hand he left his partner before the multitude, and retired R. E.

Mr. Cable looked down into the empty orchestra and saw on the chairs where the fiddlers used to sit a motley array of overcoats and sacques that showed him plainly that he was not in the balmy climate of the sunny South. Then he lifted his face, and the audience got a good, square look at him.

His make-up was good. The wrinkles on his brow looked for all the world as if he had been for years in constant surprise at his own success. His whiskers were long and pointed, and they ran up his cheek on either side until they met the smooth black hair. A person had the uncomfortable feeling that perhaps they were held in place by a string concealed over the top of his head, and that they might at any moment drop off. His moustaches were of the St. John (not the Evangelist, but the Prohibitionist) type, and their parted ends drooped down to a level with his pointed beard—three peculiar points about Cable.

He seemed just a trifle like a nervous man who had got his nervousness under pretty good control, but couldn't quite make up his mind whether it was better to keep his hands clasped behind his dress-coat, or in front of it with his thumbs up.

The first Cable dispatch was that exquisite conversation between Narcisse and the Richings, where the former tries to get John to "baw" him some of the cash Dr. Sevier has placed to the credit of the unfortunate couple.

"I wuz juz coming at yo' 'ouse, Mistoo Itchlin. Yesseh, I wuz juz sitting in my 'oom afteh dinneh, envelop' in my '*obe de chambre*, when all at once I says to myself, 'Faw distwaction I will go and see Mistoo Itchlin.'" It was distraction indeed to the Richlings. He saw "Mistoo Itchlin" in every sense of the word, and "baw'd" the last cent he had.

If Mr. Cable would come on the stage and sit down on the chair should remember that our losses as their gain. Taking it from first to last the Twain-Cable entertainment was by all odds the mose enjoyable thing of the [illegible] been to the tired theatre-goer and a joy forever to the callous cynical man in the box office. When shall we, Twain, meet again?

TWAIN AND CABLE.

Delightful Entertainment Given at Case Hall Last Evening by the Two Great Authors.

[*From the Cleveland Leader of Friday, December* 18, 1884.]

Case Hall never contained a more delighted audience than the one filling it last evening to listen to readings by Mark Twain and George W. Cable. A rich entertainment was expected and it was abundantly furnished. The audience was an appreciative one, and the recalls were distinct and vociferous. Mr. Cable was a stranger to a Cleveland platform, but his welcome was a most enthusiastic one. His voice is well trained and melodious and his gestures the perfection of grace. His appearance on the platform was the signal for an outburst of applause. He is about forty, short and slender, with thick black hair, a dark, drooping moustache, and short, silky beard. His face is intelligent and his eyes bright and sparkling. His success on the platform is due to the dramatic intensity and joyous humor that passes into each of his characters, and has been as instantaneous as was his rise in the literary world. His readings last night were confined to "Dr. Sevier," perhaps his most successful work, and seldom, if ever before, has a Cleveland audience enjoyed his equal as a delineator of character, and as a word painter of those quaint yet original types of humanity which belong to a by-gone period Gifted as he is as a writer and novelist, it is questionable whether both author and books are not more thrilling when the former gives additional life and color to his characters upon the stage. His elocution is a distinct innovation, but for that reason all the more effective and entertaining. In place of the third number on the programme he rendered Creole songs, and was twice recalled to the stage.

Mark Twain is his companion's opposite in every particular. The latter is small and graceful, Twain tall and awkward. His gestures are few and meaningless, and he does not smile when uttering jokes that almost put his audience in convulsions. His great head of hair, once glossy black, is now an iron gray, and his bushy mustache jutting out over his queer mouth is also streaked with white. While his audience was roaring with laughter he simply pulled his mustache and scowled. Sentences and phrases that, emanating from other lips, would seem dull and commonplace, prove paroxysms of mirth when uttered by him. As a reader he is far outside of any conventional rule, but coming from his own lips his lines gather and convey many new and charming meanings. The laughter that greeted his first appearance attended him to the last. Despite his peculiar drawl and awkward gestures, his audience left satisfied of having been entertained by a genuine and wholesome wit rather than by any harlequinade of language. He began his part of the programme by relating an incident that occurred when he lectured in that same hall thirteen or fourteen years ago, when he forgot a passage in his speech and called on the audience to help him out. They thought that he was joking and he repeated the request. This only augmented the fun. Finally a gentleman arose and said that if he was really in earnest he would remind him what lie he was telling when the interruption occurred. "That gentleman," said Mr. Twain, "was Mr. Solomon Severance, and I have been very grateful to him ever since." His first selection was from the advance sheets of a new story called the "Adventures of Huckleberry Finn," and was his best effort of the evening. His few years' retirement from the stage has robbed him of none of his mirth-provoking abilities, and the great audience laughed until it was weary, then rested, and laughed again.

Southern life, and have fancied they have struck the exact chord, even to the peculiar Creole *patois* and Creole life, need to hear the man who conceived the works to find that, no matter how careful may have been their study, they are somewhat mistaken.

As the two distinguished men of letters came upon the stage a volley of rattling applause greeted their ears. Bowing low, Mark Twain introduced his friend and brother lecturer with a few remarks that tickled the risibilities of the audience into immediate good humor. "Allow me to introduce to you, ladies and gentlemen," said Mark, "one whom I regard, the world regards and you regard, as the greatest modern writer of ancient fiction, and likewise the greatest ancient writer of modern fiction the world has ever known. One who has all the talent, all virtues and all vices blended together to make the perfect man—Mr. Geo. W. Cable," and Mark bowed himself off the stage amidst prolonged laughter.

"I'm very glad he mentioned my name at the last minute," said Mr. Cable, "or you might have supposed it was the other man! He then gave with all the power of the consummate elocutionist and the author a selection from Dr. Sevier. Presuming that Mr. Cable's life among the people of Louisiana, and more particularly among the Creoles, has given him a thorough acquaintance with their peculiar life and dialect, his rendering of the conversation of Narcisse, the Creole, was admirable and true. Mr. Cable makes a fine appearance on the stage, has a very clear, musical voice, and never fails for an instant to keep his audiences absorbed in his word painting processes; so absorbed that they too can see as he saw with his genius when he brought them before life with pen and ink, his characters and the scenes surrounding them; see them arise before their eyes and live and move and talk until he finishes his recital.

When the applause had died away somewhat, Mr. Cable introduced Mark Twain with a few felicitously chosen words. Said Mark (half the humor is lost in the cold type): "I notice many changes in the city in the last fourteen or fifteen years since I was here. I miss many old friends. Some have gone to the tomb, some to the gallows and some to the White House. [Laughter.] Thus far," he continued, with a long-drawn sigh, "the rest are spared. Over us all, my friends, hangs the same awful, uncertain fate; let us be secure against error, and prepare for the worst. I remember a certain circumstance of that by-gone time which I shall never forget. I arrived here after dark one night in 1870, with my wife. We were met by several friends, and I asked Mr. Slee to get us a cheap boarding-house, because it's always a good thing to practice economy. Then they drove us around through all the back streets of Buffalo for about four hours. It seems that my friends kept up a joke on me, and a real good joke it was, too. My father-in-law, Mr. Jarvis Langdon, had clandestinely bought a house on Delaware Avenue and furnished it up for us. It was a great secret—so secret that I guess every man this side of Niagara Falls knew about it, except myself. They drove us up to the house, and when the door was opened by the supposed landlady, and I saw the elegant furniture, my opinion of Mr. Slee, and his ideas of a cheap boarding-house, went way down to zero. I told Mrs. Thompson, or Mrs. Jenkins, or whatever the landlady's name was, that we could only stay a week: I had lots of talent, but not enough money to stay at such a palatial residence. My friends, who had assembled there before I had arrived, then explained the joke. Now," continued the speaker, "that was really a fine joke: but those kind are all too scarce nowadays. It was an admirable joke, admirably conceived, admirably conveyed, and admirably carried out. The house doesn't belong to us now, but the coachman we still have. He has been lavishly endowed by fortune; why, that man has a wife and nine children!" He then read a short chapter from the "Adventures of Huckleberry Finn," which was sufficient proof to show that in this, Mark Twain's last literary effort, his fund of humor has not yet left him.

In place of No. 5 on the programme, Mr. Cable gave a Creole song, which was so admirable and beautiful that he was obliged to answer the encore by giving another. Besides having proven himself an author, elocutionist, and man of great genius, he proved himself a splendid singer, with a soft, clear, beautiful voice

백을 알맞은 길이로 잡으면 그다음 대사를 했을 때 사람들을 제대로 놀라게
할 수 있지만, 100만 분의 5인치 정도라도 잘못되면 사람들이 음산한 이야
기에 푹 빠져 있다가 그 짧은 찰나에 깨어나 절정을 예상하고 준비를 하므
로 효과가 반감된다."

마크 트웨인과 조지 워싱턴 케이블은 '천재 쌍둥이' 순회강연을 하다가
1884년 12월 3일 뉴욕주 이서커 시내 윌거스 오페라 하우스에서 강연회를
열었다. 다음날 어느 학생 신문 1면에는 이런 기사가 실렸다.

"이서커에서 지금까지 볼 수 없었던 완벽히 만족스러운 오락!"

3면에는 이런 언급이 있었다.
"강연이 끝난 뒤 '휴게소'(식당 겸 주점)에 모인 학생들을 보니 옛일이 떠
올랐다. 예전만큼 열렬하게 불리지는 않을지 몰라도 옛 노래들이 잊히
지 않았음이 분명했다. 클레멘스 씨의 발언은 짧았지만 아주 인상 깊었
고, 클레멘스 씨가 오래 말할 수 없는 이유로 '이서커 사람들을 교화하느
라 목을 너무 많이 써서'라는 핑계를 대자 큰 박수가 터져 나왔다."

마크 트웨인은 1873년 2월 6일 뉴욕시 스타인웨이 홀에도 섰고 다음날
브루클린 음악 학교에서도 같은 강연을 했다. 브루클린 강연이 있던 날 스
타인웨이 홀 강연 리뷰가 「뉴욕 타임스」에 실렸다.

〈마크 트웨인의 샌드위치 제도 이야기〉

타의 추종을 불허하는 마크 트웨인이 어젯밤 스타인웨이 홀에서 열린 상공도서관협회 자선공연에서 샌드위치 제도 여행 이야기를 들려주었다. 공연장과 발코니석까지 사람이 빽빽하게 들어섰다. 좌석이 매진된 데다가 좌석을 구하지 못한 사람들이 중앙과 옆쪽 통로까지 가득 채웠다. 강연자는 요즘 많은 사람의 관심을 끈 흥미로운 지역에서 몇 달을 보내고 왔기 때문에 그곳의 이야기를 잘 들려줄 수 있다고 말했다.

샌프란시스코에서 남서쪽으로 2,100마일 떨어진 섬인데, 왜 그렇게 동떨어진 곳에 있는지는 잘 알 수가 없었다고 했다. 트웨인은 특유의 건조하고 신랄한 어조로 섬들의 지리를 설명했다. 백인들이 찾아와 문명과 교육을 도입하고 원주민들을 죽여 버렸다. 최근의 믿을만한 정보에 따르면 인구가 5만 명 정도라고 하는데, 자비로운 외국인들이 선교소 몇 개를 더 지으면 남은 원주민까지 모두 소멸시키는 데 크게 기여할 것으로 기대된다고 했다.

여자들은 긴 원피스를 입고, 신사들은 보통 웃음과 안경을 걸친다고 한다. 왕과 귀족들을 재미나게 묘사해서 청중들이 포복절도했다. 원주민들이 성경에 나오는 역사를 모른다고 생각하면 안 되고 이들도 이브의 타락에 관해 대략 안다고 말했다. 트웨인 씨가 여자는 이 섬에서 나는 어떤 과일이라도 먹으면 죽임을 당한다는 사실이 그 증거라고 했다. 그들은 여자에게 두 번째 기회를 주고 싶지 않은 듯하다고.

미국 선교회에서 학교를 열고 인쇄기를 들여오는 등 노력을 기울인 끝에 이 섬 원주민 가운데 교육 받지 않은 18세 이상 성인이 단 한 명도 없어 세계에서 가장 교육 수준이 높은 나라가 되었다. 선교단 체재 비용은 미국 주일학교 아이들이 내는 헌금으로 충당하는데, 트웨인 씨는 자기도 30년 전에 이 사업에 2달러를 투자했다고 말했다. 물론 그 돈이 아까운 건 아니고, '잘난 체하고' 싶은 것도 아니지만, 자신에게 이런 인간미가 있음을 솔직히 말하려다 보니 지나가는 말로 언급하게 된 것이며 청중들도 감화 받기를 바란다고 했다.

원주민들은 매우 친절하고 구운 개와 찐 고양이로 손님을 대접한다고 했다. 미국산 소시지와 비슷하지만, 원재료에 대한 신비감만 없는 것이라고 덧붙였다. 집에서 애완용으로 개를 기르고 식구처럼 대하다가, 밥상에 오를 때가 되면 잡아서 요리한다. 트웨인 씨는 이 음식에 강한 거부감은 없지만, 친구를 먹는다는 생각을 하니 입맛이 동하지 않았다. 샌드위치 제도에는 식인종이 없다. 사실 이 야만적 습속에 물든 사람이 어떤 부족에 한 사람 있었는데, 원주민 맛에 질려서 백인에 양파를 곁들여 먹어 보기로 했다. 이 야만인이 고래잡이배의 선장을 잡는 데 성공했는데, 바다에서 50년을 보낸 질기고 소금기에 절은 사람인 데다가 상어고기와 고래 기름만 먹고 살아서 이 원주민의 소화기에는 무리였다. 결국, 원주민은 이 식사 때문에 양심에는 죄책감이, 뱃속에는 고래잡이가 남은 채로 죽고 말았다.

트웨인 씨는 카낙 부족의 여러 특이한 점을 재미있는 삽화와 재치 있는 말을 곁들여 묘사해서 방청석에서 폭소가 끊이지 않았다. 트웨인 씨의 태도, 몸짓, 외모, 침묵조차도 웃음을 자아냈다. 강연회는 월요일 저녁에 다시 열린다.

BROOKLYN ACADEMY OF MUSIC, FEB. 7th

*Tickets at 244 Fulton St. and
172 Montague St.*

기금 모금

1907년 뉴욕시에서 미국 배우 기금 모금 행사를 했다. 트웨인은 이 행사 광고물에 자기 이름을 빌려 주었고 바자회 부스에 앉아 사인을 해주기도 했다. 아래 사진은 등사기로 인쇄한 트웨인의 지지 편지와 이 행사에서 트웨인이 서명한『톰소여의 모험』한 부다. 그때 붙인 스티커가 아직 남아 있다. 트웨인은 흰 양복을 입고 공식적으로 개회를 선언했다. 대니얼 프로먼이 트웨인을 소개하며 이렇게 말했다.

"이번 한 주 동안에 기금 역사상 최고의 성공을 거두고자 합니다. 배우, 가수, 무용수, 스태프에 이르기까지 무대와 관련된 모든 사람들의 이익을 위한 기금입니다. 작년에 4만 달러 이상을 지출했습니다. 자선은 무수한 죄를 덮어주지만, 또 무수한 미덕을 드러내기도 합니다. 이전 바자회 개회 때에는 에드윈 부스와 조지프 제퍼슨이 함께했습니다. 오늘은 미국을 대표하는 폭넓은 인간성의 사도, 마크 트웨인이 이 자리에 나오셨습니다."

· · ·

프로먼 씨가 말씀하셨듯 자선은 많은 미덕을 드러내지요. 사실입니다. 이 주가 끝나기 전에 사실임이 입증될 겁니다. 프로먼 씨가 이 행사의 목표와 성격에 관해 짧게 말씀하셨지요. 프로먼 씨는 모금 행사를 개최

하겠다고 저에게 말했고 그 말을 지켰습니다. 신문에서 그 소식을 듣기를 고대하고 있었지요. 저는 프로먼이든 신문이든 절대 안 믿지만 자선 행사에 관해서라면 또 다르지요!

여러분 누구나 배우들에게 도움을 받은 일을 기억할 겁니다. 지치고 울적할 때 배우들이 우울함을 달래주고 신선한 자극을 주었지요. 그러니 우리는 빚을 진 셈입니다. 이제 배우들에게 도움을 줄 기회가 생겼습니다. 배우가 나이 들어 쇠약해졌을 때 생계에 도움을 줄 수 있습니다.

바자회에서 여러분에게 물건을 사라고 강요하지는 않습니다. 1달러짜리를 사고 20달러를 내면 19달러를 거슬러줄 겁니다. 강도질하지는 않습니다. 여기에 뭐 거창한 신조가 있는 건 아닙니다. 자선 행사일 뿐 종교와는 관련이 없습니다. 25만 달러 모금을 목표로 삼았으니 아주 장대한 시도가 될 것입니다. 회장이 워싱턴에서 첫 단추를 끼워 이 행사가 열릴 수 있게 되었습니다. 이제 여러분들의 선의가 현금으로 바뀌게 되었습니다. 제게 주어진 권한으로 바자회 개회를 선언합니다. 이제 환금을 시작합시다!

– 미국 배우 기금에서 한 연설(1907)

카드 게임

〈작가 초상〉은 오늘날까지도 판매되는 최장수 카드 게임 가운데 하나다. 1861년 매사추세츠 세일럼의 G. M. 위플 앤드 A. A. 스미스에서 처음 만들었다. 파커 브라더스에서도 1897년에 제품을 내놓았다. 코넬 대학교의 설명에 따르면 이 인기 카드 게임 가운데 마크 트웨인이 처음 들어간 세트가

〈작가 초상〉 게임

1873년에 특허를 받은 웨스트 앤드 리 제품이라고 한다. 이 게임은 아직도 판매 중이다. 수집가 케빈 맥도널에 따르면 녹색 덱은 1873년부터 발매된 제품이며 카드는 1880년대부터 1910년까지 나온 것이라고 한다.

물 건너간 얼뜨기들 보드 게임

놀이 박물관(Museum of Play; 뉴욕 주 로체스터에 있는 박물관으로, 마거릿 스트롱의 개인 소장품을 기반으로 설립해 1982년 대중에게 공개되었다 – 옮긴이 주)에 따르

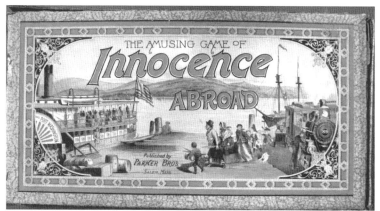

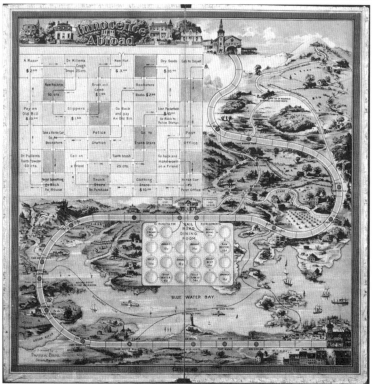

〈물 건너간 얼뜨기들〉 보드 게임

면, 1888년에 파커 브라더스에서 나온 〈신나는 물 건너간 얼뜨기들 게임〉이 여러 면에서 독특하고 혁신적이었다고 설명한다. 20년 전에 출간된 마크 트웨인의 『물 건너간 얼뜨기들 (또는 신천로역정)』이라는 책의 엄청난 인기에 편승하기 위해 붙인 이름이다. 파커는 책 제목에서 'innocents'(철부지들)라는 단어를 'innocence'로 바꾸어 게임 이름으로 써서 법적 문제를 교묘하게 피했다. 〈물 건너간 얼뜨기들〉 게임은 파커 브라더스가 처음으로 디자이너에게 라이선스를 취득해 판매한 게임이기도 하다. 다만 이 게임을 디자인한 셰퍼드 부인에 관해서는 알려진 바가 없다. 미국 관광객이 유럽을 여행할 때 겪을 만한 일들을 흉내 내어 구성한 게임이고, 트웨인의 책에 나온 주제 하나를 따라 전개된다. 플레이어는 2개의 말로 트랙을 돌면서 현명하게 돈을 써야 한다. 먼저 두 말을 모두 결승점에 골인시키면 이기는데, 두 번째로 들어온 플레이어가 첫 번째로 들어온 플레이어보다 돈을 절반 이하로 썼을 때는 두 번째 플레이어가 승자가 된다. 파커 브라더스는 당시 다른 인기 게임의 놀이 방법 설명서에 이 게임 광고를 싣기도 했다.

시가

트웨인이 시가를 즐긴다고 널리 알려졌기 때문에 시가 판매업자들이 마크 트웨인의 초상과 이미지를 제품 판매에 이용하려 했다. 사진의 시가 상자는 1889년 것이다.

다른 사람이 뭐라고 하든, 어떤 게 좋은 시가인지는 내가 판단한다. 시가를 잘 안다고 하는 사람들은 내가 세상에서 최악의 시가를 피운다고 하곤 한다. 그래서 우리 집에 올 때는 자기 시가를 가지고 온다. 내가 시가를 권하면 남자답지 않게 덜덜 떤다. 내가 친절하게 내 시가 박스를 내밀면 위협을 느끼는지 거짓말하고, 하지도 않은 약속이 있다고 핑계를 대며 얼른 달아나 버리곤 한다. 사람의 평판이 어떤 미신을 만들어내는지 예를 들어 보겠다.

어느 날 내가 친구 열두 명을 저녁에 초대했다. 친구 가운데 한 사람은 내가 싸고 조악한 시가에 열광하는 것처럼 값비싸고 고급스러운 시가 애호가로 유명했다. 나는 그 친구 집에 찾아가서 아무도 보지 않을 때 최고급 시가 두 다발을 빌렸다. 한 대에 40센트는 되고 고급스러움의 징표로 붉은색과 금색 상표를 두르고 있는 시가다. 나는 상표를 떼어내고 그 시가를 내가 가장 좋아하는 브랜드 시가 상자에 넣었다. 친구들 모두 잘 아는 브랜드고 내가 들이대면 역병이라도 만난 것처럼 벌벌 떠는 바로 그 브랜드다. 저녁 식사를 마치고 이 시가를 권했더니 받아들고 불까지는 붙였지만 다들 삭막한 침묵 속에서 고군분투했다. 치명적 인 브랜드를 보는 순간 유쾌하던 기분이 싹 가라앉았기 때문이다. 그렇지만 이런 용기도 오래 가지 못했다. 저마다 핑계를 대더니 줄줄이 서로의 발뒤꿈치를 밟을 기세로 품위 없이 서둘러 가버렸다. 다음 날 아침 집 밖에 나가보니

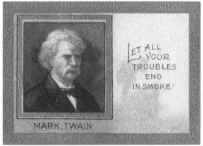

담뱃갑 안에 그림 카드를 넣는 유행이 있었는데 트웨인 초상도 인기 있는 아이템이었다.

현관문과 대문 사이에 시가들이 전부 버려진 것이 보였다. 딱 한 대만 예외였다. 한 대는 내가 시가를 훔친 그 친구 접시 위에 놓여 있었다. 한두 모금 이상은 도무지 감당하지 못했던 거다. 친구는 나중에 나에게 사람들에게 그런 시가를 피우라고 주다니 총을 맞아도 싸다고 말했다.

• • •

1897년에 나온 여행기『적도를 따라서』에는 이런 부분이 있다.

"나는 시가를 하루에 단 한 대만 피우기로 맹세했다. 시가를 잠자리에 들

시간까지 아껴두었다가 밤이 되면 행복하게 즐기기로 했다. 그런데 흡연 욕구가 온종일 나를 괴롭힌다. 그래서 점점 더 큰 시가를 찾게 되었다. … 한 달 뒤에는 시가가 어찌나 커졌는지 지팡이로 쓸 수 있을 지경이었다.”

— 에세이 “담배에 관하여” (“Concerning Tobacco”)

스크랩북

- 특허 신청서

책의 책장은 고무풀 등의 적당한 접착 물질이 한 면 또는 양면 전체에 발려 있습니다. 책의 책장은 그림 1에 나와 있는 것처럼 부분 부분에 고무풀 등의 접착 물질이 발려 있습니다.

어느 쪽이든 스크랩북 자체에 접착력이 있으므로 붙일 종이가 닿을 부분만 적신 뒤 종이를 그 위에 놓으면 책장에 달라붙습니다. 이 두 가지 스크랩북은 봉투와 같은 원리입니다. 풀이 발린 부분을 적시고 추억을 붙여 간직하세요.

트웨인은 특허를 받은 이 발명품을 성황리에 판매했다. 1885년 「세인트루이스 포스트 디스패치」 기사에 따르면 트웨인은 스크랩북 판매로 5만 달러를 벌었다. 다른 책 판매 수익을 다 합하면 20만 달러라고 한다.

기억력 증진 게임

전기 작가 밀튼 멜처는 『마크 트웨인 그 사람Mark Twain Himself』이라는 책에 이렇게 썼다.

트웨인의 스크랩북 특허
신청서 트웨인은 스크랩을
아주 열심히 했다. 그런데
일일이 풀을 발라 붙이려니
귀찮았고 다른 스크랩광들
도 그러하리라고 생각했다.
그래서 두 가지 접착 방식의
스크랩북을 고안해 이 발명
품으로 특허를 받았다.

1885년 8월 18일, 마크 트웨인은 날짜와 사실에 관련된 기억을 증진하는 게임판인 〈기억력 증진 게임〉의 특허를 냈다. 크기가 가로세로로 9×13.5인치에 두께가 0.25인치 정도인 게임판이다. 게임판과 마크 트웨인이 직접 쓴 설명서가 판지 앞뒷면에 붙어 있었다. 여러 가지 색깔의 핀 한 통이 게임판과 함께 들어 있다. 1891년에 여러 형태로 제작해 시범 판매했지만 사람들의 흥미를 끌지는 못했다. 트웨인의 게임 설명이 너무 복잡했기 때문이기도 했다. 한 비평가는 '소득세 신고 양식과 로그표를 섞어 놓은 것처럼 보이는 게임이다'고 했다.

모건 라이브러리는 이렇게 설명했다.

"19세기에는 발명을 통한 진보라는 개념이 미국인의 의식에 깊이 뿌리

박혔다. 상용 발명가가 대중의 영웅처럼 여겨졌다. 트웨인은 토머스 에디슨과 가깝게 지냈고, 에디슨이 트웨인의 음성을 밀랍 실린더에 녹음하고 영화 카메라로 촬영하기도 했다. 트웨인도 발명가가 되고 싶어서 접착력이 있는 스크랩북, 만년력, 꼬리표를 뜯어낼 수 있는 공책, 자동 조절되는 양말대님, 기억력 게임 등 여러 제품으로 특허를 받았다. 돈벌이가 된 것은 스크랩북뿐이었고 5만 달러를 안겨 주었다. 기억력 증진

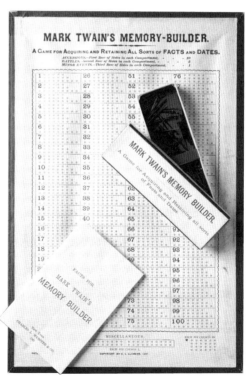

마크 트웨인의 〈기억력 증진 게임〉은 온갖 종류의 사실과 날짜를 모아 외우는 게임이다. 세 부분으로 된 원본 게임을 마크 트웨인이 설계하고 설명서를 작성했다.

게임은 상업적으로 대실패였다.”

밀가루

'마크 트웨인 밀가루'는 이 회사에서 밀가루를 생산하기 시작한 지 2년 뒤인 1900년부터 판매되어 1955년 문을 닫기 얼마 전까지도 계속 생산되었다. 「세인트폴 파이오니어 프레스」는 세인트폴 제분소의 킹스랜드 스미스 씨가 밀가루 한 통을 마크 트웨인에게 보냈다고 보도했다. 트웨인은 이런 답장을 보냈다.

하트퍼드, 코네티컷, 10월 12일

친애하는 스미스!

여름휴가를 마치고 돌아와 보니 우리 집에서는 이제껏 볼 수 없었던 최고급 밀가루 한 통이 있더군요. 그래서 잘 쓰고 있습니다. 세인트폴에서 왔는데 청구서는 같이 오지 않았네요. 당신이 보낸 건가요? 원래 가격 그대로인가요? 빨리 알려주세요. 다른 사람은 안 되고 꼭 당신하고 거래하겠다고 하는 사람 100명이 있거든요. 다들 밀가루를 사고 싶어 합니다.

새뮤얼 L. 클레멘스 드림

—「하트퍼드 데일리 커런트」, 1882년 11월 2일

악보

이 곡은 4분의 3박자로 작곡되었는데 두 번째 박이 두드러지는 전형적인 마주르카다. 아주 경쾌한 곡이긴 하지만 사실 마크 트웨인 본인과는 별 상관이 없다. 앞장에 마크 트웨인 사진이 크게 들어간 까닭은 단지 악보가 잘 팔리라고 넣은 듯하다. 『허클베리 핀의 모험』이 출판되기 몇 해 전인 1880년에 이미 마크 트웨인이 유명 인사이자 광고효과가 대단한 인물이었다는 말이다. 악보 표지에는 트웨인 초상과 베스트셀러 『물 건너간 얼뜨기들』과 『유랑』의 장면이 그려져 있다.

　진짜 음악을 원한다면, 안 좋은 때처럼 나를 찾아오는 음악, 스트리크닌 위스키처럼 온몸에 퍼지고, 브랜드리스 알약(벤저민 브랜드리스가 개발해 판매한 강력한 하제(下劑)로 혈액을 맑게 해준다고 선전했다. 스트리크닌은 미량을 약으로 쓰기도 하는 독극물이다 – 옮긴이 주)처럼 온몸을 관통하고, 체질 전체에 홍역처럼 퍼지고, 피부에서 털 뜯은 거위의 털구멍처럼 터져 나올 음악을 원한다면, 피아노를 두드리고 신이 나는 밴조 음악을 울리세요!
　　　　　— '열렬한 달변', 「샌프란시스코 드라마틱 크로니클」, 1865년 6월 29일

펀치! 형제들 펀치!

1876년 J. A. 쿠렌 작곡, R. E. 오브라이언 해설.

겉표지에 '마크 트웨인의 악몽'이라고 적혀 있어서 마크 트웨인이 이 노래를 작사했다고 생각하는 사람이 많다. 그렇지만 「뉴욕 타임스」에서는 마크 트웨인이 이 곡 가사를 쓰지 않았고, 썼다고 말한 적도 없다는 사실을 밝

마크 트웨인 마주르카

히는 논평을 두 번이나 냈다. 재미있는 것은 이 기사들이 1915년 8월 3일과 8일에 신문에 났다는 점이다. 새뮤얼 클레멘스가 사망하고 5년이 지난 뒤인데, 그때까지도 이 노래와 노래에 관련된 이야기가 사람들의 관심과 흥미를 끌었음을 알 수 있다.『마크 트웨인 사운드트랙』을 쓴 바버라 윌러의 말에 따르면 실제로

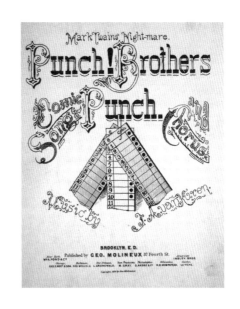

노래 가사를 쓴 사람은 아이작 브롬리, 노아 브룩스, W. C. 위코프, 모지즈 W. 핸디다.

　이 시는 마크 트웨인이 아니라 1876년에 여러 명이 함께 만들었다. 아이작 브롬리, 노아 브룩스, W. C. 위코프, 모지즈 W. 핸디의 머리에서 나온 것이다. 브롬리와 브룩스는 어느 밤 전차를 타고 가다가 전차 안에 붙어 있는 요금 안내판을 보았다.

8센트 요금에는 파란 표

6센트 요금에는 노란 표

3센트 요금에는 분홍 표

쿠폰이나 환승을 위해 표에 펀치하세요

브롬리가 이렇게 외쳤다고 한다. "브룩스, 이건 시야! 이건 시라고!"

광맥 탐사

〈광맥을 탐사하는 법〉(마크 트웨인은 뱃일을 그만 둔 뒤 형 오라이언이 있는 서부로 건너갔고 네바다 주에서 광부 일을 시작했다 – 옮긴이 주)

네바다 주 와슈에 있는 광부들이 일하는 양을 보고 다음과 같은 법칙을 제시할 수 있게 되었다. 첫째, 실마리를 찾아라. 어떻게 생겼든, 기반암이 얼마나 섞여 있든 간에 어딘가로 이어지는 실마리를 일단 찾는다. 길이나 폭, 방향이 어느 정도 되는 실마리를 찾지 못하면 흙이 붉은색이나 노란색으로 보이는 첫 번째 위치에 말뚝을 박고 팻말을 세우라. 이게 표지라는 것인데, 이 지방에서는 표지만큼 중요한 게 없다. 또 광맥을 찾으려면 최대한 다양한 종류의 사람들을 투입하라. '다양성이 일상의 양념'이라는 사실을 곧 알게 될 거다. 네덜란드인, 프랑스인, 에스파냐인, 아일랜드인, 스코틀랜드인, 미국인, 영국인, 노르웨이인을 섞어 놓으면 아주 유쾌한 집단이 된다. 실마리에 표지를 세운 뒤에 예상 채굴량에 상관없이 2,000피트를 가서 거기부터 굴을 파온다. 처음에 일단 깊이 들어가는 게 가장 중요한 일이다. 굴을 아주 길게 파면 더욱 좋다. 대부분 회사에서 2,000이나 3,000피트로 계획을 세우지만, 큰일을 벌이고 싶은 회사는 더 멀리 가야 한다.

할당받을 땅을 찾았고 충분히 긴 굴을 뚫을 결심이 생기면 조직을 짜라. 경험이 부족할 때에는 조직을 짜는 것만큼 중요한 일이 없음을 알게 될 것

이다. 아무리 많이 해도 지나치지 않다. 내규를 준비하면 아주 유용하다. 채광회사 직원들은 내규 준수에 열광하기 때문이다. 내규는 아무리 길더라도 괜찮다. 길면 길수록 구속력이 더 향상될 것이다. 또 사무실이 여럿 필요하다. 사무실이 많으면 많을수록 작업 수행 계획이 더 많이 수립될 것이고, 계획은 많을수록 좋다. 회장이 있으면 무게감이 생긴다. 바닷가 지역에서 온 사람들은 회장이 있으면 좋아한다. 당연히 회장이 있어야 한다고 생각한다. 경리부장은 전혀 필요 없지만 보기에 좋고 바닷가에서 온 사람들은 당연히 경리부장을 기대할 테니까 하나 두는 게 아주 좋다. 내규에는 반드시 단서 규정을 두어서 일꾼들 각자가 직접 사정을 할 수 있게 해야 한다. 그러면 회사가 부유하든 아니든 일은 계속 진행되고 십장한테도 일꾼들이 자기 몫의 일을 하는지 아닌지 감시하는 일거리가 생긴다. 일꾼들이 각자 돌아가며 이틀씩 일하게 하라.

2, 3일에 한 번씩 회의해라. 회의만큼 좋은 건 없다. 서로 잘 알게 되고, 서로 잘 알수록 의견도 잘 맞기 마련이다. 굴을 5피트 팔 때마다 회의해도 잦은 것은 아니다. 머지않아 다들 '이성의 잔치'를 아주 좋아하게 될 것이다.

여러 나라에서 온 일꾼들이 있다면 이들 언어를 알게 될 아주 좋은 기회

가 된다. 회의할 때마다 이 사람들이 하는 말을 듣게 된다. 회의는 많이 할
수록 좋다.　　　　　　　　　—「테리토리얼 엔터프라이즈」, 1862년 5월 18일

• • •

태평양 연안 지역 사람들이 죄다 어떻게 이런 광란 상태에 빠졌는지 놀
라웠다. 샌프란시스코와 다른 대도시에서 이발사, 전세마차 마부, 하녀, 장
사꾼 등 온갖 계층의 사람들이 단체를 결성하고 대리인을 보내 5,000달러에
서 50만 달러까지 다양한 규모의 자금으로 광산을 산다. 이 사람들은 석영
모양처럼 생긴 건 가치가 있는 광물이든 아니든 덮어놓고 살 것이다.

트웨인이 4월에 쓴 편지(1862년 4월 13일, 형 오라이언에게 보낸 편지 – 옮긴이
주)가 그때 분위기를 적나라하게 보여준다.

'호레이쇼와 더비'에서는 아직 작업을 시작하지 않았어. 여태껏 보지도 못했지.
여전히 눈에 묻혀 있거든. 3, 4주 후면 작업을 시작할 거야. 7월에는 광물층에
도달할 거고. 괜찮을 것 같아. 캘리포니아에서는 1피트에 30~50달러야.
게버트라는 남자가 어제 '마지막 기회 언덕'에서 자기 땅을 지키려고 하다가 총
에 맞았어. 죽을 것 같아. 여기 갱도 가운데 쓸 만한 건 하나도 없고(클레이튼 것
을 빼면) 클레이튼 것도 작업에 적합하게 정비가 되지 않았어. 우편으로 바로 40
달러나 50달러 보내줘. 내일 곡괭이랑 삽 들고 일하러 가. 접기 전에 뭔가가 나
와야 하는데.

4월 말이 되자 여전히 눈이 두껍게 쌓인 곳이 있었고 땅은 얼어서 단단했

지만, 갱도 안에서는 활발히 작업이 진행되었다. 28일에는 이렇게 편지를 썼다.

새로운 땅 가운데 하나 '대시어웨이'를 종일 내내 발파하고 파고 쪼며 보냈어. 별건 아닌 것 같은데 그래도 시도해 보려고. 이제 10에서 12피트 정도 내려갔어. 광물층 아래를 따라가고 있는데 아직 꺼내진 않았어. 내일 권양기를 써서 광물층을 들어 올려 가치가 있는지 없는지 볼 거야.

5월에는 '모니터'라는 땅이 부를 가져다줄 것 같다는 기대를 품었지만 이제는 벼락 성공이 실현되리라고 생각하지는 않았다.

프랑스어로 말하자면, 마침내 '더럽게 만족'했어. 2년만 지나면 우린 자본가가 될 거야. 그러니까 이제 더는 불안 초조해하며 걱정하고 의심하지 말고 가만히 누워 여섯 달 동안 가난을 견뎌야 해. 어쩌면 3개월이면 '탈출'할 수 있을지도 모르겠다. 그때 정부에서 형의 새 사무실 세를 내주지 않겠다면 우리 돈으로 내면 되지. 아무튼, 배당을 받으려면 6주를 기다려야 해. 더 걸릴 수도 있고. 그렇지만 어떻게든 받게 되리라는 데에는 한 치의 의심도 없어. 절대적으로 확신하는 수준까지 왔어. 나는 '클레멘스 회사의 모니터 광물층' 지분 8분의 1을 갖고 있고 천금을 줘도 한 뼘도 내놓지 않을 거야. 여기에 우리의 부가 묻혀 있다는 걸 아니까. 광물층 폭은 6피트고 돋보기 없이도 금은이 보여. 형하고 내가 여기 왔을 때만 해도 63년이나 64년에 우리가 부자가 되리라고는 기대를 못 했지. 만약 그런 제안을 받았다면 덥석 받아들였겠지. 지금 그런 제안을 하는 거야. 이제 '니어리 갱도'나 다른 사람의 갱도가 성공하기를 기대하고 있어. 이런 데가 우리보다 몇 달 앞서갈 수도 있지만, 우리도 때가 되면 운명처럼 확실하게 성공할 거야. 다른 누구와도 기회를 바꾸고 싶지 않아.

이 사람이 25년 뒤 페이지 식자기에 재산과 믿음을 걸고 메르겐탈러 라이노타이프 식자기와 지분 교환을 거부한 사람이다(마크 트웨인은 사람 대신 기계가 인쇄기에 식자하도록 설계된 페이지 식자기에 30만 달러에 달하는 거금을 투자했으나 라이노타이프가 시장을 선점하는 바람에 파산하고 말았다 – 옮긴이 주). 트웨인은 또 편지에 이렇게 썼다.

하지만 나는 에스메랄다에 천막을 쳤고, 내가 직접 관리할 수 있는 갱 말고 다른 데는 관심이 없어. 이제 나는 여기 시민이고, 만족해. 레이시와 나 둘 다 빈털터리고 식량은 사흘 치도 없지만 말이야. '모니터'와 다른 땅을 내 손으로 직접 팔 거야. 어제 '모니터'의 4분의 3파운드를 견본으로 채취했는데, 레이시가 흙을 불어 날려서 금은을 10~12센트 정도 얻었어. 절반은 바닥에 쏟아서 잃어버리고 말았지만… 어제 파낸 소중한 '모니터'의 큰 덩이에서 괜찮은 것 한 덩이를 떼어 보려고 했는데 산산조각이 나버려서 부스러기를 보내. 나는 '최상품'이라고 부르는데 누구라도 그럴 거야.

이런 편지가 많은데 대부분 돈 달라는 말로 끝을 맺는다. 생활비, 장비나 화약 구입비, 품삯이 오라이언의 월급보다 훨씬 빠른 속도로 불었다.

> 50달러나 100달러, 보낼 수 있는 만큼 최대로 보내줘. 또 내가 달라고 할 때 보낼 수 있게 150달러를 마련해둬. 갱도 팔 때 곧바로 필요해.

이런 편지도 있다.

> "곡괭이와 삽 말고는 아무 믿을 게 없어."
> 한바탕 불평을 늘어놓고 광부는 이렇게 말을 맺는다.
> "등이 쑤시고 삽질하느라 손은 온통 물집 투성이야."
>
> —『마크 트웨인 전기』

증기선

내가 어릴 때, 미시시피 강 서쪽에 있는 마을 친구들의 변하지 않는 장래희망은 딱 하나였다. 증기선 선원이 되는 것. 다른 꿈도 품긴 했지만 일시적이었다. 서커스단이 마을에 오면 우리 모두 광대가 되고 싶은 열망에 불탔다. 흑인 유랑극단이 처음 찾아왔을 때는 다들 그런 삶을 살고 싶어 가슴앓이했다. 가끔은 우리가 착하게만 살면 하느님이 해적이 되게 해주시지 않을까 바랐다. 이런 꿈들은 시간이 지나면 희미해지곤 했지만, 증기선 선원이 되겠다는 야망은 늘 마음에 남아 있었다.   —『미시시피 강의 생활』(1883)

· · ·

때가 되면 물 표면은 신비로운 책이 된다. 잘 모르는 사람에게는 죽은 언어로 쓰인 책이지만, 수면은 나에게 자기 마음을 거리낌 없이 소리 내며 이야기하는 말과 다름없이 또렷하게 마음속 깊은 비밀을 털어놓는다. 이 책은 한 번 읽고 던져버릴 책이 아니다. 날마다 다른 이야기를 들려주기 때문이다. 기나긴 1,200마일 여정 내내 단 한 쪽도 재미없는 쪽이 없고 안 읽고 놓쳐도 상관없거나 다른 데가 더 재밌겠거니 싶어 건너뛰고 싶은 쪽도 없었다. 사람이 쓴 책 가운데 이만큼 놀라운 책이 없고, 흥미가 느슨해지지 않고 다시 읽을 때마다 눈부시게 새로운 책은 있을 수 없다. 물을 읽을 줄 모르는 승객은—아예 깡그리 신경도 안 쓰는 사람이 대부분이지만 그렇지 않은 드문 경우에는—수면의 독특하고 미묘한 파임을 보면서 감탄하곤 한다.

트웨인의 『미시시피 강의 생활』의 삽화

그렇지만 조타수에게는 이런 모양이 이탤릭체로 강조된 구절이다. 아니, 그 정도가 아니라 대문짝만하게 인쇄되고 끝에 느낌표가 줄줄이 붙은 범례다. 아무리 튼튼한 배라도 부수어버릴 수 있는 난파선 잔해나 바위가 물밑에 있다는 의미이기 때문이다. 물이 만드는 가장 미묘하면서도 단순한 표현이 조타수의 눈에는 무

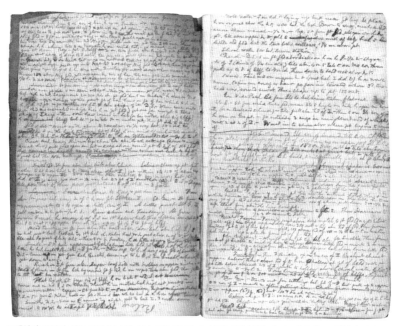

트웨인이 증기선 견습 조타수일 때 쓴 노트(1857년 4~7월) 여기 보이는 노트 페이지는 트웨인이 세인트루이스 근처 강 위에서 작성한 조타수 기록이다. 연구자들은 이 공책에 줄이 그어져 있고 화물 기록이 적힌 것으로 보아 트웨인이 다급한 대로, 아마도 증기선 사무원한테 장부 공책을 얻어 썼을 것이라고 생각한다.

엇보다도 무시무시하게 보인다. 이 책을 읽지 못하는 승객은 햇빛과 구름이 그려낸 예쁜 그림들밖에는 보지 못하지만 숙련된 눈에는 그림이 아니라 가장 암울하고도 오싹한 읽을거리가 보인다.　　　　　　　　　—『미시시피 강의 생활』

'마크 트웨인'이라는 필명은 증기선 견습 조타수였을 때 비롯된 것이다.

"밑에 내려갔다 올게. 다음 도하로 알지?"

자존심이 상할 지경이었다. 다음 도하로는 강 전체를 통틀어 가장 쉽고 평탄한 곳이었다. 제대로 가든 못 가든 위험할 일이 없었다. 그곳 물 깊이는 바닥을 모를 정도다. 내가 빠삭하게 아는 사실이었다.

"어떻게 지나갈지 아냐고요? 눈 감고도 갈 수 있어요."

"깊이가 얼마나 되지?"

"글쎄요, 뭘 그런 걸 물으세요. 교회 첨탑을 집어넣어도 바닥에 안 닿던데요."

"그래, 그렇게 생각한다는 거지?"

빅스비 씨의 말투 때문에 어쩐지 자신감이 흔들렸다. 그게 바로 빅스비 씨가 노린 것이었다. 빅스비 씨는 더 아무 말 않고 자리를 떴다. 갑자기 머릿속이 뒤죽박죽되었다. 한편 빅스비 씨는 나 모르게 선원 선실로 사람을 보내 측심測深하는 사람에게 비밀 지령을 내리고 다른 선원들에게도 귀엣말로 전갈을 보내고는 결과를 지켜보려고 굴뚝 뒤에 숨었다. 곧 선장이 최상갑판으로 올라왔다. 다음에는 일등항해사가 나타났고, 뒤이어 사무원도 나왔다. 다른 사람들도 하나둘씩 나타났다. 섬 첫머리에 도달하기도 전에 내 코앞에 열다섯 명에서 스무 명쯤 되는 사람들이 모였다. 나는 대체 무슨 일인가 싶었다. 물길을 건너기 시작하자 선장이 위쪽에 있는 나를 보더니 짐짓 불안한 기색으로 물었다.

"빅스비 씨는 어디 있나?"

"선실로 내려갔습니다, 선장님."

그때부터 사달이 나기 시작했다. 상상 속에서 위험이 마구 자라나 주체

하지 못할 속도로 불어났다. 한순간, 앞에 여울이 보이는 것만 같았다! 겁에 질려 고통이 엄습했고 온몸의 마디가 다 풀리는 듯했다. 자신감이 깡그리 사라져 버렸다. 나는 경보를 알리려 설렁줄을 잡았다가 부끄러워져서 다시 놓았다. 또 잡았다. 다시 또 놓았다. 떨리는 손으로 다시 잡았는데 너무 약하게 흔들어서 종소리가 나한테도 안 들릴 정도였다. 선장과 일등항해사가 즉시 소리를 질렀다.

"우현 측심! 빨리!"

충격이었다. 나는 다람쥐처럼 타륜으로 기어 올라갔다. 그런데 배를 좌현 쪽으로 돌리자마자 그쪽에서 또 다른 위험이 보여 다시 반대쪽으로 키를 꺾었다. 그랬더니 이번에는 우현 쪽에 더 큰 위험이 보여 다시 필사적으로 좌현으로 꺾었다. 그때 측심사한테서 사형선고 같은 외침이 들려왔다.

"딥 포!"(수심을 재는 20패덤짜리 줄 끝에 납을 달고 깊이를 깃발, 가죽끈이나 매듭으로 표시한다. 2, 3, 5, 7, 10, 13, 15, 17, 20패덤은 '마크'라고 부르고, 그 사이 1, 4, 6, 8, 9, 11, 12, 14, 16, 18, 19패덤은 '딥'이라 부른다. '마크 트웨인'은 두 번째 마크, 곧 2패덤, 약 12피트로 증기선 항행을 안전하게 할 수 있는 최소 깊이다 – 옮긴이 주)

바닥이 없는 물길에서 딥 포라니! 공포에 질려 숨이 턱 막혔다.

"마크 스리! 마크 스리. 빼기 4분의 1! 2분의 1 트웨인!"

끔찍한 사태였다! 나는 기관을 멈추려고 설렁줄을 쥐고 흔들었다.

"4분의 1 트웨인! 4분의 1 트웨인! 마크 트웨인!"(마크 스리: 3패덤, 1/2트웨인: 2와 2분의 1, 곧 2.5패덤, 1/4트웨인: 2.25패덤, 마크 트웨인: 2패덤)

나는 얼이 빠졌다. 어떻게 해야 할지를 몰랐다. 머리끝부터 발끝까지 덜

1900년 8월 18일 「뉴욕 타임스」에 발표됨

덜 떨렸고 눈이 어찌나 튀어나왔는지 눈에 모자를 걸 수 있을 정도였다.

"트웨인에서 4분의 1 빠짐! 아홉에 절반!"

9피트가 다 되다니! 손이 힘없이 덜덜 떨렸다. 이제 종을 울릴 수도 없었다. 나는 전성관傳聲管으로 달려가 기관사에게 소리를 질렀다.

"벤, 제발요! 배를 멈춰요! 빨리! 멈춰야 해요!"

문이 살짝 닫히는 소리가 들렸다. 돌아보니 빅스비 씨가 조용히 웃으며 서 있었다. 그때 최상갑판에 모여든 사람들이 우레같은 폭소를 터뜨렸다. 나는 그제야 사태를 알아차렸고 인류 역사상 가장 어리석은 존재가 된 기분이었다. 나는 측심줄을 늘어뜨려 깊이를 재고, 엔진 출력을 올리고 말했다.

"불쌍한 고아를 놀리니까 재미있죠? 66피트 깊이에서 측심을 했다는 놀림을 평생 듣게 되겠네요."

"그래, 그럴 거야. 사실 그렇게 되길 바라기도 했지. 이번 일로 무언가를 배웠으면 하거든. 그 도하로는 바닥이 없다는 걸 알지 않았나?"

"네, 알았습니다."

"좋아. 알았다면 나나 다른 사람이 뭐라 하더라도 그 믿음이 흔들리지 않았어야지. 그걸 잊지 마. 그리고 한 가지가 더 있어. 위험한 지역에 들어섰을 때는 겁을 먹지 마. 아무 도움이 안 되니까."

좋은 교훈이었지만, 힘들게 얻은 교훈이었다.　　　—『미시시피 강의 생활』

· · ·

마침내 나도 자격증을 땄다. 이제 나는 정식 조타수였다. 임시직으로 여기저기에서 일하는 동안 큰 사고가 없어서 길고 안정적인 일자리를 얻을 수 있게 되었다. 평탄하고 여유로운 나날이 흘렀고, 나는 평생 물길을 따라가며 살다가 내 사명이 끝났을 때 타륜 앞에서 죽겠거니 생각했고 그게 소망이기도 했다. 그런데 곧 남북전쟁이 시작되어, 물자 운송이 중단되었고 내일자리도 사라졌다.

다른 일거리를 찾아야 했다. 그래서 네바다 주로 가서 은광을 팠다. 다음에는 신문기자가 되었다. 다음에는 캘리포니아로 가서 금광을 팠다. 다음에는 샌프란시스코에서 기자 일을 했다. 다음에는 샌드위치 제도 특파원이 되었다. 다음에는 유럽과 동양을 돌아다니는 통신원이 되었다. 다음에는 연단에서 교훈을 설파하는 계몽가가 되었다. 마지막으로 책을 쓰게 되었고, 뉴잉글랜드 지역에 박혀서 움직이지 않는 짱돌 가운데 하나가 되었다.

—『미시시피 강의 생활』

· · ·

당연하지만 배마다 큰 차이가 있다. 나는 아주 오랫동안 엄청나게 느린배를 탔기 때문에 출항한 지 몇 년이 지났는지 잊어버리곤 했다. 물론 출항자체가 아주 드물었다. 승객들이 우리가 지나가기를 기다리다 늙어서 죽어버리는 바람에 증기선에 승객을 실어 나르는 연락선이 승객 운송 기회를 놓치는 경우도 있었다. 그래서 연락선 운항은 한층 더 드물었다.

이런 일들을 기록으로 남겨 놓았는데, 부주의하게 그만 잃어버리고 말았다. '존 J. 로'라는 배는 어찌나 느린지 마드리드 굽이에서 가라앉았는데 선주가 그 소식을 들은 건 5년 뒤였다고 한다. 설마 그럴까 싶지만, 기록에 따르면 그렇다. 정말 처절할 정도로 느렸다. 그래도 섬과 경주를 하거나 뗏목 같은 것과 경주를 하며 아주 짜릿한 한때를 보내기도 했다. 한번은 꽤 빠른 속도로 주파한 적이 있었는데, 세인트루이스까지 16일 만에 갔다. 이렇게 숨 가쁘게 달려갔지만 그래도 5마일 길이인 포트 애덤스 직선 구역에서 망보는 사람이 세 번 교대했던 것으로 기억한다. 강의 직선 구역에서는 당연히 물살이 특히 빠르게 흐른다.

이렇게 몇 마디 말로 내가 마지막으로 조타실 창문으로 밖을 내다본 뒤로 서서히 흘러간 21년의 세월을 갈음했다.

—『미시시피 강의 생활』(1870년 11월)

• • •

트웨인의 조타수 스승 호러스 빅스비는 트웨인의 전기작가 앨버트 비글로 페인에게 이렇게 말했다.

"오늘날에는 샘의 조타 실력을 깎아내리는 게 유행이지요. 샘이 강 위에 있을 때 걸음마나 하던, 정작 샘이 배를 모는 모습을 본 적은 한 번도 없는 사람들이 샘이 별 볼일 없는 조타수였다고들 말해요. 샘은 그쪽에 소질이 전혀 없다면서요. 사실, 샘은 꽤 괜찮은 조타수였어요. 당시는 미시시피 강에서 배를 몰려면 요즘보다 머리와 기술, 재치가 훨씬 많이 필요하던 때

였습니다. 그때는 강가에 신호등도 없고 배에 탐조등도 없었지요. 예상하지 못한 장애물이 불쑥 튀어나오고 모래톱과 강기슭 위치가 수시로 바뀌곤 하는 강에서, 아무것도 안 보이는 어둡고 안개 낀 밤에는 조타수가 강한 확신을 하고 판단을 내릴 수 있어야 했습니다."

—『마크 트웨인 전기』

마크 트웨인이 스물세 살 때 딴
증기선 조타수 면허증 사본(1859년)

정치

"당신이 바보라고 해봅시다. 그리고 당신이 의원이라고 해봅시다. 그런데 같은 말을 두 번 했네요."

트웨인의 말이다. 또 이런 말도 했다.

"정치가들은 기저귀와 같다. 자주 갈아줘야 한다. 이유도 같다."

・・・

1901년 10월 30일, 「뉴욕 타임스」
마크 트웨인과 세스 로의 연설

유머 작가가 태머니 파를 썩은 바나나에 비유하다

셰퍼드 씨는 하얀 끄트머리라고 함. 로 씨는 '데버리즘'[1899년 당시 뉴욕 주지사였던 시어도어 루즈벨트가 리처드 크로커(1843~1922)가 태머니 홀의 부패를 조사하기 시작할 때 뉴욕 경찰 국장이 윌리엄 스티븐 데버리(1854~1919)였다 – 옮긴 이 주]을 이야기함.

어제 브로드웨이 350번가 1층 강당에서 열린 정오 회합에서는 마크 트웨 인과 세스 로(Seth Low, 1850~1916, 미국 정치가이자 교육가로 시민연합과 공화당 양쪽의 지지를 받는 통합 후보로 출마, 뉴욕 시장에 선출되었고 시정 개혁에 앞장섰 다 – 옮긴이 주)가 인기 스타였다. 2,000명이 넘는 사람이 모여들었고 어찌나 사람이 빽빽했는지 사고를 막기 위해 주최 측은 몇 차례 연설을 중단시켜야 했다. 개회 10분 전에 이미 강당이 꽉 찼는데도 안으로 들어오려는 사람들의 물결이 너무 거세어 입구를 지키던 경찰관 대여섯 명까지 인파에 휩쓸릴 지경이었다. 그래서 사고를 예방하려고 문을 닫을 수밖에 없었다.

강당 안은 송곳 하나 들어갈 틈도 없을 정도로 꽉 찼다. 남자들은 강당 한쪽에 있는 엘리베이터 바깥쪽 벽의 격자판을 타고 오르거나 창턱에 기어 올라가는 등 어디 발 디딜 틈만 있으면 다른 사람 머리 위로 한 뼘이라도 더 올라서려고 했다. 여러 해 동안 정치 회합에 참석해온 사람들 말로는, 태머니(태머니 홀은 뉴욕시 민주당 중앙위원회로, 전형적 보스 정치를 통해 뉴욕시 행정을 지배했고 부패와 타락의 온상이 되었다 – 옮긴이 주) 캠프에 유머 폭탄을 던질 작가와 통합 후보가 등장한 이 날만큼 많은 인파가 몰린 적이 없었다고 한다.

정확히 11시 55분에 마크 트웨인이 뉴욕 라이프 빌딩 정문으로 나왔다. 마크 트웨인은 도토리회 회장인 조지프 존슨 2세와 팔짱을 끼고 있었고, 세스 로가 뒤를 이었다. 세 사람은 문이 닫히는 바람에 강당에 들어가지 못한 1,000여 명의 군중 사이를 뚫고 강당으로 갔다.

마크 트웨인과 세스 로가 연단에 올라서자 함성에 귀청이 터질 듯했다. 존슨 씨가 유머 작가의 도움을 받아 청중을 진정시키기까지 몇 분이 걸렸다. 존슨 회장이 마크 트웨인을 소개했다. 마크 트웨인은 바로 자리에서 일어났고, 몇 분 동안 공을 들여 다시 함성을 가라앉힌 다음 말을 시작했다.

"이번 유세에서 크로커와 태머니의 지배가 계속되도록 표를 던질지 말지를 결정하는 것만큼 단순한 문제는 없습니다. 미국 왕조 체제는 이제 충분히 겪었다고 생각합니다. 크로커 씨의 공천 후보자 명단에 훌륭하고 신망

있는 사람만 있다면 그걸 지속하도록 표를 던져야 하는 건가 하는 의문이 들 수도 있습니다. 그렇지만 우리가 이 체제를 지속하게 할 가능성은 작고, 우리는 위부터 아래까지 모두 통합 후보를 지지할 겁니다. (박수)

물론 여러분은 모르시겠지만 저는 의사의 만류를 뿌리치고 이 자리에 왔습니다. 지난 48시간 동안 아파서 누워 있었습니다. 저는 가야 한다고 의사에게 말했지만, 의사는 완고했습니다. 저는 의사에게 제가 좀 그럴듯한 병에 걸렸다면 조언을 받아들여 쉬겠지만, 배탈 때문이라면 연설을 기다리는 사람들에게 뭐라 해명하겠냐고 했습니다. 문제는 사람들이 먹을 것을 가리지 않는다는 거죠. 저는 이 도시 이탈리아인들이 통합 후보를 지지하도록 회유하기 위해서 바나나를 먹었습니다. 그런데 알고 보니 이탈리아산 바나나가 아니었습니다. 누가 봐도 태머니 바나나라는 걸 쉽게 알아차릴 수 있었을 텐데 몰랐네요. 태머니 바나나는 이상한 물건입니다. 한쪽 끝이나 여기저기 일부분은 완벽하게 힙니다. 그런데 나머지 부분은 썩었습니다.

자, 저는 셰퍼드 씨를 개인적으로 매우 존경합니다. 그렇지만 바나나의 나머지 10분의 9에 해당하는 후보들은 썩었습니다. 셰퍼드 씨가 바나나의 흰 부분입니다. 우리가 할 수 있는 최선은 이 바나나는 먹을 수 없으니 통째로 버리는 겁니다. 먹으면 배탈이 날 겁니다. 마치 태머니 호랑이 전체를 삼킨 기분일 거고 우리 뱃속에서 서로 대장을 하겠다고 뒤엉켜 싸우는 느낌일 겁니다. 우리에게는 요동치는 뱃속을 달래줄 의사가 있습니다. 저는 여러분께 아주 좋은 의사를 소개할 수 있습니다. 최근 예일 대학교에서 법학 박사학위를 받은 세스 로입니다."

워싱턴

트웨인은 1860년대에 네바다 주 버지니아 시티 신문「테리토리얼 엔터프라이즈」에 기사를 썼다. 다음 글은 워싱턴 D. C. 특파원으로 쓴 글 가운데 하나다.

「테리토리얼 엔터프라이즈」, 1868년 3월 7일

마크 트웨인이 워싱턴에서 보낸 9번째 편지

「테리토리얼 엔터프라이즈」 특별 통신원

워싱턴, 1868년 2월.

〈워싱턴의 파렴치〉

이곳 법률의 심장이자 고향이자 수원木源, 이 땅의 공동체에서 질서를 유지하고 미덕과 정직을 강제하고 규범을 만들어내는 이 위대한 공장에서 파렴치함이 최고의 경지에 달했다. 이곳에서는 부정직을 폭로하는 대신 방조해야 보상이 주어진다. 나도 이런 경우 몇몇을 아는데 여기 오래 살아서 사정에 밝은 사람들은 훨씬 더 많은 사례를 알 것이다.

대로를 오가다 가끔 마주치는 남자가 있는데 이 사람의 이력은 워싱턴 사람이라면 다 안다. 어떤 정부 부처에서 직위가 꽤 높은 사무원이었는데 다른 지방 출신이라 주일학교에서 주위들은 정직이라는 따분한 교훈(순진한

245

사람의 발목을 잡는다는 그 가르침!)과 어머니가 일러주신 비실용적인 도덕적 지혜(어머니는 좋은 뜻으로 하신 일이지만 딱하게도 이런 가르침은 아들을 가난뱅이로 길러내는 가르침이었다) 말고는 행동 규범으로 삼을 만한 것이 없었다. 아무도 이 사람에게 어떻게 행동해야 하는지 일러 주지 않았고, 그래서 그는 오래된 교훈을 따라 살았고 결과적으로 매우 기이한 행동을 하게 되어 다른 사무원들이 그를 보고 수군거리고 고갯짓을 하고 동정의 눈길을 교환하곤 했다. 다른 사무원들은 이 사람이 제정신이 아니라고 생각했다. 큰 슬픔이나 불행을 겪어 머리가 이상해졌나 보다고 생각했다. 사람들은 이 사람이 아무 것도 훔치지 않는다는 사실을 알아차렸다.

시간이 흐르면서 뇌물을 주려고 찾아온 사람들이 실망한 표정으로 떠나는 것도 눈에 들어왔다. 그뿐만 아니라 이 사람은 매우 열심히 일하고 일을 아주 잘할 뿐 아니라 농땡이를 치는 법이 없다는 점도 드러났다. 그러자 사람들이 그를 좀 겁내기 시작했다. 다들 그가 매우 조용하고 온화하다고 말했지만 미치광이는 언제 발작을 일으켜 다른 사람의 머리 가죽을 벗길지 모르는 일이었다. 마침내 젊은이는 높은 지위에 있는 상관이 정부 자금을 노골적으로 편취한다는 사실을 알게 되었다!

그가 어떻게 했을까? 상식 있는 사람이라면 수익금을 나누자고 했을 것이다. 그런데 그렇게 하지 않았다! 어리석고 생각 없는 얼간이처럼 국무장관에게 보고했다! 국무장관은 그 문세를 살펴보겠다고 말하고는, 이렇게 덧붙였다.

"그런데, 대체 자네가 뭔 상관인가?"

그 뒤에 젊은이는 해고당하고 나랏돈을 사취한 상관은 승진했다. 그러자 젊은이는 상원의원을 찾아가 전부 다 고하고 다른 일자리를 구해달라고 부탁했는데, 의원들은 젊은이가 스스로 앞길을 망쳤고 공공기관 어디에도 취직할 수 없을 것이라고 지당한 말을 했다. 젊은이는 그 말이 사실임을 곧 알게 되었다. 또 주일학교 교육이 이 나라에 쓸모 있는 사람을 만들어주지 않는다는 것도 알게 된다. 젊은이는 오늘날까지 실직 상태다. 취직하려고 갖은 애를 쓰지만 다들 그 사람의 이력을 알고 채용을 거부한다. 그 사람이 혐오스러운 병(낯설고 기이한 정직이라는 전염병)에 걸렸다는 사실을 알기 때문에 혹시라도 옮을까 봐 모두 그를 피한다. 옮을 가능성이 없는지도 모르지만, 그래도 혹시라도 모를 위험을 무릅쓰고 싶지는 않으니까.

이 젊은이가 자기가 받은 교육이 얼마나 처절한 실패였는지를 알아차리기 전에, 누구도 이 얼간이가 과연 얼마나 어리석을 수 있는지 상상도 하지 못했다. 젊은이는 밤 시간에 품행이 좋지 않은 여자들이 정부기관 안에 있는 사실私室로 들어간다는 사실을 알고는 대단한 사실이라도 발견한 양 다른 사람들에게 알렸다. 젊은이는 늘 그런 신기할 것도 없는 따분한 이야깃거리를 가지고 다녔다.

언젠가는 다른 부서 지하실에서 아무 일도 하지 않는 뉴욕 선거 전문가 120명을 먹이고 재우고 월급을 주는데, 이 사람들 이름이 마이클 오플래허티, 데니스 오플래니건, 패트릭 오도허티 등, 이런 식으로 장부에 기재되어 있지 않고 그저 '난방과 조명'이라고만 되어 있다는 사실을 알게 되었을 때, 또 이런 사실을 떠벌였다. 또 인쇄부서 팀장이 특히 음탕한 제본소 여직원

247

들을 추천받아 고용했고 때로는 여직원 두 명과 같이 잠자리에 들기도 하고 하렘처럼 아무나 골라서 잔다는 사실이 정부 조사에서 드러났는데도 팀장이 여전히 워싱턴에서 옷을 가장 잘 입는 멋진 공무원으로 뽐내고 돌아다닌다는 사실을 알게 되었을 때는, 이런 사소한 일이 대단한 일이나 되는 양 여기저기 말하고 다녔다. 심지어는 정부가 전국 양조업자들에게 타이스 증류주 계량기를 은근슬쩍 떠넘겨 더 나은 기계를 반값으로 살 수 있는데도 600달러에서 1,500달러까지 하는 이 제품을 사라고 독단적 명령을 내렸을 때도, 젊은이는 수천 달러의 부정이 배후에 있고 고위 공직자가 관여하여 막대한 이득을 올리고 있다고 생각한다고 말했다. 복음서 말씀처럼 진리이긴 하지만, 이렇게 위험한 주제를 입에 올리다니, 이런 어리석은 일이 있나?

나는 어젯밤 친구를 만나러 고급 하숙집에 갔는데 집주인 여자가 하숙비를 받으러 왔다. 집주인은 나에게 가구가 잘 갖춰진 아파트 두 채를 내놓았는데 세 들 만한 사람이 없겠냐고 물었다. 나는 상하원의원 중에 그런 집을 구하는 사람 몇을 안다고 말했다. 그런데 집주인이 그런 사람들은 받지 않는다고 말했다! 농담인 줄 알았는데 아니었다.

상원의원의 대리인이 찾아와 의원이 오기 두 달 전에 그 방을 예약하고 국회 회기 내내 그 방을 빌리겠다고 한 일이 있었다고 한다. 의원이 와서 방이 아주 마음에 든다고 했다. 그런데 의원이 얼마 뒤에 가구 몇 가지가 더 필요하다고 해서 집주인이 200달러를 들여서 원하는 대로 갖춰주었다. 의원은 두 달 머물다가 아파트에 완전히 만족하고 떠나고 싶은 생각이 없지만, 친구들이 다른 동네에 숙박을 하므로 그 가까이 이사를 하겠다고 말했다. 의원은 대리인이 회기 내내 임대하겠다고 약속했다는 사실을 부인하지는 않았지만 이렇게 말했다고 한다.

"그래, 그런 서류가 있습니까?"

문서를 작성하지는 않았다. 의원은 "그럼." 하고는 가버렸다. 의원은 고소당할 수 없도록 법으로 보호받는다. 그래서 아무 보상도 받을 수 없었다. 계약을 위반했더라도 어쩔 수가 없었다.

집주인은 그 방을 다시 회기 끝까지 죽 임대한다는 다짐을 받고 지역 대표자에게 빌려주었다. 그때 한두 달 정도 방을 빌리고 싶다는 신사가 있었는데, 사실 늦게 자고 땔감과 가스등을 너무 많이 쓰는 의원보다는 신사에게 방을 빌려주는 게 이득이지만 장기 임대를 한다고 했기 때문에 방을 내주었다. 그런데 지역 대표자는 24시간이 지난 뒤에 방이 아주 마음에 들지만, 더 싸고 그럭저럭 괜찮은 방을 찾았기 때문에 그리로 옮긴다며 나가버렸다. 심지어 아무도 보지 않을 때 짐을 옮긴 다음에 통보했다. 이 사람도 계약한 사실은 인정했지만, 계약을 이행하거나 보상할 생각은 없다고 했다. 지역 대표자도 치외법권이다.

정말 이상한 일이 아닌가? 법률 만드는 게 일인 사람들이 아무렇지도 않게 법을 위반하다니 참 희한하지 않은가? 의원들이 다 그렇게 믿을 수 없는 사람들일까? 만약 그렇다면 의원보다 신사를 집에 들이는 게 훨씬 낫다는 집주인 여자의 말에 동의하지 않을 수 없다.

나는 집주인에게 워싱턴의 전반적 정직성에 관해 의견을 듣고 싶다고 했다. 집주인은 별로 높은 수준이 아니라고 했다. 도시 전체가 착복을 비롯한 온갖 파렴치로 오염되었다고 한다. 워싱턴 정부 모든 부처가 크고 작은 부정에 물들고 타락하고 부패했다. 시장이건 식료품점이건 정육점이건 가짜 추로 무게를 속인다고 했다. 정육점에서 7파운드라고 파는 고기가 집에 와서 부엌 저울로 달아보면 5파운드 반밖에 되지 않는다고 한다. 식료품점에서 산 버터 1파운드를 보통 저울로 재면 4분의 3파운드밖에 안 나간다. 돌에 색을 칠해서 석탄에 섞고, 설탕에는 모래를 넣고, 밀가루에는 석회를 넣고, 우유에는 물을 타고, 위스키에는 테레빈유를 넣고, 소시지에는 빨래집게를 넣고, 복숭아 통조림에는 순무를 넣는다. 정직한 거래로 1달러를 버느니 10센트를 사기 치는 편을 좋아한다. 이게 집주인의 의견이다. 내가 워싱

프레드릭 그루거가 그렸고 1907년 12월 1일 「선데이 매거진」에 실린 일러스트레이션 트웨인과 딸 수지가 율리시스 S. 그랜트와 함께 있다. 트웨인이 그랜트가 수기를 쓰는 것을 도왔다.

턴에서 지내는 짧은 기간에 본 바로는 그 말이 옳다는 생각이 든다.

율리시스 S. 그랜트

이 사람은 단순한 군인이고 미사여구를 쓰는 법을 배우지 않았다. 학교에서 가르치는 기교를 뛰어넘는 기술로 단어를 엮어, 미국이 존재하는 한 영원히 미국인의 귀에 이미 사라진 드럼 소리와 행군하는 발소리가 다시 울리게 할 글을 쓴다.

— 〈트웨인의 노트, 1866〉

• • •

이 나라에서 그랜트 장군이 받는 높은 평가만큼의 자리에 내가 오를 수는 없지만, 서간체 문학 분야에서는 그랜트 장군이 나와 같이 앞줄에 앉을 수는 없으리란 걸 생각하면 깊은 행복이 느껴진다.

—『마크 트웨인 자서전』, 1924년

여성 참정권에 관해

마크 트웨인은 여성 참정권과 관련된 풍자를 여러 편 써서 1867년 신문에 실었다.

남성의 천부인권에 대항하는 무도한 성전聖戰은 괴멸되어야 한다.

마크 트웨인이 다시 보내온 편지

사촌 제니에게

나한테 '제니'라는 이름의 사촌이 있는 줄은 몰랐지만, 이런 사촌이 있다는 게 자랑스럽습니다. 당신이 누군지는 모르겠지만 말을 잘하네요. 지나치게 잘해요. 여성 참정권 문제를 진지하게 다루려고 하는 것 같은데 저도 이번만은 농담은 그만두고 상황에 맞게 진중하게 이야기하려고 합니다. 정의와 편의의 차이가 무엇인지 잘 알지요? 안다니 잘 되었네요. 우리가 너덧 해 전에 폴란드 봉기 때 폴란드를 도왔다면 정당하고 옳은 일이었을 테지만, 그게 현명한 정책은 아니었다는 것도 잘 알지요.

여성이 투표하는 게 정당하고 옳은 일이 아니라고 말할 사람은 없습니다. 교양 있는 미국 여성이 어리석고 무식한 외국 이민자보다 50배 넘는 판단력을 발휘해 독립적으로 투표하지 않으리라고 말할 사람이 어디 있겠습니까. 심지어 내 경험에 따르면, 1등급 지성을 지닌 남자는 중요한 사적 이해관계를 버려두고 하루에 고작 4, 5달러를 받고 쥐꼬리만 한 명예를 얻으러 공익을 위해 일하러 가지는 않을 터라 지성이 3등급인 사람만 입법부에 법을 만들러 갑니다. 나이가 있는 부인은 아이한테 얽매이지 않고 집안일에도 지장 없이 공직에 나아갈 수 있습니다. 나는 경찰관부터 미국 상원의원까지 거의 명예직인(큰 책임을 지고 있기는 하지만) 수천 가지 공직이 3등급 능력자들로 채워져 있다는 것도 압니다. 1등급 능력자는 보수가 큰일만 하니까요. 그런데 1등급 여성 능력자는 이런 명예만을 위한 일을 자신을 희생시키지 않고도 할 수 있지요. 당신네 편에서 아주 강력한 논증을 했지요? 다시 말하지만 아무도 이러한 제안이 진실임을 부인하지 않을 겁니다. 그렇지만 여기 편의의 문제가 등장합니다. 바로 정책이요!

이제 내가 내 편에서 길게 논지를 펼칠 거라고 생각하겠지만 아닙니다. 이 말만 하지요. 무지한 외국 여자는 무지한 외국 남자와 같은 사람에게 투표할 테고, 나쁜 여자는 나쁜 남자처럼 투표할 테고, 좋은 여자는 좋은 남자와 같이 투표하겠지요. 지금 선출되는 후보가 남녀가 같이 투표하게 되어도 선출될 텐데 차이점은 표를 두 배로 받는다는 것뿐입니다. 그래서 뭐가 나아지는 게 있습니까? 모르겠네요.

그러니까, 아무것도 얻는 게 없다면 여성에게도 참정권을 확대하는 쪽이 편리하겠지요. 숫자로 헤아릴 수 없는 이득이 있을 것이고, 우리가 존경하는 여사제를 성스러운 불가에서 데려다가 그녀의 옷자락도 건드릴 자격이 없는 군중들 사이에서 선거운동을 시킬 수도 있는 겁니다. 제가 아는 어떤 여자분이 얼마 전에 이 문제에 관해 내 생각과 아주 비슷한 말을 했어요. 그분은 여성 참정권에 반대한다고. 왜냐하면 여성이 흑인이나 남성과 같은 수준으로 낮춰지는 걸 보고 싶지 않다고요!

여성 참정권은 해를 끼칠 겁니다. 제니. 실제로 해를 끼칠 거예요. 가장 훌륭하고 현명한 여성 중 다수는 성스러운 가정의 테두리를 벗어나지 않을 테고 투표를 하거나 공직에 나서기를 거부할 겁니다. 그렇지만 여성 가운데 대단한 악당들은 틀림없이 온힘을 다해 나서고 뇌물을 주고 투표할 겁니다. 그러면 평범하거나 부정직한 이들이 전보다 더 확실하게 공직에 임명되겠지요. 이런 정책이 나쁘다는 걸 알 겁니다. 나쁜 표를 더 강화할 거예요. 당신 쪽에 강한 의문을 제기했다고 생각합니다.

내가 여성 참정권을 옹호하는 꽤 설득력 있는 주장도 쓸 수 있긴 하지만, 그렇게 하고 싶진 않네요. 여자들이 투표하고 정치에 간여하고 선거유세에 나서는 건 보고 싶지 않아요. 그런 생각을 하면 어쩐지 거부감이 드네요. 천사가 하늘에서 내려와 나한테 술 한잔하자고 하면 충격이겠지요. 물론 좋다고 하긴 하겠지만요. 그런데 우리 소중한 지상의 천사가 전에는 보지도 못했을 지저분한 건달들 사이에서 표를 파는 모습을 본다면 한층 더 충격일 겁니다.

제니, 여성 참정권을 향한 길에 한 가지 넘을 수 없는 장애물이 있어요. 이 주제를 언급하기가 두렵고 떨리지만, 해야겠네요. 여자들은 투표하려면 나이를 밝혀야 하므로 절대 투표를 하지 않을 겁니다. 투표할 수 있는 나이가 돼서 한두 번은 용기를 내서 한다고 하더라도, 나중에 "이 일 저 일을 짜 맞추다 보면" 어떤 끔찍한 결과가 나올지 알 겁니다.

예를 들어서, A라는 아가씨가 아무 생각 없이 자기가 스미스에게 투표했다고 말했다고 하지요. 그 말을 들은 사람이 스미스가 선거에 출마한 게 7년 전이라는 것을 기억하면, A라는 아가씨가 어린 아가씨인 양 가장하지만 실은 7년 전에 이미 투표할 수 있는 나이가 되었다는 걸 알게 되는 거지요. 안 돼요, 제니. 투표하는 사람이 이름, 나이, 주소, 직업을 기록하게 하는 방식이 여성 참정권에는 치명적인 장애물입니다.

여자는 절대 투표를 하거나 공직에 나설 수 없게 해야 해요, 제니. 운명이 그렇게 명한다면 다른 남성들이나 나에게는 참 다행스러운 일입니다. 왜냐하면, 여성들이 대동단결해 이루어낼 조치들이 있거든요. 앞장서기는 꺼려지더라도 표의 힘을 모아 달성하고 말 조치들이 한두 가지 있습니다. 미국에 남성보다 여

성이 훨씬 많으니 놀라운 속도로 의회에서 통과되겠지요. 예를 들면 이런 법을
제정할 겁니다.

- 남자들은 모두 예외 없이 밤 10시까지 집에 들어와야 한다.
- 유부남은 모두 아내에게 상당한 관심을 쏟아야 한다.
- 술집에서 술을 팔면 교수형으로 다스리고 술집에서 술을 마신 사람에게는
  벌금을 부과하고 시민권을 박탈한다.
- 시가를 지나치게 많이 피우는 것을 금지하고 파이프 흡연은 폐지한다.
- 여자가 돈이 없는 남자와 결혼할 때는 자기 재산을 일부 가질 수 있어야 한다.

제니, 우리는 이런 폭압은 견딜 수 없어요. 우리의 자유로운 영혼은 이런 모멸
적인 속박을 견딜 수 없습니다. 여자들이여, 당신들의 길을 가세요! 우리의 제
왕적 특권을 빼앗아가려고 하지 말고요. 소소하고 여성적인 일들로 만족하세
요. 아기라든가, 자선 모임이나 뜨개질 같은 것이요. 그리고 주인들이 투표를
하도록 내버려두고요. 물러서세요. 이러다가 다음에는 전쟁에 나간다고 하겠
어요. 원한다면 학교 교사를 해도 되고, 그러면 우리가 월급의 반을 줄게요. 하
지만 명심하세요! 남자들을 몰아세우지 마세요.

사촌 제니, 시간이 있다면 당신을 괴롭힐 여성 입법부를 그린 그림을 주고 싶
네요. 당연히 괴롭겠지요. 당신도 나만큼이나 여성 참정권에 우호적이지 않다
는 사실을 숨길 수 없을 테니까요.

결론적으로, '사촌 제니'라고 서명한 내 글에 관해 칭찬을 매우 많이 받았음을
정직하게 말해야겠네요. 그렇지만 마찬가지로 정직하게 그 글들을 내가 쓴 게

아니라는 것도 고백해야겠지요.

마크 트웨인

추신. 지긋지긋한 거위 같은 내 아내가 위층에서 미친 사람처럼 돌아다니면서 여성 참정권을 옹호하는 연설을 연습하고 있어요. 오늘 밤 내 응접실에 선동꾼 여자들을 모아 놓고 할 연설이랍니다. 아내는 열렬한 웅변가이지만 능변이 소리보다 냄새로 더 멀리 가죠. 술 때문인 것 같아요. 이 늙은 아줌마들이 내 응접실에 모이기로 한 건 참 안 된 일입니다. 오늘 그 아래에서 화약 한 통을 터뜨리기로 했거든요. 그 소리 때문에 토론에 방해가 되지 않을까 걱정입니다.

• • •

여성 참정권
짓밟힌 이들의 일제 사격

반박문

「미주리 데모크라트」 편집자들께

부끄러운 줄 아셔야 할 것 같습니다. 자신의 이름으로 내 품위를 훼손하는 불쌍한 인간의 비열하고 분별없는 헛소리를 신문에 싣다니요. 부끄러워하셔야 합니다. 200명의 고귀한 스파르타 여인들이 여성을 속박에서 해방하기 위해 몸을 던졌는데, 이 장엄한 광경 앞에 머리를 조아리지는 못할망정 경박한 얼간이 내 남편이 재미없는 풍자글을 쓰도록 내버려 두다니요.

몹쓸 인간! 내가 피아노 의자로 그 사람을 두드려 팼습니다. 신문사 악당들도 만나기만 하면 모두 두들겨 패줄 생각입니다. 어찌 되었건 악당들이에요. 아무도 허락하지 않았는데 우리 이름을 신문에 실었으니 천박하고 비열하고 사악한 이들이고 어떤 추악하고 검은 범죄라도 마다치 않을 이들입니다.

편집자 양반, 이 문제에 있어 제가 제 성을 옹호할 임무를 받은 건 아닙니다. 그렇지만 위 편지에 제시된 여성 참정권을 옹호하는 제 논거가 적 가운데 누구라도 우리 편으로 넘어오게 설득했다는 사실을 알게 되면 죽는 순간에 마음 편하게 평온히 죽을 수 있을 것 같습니다. 네, 다른 어떤 것도 그만큼 저를 편안

FEMALE SUFFRAGE.

A VOLLEY FROM THE DOWN-TRODDEN.

A DEFENSE.

Editors Missouri Democrat:

I should think you would be ashamed of yourselves. I would, anyway—to publish the vile, witless drivelings of that poor creature who degrades me with his name. I say you ought to be ashamed of yourselves. Two hundred noble, Spartan women cast themselves into the breach to free their sex from bondage, and instead of standing with bowed heads before the majesty of such a spectacle, you permit this flippant ass, my husband, to print a weak satire upon it. The wretch! I combed him with a piano stool for it. And I mean to comb every newspaper villain I can lay my hands on. They are nothing but villains anyhow. They published our names when nobody asked them to, and therefore they are low, mean and depraved, and fit for any crime however black and infamous.

Mr. Editor, I have not been appointed the champion of my sex in this matter; still, if I could know that any argument of mine in favor of female suffrage which has been presented in the above communication will win over any enemy to our cause, it would soften and soothe my dying hour; ah, yes, it would soothe it as never another soother could soothe it.

MRS. MARK TWAIN,

하게 달래줄 수는 없을 겁니다.

마크 트웨인 부인

아프가니스탄 원조 협회 회장, 뉴저지 복음 전도회 서기 등

아줌마가 설득력 있게 말을 잘하지요? 나이에 비해 꽤 말을 잘해요. '200명의 고귀한 스파르타 여인들' 어쩌고 하는 부분은 아주 감동적인 능변입니다. 아내의 '논거'가 아내에게 엄청난 만족을 주지 않나요? 그 덕에 편히 죽을 수 있을 거라고 하는데, 내가 마지막 순간에 뒤흔들어 놓을 테니 그렇게 하지는 못할 겁니다. 이 여자가 내 삶을 짐으로 만들었으니 나도 이 사람이 갈 때가 되었을 때 옆에서 직접 달래주려고 합니다.   ─마크 트웨인

〈추가 옹호글〉

「미주리 데모크라트」 편집자들에게

귀하의 신문에서 마크 트웨인이라는 극악무도한 악당이 쓴 글 잘 읽었습니다. 하지만 이런 글이 우리의 권리 요구를 단념시키리라고는 생각하지 마십시오. 우리는 하늘이 무너지는 한이 있더라도 우리의 권리를 찾을 겁니다. 이 몹쓸 인간한테는 이해도 하지 못하는 문제에 끼어들지 말고 다른 할 일을 찾아보라고 하십시오. 이 사람도 투표하겠지요. 법이 그러하니까요! 그게 정의일 테죠! 이 사람은 투표할 수 있는데 그보다 수천 배는 우월한 지성을 가진 여자들은 배제됩니다. 전선을 따라가 전신국을 찾을 줄도 모르는 그런 인간이요! 더 이상 말이 필요 없네요. 이 개자식을 만나면 골상학에 쓰는 두상처럼 머리가 벗

어질 때까지 머리털을 쥐어 뽑을 겁니다.

편집자님, 제가 생전에 여성들을 위해 마땅히 해야 할 만큼의 일을 하지는 못할지라도, 여성 참정권을 옹호하는 이 글의 제 논거가 여성의 권익을 높이는 데 도움이 된다면 만족스럽고 행복하게 죽을 수 있을 겁니다.

젭 레븐워스 부인

캄차카 여성 대학 설립 준비 협회 창시자이자 회장.

내가 또 엄청난 포화의 표적이 되었군요. 이 캄차카 여인에게 답하려니 매우 불안해 어디에 의지해야 할지 모르겠네요. 이 분의 '논거'는 저에게는 너무 미묘해요. 묽은 죽 먹고 만족스럽고 행복하게 죽을 수 있다면 그러라고 하세요.

―마크 트웨인

• • •

고국에서는 여성이 모욕당하지 않고 투표소에 갈 수 있겠냐는 주장이 여성 참정권에 반대하는 논지로 통용된다. 여성 참정권에 반대하는 주장은 늘 쉽게 예언의 형태를 띠어 왔다. 예언가들이 1848년 여권운동 이후 매번 예언을 해왔는데 47년 동안 단 한 번도 맞추지 못했다.   『적도를 따라서』

• • •

여성이 성전에 나선 뒤로 부당한 법률에 반대하는 모든 기획에서 성공을 거두었다. 여성들이 법률을 제정하고 법안을 실행하는 데 참여하는 것을 보고 싶다. 여성이 채찍을 쥔 모습을 보고 싶다.

― 1901년 1월 21일 「뉴욕 타임스」에 인용됨

인종

마크 트웨인이 썼다고 알려진 글이다. 이 글이 발표되었을 때 트웨인은 「버 펄로 익스프레스」의 편집자였다. 「버펄로니언」의 지역 역사가는 이렇게 말 한다.

"트웨인은 노예제 반대 운동에 앞장선 사람이었다. 여기에서 '깜둥이'라 는 단어는 비꼬는 뜻으로 쓴 것이고 비하적 표현이 아니다. 멤피스에서 폭 도가 되어 무고한 사람들을 죽인 '기사도적 백인'을 경멸하기 위한 것일 뿐 이다."

〈고작 깜둥이〉

멤피스 특파원이 최근 그 지역에서 흑인 두 명이 살인죄로 사형을 선고 받았다고 전해 왔다. 우즈라는 이름의 남자는 전쟁 도중에 젊은 여성을 능 욕했음을 고백했는데 당시에 이 일 때문에 다른 흑인이 보복에 나선 폭도에 붙들려 목이 매달린 일이 있었다. 이 사람의 모자가 현장에서 발견되는 바 람에 무고하게 살해당했는데, 우즈가 지금 고백하기를 자기에게 의심이 쏠 리지 않도록 남의 모자를 훔쳐서 일부러 버려두었다고 한다. 아! 어떻게 그 렇게 쉽게 확신을 했을까! 남부 폭도의 법도에 따라 정의를 행사하다가 작 은 실수를 저지르긴 했으나 이 정도 일은 아무 일도 아니다.

실수로 죽은 건 고작 '깜둥이'일 뿐이니까. 이 일은 고결한 신사들의 기사 도적 충동이 악한의 교활한 책략 때문에 착오를 일으킨 불운한 사건일 뿐이 다. 고결한 신사들이 '깜둥이'의 불운한 운명에 관해 미안하게 생각하는 만큼 우즈도 미안해한다. 하지만 실수는 있을 수 있는 거고 고도로 통제되고 가장 고결한 폭도라고 하더라도 실수를 저지를 수 있으니, 그저 무고한 '깜둥이' 한 명이 이따금 목 매달리거나 불에 타거나 채찍질로 죽었다고 해서 남부 신사들이 불필요한 후회에 시달릴 필요는 없는 것이다. 혹여 엉뚱한 사람을 린치하는 실수가 너덧 번에 한 번꼴로 일어난다면 어쩌랴! 그렇다고 고상한 기사도적 열정을 고취하고 함양하는 일이나 노한 백인 여성이 복수를 외칠 때 느려터진 법적 절차의 냉담한 형식주의를 참을 수 없는 고귀한 남부의 정신을 부르짖는 데에 반대할 것인가! 남부의 정신에 걸맞지 않은 생각은 버려라! 냉정한 양키 문화의 감상주의 · 인도주의에 줘버려라! '깜둥이' 몇의 목숨이 자랑스럽고 용맹한 인종의 충동적 본능을 보존하는 것보다 중요하다는 말인가! 고삐를 쥐어라, 멤피스의 기사들이여! 채찍에 매듭을 지어라. 낙인과 나뭇단을 준비하라. 못된 짓을 저질렀다고 의심되는 다음 '깜둥이'가 나타났을 때 재빨리 움직이기 위해서! 기사들의 심장을 들끓게 하는 고귀한 충동을 충족시키기 위해 속히 복수를 가하라. 그러고 나서, 굳이 알고 싶다면, 실제로 죄가 있는지 아닌지는 시간이 지나면 알게 될 것이다.

• • •

한니발에 살 때 우리 집에 누군가에게 빌려 온 어린 노예 남자아이가 있었다. 메릴랜드 동해안 출신이었는데 가족과 친구들과 떨어져 미국 대륙 절반을 가로질러 여기까지 와 팔린 것이었다. 밝고 순진하고 정겨운 아이였고 아마도 세상에서 가장 시끄러운 아이일 것이다. 온종일 노래하고 휘파람 불며 함성을 지르고 깔깔거렸다. 미칠 것 같이 괴롭고 참을 수가 없었다. 결국 어느 날은 내가 너무 짜증이 나서 어머니에게 달려가 샌디가 한 시간째 쉬지도 않고 노래하는데 도저히 못 참겠다고, 어머니가 못하게 좀 하라고 말했다. 그러자 어머니 눈에 눈물이 맺히고 입술이 살짝 떨리더니 이런 말씀을 하셨다.

THE BUFFALO EXPRESS

THURSDAY, AUGUST 26, 1869.

ONLY A NIGGER.

A dispatch from Memphis mentions that, of two negroes lately sentenced to death for murder in that vicinity, one named Woods has just confessed to having ravished a young lady during the war, for which deed another negro was hung at the time by an avenging mob, the evidence that doomed the guiltless wretch being a hat which Woods now relates that he stole from its owner and left behind, for the purpose of misleading. Ah, well! Too bad, to be sure! A little blunder in the administration of justice by Southern mob-law; but nothing to speak of. Only "a nigger" killed by mistake—that is all. Of course, every high toned gentleman whose chivalric im-

「버펄로 익스 프레스」(1869년 8월 26일)

"가엾은 것, 그 애가 노래할 때는 집 생각을 하지 않는다는 거니까 내 마음이 편하다. 걔가 조용히 있으면 뭔가 생각하는 것 같아 내가 견딜 수가 없어. 걔는 다시는 엄마를 보지 못할 거야. 걔가 노래할 수 있다면 막을 게 아니라 고마워해야 하지. 너도 크면 내 말을 이해할 거다. 그때에는 친구 없는 아이가 소리를 내면 마음이 기꺼울 거야."

소박한 단어들로 이루어진 쉬운 말이었지만 내 마음 깊은 곳을 찔렀고 그 뒤에는 샌디가 내는 시끄러운 소리가 전혀 귀에 거슬리지 않았다.

—『마크 트웨인 자서전』

• • •

노예제가 노예 소유주의 도덕감을 무디게 하는 효과가 있다는 것은 세계적으로 알려지고 인정된 바다. 특권 계급, 귀족층도 이름만 다를 뿐 노예 소유주 무리와 다를 바 없다.

—『아서 왕 궁정의 코네티컷 양키』

가족, 친구,
동물을 말하다

•••

친밀해지면 무례함이 생긴다. 애도 생기고.

—〈1894년 노트〉

인간을 고양이와 교배할 수 있다면,
인간은 개량되겠지만 고양이는 퇴보할 것이다.

—〈1894년 노트〉

결혼

결혼식

1869년, 마크 트웨인은 가족에게 약혼 소식을 편지로 다음과 같이 써서 알렸다.

사랑하는 어머니, 형, 누이들, 조카들 그리고 마거릿에게

2월 4일, 어제 저는 정식으로 엄숙하게 그리고 돌이킬 수 없게 뉴욕 엘마이라의 미스 올리비아 L. 랭던과 혼인했음을 알립니다. 아멘. 올리비아는 세상에서 제일가는 아가씨이고 가장 분별 있는 사람이에요. 전 그 사람이 자랑스러워서 어쩔 줄을 모르겠어요.

우리가 식을 올리려면 좀 기다려야 할 것 같아요. 당장 집을 마련하기에는 돈이 부족하지만, 다른 사람들에게 손을 벌리고 싶지는 않아요. 「클리블랜드 헤럴드」 지분 가운데 8분의 1을 2만 5,000달러에 살 수 있는데, 일단 산 다음 돈을 벌어서 갚으려고 해요. 좀 더 둘러보고 더 나은 데가 없으면 사려고요.

식구들이 내 아내를 마음에 들어 할지 어쩔지는 걱정을 안 해요. 그 사람을 안지 24시간이 지난 뒤에도 사랑을 느끼지 않는다면 그 사람이 태어난 이래로 누

구도 달성하지 못한 위업을 달성하는 거거든요. 누구를 만나든 자연스럽게 호
감을 자아내는 사람이에요. 제 예언은 적중했어요. 올리비아가 자기는 나를 사
랑할 수 없을 거라고 했거든요. 대신 저를 기독교도로 만드는 임무에 착수했지
요. 나는 그녀에게 아마도 임무에 성공할 테지만 그러는 사이에 자기도 모르게
결혼이라는 구덩이를 파서 결국 빠지고 말 거라고 했어요. 보세요! 예언이 이
루어졌지요. 올리비아가 엊그제 뉴욕에 와서 조지 와일리와 아내 클라라를 만
났어요. 궁금하면 그 사람들한테 물어보세요. 곧 직접 만나게 될 테지만요.

사랑을 보냅니다. 샘

추신. 여기에 일주일 있을 거예요.

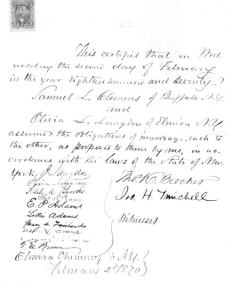

새뮤얼 클레멘스와 올리비아 랭던의 결혼 증명서(1870년 2월 2일)

• • •

하트퍼드, 1888년 11월 27일

사랑하는 리비, 정말 고마워요. 이전 어느 때보다 더 고마워요. 당신이 태어났다는 것 그리고 당신이 나를 사랑하고 우리 두 사람의 삶이 함께 엮이고 얽혔다는 것에!

S. L. C.

• • •

하트퍼드, 1875년 11월 27일

사랑하는 리비

내가 살면서 처음으로 큰 성공을 거둬 당신을 아내로 맞은 지 6년이 지나고, 행복한 성공을 준비하기 위해 하늘의 섭리가 당신을 세상에 보낸 지 30년이 지났네요. 우리가 함께 보내는 하루하루가 결혼한 것을 절대로 후회하지 않게 만드니, 우리가 이별하는 일은 영원히 없으리라는 믿음이 점점 확고해져요. 당신은

새뮤얼 클레멘스가 리비 클레멘스에게 보낸 생일 카드

오늘 나에게 일 년 전 당신 생일 때보다 더 소중해요. 일 년 전에는 그 전해보다 더 소중해졌는데 – 첫 번째 생일부터 계속 점점 더 사랑스러워지는군요. 마지막 순간까지 죽 그렇게 나아가리라고 믿어 의심치 않아요.

다가올 생일들을 기대해 봐요. 나이와 흰머리를 두려워하거나 슬퍼하지 말고, 우리 사랑만으로 행복하리라고 믿고 기대해요. 그러니 우리 아이들에 대한 무한한 애정으로 당신에게 30년의 우아함과 위엄을 가져다준 오늘을 환호합니다!

사랑하는 당신의 S. L. C.

• • •

생일

생일을 축하하는 관습을 만든 사람을 어떻게 처단해야 할까? 그냥 죽이는 것만으로는 성에 안 찰 것 같다. 어느 시점까지는 생일이 아주 좋다. 아기가 자라날 때는 생일이 그 길을 유쾌하게 해주고 발전을 확인해주는 기쁜 깃발이기 때문에 팔랑이는 표시를 뿌듯하게 보게 된다. 그러다가 얼마 지나지 않아 문득 이 깃발들이 불가사의하게 그 쓰임새가 바뀌고 있다는 사실이 눈에 들어온다. 그렇다, 깃발들이 이정표로 바뀐다. 이제는 얻은 것이 아니라 잃어버린 것에 대한 지표가 된다. 그때부터는 생일은 모른 채 지나는 게 상책이다.
　　　　　　　　　　　　　　　　　　　　　　　　　— 〈1896년 노트〉

리비의 죽음

1904년 6월 5일, 이탈리아에 있던 마크 트웨인은 밤에 노트에 이렇게 적었다.

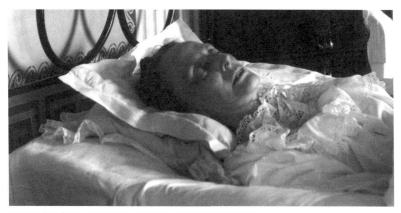

올리비아 '리비' 랭던 클레멘스의 임종. 딸 진 클레멘스가 찍은 사진이다.

오늘밤 9시 15분쯤에 내 삶의 생명인 그 사람이 부당하고 불합리한 고통
에 여러 달 시달리다가 마침내 안식과 평안에 들었다. 37년 전에 그 사
람을 처음 만났는데, 이제는 그 사람 얼굴을 마지막으로 본다.

아, 이렇게 가버릴 줄은! …. 결혼 생활 34년 동안 리비의 마음을 다치게
했을 나의 행동이나 말 때문에 가슴에 회한이 가득하다.

◆ ◆ ◆

트웨인은 친구 윌리엄 딘 하우얼스와 조지프 트위철에게 이렇게 편지를
썼다.

죽음을 맞은 그 사람이 어쩌나 사랑스럽고, 젊고, 아름다운지, 어쩌면 흰머리
하나 없이 30년 전 사랑스러운 아가씨의 모습 그대로인지!

아내가 죽고 두 시간도 안 되어 다시 젊어지는 게 눈에 보였다네. 다시 가보았

을 때는 (2시 30분) 완성되어 있었지. 그날 밤새, 온종일 그 사람은 어루만지는 내 손길을 느끼지 못했어. 기분이 이상했어.

・・・

하우얼스에게 마지막 순간을 전했다.

몸을 숙이고 그 사람의 얼굴을 들여다보고 말을 걸었어. 나를 알아차리지 못해서 놀라기도 하고 불안하기도 했지. 그제야 우리는 깨달았고 가슴이 내려앉았어. 나는 오늘 얼마나 가난한지! 그렇지만 그 사람의 고통이 끝이 나서 감사하네. 그럴 수 있다고 하더라도 그 사람을 다시 불러오지는 않을 거야.

가족

오라이언 클레멘스
형 오라이언에게 보낸 편지이다.

수요일

형, 내가 내 머릿속에 계획된 책을 다 쓴다면 다음 세기 중반쯤 될 거야. 그 다음에는 단 한 편도 더 못 쓰겠지. 그렇지만 나는 다른 사람 아이디어로는 쓸 수가 없어. 형은 살해 봐.

제인 클레멘스

어머니 제인 램튼 클레멘스에게 보낸 편지이다.

하트퍼드, 1878년 2월 23일

어머니께

소설을 쓰고 있다던 오라이언 형이 여기저기에서 떼어낸 몇 문단을 견본 삼아 저한테 보냈어요. 저는 형한테 가능성이 있어 보인다고 답장을 보냈지요. 그때는 사실 그렇게 생각했어요. 그렇지만 그 뒤에 형이 더 긴 글을 발췌해서 보냈는데 그걸 보니 막 나가는 프랑스 미치광이 쥘 베른을 산만하게 목적도 이유도 없이 모방한 글이 아닌가 하는 걱정이 들더라고요.

처음에 받은 견본에서도 프랑스 작가의 발걸음을 정확히 따라 신나게 걷는다

Hartford, 23ͩ.

My Dear Mother:

Orion wrote me that he was writing a story — I sent me 3 or 4 disconnected paragraphs bitten out of it here & there, as specimens. I wrote him that this story seemed to promise quite fairly. So it did — but from a lot of extracts uncertain; but we expect to sail 11th April; in which case I shall expect to see you in Fredonia before that — I don't know just what date.

With love to you all — Affly Sam
All well here.

트웨인이 어머니 제인 클레멘스에게 보낸 편지

는 느낌을 받았지요. 부끄러운 기색은 전혀 없는 사람의 태도로요. 그래도 전 아무 말도 안 했어요. 그냥 소품일 뿐이니까. 그런데 보세요, 책으로 만들 거라잖아요! 글쎄, 지금도 반대하지는 않으려고요. 형이 둘 중의 한 가지를 한다면요. 익명으로 출판하거나, 아니면 아예 베른의 미친 작품의 풍자글이라고 포장하거나요.

소품에서라도 어떤 작가를 모방하는 건 그다지 훌륭한 일이 아닌데, 책 한 권을 통째로 모방으로 채운다면 양심, 취향, 관습을 위반하는 일이에요. 품위 없는 일이라고까지도 할 수 있을 것 같네요. 그래서 이런 작품에 우리 가족 이름이 붙는 건 보고 싶지 않아요.

형 이야기 속에서 주인공이 심스(John Cleves Symmes, 1780~1829, 지구 안이 텅 비어 있어 그 안에 다른 세계가 있고 극지방에 그곳으로 통하는 구멍이 있다고 생각해 순회강연을 하며 이런 이론을 널리 알렸다. 에드거 앨런 포의 『아서 고든 핌의 모험』은 심스의 이론에서 착안한 것이다 – 옮긴이 주) 구멍을 통해 지구 속으로 들어가는데 놀랍게도 나침반이 반대로 돌아가요. 다음에는 매우 점잖은 고릴라를 만나 대화를 나누고, 다음에는 익룡을 보고 자세히 묘사하고, 이런 식이에요. 그런데 오라이언 말이 베른의 소설(1864년 출간된 『지구 속 여행』. 1871년에 영어로 번역 출판되었다 – 옮긴이 주)에서도 주인공이 지구 속으로 들어가고(화산을 통해서), 나침반도 이상하게 돌아가고, 고릴라를 만나고, 익룡을 보고 그런대요.

정상적인 사람이 다른 사람 책에 이미 들어 있는 것들을 알면서 그대로 베껴 쓴다는 게 말이 돼요? 형은 자기는 베른과 다르게 더 자세하게 썼으니까 괜찮대요.

형은 눈을 씻고 봐도 창의력이라고는 하나도 없으니, 모방할 수밖에 없지요. 어쩔 수가 없어요. 그냥 그대로 베른을 모방하라고 해야 해요. 그렇지만 그러면서도 아주 재미있고 새로운 것, 창의적인 걸 할 기회가 있어요. 있어야 할 이유도 있고, 베른의 저주를 받은 이 세상에 꼭 필요한 거요. 그러니까 베른과 베른 작품을 희화화하는 거죠.

형한테도 그렇게 이야기했어요. 형이 그렇게 하면 (그리고 잘하면) 형 책이 살아남고 칭찬도 받을 거라고요. 그런데 지금 그대로 베른의 아류작에 머물면 땔감으로 쓰이고 말 거예요.

형은 어느 쪽이라도 잘 쓰지는 못할 거예요. 그래도 모방에 성공하느니 희화화하다 실패하는 편이 나아요. 베른을 풍자하면 그다지 잘 쓰지 못했더라도 반응이 호의적일 거예요. 그리고 세상에 베른을 희화화하는 것보다 더 쉬운 일이 어디 있겠어요.

우리가 유럽에 가는 일정은 확실하지 않아요. 그렇지만 4월 11일에 배를 탔으면 해요. 그렇게 된다면 그 전에 프레도니아로 어머니를 뵈러 갈게요. 정확한 날짜는 모르겠네요.

사랑을 담아

샘.

이곳 식구들은 다 잘 있어요.

어린이

아기

아기는 엄청난 축복이자 성가심이에요. — 애니 웹스터에게 보낸 편지, 1876년

. . .

1879년 11월 15일 테네시 군에서 초대 사령관 그랜트 장군을 위해 개최한 연회에서 '아기들, 우리의 슬픔을 달래주는 아기들을 즐거움 가운데에서도 잊지 맙시다'는 건배사를 들은 트웨인은 이렇게 답했다.

"그거 마음에 드네요. 누구나 다 여자가 되는 행운을 누리지는 못했지요. 누구나 장군, 시인, 정치인이 되지는 못했어요. 그렇지만 아기들에게 건배

를 보낸다면 모두 동등한 입장인 겁니다. 천 년 동안 전 세계에서 연회를 하면서 아기를 아무 존재도 아닌 양 철저히 무시했다는 건 부끄러운 일입니다.

잠깐 멈춰서 생각해보세요. 50년이나 100년 전 여러분이 막 결혼했을 때, 그리고 첫아기가 태어났을 때를 떠올려 보세요. 아기가 대단한 존재였고 심지어 그 이상이었다는 게 기억날 겁니다. 군인 여러분은 모두 이 조그만 사람이 집안 중심에 들어서면 자리를 내주고 물러나야 하지요. 아기가 전적인 지휘권을 갖습니다. 여러분은 아기의 몸종, 하인이 되어서 시중을 들어야 하지요. 아기는 시간, 거리, 날씨 등의 사정을 봐주지 않는 지휘관입니다. 할 수 있건 없건 명령을 받들어야 합니다. 게다가 이 지휘관의 병법서에는 행군 방식이 단 한 가지밖에 나와 있지 않은데 그건 물론 '초고속'이지요.

아기는 여러분을 오만방자하게 다루고 무시하지만 아무리 용감한 사람이라도 맞서서 한마디 할 수도 없습니다. 여러분들이 도넬슨이나 빅스버그(두 곳 다 남북전쟁 때 그랜트 장군이 이끌던 북군의 승전지 – 옮긴이 주)에서 죽음의 포화에 맞선 사람들이었을지언정, 아기가 수염을 뽑고 머리카락을 잡아당기고 코를 비틀 때에는 받아들여야만 합니다. 귓가에 전쟁의 포성이 울릴 때에는 적군의 포대를 바라보고 용맹하게 빠른 속도로 진군하더라도, 아기가 무시무시한 함성을 터뜨릴 때에는 속으로 잘 되었다 하면서 반대방향으로 후퇴하지요. 아기가 시럽약을 달라고 하더라도 그런 건 장교나 신사에게 어울리지 않는다고 혹여 한마디라도 덧붙일 수 있나요? 없지요. 그냥 일어나서 가져오는 수밖에요. 아기가 우유병을 대령하라고 해서 가져다주었는데 따뜻하지 않다고 성질을 부리더라도 대들 수 있나요? 못하죠. 가서 데워 오는 수밖에 없어요. 몸종 신세로 얼마나 비참하게 전락했는가 하면 그 미지근하고 맛대가리 없는 우유가 잘 데워졌나 한 모금 빨아보기까지 해요. 분유와 물을 3대 1로 섞고 배앓이를 달래기 위해 설탕 조금, 딸꾹질을 가라앉히기 위해 페퍼민트 한 방울을 떨어뜨린 그 음료를요. 아직도 그 맛이 입에 남아있는 것 같네요.

그러면서 또 얼마나 많은 사실을 알게 되었나요! 감상적인 젊은이들은 아기가 자면서 웃을 때에는 천사가 속삭이는 것 같다느니 하는 듣기 좋은 옛말을 아직도 믿습니다. 예쁜 말이지만, 깊이가 없어요. 진부하죠. 아기가 평소 늘 산책 가는 시간에 산책 가자고 하면, 그러니까 새벽 두 시에 산책을 명하면 속으로는 주일학교 책에는 실을 수 없는 말들을 중얼거리면서도 벌떡 일어나서 냉큼 그러자고 하지 않나요? 아! 어찌나 군기가 바짝 들었는지 잠옷 차림으로 방 안에서 왔다 갔다 하면서 위엄 없는 혀짤배기소리를 지껄이고 군인다운 우렁찬 목소리를 동원해 노래를 부르려고 시도하기도 하지요! 〈자장자장 우리 아기〉 같은 노래요. 테네시 주 군인의 이런 모습이라니! 이웃들에게도 고역입니다. 1마일 반경 안에 사는 사람들 가운데에는 새벽 세 시에 군대 음악을 듣기를 즐기지 않는 사람도 있거든요. 이렇게 두어 시간을 하고 났는데 조그만 벨벳 머리카락 대장님이 운동과 소음만큼 좋은 게 없다는 뜻을 비치면 이렇게 합니까? "진군!" 결국 도랑에 빠질 때까지 나아가는 수밖에 없지요.

아기가 아무것도 아니라니요! 아기 하나가 집 하나와 마당 전체를 다 채울 수 있습니다. 아기 하나가 여러분과 여러분 내무반 전체가 할 수 있는 것 이상의 일을 시킬 수 있습니다. 아기는 기상이 진취적이고 억누를 수 없는 무법적 활기로 똘똘 뭉쳐 있지요. 무슨 수를 쓰더라도 아기를 만류할 수가 없습니다. 아기 하나로 하루가 꽉 찹니다. 제정신인 사람이라면 쌍둥이를 바라지는 마세요. 쌍둥이는 끝나지 않는 소요나 마찬가지입니다. 세쌍둥이라면 내란하고 다를 바가 없지요.

이쯤 되었으면 건배를 제안한 분도 아기가 얼마나 대단한지 인식했을 겁니다. 앞으로 거둘 작물이 얼마나 많은지 생각해보십시오! 앞으로 50년이면 우리 모두 죽을 테지만, 이 깃발은 남아서 나부낄 것이고(그러기를 빕시다), 이 나라는 현 인구 증가 추세에 따르면 인구 2억 명의 공화국이 될 겁니다. 지금 우리가 타고 있는 범선은 '그레이트 이스턴 호'(이점버드 브루넬이 설계한 기선으로, 1858년 진수 당시 세계에서 가장 큰 배였다. 재급유 없이 영국에서 오스트레일리아까지 승객 4,000명을 실어 나를 수 있었다 – 옮긴이 주) 같은 거함으로 성장하겠지요. 오늘날 요람에 있는 아기들이 갑판에 설 겁니다. 이들 손에 위대한 계약을 남겨 줄 터이니 잘 키워야겠지요. 지금 이 땅에서 흔들리는 300~400만 개의 요람 안에는 이 나라가 수 세대에 걸쳐 성스러운 존재로 숭앙할 이들이 있습니다.

누군지는 알 수 없지만. 요람 가운데 하나에서 아무것도 모르는 미래의 패러것(David Glasgow Farragut, 1801~1870, 미국 해군 제독으로 남북전쟁 때 대승을 거둠 – 옮긴이 주)이 이가 나고 있겠지요. 생각해보세요! 이 때문에 아주 격렬하게 알아들을 수 없는 말로 욕설을 퍼붓고 있을 테지만 그럴 만한 지당한 일입니다. 다른 요람에서는 미래의 유명한 천문학자가 눈부신 밀키웨이(은하수)를 무심하게 바라보면서(불쌍한 것!) 사람들이 '유모'라고 부르는 다른 밀키웨이는 어디에 갔나 하고 생각하겠지요. 또 다른 요람에는 미래의 위대한 역사가가 누워 있고, 목숨이 다하는 날까지 죽 그렇게 거짓말을 할 거고요('lie'에 '눕다'와 '거짓말하다'라는 두 가지 뜻이 있는 것을 이용한 말장난 – 옮긴이 주). 또 어떤 요람에서는 미래의 대통령이 나라의 심오한 문제보다는 왜 자기 머리가 이렇게 일찍 빠지나 하는 문제를 가지고 고심할 겁니다. 다른 요람들에는 미래의 공직자 6만여 명이 누워서는 해묵은 문제를 또 한 번 붙들고 늘어질 기회를 잡을 준비를 하겠지요. 또 다른 요람에, 이 깃발 아래 어딘가에는 미래의 걸출한 미군 총사령관이 앞날의 위엄과 책임은 아랑곳하지 않고 지금 이 순간 전략적 두뇌를 총동원해서 자기 엄지발가락을 입에 넣을 방법을 어떻게든 찾아내려고 고군분투하고 있을 겁니다. 실례를 범할 생각은 아니지만, 오늘 이 자리의 빛나는 주빈도 56년 전에 이 성취에 온갖 열정을 쏟았지요. 그 아기가 훗날 이 분의 모습을 예견한다면, 발을 입에 넣는 데 틀림없이 성공했으리라는 것에 의문의 여지가 없습니다."

수지 클레멘스

수지는 열세 살 때 아버지에 관해 이런 글을 썼다.

아빠의 외모를 많이들 묘사하는데 아주 부정확하다. 아빠 머리카락은 고운 회색인데 너무 굵지도 길지도 않고 딱 적당하다. 코는 매부리코인데 덕분에 훨씬 잘생겨 보인다. 친절한 파란 눈과 조그만 콧수염이 있다. 머리 모양과 옆얼굴 모양이 아주 근사하다. 이목구비도 잘생겼고, 결론적으로 매우 잘생긴 사람이다. 외양이 하나같이 완벽한데, 치아만은 그렇지 않다. 피부색이 매우 희고 턱수염은 없다. 아주 좋은 분이고 무척 재미있다. 성질이 좀 있는데 우리 식구들 다 그렇다. 지금까지도 그랬고 앞으로도 이렇게 좋은 사람은 만나지 못할 것이다. 아, 그리고 진짜 얼빠진 사람이다. 정말 재미있는 이야기를 들려준다. 클라라와 내가 아빠 의자 팔걸이 양쪽에 앉으면 아빠가 벽에 걸린 그림들에 대한 이

트웨인과 딸 수지가 〈히어로와 리앤더〉 연극 공연을 하고 있다.

야기를 들려주곤 했다.

. . .

트웨인은 수지가 젊은 나이로 세상을 뜨고 나서 몇 해 뒤에 이 글을 썼다.

열세 살 때 수지는 구릿빛이 도는 갈색 머리를 등 뒤로 땋아 내린 조그맣
고 깡마른 아가씨이고, 공부며 운동이며 놀이로 집안에서 가장 정신없
이 바쁜 사람이었다. 아무도 모르게 본인의 의지로, 바쁜 일정에도 사랑
하는 마음에 한 가지 일을 더 했다. 내 전기를 쓰는 일이었다. 밤에 자기
침실에서 글을 쓰고 안 보이는 곳에 감춰두었다. 얼마 뒤에 엄마가 그걸
보고는 훔쳐서 나에게 보여주었다. 그러고 나서 엄마가 수지에게 그 글
을 아빠에게 보여주었더니 아빠가 엄청 좋아하고 뿌듯해했다고 이야기
했다.

그때를 생각하면 기쁨이 솟는다. 전에도 칭찬을 받은 적이야 있지만 이렇
게 감동한 일이 없었다. 내 눈에는 이보다 더 소중한 것이 있을 수가 없었
다. 지금까지도 그 자리를 그대로 유지하고 있다. 다른 누구에게서 받은
어떤 칭찬도 이만큼 귀한 것이 없었고 지금까지도 마찬가지다. 이렇게 세
월이 한참 흐른 지금 그 글을 읽으니, 여전히 왕의 교서처럼 막중하고 그
때와 똑같은 아릿한 놀라움을 느낀다. 숨어서 부지런히, 서둘러 이 글을
쓴 그 손을 다시는 잡을 수 없다는 생각이 더해지니 나는 마치 작위를 하
사한다는 칙령을 받든 사람처럼 겸허함과 놀라움에 빠진다.

. . .

수지는 감정의 탄약고 같아 온갖 종류의 감정이 깃들어 있었다. 어릴 때는 어찌나 일촉즉발인지 하루 동안에 포대 전체가 발포하는 것 같은 때도 있었다. 생기가 넘치고, 활기가 흘러나오고, 열기가 들끓었고, 깨어 있는 시간이 마치 바쁜 행렬 같았다. 기쁨, 슬픔, 분노, 후회, 폭풍, 햇살, 비, 어둠이 모두 있었다. 한순간에 찾아왔다가는 다음 순간에는 사라졌다. 이 아이는 모든 일에 열정적이었다. 그게 그냥 따뜻하고 밝은 불인 정도가 아니라, 모든 걸 불사르는 불같았다.

– 발표하지 않은 원고 〈가족 스케치〉에서

※ 트웨인의 첫딸이자 뮤즈였던 수지는 1896년, 스물네 살 때 척수막염으로 사망했다.

클라라 클레멘스

트위철은 트웨인과 올리비아의 결혼식 주례를 했고 40년 동안 가장 가까운 친구로 지냈다. 트웨인이 조지프 트위철 목사 부부에게 딸 클라라 클레멘스 출생 소식을 알리는 편지를 썼다.

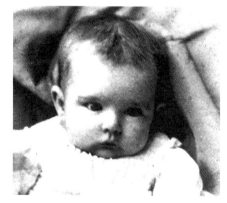

엘마이라, 6월 11일

사랑하는 조와 하모니에게 아기가 나왔고 위대한 미국 여장부야. 7.75파운드(약 3.5 킬로그램)나 나간다네. 나올

트웨인의 세 딸 중 둘째인 클라라 클레멘스는 1874년에 태어났다.

때까지 오래 기다려야 했지만 기다린 보람이 있고도 남았네.

저녁 내내 진통이 오락가락하더니, 자정에는 심해졌고 아침 7시까지 계속되었어. 15분 동안 극심하게 오다가 끝이 났지. 글리슨 부인과 델라가 저녁 일찍 왔는데 바로 위층에 잠자리를 봐주었고 아기가 나오기 15분 전이 되기 전에는 부르지 않았다네. 리비는 정말 필요한 순간이 되기 전에는 도와줄 사람을 안 부르거든. 리비는 힘든 일을 춤추듯 겪어냈어. 진통이 오는데도 집 안에서 돌아다니고 아기 옷을 꿰매고, 어떻게 그렇게 용감한지 모르겠어. 심지어 나도 침착했다네. 밤에 잠도 많이 잤어. 부끄럽지만 도저히 눈을 뜨고 있지를 못하겠더라고. 게다가 아기가 하도 꾸물거려서 믿음이 안 가서 말이야. 어쨌든 정말 대단한 아기이고, 지성이 있어. 손가락을 이마에 대고 생각을 한다네. 양막을 쓰고 나왔으니까 당연히 통찰력을 지니고 태어났지(양막의 일부인 대망막을 아기가 쓰고 나오면 통찰력, 행운을 타고나고 물에 빠져 죽지 않는다는 속설이 있다 – 옮긴이 주). 모도크(미국 서부 인디언의 한 부족이고 마크 트웨인이 수지 클레멘스를 부르는 별명. 수지는 이 때 두 살이었다 – 옮긴이 주)는 아기가 마음에 드는지 바로 자기 인형을 주더라고. 모도크는 전혀 샘을 안 내. 갓난아기한테 푹 빠졌어.

모도크는 거의 종일 집 밖에서 날뛰고 돌아다녀서 잣처럼 단단하고 인디언처럼 까무잡잡해. 우리 집에 있는 오리, 닭, 칠면조, 암탉들 전부와 둘도 없는 친구야. 어제는 붉은토끼풀밭에 난 구불구불 오솔길을 따라 언덕 위 여름별장까지 갔는데 이 가금류들이 줄줄이 모도크를 따라가더라고. 모도크와 키가 엇비슷할 정도로 위풍당당한 수탉이 행렬 선두에 섰지. 날마다 옥수숫가루를 베풀어준 덕에 가신家臣들의 헌신을 살 수가 있었나 봐. 그래서 모도크는 어딜 가든 보디가드들을 거느리고 위엄 있게 다닌다네.

수지 크레인이 나를 위해서 어디에서도 보지 못한 멋진 서재를 지어줬어. 팔각형 모양인데 지붕은 뾰족하고 팔면에 넓은 창이 있고 끝없는 골짜기와 도시와 저 멀리 푸른 언덕이 내다보이는 언덕 꼭대기에 홀로 우뚝 서 있다네. 소파와 테이블, 의자 서너 개 정도 겨우 놓을 만한 아담하고 안락한 둥지야. 태풍이 먼 골짜기를 휩쓸고 번개가 언덕 위에서 번쩍이고 비가 머리 위 지붕을 두드릴 때면 얼마나 장려하겠는가! 골짜기에서 500피트 높이고 거리는 2.5마일 떨어져 있어. 온종일 편지만 쓰고 있을 수는 없으니. 자네와 식구들에게 대륙만 한 사랑을 보내네.

마크

1908년 6월 14일 「뉴욕 타임스」

트웨인 딸이 아버지에 관해 이야기하다

미스 클라라 클레멘스가 천재를 아버지로 둔 건 힘든 일이라고 말하다

버펄로 빌로 오인받기도

"아버지는 침대 생각을 하려고 흰 양복을 입으세요."
미스 클라라가 말한다.

특별 통신원

런던, 6월 6일. 마크 트웨인의 딸이자 풍부한 콘트랄토 음색의 가수 미스 클라라 클레멘스가 퀸스 홀에서 영국 데뷔 공연을 했다. 클라라 클레멘스는 바이올리니스트 마리 니콜스, 피아니스트 워크와 함께 6월 16일 베크스타

인 홀에서 공연할 예정이다.

아버지의 유머 감각을 물려받은 미스 클레멘스가 「런던 익스프레스」에 유명인의 딸이라 겪어야 하는 고초를 적은 글을 썼죠. 클라라 클레멘스는 이렇게 말했다.

이 낡은 세계를 바로잡아야 한다는 결론에 다다랐습니다. 제가 음악가로 성공하려고 애를 쓰고 있는데도 '마크 트웨인의 딸'로 불리며 살아야 하는 부당함은 말 안 해도 이해하시겠지요? 아버지는 물론 천재입니다. 그래서 제가 이렇게 피로감을 느끼는 거고요. 제 피곤은 끝없는 긴장에서 나옵니다. 오랜 세월 동안 제 정체를 감추고 편안하게 쉴 수 있는 침대가 있는 비밀 장소를 찾느라고 지쳤어요. 유럽에서 이런 곳을 찾기만 하면 거기에서 한 몇 년간은 드러누워 있다가, 천재가 되어서 일어나려고요. 침대 비법이 아버지의 성공 비결이거든요.

제가 '누군가의 딸이라는 것'을 넘어서려고 애쓰느라 지치는 동안, 아버지는 그냥 침대에 누워서 생각하다가는 가끔 침대 밖으로 나와서 일없이 순회강연이나 다니고 느긋하게 유럽 여행이나 다니시죠. 그래서 제가 정말 편안한 침대를 찾아다니는 겁니다. 천재성은 자리에 눕는 기술이니까요.

한번은 제가 열다섯 살 때 아버지가 저를 천재라고 한 적이 있어요. 그냥 놀라느라 하신 말인 줄은 알지만 그래도 그때가 잊히지 않아요. 남부 작가 조지 W. 케이블 씨와 순회강연을 가셨을 때, 아버지가 코네티컷 하트퍼드 집으로 돌아오시면 깜짝 공연을 보여 드리려고 언니랑 동생이랑 저 셋이서 준비를 했어요.

우리가 고른 작품은 〈왕자와 거지〉였는데 우리가 즐거워한 만큼 아버지도 즐거워해 주셨죠. 그러고는 저더러 천재라고 하셨어요. 깜짝 공연이 있던 날이 있고 얼마 뒤에 우리는 유럽으로 왔어요. 그때부터 문제가 시작되었죠. 베를린에서부터 그랬어요. 아버지는 딱히 아무 노력도 안 하는데도 엄청 인기가 있더라고요. 저는 음악 공부를 열심히 하다가 가끔 사소한 임무를 수행하러 나갔는데, 구석에 앉아서 사람들에게 무시당하는 임무였죠. 그러다가 누군가 바보 같은 사람이 이렇게 속삭여요.

'저 구석에 앉아 있는 사람이 마크 트웨인 딸 같은데.'

그러면 손님들이 '우르르' 일어나 저한테 몰려와서는 제가 '똘똘하게' 굴며 하루의 피로를 달래줄 재미난 말을 하길 기대하면서 쳐다보지요. 이런 날은 물론 우리 아버지가 그 자리에 없는 날이에요. 아버지가 참석하는 모임에서는 저는 그저 발 올려 두는 의자 수준으로 격하돼요. 사람이 많은 방에서는 아무 쓸모도 없는 물건이죠. 아버지는 막 침대에서 나와서는 말재주로 좌중을 휘어잡곤 했어요. 하지만 그때 아버지가 왜 그렇게 인기가 있는지 저는 도무지 알 수가 없었어요.

물론 아버지도 힘든 일을 겪어야 했어요. 지난 번 런던에 왔을 때에는 리젠트 가에서 아주 나이 많은 부인이 아버지를 붙들고는 다정하게 손을 쥐고 흔들면서 열띤 목소리로 말했어요.

"당신과 악수하는 게 평생 소원이었다오."

하루 종일 쉬어서 특히 기분이 좋으셨던 아버지는 크게 감동을 받아 감

Hamilton, Feb. 21/10

Clara dear, your darling
letter of the 3ᵈ reached me
a couple of hours ago & gave
me peace & deep pleasure.
Yesterday I dictated a scrawl
to you, for I couldn't very
well write, for I had been
laid up a few days with
bronchitis & was just out
of bed & feeling rusty and
incompetent! I caught
that cold from a person

who had just brought it from
America. I knew I was
in danger, still I took the
risk.

Don't you be afraid of
making your letters too long —
I love to read them; the
longer they are, the better.
But you must never tire
yourself to write me; for
that would distress me if I
discovered it.

Indeed I don't "disclaim
relationship" with you be-
cause you are married —
no, you are nearer & dearer to
me now than ever; of my

사하며 이렇게 물었어요.

"그래 제가 누군지 아시나 봐요?"

"알고말고요."

노부인이 열렬하게 이렇게 말했어요.

"버펄로 빌(William Frederick 'Buffalo Bill' Cody, 1846~1917, 미국의 유명한 사냥꾼이자 흥행사 – 옮긴이 주)이잖수!"

아버지의 흰 양복도 저에게는 시련이었어요. 아버지가 흰 양복을 입으시는 까닭은 잠자리에 있는 것처럼 마음이 편안해지기 때문일 거예요. 자연사박물관 같은 데 가보면 왜 그런지 알 수 있죠. 극지에 사는 토끼나 새나 여우들은 서식지가 눈에 덮이면 눈부신 흰털로 몸을 감싸잖아요. 그러니 아버지 옷차림은 주변 환경에 맞추는 보호색의 확실한 예라고 할 수 있어요. 아버지 머리카락이 점점 베개 색깔에 맞춰져 가잖아요. 하지만 아버지에 관해서 솔직히 인정할 건 해야겠죠. 침대에서 빈둥거리는 습관이 있긴 하지만 말이나 행동은 아주 화끈해요. 말이 너무 화끈해지면 제가 일어나서 대들지요.

지난겨울, 중요한 콘서트에서 제가 노래를 부르게 되어 우리 식구들이 모두 이 행사에 초대받았어요. 아버지는 음악에 대해 잘 모르시기 때문에, 제가 아버지처럼 오후 내내 떠들고 또 그 목으로 저녁에 노래하기는 무리라는 걸 모르셨죠. 그래서 저는 아버지를 달래서 가족을 대표해서 한 말씀 하시라고 했어요. 처음에는 강하게 반대하시더니 결국에는 울컥 이렇게 말씀하셨어요.

"그래, 클라라, 그 행사에 가마. 너를 위해서라면 지옥에라도 가지."

그래서 저는 차분하게 이렇게 대답했어요.

"아버지, 만약에 그곳에서 부름이 오면요, '클라라를 위해서'라는 표시를 달고 가세요."

• • •

트웨인이 1910년 죽기 몇 달 전 유일하게 남은 혈육이었던 클라라에게 보낸 편지 일부이다. 막내 딸 진은 한 달 전에 사망했다.

해밀턴. 1910년 2월 21일

사랑하는 클라라. 사흘 전에 쓴 사랑스러운 네 편지가 몇 시간 전에 내 손에 닿아 나에게 평화와 기쁨을 주는구나. 어제 나는 사람을 시켜 너에게 보낼 편지를 받아쓰게 했어. 며칠 동안 기관지염으로 누워 있다가 일어난 지 얼마 되지 않아 몸이 녹슬고 고장 난 느낌이었거든!

미국에서 감기를 옮아온 사람한테 나도 옮았단다. 위험하다는 건 알았지만 위험을 무릅썼다.

네 편지가 너무 긴 거 아닌가 걱정하지 말아라. 네 편지 읽는 걸 좋아하니까. 길면 길수록 좋단다. 그렇지만 편지 쓰다 지칠 때까지 쓰면 안 된다. 그랬다는 사실을 알게 되면 내가 속상할 테니까.

정말로 네가 결혼했다고 출가외인이라고 생각하지 않아. 예전보다도 지금 네가 더 가깝고 정겹게 느껴진다. 내 멋진 선단의 배들은 모두 너에게 내어 주었어. 네가 내 전 재산이거든. 하지만 네가 있는 한 나는 언제까지고 부자란다.

• • •

진 클레멘스

진은 어찌나 생기와 활력이 넘치는지 늘 과로할 위험이 있었다. 아침마다 7시 반이면 말 등에 올라타 우편물을 가지러 역으로 가곤 했다. 겉봉을 훑어 본 다음에 편지를 두루 나누어 주었다. 자기한테 온 것, 페인 씨에게 온 것, 속기사나 나에게 온 것 등. 배달이 끝나면 다시 말을 타고 나가 종일 농장과 가축들을 돌아보았다.

가끔 저녁 식사 뒤에 나와 같이 당구를 치기도 했지만, 대개는 너무 지쳐서 일찍 잠자리에 들곤 했다.　　　　　　　　　　　　—『마크 트웨인 자서전』

진 클레멘스는 스물아홉이라는 나이에 비극적인 죽음을 맞았다. 「뉴욕 타임스」에 이 일이 기사로 실렸다.

「뉴욕 타임스」, 1909년 12월 25일
진 클레멘스가 욕조에서 시신으로 발견되다

시신 발견 한 시간 전에 간질 발작 일으켜

행복한 크리스마스를 준비하다가

수요일에 아버지와 함께 크리스마스트리 꾸며
이제 마크 트웨인 혼자 남다

「뉴욕 타임스」 특종

레딩, 코네티컷, 12월 24일.

마크 트웨인의 막내딸 진 클레멘스가 오늘 아침 일찍 클레멘스 씨의 시골집 스톰필드에서 욕조 안 시신으로 발견되었다. 동튼 직후에 하녀가 물에 잠긴 시신을 발견했다. 진 클레멘스는 몇 년 전부터 간질 발작에 시달려 왔는데 아침에 목욕하는 중에 발작이 와 의식을 잃고 목욕물에 익사한 것으로 보인다.

아버지 마크 트웨인은 자신을 위해 미혼으로 남아 있던 딸이 불의의 사고를 당하자 심한 충격을 받았지만, 충격에도 꿋꿋하게 버티며 '슬프긴 하지만 딸이 집에서 죽어 다행이라는 생각이 들었다'고 말했다.

트웨인은 오래전부터 딸이 말을 타고 집에서 먼 시골길을 가다가 발작을 일으켜 말발굽에 밟히지나 않을까 걱정했다. 딸이 발작을 일으킬 가능성이 있다는 경고를 여러 차례 들었다. 한 달 전에도 간질 발작을 일으켰고 여러 해 동안 간호인이 옆에서 돌보았다.

진 클레멘스는 몇 달 동안 요양원에 입원해 있었지만 집안일을 돌보고 아버지 비서 역할을 하며 집필을 거들기 위해 4월에 스톰필드로 돌아왔다.

〈크리스마스 준비도 마쳐〉

진 클레멘스는 죽음을 전혀 예상하지 못했다. 며칠 전에는 크리스마스를 같이 보내자고 뉴욕에 사는 여자 친구 한 명을 초대했고 크리스마스를 재미나게 보낼 계획도 정성껏 세워 놓았다. 친구가 오늘 피츠필드 익스프레스를 타고 오기로 되어 있어 마크 트웨인은 이 기차가 신호정차역(신호나 요청이 있을 때만 정차하는 역 - 옮긴이 주)인 레딩에 오늘 오후 5시 19분에 정차하도

트웨인의 막내 딸 진(1880년).
진의 곁에 클라라(왼쪽)와 수지(오른쪽)가 있다.

록 요청을 해둔 상태였다. 오늘 아침 친구에게 전보를 보내 무슨 일이 있었는지 알리고 오지 말라고 했으나, 친구는 메시지를 받지 못해서 예정대로 레딩에 도착했고 바로 마차로 스톰필드로 왔다.

진 클레멘스와 아버지는 어젯밤 늦게까지 크리스마스 계획을 의논했고 앞날에 관해서 이야기를 나눴다. 오늘 아침 6시 30분에 스톰필드의 하녀이자 진 클레멘스의 시중을 주로 드는 케이티가 방문을 두드리고 옷을 입을 준비가 되었는지 물었다.

"아니, 케이티, 한 시간만 있다가요. 침대에 누워서 책 좀 보려고요."

진 클레멘스가 방 안에서 말했다. 진 클레멘스가 아침에 일어나기 전에 종종 그랬기 때문에 하녀는 바로 물러났다. 한 시간 뒤에 스톰필드 이층에 있는 침실로 다시 갔으나 진 클레멘스가 방에 없었다.

〈아버지가 소식을 듣다〉

케이티는 바로 욕실로 갔다. 욕실 안을 들여다본 하녀는 비명을 질렀다. 아직 잠자리에서 나오지 않은 클레멘스 씨의 방으로 달려가서는 얼른 가보시라고 깨웠다. 클레멘스 씨는 급하게 가운을 걸쳤다. 하인들은 어떻게 해야 할지 몰라 욕실 문가에 모여 있었다. 몇 분 뒤에 욕조에서 시신을 꺼내고 가족 주치의이자 군^郡 검시관 어니스트 H. 스미스 박사를 전화로 불렀다. 의사가 인공호흡으로 소생시키려 한참 애썼으나 소용이 없었다. 의사가 도착하기 한 시간 전에 이미 죽어 있었다고, 후에 밝혀졌다.

스미스 박사가 도착한 직후 클레멘스 씨는 스톰필드 가까이에 살며 클레멘스 씨의 전기를 집필하고 있는 앨버트 비글로 페인에게 전화를 걸었다. 앨버트 비글로 페인에게 전화를 걸었다. 페인 씨와 그의 아내가 곧장 집으로 와서 클레멘스 씨를 위해 일을 거들었다. 진 클레멘스의 사망 소식이 동네에 빠르게 퍼져서 위로와 도움을 주려는 전화가 계속 걸려 왔다. 마크 트웨인 씨의 이웃들이 여럿 직접 찾아오기도 했고 기자들도 속속 도착했다. 클레멘스 씨는 이들을 맞아 딸이 사망했다는 슬픈 소식을 전했다.

〈딸과 아버지의 마지막 대화〉

"내 딸 진 클레멘스가 오늘 아침 7시 30분에 세상을 떠났습니다. 진이 생애의 절반은 간질에 시달렸지만, 최근에 많이 좋아졌습니다. 지난 2년 동안은 거의 나았다 싶을 정도로 좋았지만 그래도 완전히 혼자 두지는 않았습니다. 28년 동안 옆에서 거들어온 하녀가 진이 뉴욕에 쇼핑하러 가거나 할 때 항상 따라갔지요. 2년 동안은 발작이 아주 드물었고 심하게 일어난 적도 없습니다. 오늘 아침 7시 30분에, 진이 아침 식사를 하러 내려오지 않아 하녀가 방으로 올라갔다가 욕조에서 익사한 것을 발견했습니다. 발작을 일으켜서 물 밖으로 나오지 못했던 거지요. 진은 아주 활동적으로 지냈습니다. 내가 사준 농장을 돌보는 데 공을 많이 들였고 저의 비서 역할도 많이 했습니다.

어젯밤에 서재에서 평소보다 늦게까지 이야기를 나누었습니다. 딸이 집안 관리 계획에 관해 잔뜩 이야기했습니다. 지금 우리 집 관리도 딸이 맡았거든요. 나의 모든 일이 다 잘되고 있어 2월에 다시 버뮤다 여행을 갈까 한다고 말했더니 딸이 3월에 자신과 하녀와 같이 가자고 했습니다. 그래서 그렇게 하기로 했지요. 그런데 그 애가 가버렸네요. 가엾은 것.

나한테는 그 애밖에 남지 않았는데. 클라라가 있지만. 클라라는 얼마 전에 개브릴로위치와 결혼해서 막 유럽으로 건너갔습니다."

사내아이들에 관해

보통 사내아이들은 버릇이 없고 무신경하다고 생각하지만 늘 그런 건 아니다. 남자아이들도 한두 군데 예민한 구석이 있어서 그게 어디인지를 파악하기만 하면 그 부분을 건드려서 불이라도 붙은 듯 달아오르게 할 수 있다.

—『마크 트웨인 자서전』

• • •

이름이 밝혀지지 않은 이웃에게 보낸 어느 편지이다. 앨버트 비글로 페인이 편집한 『마크 트웨인 편지』 2권에 실린 것과 아주 약간 차이가 있다.

서 10번가 14번지

1900년, 11월 30일

부인께

「톰 소여의 모험」에 등장하는 인물 톰 소여, 헉 핀, 조 하퍼의 초판 삽화

제 임무를 잘 지켜야 한다는 건 알지만, 저는 사내아이들에 관해서는 나약하고 부덕해져서 저도 모르게 아주 못되고 시끄러운 녀석들도 편을 들어주고 맙니다. 초인종을 누르고 도망가는 놈들에는 반대하지만요. 우리 식구들은 저더러 현관문 계단 위에서 회합을 여는 녀석들을 막으라고 하지만 저는 치사하게 회피합니다. 애들이 그걸 좋아한다는 생각이 드니까요. 사실 저도 식구들이 골탕 먹는 걸 은근히 즐기기도 하고요.

오늘 저녁에도 집사람이 현관문 앞에서 장난치는 아이들에 관해 불평하길래 어쩔 수 없이 알겠다고 다짐했습니다. 하지만 이제 저도 나이가 먹고 의무감이 물렁물렁해져서, 종종 까먹곤 하지요.

S. L. 클레멘스 올림

아이들을 위한 책

1887년 1월 메인 주 감리교 주교 교회 목사 찰스 D. 크레인이 트웨인에게 남자아이와 여자아이들이 읽기에 적당한 책을 추천해달라는 편지를 보냈다. 또 트웨인이 가장 좋아하는 작가가 누구인지도 물었다.

하트퍼드, 1887년 1월 20일

목사님께

막 여행을 떠나려는 참이라 질문하신 것을 곰곰이 생각해볼 시간이 없습니다. 하지만 얼른 생각나는 대로 적어 보겠습니다.

매콜리(Thomas Babington Macaulay, 1800~1859, 영국 정치가이자 문필가로 『영국사』가 영국과 미국 양쪽에서 널리 읽혔다 – 옮긴이 주)의 역사서, 『플루타르코스 영웅전』, 『율리시스 S. 그랜트 수기』, 『로빈슨 크루소』, 『아라비안나이트』, 『걸리버 여행기』. 여자아이들도 같지만, 『로빈슨 크루소』 대신 테니슨 작품을 넣어도 좋을 듯.

세 번째 질문에 관해서는 섣불리 답을 못하겠습니다. 열두 명을 고른다 하면, 좋든 나쁘든 부모님은 버리고 죽음이 갈라놓을 때까지 그것만 붙든다는 건데, 그 막중한 책임감이 어느 정도냐 하면 한 여인과의 결혼은 깨어질 수도 있으니 이보다는 상대적으로 가벼운 의례라고 느껴질 정도입니다.

제 명단에는 셰익스피어를 넣어야 할 것이고, 브라우닝, 칼라일(『프랑스혁명사』만), 토머스 맬러리(『아서왕의 죽음』), 파크맨(Francis Parkman, Jr., 1823~1893, 미국 역사가 – 옮긴이 주)의 『역사』 시리즈(너무 많으면 100권만 추려서), 『아라비안나이트』, 새뮤얼 존슨(『보스웰의 전기』)(저는 자기 만족적인 늙은 가스탱크가 자기 말을 듣는 걸 보기를 좋아하거든요), 자웨트가 번역한 『플라톤』, 그리고 『B. B』(제가 몇 년 전에 출간용이 아니라 저 혼자 읽으려고 쓴 책입니다)가 있겠네요. 여기까지는 확실합니다. 셋을 더 고르면 되는데 신중히 처리하기 위해서 몇 년 쯤 미뤄두고 싶네요.

S. L. 클레멘스 올림

Hartford, Jan. 20/87.

Dear Sir:

I am just starting away from home, & have no time to think the questions over & properly consider my answers; but take a shot on the wing at the matter, as follows:

= 1 Macaulay.
Plutarch;
Grant's Memoirs;
Crusoe.
Arabian Nights;
Gulliver.

= 2. The same for the girl, after striking out Crusoe & substituting Tennyson.

아이들이 역사 속의 연도를 쉽게 외우게 하는 방법

이 글은 1883년 여름에 있었던 일에서 비롯된 것이다. 트웨인이 딸들에게 영국 왕과 재위 연도를 외우는 쉬운 방법을 만들어 가르쳐주던 때이고 『허클베리 핀』 작업을 하던 때이기도 하다. 마크 트웨인은 강연할 때 노트 대신에 그림을 사용하곤 했는데 아이들에게 역사를 가르칠 때도 같은 방법을 쓸 수 있을 것으로 생각했다. 이 글은 1889년에 썼고 1914년 『하퍼스 먼슬리 매거진』에 트웨인의 그림과 함께 처음 실렸다.

이 글은 아이들을 위해 쓴 글이니까, 존경심이 우러나도록 장대한 표현을 사용하도록 하겠다. 여러분이 귀를 기울이고 내 말을 믿기를 바라며 계속하겠다. 연도 외우기는 쉽지 않다. 외웠더라도 자꾸 까먹게 된다. 그렇지만 연도는 아주 중요하다. 목장의 소우리 같은 것이다. 역사의 소들을 각자의 우리에 넣어 놓고 서로 뒤죽박죽 섞이지 않게 할 수 있다. 연도는 숫자로 되어 있기 때문에 외우기가 힘들다. 숫자는 겉보기에 단조롭고 특징이 없기 때문에 머리에 남지 않고 그림이 떠오르지도 않아 시각적 도움을 받을 수도 없다. 기억에는 그림이 핵심이다. 그림이 날짜가 잊히지 않게 해준다. 그림은 거의 뭐든지 기억하기 쉽게 해준다. 특히 직접 그리면. 이 점이 아주 중요한데, 직접 그림을 그려라. 경험을 통해 아는 일이다. 30년 전에 나는 거의 날마다 외워서 강연했는데 순서가 뒤죽박죽이 되지 않도록 종이 한 장을 들고 참고하면서 했다. 이 종이에는 문장의 첫머리를 적었는데, 전부 열한 개였다. 이런 식이었다.

"그 지역에서 날씨는 -"

"당시 관습에 따르면 -"

"하지만 캘리포니아에서는 아무도 들은 적이 없는 -"

강연을 토막토막으로 나누고 첫머리 부분 열한 개를 적어서 하나도 빼먹지 않으려고 했다. 그런데 글로 적어 놓고 보면 언뜻 다 비슷비슷했다. 그림이 만들어지지 않기 때문이다. 나는 강연 내용을 전부 외웠지만 순서가 확실하지 않아 늘 메모를 지니며 가끔 들여다보아야 했다.

그런데 한번은 메모 종이들이 없어졌다. 그날 얼마나 겁이 났는지 모른다. 뭔가 다른 대비책을 마련해야겠다는 생각이 들었다. 그래서 첫 글자 열 개를 I, A, B, 이런 식으로 순서대로 암기했다. 그리고 다음날 밤에는 이 글자들을 내 손톱 열 개에 잉크로 쓴 다음 단상에 올라갔다. 그런데 소용이 없었다. 처음에는 이 글자들을 잘 따라가는 것 같았는데 어느 순간 줄기를 놓쳐 버리고 말았다. 그러고 나니 어떤 손가락까지 했는지 확신이 서지 않았다. 사용한 다음에 글자를 입으로 빨아 지울 수도 없는 일이고. 그렇게 하면 확실하긴 하겠지만, 사람들이 심하게 의아해했을 것이다. 안 그래도 내가 강연 주제보다 손톱에 더 관심이 있는 것 같아서 청중들이 왜 저러나 궁금해하고 있었으니 말이다. 강연이 끝난 다음에 손에 무슨 문제가 있냐고 물은 사람들도 있었다.

그때 그림을 사용하는 아이디어가 떠올랐다. 이렇게 해서 내 모든 고통이 끝났다. 2분 만에 그림 여섯 개를 그렸는데 그게 힌트 문장 11개를 완벽하게 대신해줬다. 그림을 그린 뒤에 치워 버렸는데 눈을 감아도 언제라도 떠올릴 수 있다는 확신이 들었기 때문이다. 그게 25년도 더 지난 옛날 일이다. 강의 내용은 20년 전에 이미 머릿속에서 사라졌지만 그림들은 남았고 그것만 가지고 다시 써낼 수도 있다. 그 가운데 세 개가 여기 있다.(그림 1)

(그림 1)

첫 번째 그림은 건초더미이고 그 아래에 방울뱀이 있다. 카슨 밸리 목장에서 살 때의 이야기를 어디에서부터 시작할지 일러준다. 두 번째 그림은 매일 오후 두 시에 시에라네바다 산맥에서 카슨시티로 몰아쳐 읍내를 날려

버리려 했던 신비한 돌풍 이야기의 시작점을 일러준다. 세 번째 그림은 쉽게 알아볼 수 있겠지만 번개다. 번개도, 천둥도 없는 샌프란시스코 날씨에 관해 이야기할 때가 되었음을 표시한다. 이 방법을 쓴 뒤에는 한 번도 실패한 적이 없다.

여기에서 소중한 팁을 알려주겠다. 누군가의 연설을 들으면서 필기를 하려고 할 때에는 글로 적지 말고 그림으로 적어라. 나중에 노트를 보며 이야기하려 하면 어색하기도 하고 당황하게 될 때가 많고 말의 맥락이 끊겨 누덕누덕하고 일관성이 없어지곤 한다. 그렇지만 그림은 그리고 나서 바로 찢어 버려도 된다. 그린 순서대로 기억에 생생하고 또렷이 남아 있을 것이다. 실제로는 기억력이 별로 좋지 않아도 이런 모습을 보여주면 사람들이 기억력이 좋다고 감탄할 것이다.

16년 전 가정교사가 우리 애들한테 기초 역사를 가르치느라 진땀을 빼고 있었다. 학습 과정 중에 정복왕 윌리엄에서부터 영국을 지배한 군주 37명의 왕위 승계 연도를 외우는 일도 있었다. 우리 꼬맹이들은 그걸 아주 힘들고 괴로워했다. 연도가 다 비슷비슷하게 생겼으니 외워질 리가 없다. 여름 방학 하루하루가 흘러갔지만, 왕들의 요새는 탄탄했고 아이들이 정복한 왕은 여섯도 채 되지 않았다.

강연 때의 경험을 떠올려서 나는 그림을 활용하여 아이들의 고충을 덜어주고, 아이들이 밖에서 뛰어놀면서 왕을 외울 수 있는 방법을 찾아내고 싶었다. 결국, 나의 아이디어로 아이들은 하루 이틀 만에 왕들을 다 외웠다.

아이들이 눈으로 재위 기간을 볼 수 있게 하는 게 핵심이었다. 그러면 큰 도움이 된다. 그때 우리는 농장에 살았는데 마당이 집 현관에서부터 아래쪽 울타리까지 살짝 내리막이고 오른쪽으로는 내 조그만 작업실이 있는 언덕까지 오르막이었다. 마찻길이 그 둘레를 돌아 언덕까지 이어진다. 나는 여기에 정복왕부터 영국왕들을 죽 표시했다. 현관에 서면 윌리엄 1세부터 그해 재위 46주년을 맞은 빅토리아 여왕까지 각 왕과 재위 기간이 또렷이 보인다. 영국 역사 817년이 한눈에 보이는 것이다!

지금 미국에서는 영국사가 중요한 관심사다. 빅토리아 여왕이 아무도 신경 쓰지 않는 사이에 헨리 8세를 누르고, 헨리 6세를 누르고, 엘리자베스 여왕까지 제치고 날마다 기록을 늘려가고 있다는 사실을 세상 사람들이 문득 알아차린 것이다. 여왕의 재위가 상위 리스트에 오르자 모든 사람들이 관심을 가지고 경주를 지켜본다. 여왕이 긴 에드워드(에드워드 3세, 1327~1377년 재위 – 옮긴이 주)를 이길 것인가? 그건 가능하겠지. 긴 헨리(헨리 3세, 1216~1272년 재위 – 옮긴이 주)마저도 제칠 것인가? 많은 사람들이 그럴 것 같지 않다고 했다. 긴 조지(조지 3세, 1760~1820년 재위 – 옮긴이 주)마저? 그건 말도 안 된다! 모두들 그렇게 말했다. 그런데 오늘날 빅토리아 여왕이 조지를 2년 차로 따돌리는 모습을 보게 되었다.

나는 마찻길을 따라 817자를 쟀다. 한 자가 한 해를 나타낸다. 그리고 통치가 끝나고 시작하는 시점에는 길옆 풀밭에 세 자짜리 백송 말뚝을 박고 이름과 날짜를 적었다. 우리 집 현관 앞에는 노란색 꽃이 늘어진 커다란 화강암 꽃병이 있다(꽃 이름은 생각이 안 난다). 이게 정복왕 윌리엄의 꽃병이다. 우리는 거기에 이름을 적고 윌리엄이 왕위에 오른 해 1066을 적었다. 거기

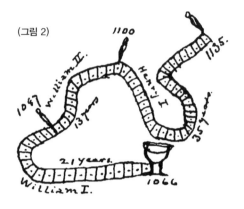

(그림 2)

에서부터 길을 따라 21자를 간 다음에 윌리엄 루퍼스 팻말을 박았다. 13자를 더 가면 헨리 1세의 차례다. 35자를 더 가서 스티븐 왕의 시대, 19자 뒤에 왼쪽으로 정자를 지나가고, 또 35자, 10자, 17자에 말뚝을 박아 헨리 2세, 리처드, 존 왕의 치세를 표시하면 모퉁이를 돌아 헨리 3세 시대에 걸맞은 평평하게 죽 뻗은 56자짜리 길이 나온다. 이 부분이 집 바로 앞쪽 땅 한가운데에 있다. 기나긴 통치 기간에 이렇게 잘 어울리는 곳이 있을 수가 없다. 현관 앞에 서면 눈을 감아도 널찍하게 벌어진 말뚝이 눈에 선하다(그림 2).

길 모양이 정확히 이렇지는 않다. 공간을 절약하기 위해 간략하게 그렸다. 길이 구불구불 굴곡이 크지만 워낙 넓으므로 역사에 걸림돌이 되지는 않는다. 우리 집 앞길을 내다보면 말뚝 사이 간격을 보고 어디가 누구 치세인지 한눈에 알 수 있다. 각 말뚝의 위치가 기억을 돕는다.

지금(1899년 여름) 나는 스웨덴 시골에 와있고, 말뚝들은 눈이 내리기 전에 스러지고 말았지만 지금도 또렷하게 내 눈으로 볼 수가 있다. 또 영국 국왕 누군가를 떠올릴 때마다 그 왕의 말뚝이 저절로 떠오르고 그 왕이 우리 집 길 위에서 차지하는 크고 작은 공간도 생각난다. 여러분도 왕을 생각할 때 머릿속에 어떤 공간으로 떠오르는지? 리처드 3세나 제임스 2세나 재위 기가 비슷하게 생각되는지? 나한테는 그렇지 않다. 한 자 차이가 있다는 게 늘 생각난다. 헨리 3세를 생각하면 길고 곧게 뻗은 길이 떠오르는지? 나는 그렇다. 그리고 그 길 끝에서 에드워드 1세가 뒤를 이어받는다는 것도 생각 난다. 풋열매가 열린 작은 배나무가 떠오른다.

공화정을 생각할 때면 우리가 오크 응접실이라고 부르는 작은 나무 그늘 이 떠오른다. 조지 3세를 생각하면 언덕 위쪽으로 죽 뻗고 일부는 돌계단으 로 덮인 길이 보인다. 스티븐 왕의 위치도 정확하게 기억할 수가 있는데 정 자 옆으로 지나는 길을 딱 맞게 채우기 때문이다. 빅토리아의 재위는 첫 번 째 언덕 위에 있는 내 서재 문 언저리까지 거의 다 다다랐다. 이제 16자가 남아 있다. 빅토리아는 아마 어느 여름에 번개가 나를 치려다가 대신 맞춰 태워버린 소나무까지 갈 것 같다.

이렇게 역사의 길을 만들어놓고 우리는 무척 재미있게 놀며 운동도 많이 했다. 정복왕부터 서재까지 길을 따라가면서 아이들이 왕의 이름과 연도를 외쳤고 말뚝을 지날 때마다 통치 기간을 외우고 통치기가 긴 왕을 따라 갈 때는 성큼성큼 걷다가 메리 여왕이나 에드워드 6세 같은 왕이 나오거나 스 튜어트 왕가나 플랜태저넷 왕가에서 짧은 왕이 나오면 천천히 걸었다. 부상 으로 사과를 걸기도 했다. 내가 최대한 멀리 사과를 던지면, 사과가 닿은 자 리 왕의 이름을 가장 먼저 외친 아이가 상으로 사과를 받는 놀이다.

305

아이들이 '숲 너머에', '오크 응접실에', '돌계단 위에' 이런 식으로 위치를 표현하는 대신에 스티븐에, 공화정에, 조지 3세에 있다는 식으로 말하도록 하기도 했다. 그랬더니 금세 버릇처럼 자리잡았다. 긴 길을 이렇게 정확히 나누어 놓으니 나에게도 좋은 점이 있었다. 나는 책이나 읽을거리를 여기저기에 버려두는 버릇이 있는데 전에는 정확히 어느 위치인지 말로 표현하기가 힘들어서 내가 직접 가져오는 수밖에 없었다. 하지만 이제는 어느 왕 자리에 놓아두고 왔는지 알려주고 애들을 대신 보내면 된다.

다음에는 길을 따라 프랑스 왕들을 영국 왕과 나란히 표시하는 아이디어를 떠올렸다. 그러면 영국사와 동시대 프랑스사를 함께 생각할 수 있기 때문이다. '100년 전쟁'까지 프랑스 왕을 표시하다가 포기했는데, 왜 그만두었는지는 잘 기억이 안 난다. 다음에는 영국 왕 말뚝에 유럽과 미국 역사도 같이 표시했는데 아주 효과적이었다. 영국이나 다른 나라의 시인, 정치가, 화가, 영웅, 전투, 역병, 천재지변, 혁명 등을 연도에 맞춰 넣었다. 그러니까 조지 2세 말뚝에 워싱턴의 출생을, 조지 3세 말뚝에 워싱턴의 사망을 넣고 조지 2세에는 리스본 지진, 조지 3세에는 독립선언을 표시한다. 괴테, 셰익스피어, 나폴레옹, 사보나롤라, 잔 다르크, 프랑스 혁명, 낭트 칙령, 클라이브, 웰링턴, 워털루, 플라시 전투, 파테 전투, 카우펜스 전투, 새러토가 전투, 보인 강 전투, 로그·현미경·증기기관·전신의 발명 등 세계의 모든 중요 사건을 연도에 따라 영국 밀뚝 사이에 집어넣었다.

길에 말뚝을 박는 방법이 잘 안 되었다면 그림을 이용해서 왕의 연표를 아이들 머릿속에 넣어주었을 것이다. 여하튼 시도는 해보았을 텐데 잘 안 될 수 있다. 그림으로 효과를 보려면 선생이 아니라 학생이 그려야 하기 때문이다. 그림을 그리는데 든 수고 때문에 그림이 머릿속에 남는 것인데, 당시 우리 아이들은 너무 어려서 그림 그리기가 좀 어려웠다. 게다가 다른 점은 다 나를 닮았는데 희한하게도 그림에는 재주가 없었다.

하지만 여러분에게 도움이 될까 해서 지금 그림으로 연표를 그려보려 한다. 날씨가 좋지 않아 집 밖에 나가 말뚝을 박기 어렵다면 이 방법이 좋을 것이다. 왕들이 방주에서 나와 운동 삼아 아라라트 산에서 내려갔다가 다시 지그재그를 그리며 돌아가고 있다고 상상해 보자. 각 지그재그가 왕의 재위 기간의 길이를 나타내게 하면 여러 명이 한눈에 들어올 것이다.(그림 3)

응접실 벽을 사용하면 공간은 충분하다. 벽에다가 표시하지는 말자. 그러면 문제가 될 수 있으니. 종잇조각을 핀이나 압정으로 붙이면 벽에 흠집이 남지 않는다.

가로세로 2인치짜리 하얀 종이 스물한 장과 펜을 준비해서, 정복왕 윌리엄이 통치한 21년을 그려 보자. 칸칸마다 고래 그림을 그리고 재위 연

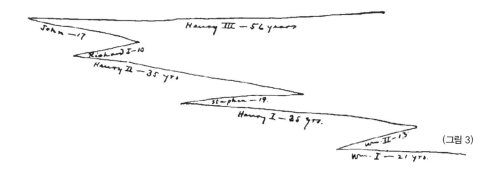

(그림 3)

도와 기간을 적는다. 고래를 택한 이유는, 고래(whale)와 윌리엄(William) 이 같은 글자로 시작하기 때문이기도 하고 고래는 바다에서 가장 큰 동물 이고 윌리엄도 영국 역사에서 가장 두드러지는 인물이기 때문이기도 하 다. 게다가 고래는 그리기가 아주 쉽다. 고래 21마리를 그리고 '윌리엄 1 세 - 1066~1087 - 21년'이라고 스물한 번 쓰고 나면 내용이 머릿속에 쏙 들 어온다. 다이너마이트를 터뜨리지 않는 한 기억 속에 붙박여 있을 것이다.

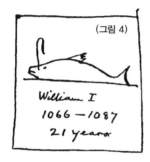
(그림 4)

William I
1066 — 1087
21 years

베낄 수 있게 견본 삼아 그림을 그려 보겠다 (그림 4).

턱을 너무 높게 든 것 같은데 상관없다. 해럴드를 찾고 있어서(1066년 노르망디 공 윌 리엄은 도버 해협을 넘어 잉글랜드를 침략하여 '정 복왕'이 된다. 윌리엄은 헤이스팅스 전투에서 앵 글로색슨 왕조의 마지막 왕이 되는 해럴드 2세를 무찔렀다 - 옮긴이 주) 그런 거니 까. 고래 등에 지느러미가 없는 것도 같은데 잘 생각이 안 난다. 하지만 지 느러미가 있는 편이 더 보기 좋다.

첫 번째 고래를 그릴 때는 집중하고 공들여 그려 다시 견본을 참고할 필 요가 없게 하자. 견본과 세심히 비교해 보고 정확하게 잘 되어 눈을 감아도 그림과 연도가 떠오른다면, 견본과 첫 번째 베낀 종이를 돌려놓고 기억에 의존해 다음 그림을 그린다. 다음 것, 그다음 것도 기억만으로 21장을 전부 다 그리고 적는다. 그러는 데에 20분에서 30분 정도가 걸릴 텐데 그때쯤이 면 초보자가 정어리를 그리는 것보다 더 짧은 시간 안에 고래를 그릴 수 있게 된다. 그뿐만 아니라 그때부터는 죽는 날까지 언제라도 윌리엄의 재위기를 모르는 사람은 없게 될 것이다.

다음에는 가로세로 2인치짜리 파란 종이 13장을 준비해 윌리엄 2세를 그린다(그림 5). 윌리엄 2세는 물을 뒤쪽이 아니라 앞쪽으로 뿜게 하고, 크기도 좀 더 작게 그린 다음 몸에 작살을 꽂고 눈빛에 병색이 어리게 한다. 윌리엄 1세와 비슷하게 그리면

(그림 5)

헷갈려 기억에 혼란이 온다. 2세는 작게 그리는 게 옳다. 2세는 11등급 고래 정도밖에는 안 되고 아버지의 위대한 정신이 아들에게는 없다. 작살의 바늘 부분은 고래 몸 안에 박혀 있으므로 이렇게 보일 리는 없지만 어쩔 수 없다. 바늘 부분을 지우면 작살이 아니라 채찍 손잡이가 고래에 꽂힌 것처럼 보일 테니까. 바늘을 이렇게 남겨 두면 작살이 몸에 꽂혔음을 누구나 알 수 있다. 견본은 한 번만 보고 베끼고, 그 다음 열두 번은 기억만으로 그려야 한다는 걸 명심하자.

견본을 보고 그림과 글을 외워서 두어 번만 베끼고 나면 기억에 확실히 남아서 잘 잊히지 않는다. 원한다면 두어 번 이후에는 정복왕 재위가 끝날 때까지 고래 머리와 물줄기만 그리고 이름과 연도를 쓰는 대신 그냥 말로만 읊을 수도 있다. 윌리엄 2세의 경우에는 작살만 그리고 그릴 때마다 글 대신 말로 한다. 첫 번째 것이 두 번째 것보다 거의 두 배 정도 시간이 오래 걸릴 테니 그러다 보면 두 왕 재위기의 길이 차이가 인상으로 뚜렷이 남는다.

(그림 6)

다음에는 헨리 1세를 빨간 종이 35장에 그릴 차례다(그림 6). 헨리(Henry) 이름 첫음절과 같은 암탉(hen)을 그렸다. 암탉 그림과 글이 완전히 외워질 때까지 되풀이해 그리고 난 뒤에는 암탉 머리만 그리고 글은 소리 내어 말로 외우면서 35장을 완성한다(그림 7).

이제 벽 위에 이 행렬이 어떤 모습으로 그려질지 감이 잡힐 것이다. 먼저 정복왕을 나타내는, 물줄기를 뿜는 고래 스물한 마리가 그려진 흰 종이 21장이 다다

(그림 7)

닥 붙어서 3.5피트 길이의 긴 흰 띠를 이룬다. 다음에는 윌리엄 2세의 파란색 네모 13장이 2피트 2인치짜리 파란 띠를 이루고, 헨리의 붉은 띠가 5피트 10인치 길이로 이어지고, 이런 식이다. 색을 구분해 각 재위기의 길이 차이가 눈에 들어오므로 상대적 비율이 기억에 새겨진다(그림 8).

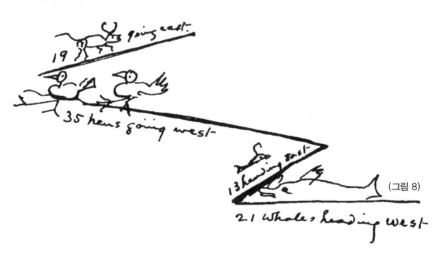
(그림 8)

블루아의 스티븐이 다음이다. 2인치짜리 노란 종이 19장이 필요하다(그림 9). 수소(steer)를 그렸다. 스티븐(Stephen) 이름과 첫소리가 같다. 수소를 택한 이유는, 차분하게 그리면 수소를 저 것보다는 더 잘 그릴 수 있기 때문이다. 그 래도 이 정도면 되겠다. 역사 공부에는 충 분하다. 꼬리가 좀 잘못되었는데 똑바로 펴기만 하면 된다.

다음은 헨리 2세. 빨간 종이 서른다섯 장을 주자. 이 암탉들도 앞서 그린 암탉처 럼 서쪽을 보고 있어야 한다(그림 10). 헨 리 1세 닭과 다른 점이 있다. 캔터베리에 무슨 일이 있나 알아보러 가는 길이다(헨 리 2세는 캔터베리 대주교 토머스 베켓과 1160 년대 내내 반목했다 – 옮긴이 주).

이제 리처드 1세다. 용맹한 싸움꾼이고 본국의 일은 내팽개치고 팔레스타인에서 십자군원정대를 이끄는 걸 좋아했기 때문 에 사자심獅子心왕 리처드라고도 불린다. 하 얀 종이 열 장을 준비하자(그림 11). 사자를 그린 것이다. 사자심왕 리처드를 떠올리게 하는 게 목적이다. 다리가 뭔가 이상한데

뭐가 잘못되었는지 모르겠지만 어쨌든 이상하게 보인다. 뒷다리가 특히 이상한 것 같다. 앞다리는 그럭저럭 됐지만, 왼쪽 오른쪽 다리를 구분했으면 더 나았겠다.

다음은 존 왕인데, 상황이 아주 좋지 않았다. 무지無地왕이라는 별명이 있다. 교황에게 영토를 넘겨주었기 때문이다. 노란 종이 17장을 준비하자(그림 12). 이 짐승은 잼보리다. 무슨 상표처럼 보이는 데 의도한 게 아니라 우연히

(그림12)

그렇게 되었다. 선사시대에 살았던 멸종한 동물이다. 실루리아기에 지구에 살았고 알을 낳고 물고기를 먹었으며 나무를 타고 화석 위에서 살았다. 잡종이었기 때문인데 당시에는 그게 유행이었다. 아주 사나워서 실루리아기 인류에게 두려운 존재였지만 이 녀석은 길들여진 잼보리다. 현재까지 실질적으로 남아 있는 후손은 없지만 정신은 계승되었다. 처음에는 앉아 있는 모양으로 그리려고 했는데 한쪽 다리가 뛰고 있으면 더 멋지고 활달하게 보이기 때문에 방향을 수정했다. 이런 식으로 그렸기 때문에 존 왕이 러니미드에 귀족들이 무얼 준비해 놓았는지(1215년 존 왕은 귀족들의 압박에 굴복해 러니미드에서 대헌장, 즉 마그나 카르타를 승인했다 – 옮긴이 주) 보러 들뜬 기분으로 내려오는 모습과 한편으로 주저앉아 손을 비틀며 애통해하는 모습이 동시에 보여서 잘 되었다고 생각하고 싶다.

이제 헨리 3세다. 물론 이번에도 빨간 종이를 쓴다. 56장이 필요하다. 헨

리를 전부 똑같은 색깔로 해야 한다. 그러면 헨리 왕들의 긴 재위기가 벽 위에서 두드러져 잘 보인다. 헨리 왕이 여덟 있었는데, 2명 빼고는 다 왕위에 오래 있었다. 장수하려면 헨리라는 이름이 좋겠다. 헨리 왕 6명의 통치 기간을 합하면 227년에 달한다. 황태자 이름을 모두 헨리라고 지으면 좋았을 텐데 그런 생각은 못 했나 보다(그림 13). 이때 지금까지의 역사를 통틀어 가장 좋은 일이 있었다. 이 암탉은 영국 역사상 최초의 하원 회의(1265년)를 보러 가는 길이다. 이 일은 기념비적인 사건이다. 13세기에 자유를 드높인 두

번째 중대한 사건이다. 헨리가 기분이 좋은 것처럼 그려졌는데 내가 의도한 것은 아니었다.

다음은 에드워드 1세 차례다. 갈색 종이 35장이 필요하다(그림 14). 편집자를 그린 것이다. 어떤 단어를 생각하려고 고

심 중이다. 편집자들이 흔히 그러는데 의자 위에 다리를 올려놓으면 생각이 더 잘 된단다. 이 그림은 별로 마음에 안 든다. 귀가 짝짝이다. 어쨌든 편집자(editor)의 첫소리가 에드워드(Edward)와

같으니까 쓸 만하다. 모델을 보고 그리면 더 잘 그릴 수 있었겠지만 그냥 생각만으로 그렸다. 하지만 큰 문제는 되지 않는다. 편집자들은 다 똑같이 생겼으니까. 편집자들은 우쭐거리고 성가시고 돈도 별로 안

준다. 에드워드는 최초로 진정한 영국의 왕이라고 할 수 있는 왕이다(에드워드 1세는 웨일스와 스코틀랜드 지배를 공고히 하고 왕권을 강화하고 영어 사용을 의무화하는 등 통일왕국의 기틀을 다졌다 - 옮긴이 주). 에드워드가 이 사실을 처음 깨달았을 때 아마 꼭 그림의 편집자 같은 모습이었을 것이다. 전체적인 태도가 만족과 자부심에 망연함과 경악이 뒤섞인 모습이다.

에드워드 2세는 파란 종이 20장이다(그림 15). 이 사람도 편집자다. 귀에 연필을 꽂았다. 편집자는 원고에서 탁월한 부분을 찾을 때마다 연필로 지운다. 그러면 기분이 좋아져서 그림처럼 이를 드러내며 웃는다. 이 사람은 지금 멋진 구절 하나를 쳐내고는 고소하다는 듯 웃으며 엄지손가락을 조끼 구멍에 찌르고 앉아 있다. 편집자들은 질시와 악의로 가득하다. 이 그림을 보면 에드워드 2세가 폐위당한 최초의 영국 왕이라는 사실이 떠오를 것이다. 압력을 받아 자기 손으로 퇴위서에 조인했다. 에드워드 2세는 왕이 가장 성질나고 불쾌한 직업이라는 사실을 알게 되었으니 표정을 보면 퇴위해서 기쁘다는 걸 알 수 있다. 파란 연필은 이제 영영 귀 뒤에 자리 잡고 있을 것이다. 재위 기간에 그걸로 좋은 것들을 충분히 많이 쳐냈으니.

다음 에드워드 3세는 빨간 종이가 50장이다(그림 16). 이 편집자는 비평가다. 고기 자르는 칼과 도끼를 빼 들고 아침으로 먹으려고 마음먹은 책을 쫓아가고 있다. 이 사람 팔이 잘못 그려졌다. 처음에는 몰랐는데 지금 보니 보인다. 어째서인지 오른팔이 왼 어깨에 붙어 있고 왼팔은 오른 어깨에 붙어 있어 양쪽 다 손등이 보인다. 그래서 뒤집힌 왼손잡이처럼 보이는데 이런 일은 지금까지 한 번도 일어난 적이 없다. 박물관에나 있을 법한 일이다. 이런 게 바로 예술인데 이런 건 습득하는 게 아니라 타고나는 것이다.

(그림16)

　뭔가 단순한 무언가를 만들기 시작한다고 해보자. 자기도 모르게 천재성이 발동하여 자라나고 발휘되고 있다는 사실은 전혀 모른다. 그러다가 갑자기 발작처럼 놀라운 것이 발현된다. 이걸 영감이라고 부른다. 우연한 사고와 같은 것이라 언제 일어날지 절대 알 수가 없다. 뒤집힌 왼손잡이 사나이 같은 희한한 것을 생각해내려고 일 년 동안을 고심해도 이런 걸 만들어낼 수 없을 수도 있다. 생각할 수 없는 것은 생각하려고 애쓸수록 손에서 빠져나가기 마련이다. 그렇지만 영감을 피하지는 못한다. 영감으로 미끼를 드리우면 매번 낚을 수 있다. 보티첼리의 〈봄〉을 보라. 뱀처럼 생긴 그 여인들은 상상도 못 할 것인데 다행히도 영감이 잡아주었다. 편집자-비평가를 다시 그릴 수는 없는 일이니 그대로 내버려 두자. 기억을 도와주기는 할 테니.

(그림17)

　다음 리처드 2세. 하얀 종이 22장(그림17). 이번 왕도 리처드니까 다시 사자를 사용하자. 에드워드 2세처럼 리처드 2세도 폐위되었다. 그래서 뺏기기 전에 마지막으로 슬픈 눈으로 왕관을 응시하고 있다. 공간이 부족해서 왕관을 너무 작게 그렸다. 어쨌든 리처드에게 안 맞는 왕관이었으니까.

이제 세기말을 지나 새로운 왕조, 랭커스터 왕가가 시작된다.

헨리 4세는 노란 종이 열네 장(그림 18). 이 닭은 새로운 왕조의 알을 낳고 이 일이 얼마나 중대한지 깨달은 참이다. 보통 닭들처럼 알을 낳았다는 사실을 알리고 있다. 내 닭 그림이 점점 좋아진다는 걸 알아차렸을 것이다. 처음에는 닭 같지 않게 보였는데 이젠 아주 제대로다. 여러분도 의기소침해 하지 말라고 하는 말이다. 연습하면 할수록 더 잘 그리게 될 것이다. 나는 어릴 때부터 동물을 그릴 수 있었는데, 다만 교육을 받기 전에는 내가 그린 동물이 무슨 동물인지 몰랐다. 지금은 안다. 여러분도 아니라고 생각할지 모르지만 마찬가지일 테니 자신감을 느끼기 바란다. 이 헨리 왕은 잔 다르크가 태어난 이듬해에 죽었다.

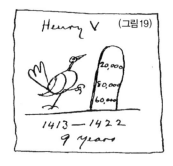

헨리 5세는 파란 종이 9장(그림 19). 아쟁쿠르 전투의 충격적인 사상자 수를 기록한 기념비 앞에서 생각에 잠긴 암탉이 보인다. 프랑스 역사에서는 영국군 2만이 프랑스군 8만을 무찔렀다고 한다. 영국 역사에서는 프랑스 사상자가 6만이라고 한다.

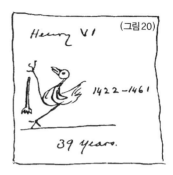

헨리 6세는 빨간 종이 39장(그림 20). 불쌍한 헨리 6세. 오래 군림하면서 무수한 불운과 모욕을 겪었다. 재앙도 둘 있었다. 잔 다르크에게 프랑스를 잃었고 왕위도 잃고 헨리 4세가 야심 차게 시작한 왕조도 끝을 내고 말았다. 그림을 보면 헨리가 슬프고 지치고 우울한 모습으로 힘없이 왕홀을 떨어뜨리는 모습이 보인다. 장려하게 떠오른 해가 비통하게 저무는 모습이다.

에드워드 4세. 갈색 종이 22장(그림 21). 이 사람은 사교계 기사 편집자다. 멋진 옷을 입고 느긋하게 다리를 꼬고 앉아 부인들이 입은 옷을 관찰한다. 자기네 신문에 부인들의 옷차림을 묘사하는 글을 쓸 텐데 실제보다 더 멋지게 써서 뇌물을 받아 부자가 되기 위해서다. 단춧구멍에 꽂은 꽃은 장미인데 요크 왕가의 상징, 하얀 장미다. 그래서 장미전쟁을 기억하고 흰 장미가 이겨서 에드워드가 왕위에 올라 랭커스터 왕조를 끝냈음을 떠올릴 수 있다.

에드워드 5세. 검정 종이 3분의 1장(그림 22). 숙부 리처드에 의해 런던탑에서 살해당했다. 벽에 치세를 표시하다 보면 이 종이가 두드러져 보여 잘 기억될 것이다. 단 9일 동안 왕위에 있었던 레이디 제인 그레이를 제외하

(그림 22)

면 에드워드 5세의 재위가 영국 역사상 가장 짧다. 레이디 제인 그레이는 영국 국왕으로 공인받지 못했지만 여러분이나 나라면 잠깐이라도 왕위를 차지했다면 그 사실을 제대로 인정받기를 바랄 것이다. 특히 즉위해서 얻은 건 없고 그것 때문에 목숨만 잃었다면 더더욱 제대로 인정받는 게 온당하다.

리처드 3세는 하얀 종이 2장(그림 23). 사자 그림이 썩잘 안 되었는데 리처드 3세도 그다지 좋은 왕은 아니었다. 사자가 머리가 2개 있는 것처럼 보이는데 그런 건 아니다. 하나는 그림자일 뿐이다. 몸 나머지 부분에는 왜 그림자가 없

(그림 23)

Richard III

1483—1485
2 years

냐고 물을 테지만 흐린 날이라 온몸에 다쪼일 만큼 빛이 없고 여기저기 띄엄띄엄햇빛이 비친다. 리처드는 등이 굽고 심장은 냉혹한 사람이었는데 보즈워스 전투에서 무너졌다. 화분에 있는 꽃 이름은 모르겠지만 이걸 리처드의 트레이드마크로 사용하자. 이 꽃은 세상에서 단 한 곳 보즈워스 벌판에서만 자라난다고 하니까. 전설에 따르면 리처드 왕의 피가 땅속에 숨은 씨앗을 적셨을 때야 싹이 트고 자라났다고 한다.

헨리 7세. 파란 종이 24장(그림 24). 헨리 7세는 전쟁이나 혼란을 좋아하지 않았고 평온하고 조용하고 부유하게 사는 편을 선호했다. 국고뿐 아니라

자기 금고에도 그림처럼 알을 채우고 품었다가 부화하면 결과를 헤아리기를 즐겼다. 죽었을 때 200만 파운드를 물려주었다고 하는데 당시에 왕이 이만한 재산을 모은 건 아주 드문 일이었다. 콜럼버스의 원정에 자극을 받아 새로운 영토를 찾으라고

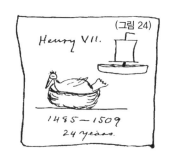

세바스천 카봇을 신세계로 보냈다. 위쪽 구석에 그린 것이 카봇의 배다. 이때가 영국이 영토를 확장하러 멀리 나간 첫 번째 시기였는데, 이때가 마지막은 아니다.

헨리 8세. 빨간 종이 38장(그림 25). 헨리 8세가 오만한 태도로 수도원을 억압하는 모습이다.

에드워드 6세는 노란 종이 6장(그림 26). 현재까지 에드워드 왕은 6세가 마지막이다. 마지막이라는 사실을 머리 위에 구두골(구두를 만들거나 수리할 때 쓰는 발 모양의 도구를 영어로 'shoemaker's last'라고 하므로 마지막이라는 뜻의 'last'와 동음이의어다 – 옮긴이주) 그림으로 표시했다.

메리 여왕. 검정 종이 5장(그림 27). 이 그림은 불타는 순교자를 그린 것이다. 연

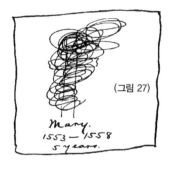

(그림 27)

Mary.
1553 — 1558
5 years.

기 뒤쪽에 순교자가 있다. 메리(Mary)의 이름 첫 세 글자와 순교자(martyr)의 첫 세 글자가 같다. 메리 시대에는 순교 유행이 끝나가고 순교자도 점점 드물어질 때지만 그래도 메리가 여러 명을 만들어냈다. 그래서 '피의 메리'라는 별명으로도 불린다.

이제 영국 역사 거의 500년(정확히 말하면 492년)을 훑어 엘리자베스 여왕까지 왔다. 이제부터는 내가 그림지도나 아이디어를 일러주지 않아도 혼자 힘으로 할 수 있을 것이다. 개념이 잡혔을 테니 왕의 이름이나 경력을 힌트로 그림 상징을 생각해낼 수 있다. 이런 것들을 만들어내는 과정을 거치면 기억에 도움이 될 뿐 아니라 그림에 독창성도 생긴다. 내가 해놓은 걸 보면 알겠지만. 영국사를 다 기록하기에 응접실 벽이 모자라면 식당이나 다른 방으로 이어서 하자. 그러면 벽이 그냥 집을 지탱하는 평평한 것이 아니라 재미있고 교훈적이고 진짜 가치 있는 무언가가 된다.

친구

인간의 보편적 형제애가 우리의 가장 소중한 재산이다.

—『마크 트웨인의 노트』

친구란 모름지기 당신이 잘못했을 때 편을 들어줘야 한다. 잘했을 때라면 대부분 사람들이 편을 들어주기 때문이다. —〈1898년 노트〉

'친구'를 생각해. 어둠 속에서 친구의 얼굴을 떠올리고 기억의 복도를 따라 흩어지는 메아리 속에서 친구의 목소리를 불러내면서도 그냥 그러고 싶다는 것 말고는 아무 이유도 없이 그렇게 할 때 우리는 우정이 상상이 아니라 현실임에 만족감을 느낍니다. 썰물과 함께 흩어져 모래성까지 함께 무너뜨리고 마는 모래 위가 아니라 반석 위에 세워진 우정임을 깨닫고.

— 절친한 친구 메리 메이슨 페어뱅크스에게 보낸 편지

윌리엄 딘 하우얼스

인간의 사고방식은 마흔이 되면 정오에 다다르고 그 뒤로는 지기 시작한다는 게 사실인가? 오슬러 박사가 그렇게 말했다고 한다. 오슬러 박사가 그렇게 말했을 수도 있고 아닐 수도 있어서 나는 잘 모르겠다. 만약 그런 말을 했다면 나는 그 원칙을 입증하는 예를 들 수 있다. 그 원칙에 예외가 됨으로써 입증하는 예다. 이 자리에 하우얼스 씨를 추천한다.

내가 하우얼스의 『베니스의 나날』을 읽은 게 40년 전이다. 그 글을 최근 『하퍼스』에 실린 '마키아벨리'를 다룬 그의 글과 비교했을 때 쇠퇴했다는 느낌은 전혀 들지 않았다. 40년 동안 하우얼스의 글은 나에게 끝없는 즐거움과 경이였다. 언어의 명징함, 간결함, 정확함, 억지로 쓰지 않아도 거의 무의식적으로 적확한 표현을 구사하는 솜씨 등을 꾸준히 보여주었다는 점에서 영어권에서 따라올 사람이 없다고 생각한다. 하우얼스는 꾸준히 그랬다. 이 단어를 방패막이로 삼아야겠다. 이런 자질들을 하우얼스 못지않게 탁월

『애틀랜틱』 편집자 윌리엄 딘 하우얼스는 마크 트웨인의 절친한 친구였다.

하게 보인 작가들도 물론 있었지만, 환한 달빛이 띄엄띄엄 쏟아지다가 그 사이에는 캄캄하고 흐릿한 풍광만 눈에 들어오는 식이었다. 그런데 하우얼스의 달은 밤새도록, 밤마다 구름 없는 하늘을 가로질렀나.

적확한 표현에 있어서라면 하우얼스를 능가할 사람이 없다고 생각한다. 하우얼스는 손에 잡히지 않고 빠져나가는 금싸라기 같은 '적당한 단어'를 거의 언제라도 찾아낼 수 있는 듯하다. 다른 사람은 얼추 비슷한 말로 얼버무려야 할 때가 종종 있는데 하우얼스는 훨씬 운이 좋다. 다른 사람들은 사금 접시로 금을 골라내는 광부들 같은데, 하우얼스는 급류를 타고 내려오는 수은 같아서 어떤 광물 알갱이도 피해갈 수가 없다. 강력한 약제라고 하는 게 적당할 성싶다. 독자의 길을 밝혀주고 평탄하게 만들어준다. 비슷한 언어를 쓰더라도 길을 갈 수는 있고 그 빛의 도움을 받아 많이 돌아다니게 되겠지만 딱 맞는 표현이 쬐는 환한 빛을 받을 때만큼 찬탄하며 즐길 수는 없는 일이다. 책이나 신문에서 이렇게 딱 맞는 단어를 맞닥뜨렸을 때는 정신적인 기쁨을 넘어 마치 전기가 통하는 듯 육체적인 짜릿함을 느낀다. 이런 단어는 입 안에서 절묘하게 구르며, 옻열매에 뿌려먹는 가을 버터(갈색설탕, 향신료, 호박, 크림, 버터 등을 섞어 만드는 크림 – 옮긴이 주)처럼 새콤하고 상큼한 맛이 난다. 표현을 뜯어보고 평점을 매기고 할 필요도 없이 탁월함을 즉시 자동으로 깨닫게 된다. 대체로 대충 비슷한 표현으로 이루어진 괜찮은 문학작품은 많지만 이런 작품은 빗속에 보이는 멋진 풍경과 비슷한 것이다. 정확한 표현을 쓰면 비를 걷어내어 더 잘 볼 수 있게 된다. 하우얼스가 글을 쓸 때는 비가 내리지 않는다.

또 하우얼스의 유려하고 편안한 연설 솜씨는 어디에서 온 걸까? 운율 있게 물결치는 리듬이 있고, 건축적 구조를 이루고, 표현이 우아하고, 말린 고기처럼 바싹 마른 압축미를 지닌 말솜씨는? 타고난 것임이 분명하다. 처음부터 눈부시고 비범하게 자리하고 있었고, 40년 동안 부지런히 써서 닳고 낡았어도 여전히 눈부시고 비범하다. 하우얼스는 정점이라는 마흔 살을 오래전에 지났지만, 오늘날 그의 완벽한 영어는 과거의 자신에게 도전장을 던지고도 전혀 기죽을 필요가 없다.   — 친구 윌리엄 딘 하우얼스에 대한 글

존 T. 루이스

루이스는 1835년 메릴랜드 캐럴 군에서 자유민으로 태어나 클레멘스의 처가인 랭던 가의 마부로 일했다. 루이스와 클레멘스는 가까운 친구가 되었고 루이스가 『허클베리 핀의 모험』에 나오는 짐의 모델 가운데 한 명이라는 말이 있다. 트웨인은 루이스와 함께 찍은 사진을 보다가 이렇게 말했다.

"이 유색인은 내 친구 존 T. 루이스입니다. 오랫동안, 정확히 말하면 34년 동안 친구였죠. 40년 전에는 처가의 마부였습니다. 여러 해 동안 쿼리 농장에서 농사를 지었고 지금도 이웃에 삽니다. 이 사람보다 더 정직하고 존경할 만한 사람을 본 적이 없습니다. 27년 전에는 재빠르게 재치 있고 용감하게 기지와 힘을 발휘해서, 폭주하는 마차를 탄 제 친척 3명의 목숨을 구했습니다. 당연히 존경과 감사를 품지요."

트웨인은 말이 날뛰는 바람에 일어난 어느 사건을 친구 윌리엄 딘 하우얼스에게 편지로 알렸다.

엘마이라, 1877년 8월 25일

친애하는 하우얼스 가족에게

이 일을 나중에 돌아보기 위해 기록으로 남겨야겠다고 생각했네. 가장 즐거운 방법이라면 누군가에게 편지로 쓰는 걸 텐데, 언론에 유출되는 일은 피하고 싶

마크 트웨인과 친구 존 T. 루이스

으니 그러지 않을 사람이어야겠지. 하우얼스 가족은 그런 점에서 안심해도 되니까 여러분에게 들려주려 하네.

그저께는 이곳 산 위에 맑은 여름 날씨가 찾아왔어. 마시 이모와 사촌 메이 마시가 수지 크레인과 리비를 만나러 우리 농가에 와 있었지. 잠시 뒤에는 장모님이 유모 노라와 꼬마 저비스(찰리 랭던의 아들)와 함께 높은 마차를 타고 언덕을 올라왔어. 마부 티모시가 마차를 몰았지. 그 뒤에는 찰리 아내와 딸이 새로 들인 젊고 기운찬 회색 말이 끄는 소형 마차를 타고 따라왔어. 발을 높이 들고 걷는 말이지. 시어도어 크레인도 잠시 뒤에 도착했고.

클라라와 수지는 유모 로사와 손을 잡고 왔지. 나도 같이 손잡고 왔다네. 수지 크레인의 흑인 하인들 셋도 함께 왔어. 하녀 조시도 왔네. 요리사 코드 아줌마는 예순두 살인데 터번을 둘렀고 키가 아주 크고 덩치도 좋고 어딜 보나 아주 아름다운 사람이고(내 『소품집』에 실은 〈들은 대로 옮겨 적은 실화〉에서 겉모습을 묘사했었지), 세탁부 초클릿(본명은 샬럿인데 클라라가 발음이 안 되어 그렇게 부른다네)은 코드 아줌마보다 더 크고 체구도 더 당당하고 터번을 둘렀으며 피부색은 새카맣고 인디언처럼 꼿꼿한 스물네 살 젊은이야. 또 농부의 아내(유색인)와 어린 딸 수지도 있었네. 뭔가 엄청난 일에 걸맞은 관객이 모여들지 않았나? 불이 붙어 활활 타오를 만한 재료가 마련된 듯하지?

루이스는 말 두 필이 끄는 짐 마차를 몰고 두엄을 실으러 3마일 떨어진 읍내에 가 있었다네. 루이스는 농부야. 체구가 건장하고 근육질에 옹골찬데 등이 약간 굽었고 못생겼지만 남자다운 얼굴과 맑은 눈을 가진 사람일세. 나이는 마흔다섯쯤 되었고 너덜너덜한 작업복을 입고 오래되어 힘없이 늘어져 귀와 목을 덮는 챙모자를 쓰고 구부정하니 앉은 꼴은 아주 장관일세. 가슴이 저릿하면서도 웃음을 짓게 만드는 광경이야. 루이스는 평생 죽어라 일했고 아직도 찢어지게 가난하지. 한 해 내내 노동을 해도 50달러도 벌지 못한다네. 크레인네 집에서 돈을 빌려 쓰다 보니 빚이 700달러까지 쌓였는데 양심적이고 정직한 루이스가 줄어들 일 없는 힘든 짐을 날마다 싣고 살려니 어떨까 상상해 보게.

어쨌든 해 질 녘이 되자 젊고 어여쁜 아이더(찰리 랭던의 아내)와 어린 딸 줄리아, 유모 노라가 새로 들인 회색말이 끄는 작은 마차를 타고 긴 내리막을 내려가기 시작했다네. 높은 마차는 안마당에서 짐을 싣고 있었고. 마차에 탄 아이더가 고개를 돌려 풀밭과 울타리 너머 우리를 보았어. 시오도어가 잘 가라고 손을 흔들었는데 아이더가 구조신호를 보내고 있다는 건 몰랐던 거지. 다음 순간에 리비가 소리쳤어!

"아이더가 언덕을 너무 빨리 내려가요!"

그러더니 소리를 질렀어.

"말이 폭주해요!"

내리막 아래 200야드 정도가 눈에 보였는데, 마차는 마치 날아가는 것 같았지. 장애물이 있더라도 그냥 달려들어 사람 키 높이만큼 위로 치솟아 넘을 기세였지. 시어도어와 나는 비명을 지르는 사람들을 뒤로하고 언덕을 달려 내려가며 소리를 쳤어. 이웃 사람이 문가에 나타났지만 10분의 1초 차로 마차를 놓치고 말았다네. 마차는 순식간에 이웃 사람을 지나쳐 날았어. 내리막 아래쪽에서 먼지 구름을 일으키며 공중으로 튀어 오르는 모습이 한순간 내 시야에 들어오더니 그다음에는 사라져 버렸다네. 뛰어 내려가면서도 처참한 사고와 죽음의 장면을 맞닥뜨리는 일을 잠시라도 늦추기 위해 눈을 감아버리고 싶은 생각이 굴뚝같았지.

계속 달렸는데 아직 아무 것도 눈에 들어오지 않기에 이런 생각을 했지. '길모퉁이를 돌면 보이겠지. 살아서 모퉁이를 돌지는 못했을 거야.' 길모퉁이가 보이는 곳에 다다르자 마차 두 대가 한 곳에 모여 있는 게 보였어. 한 대에는 사람이 여럿 앉아 있고. '그래. 잔해를 보고 충격을 받아 돌처럼 굳어 있구나.' 하고 생각했다네.

그런데 가까이 가보니 그 마차에 아이더가 앉아 있고 아무도 다치지 않은 거야. 심지어 말도, 마차도 멀쩡했어. 아이더는 하얗게 질려 있었지만 그래도 침착하더군. 내가 달려가자 아이더가 어깨 너머로 나를 돌아보며 웃음 지었어.

"아직은 살아 있네요."

기적이 일어난 거야. 말 그대로 기적이.

위대한 루이스가 마차에 구부정하게 앉아서 두엄더미를 싣고 부지런히 길을 가다가 내리막길에서 말이 날뛰며 사람 키만큼 발을 치켜들며 전속력으로 자기 쪽으로 뛰어오는 것을 보았다네. 그래서 루이스는 자기 마차를 모퉁이 언저리에 대각선 모양으로 돌려세워 울타리와 V자 모양을 이루게 하여 날뛰는 말이 피하지 못하고 그 안으로 들어올 수밖에 없게 만들었어. 그런 다음 루이스는 마차에서 뛰어내려 이 V자 안에 섰어. 루이스가 놀라운 힘을 그러모으고 완벽하게 조준해서 돌진하는 회색 말의 재갈을 붙들어 세웠다네!

그게 내리막길이었단 말이야. 거기에서 10피트만 더 내려갔으면 급커브가 나오기 때문에 루이스가 아니라 그 누가 있었더라도 참사를 막지 못했을 거야. 그런데 대체 어떻게 사람의 힘과 수완과 정확도로 이런 기적을 이루었는지, 나로서는 도무지 헤아리지도 못할 일일세. 그 주위를 돌아보며 '정말 이런 일이 일어났구나!' 곰곰이 생각하면 할수록 점점 더 믿기지 않더란 말이지. 이것 한 가지는 확실하네. 루이스가 재갈을 제대로 채지 못했더라면 루이스는 자기가 만들어 놓은 덫 안에서 죽고 말았을 거고, 저 아래 낭떠러지 밑에서 처참한 잔해로 발견되었을 거라는 거지.　　　　　—윌리엄 딘 하우얼스에게 보낸 편지

로라 호킨스

애너 로라(엘리자베스) 호킨스 프레이저는 『톰 소여』와 『허클베리 핀』에 나오는 베키 새처의 모델이었다. 호킨스의 이야기다.

샘과 나는 같은 해에 학교에 다니기 시작했다. 샘은 일곱 살이고 나는 여섯 살이었다. 우리는 힐 가에 있는 서로 마주보는 집에 살았다. 그때 샘은 어깨까지 늘어지는 긴 금발 곱슬머리였다. 샘은 날마다 내 책을 학교까지 들어다주고 오후에는 집까지 들어주었고 가끔 사과, 오렌지 같은 걸 주거나 사탕을 나와 나누어 먹기도 했다.

겨울에 시내나 강이 얼어붙으면 샘은 종일 얼음 위에서 놀았다. 나는 스케이트를 탈 줄 몰랐지만 샘이 항상 다른 아이들과 같이 나를 끌고 갔다. 나를 왕골 의자에 앉히고 얼음 위에서 밀어주었다. 샘은 스케이트도 잘 탔는데 사실 뭐든 다 잘했다. 어릴 때 샘을 마지막으로 본 날이 생각난다. 한니발을 영영 떠나기 직전이었다. 우리는 베어 시내에서 스케이트를 탔는데 내가 스케이트를 신기 힘들어서 샘이 아주 능숙하게 거들어준 일이 또렷이 생각난다.

샘을 처음 본 날은 무더운 여름날이었다. 우리 집 맞은편인 자기 집 현관에서 나와서 『톰 소여』에 나온 톰과 똑같이 재주넘기를 하고 까불며 뽐냈다. 한번은 우리가 나뭇가지를 타고 놀다가 내가 땅에 떨어져서 정신을 잃었다. 나중에 아이들이 샘이 얼마나 기겁했었는지 이야기했던 것이 기억난다. 샘은 호킨스에 대한 어린 시절의 사랑을 『톰 소여』를 통해 영원히 남겼다.

"베키야, 너 약혼한 적 있어?"

"그게 뭔데?"

"어, 결혼하기로 약속하는 거."

"아니."

"약혼하고 싶어?"

"아마도. 모르겠어. 뭐랑 비슷한 건데?"

"비슷하다고? 다른 어떤 것하고도 다른 거야. 그냥 어떤 남자아이한테 영원히 너 말고 다른 아이는 좋아하지 않을 거라고 말하고, 뽀뽀를 하면 그게 끝이야. 누구나 할 수 있는 일이야."

"뽀뽀? 왜 뽀뽀를 하는데?"

"어, 그건, 알잖아, 그건, 원래 다 그렇게 하는 거야."

"모든 사람이 다?"

"어, 그럼. 사랑하는 사람들은 다. 내가 석판에 적었던 것 기억해?"

"어, 응."

"뭐라고 썼는데?"

"말 안 해."

"내가 말할까?"

"그래, 그래. 근데 지금 말고."

"싫어, 지금."

"안 돼, 지금은 아니야. 내일."

"아, 아니야, 지금. 제발 베키, 작게 말할게. 아주 조용히."

베키는 머뭇거렸고 톰은 베키의 침묵을 좋다는 뜻으로 받아들였다. 톰은 베키 허리에 팔을 두르고 귀에 입을 가져다 대고는 그 말을 아주 작은 소리로 속삭였다. 그러고는 이렇게 말했다.

"이제 네가 말해줘. 똑같이."

베키는 잠깐 머뭇거리더니 이렇게 말했다.

"고개 돌리고 나 말고 딴 데 보고 있으면 말할게. 그렇지만 절대로 다른 사람한테 말하면 안 돼. 알았지, 톰? 절대 말하지 마, 응?"

"응, 그럼, 절대 안 할게. 어서, 베키."

톰이 고개를 돌렸다. 베키는 수줍어하며 숨결이 톰의 머리카락에 닿을 정도로 고개를 숙이더니 속삭였다.

"사랑해."

그리고 나서 베키는 폴짝 뛰어 책상과 의자 사이를 뱅뱅 돌았고 톰은 베키를 쫓아갔다. 베키는 결국 교실 구석으로 들어가서는 조그만 흰 앞치마에 얼굴을 묻었다. 톰은 베키의 어깨를 잡고 졸랐다.

"자, 베키, 다 됐어. 뽀뽀만 하면 끝이야. 겁낼 필요 없어. 아무 일도 아니니까. 어서, 베키."

톰은 베키의 앞치마와 손을 떼어냈다. 마침내 베키는 포기하고 손을 내렸다. 실랑이하느라 발갛게 달아오른 베키의 얼굴이 순순히 앞으로 나왔다. 톰은 빨간 입술에 입을 맞추고 말했다.

"이제 된 거야, 베키. 그리고 이다음에는 나 말고 다른 사람은 좋아하면 안 되고 나 말고 다른 사람하고는 절대로, 절대로 결혼하면 안 돼. 알겠지?"

"응, 너 말고 아무도 안 좋아하고 너 말고 아무하고도 결혼하지 않을게. 너도 나 말고 다른 사람하고 결혼하면 안 돼."

"그럼, 물론이지. 그러기로 한 거야. 또 학교에 오거나 집에 갈 때에 아무도 보는 사람 없으면 나랑 같이 가는 거야. 그리고 파티에 갈 때 너는 나를 파트너로 고르고 나는 너를 파트너로 골라야 돼. 약혼하면 원래 그러는 거거든."

"정말 좋다. 그런 건 몰랐어."

동물

고양이에 관해

내가 보기에는 동물 이름을 짓는 일에서는 그 사람이 최고다. 전에 한 번도 동물을 본 적이 없다는 점을 고려해 보면 그 정도면 무척 잘했다는 생각이 든다. 흔한 동물은 자신 있게 통찰력과 식견을 발휘해 이름을 붙여서 그 이름이 쓰이고 닳고 하면서도 오늘날까지 남았다. 다만 장중하고 긴 이름을 붙이는 데에는 소질이 없었다.

예를 들어 오리너구리(ornithorhynchus)를 생각해보라. … 알다시피 아담은 오리너구리에는 이름을 붙이지 않았다. 아담의 명단에서 빠졌다. 왜일까? … 내가 보기에는 그 옛날에는 알파벳이 이제 막 생기기 시작해서, 아직 아주 많지 않았고 그래서 아담이 철자를 어떻게 써야 하는지 몰라 건너뛸 수밖에 없었다고 생각하는 게 합리적일 듯싶다. 아담이 빠뜨리고 이름을 붙이지 않은 동물들이 많다. 그래서 세계적인 충격을 불러일으켰는데 - 그러니까 머나먼 과거

그때 그랬다는 이야기다.

그렇지만 지금은 왜 그랬는지 이해할 수 있다. 아담이 일부러 빠뜨린 게 아니라, 성실하게 의무를 다하고 싶었지만 – 다만 탄약이 없었다. 짧은 이름을 붙일 재료는 있었지만 긴 이름을 붙일 준비가 안 되어 있었다. 그래서 곰이 등장하면, 적당한 이름이 장전되어 있어 당황할 필요가 없었다. 소가 와도 마찬가지다. 고양이, 말, 사자, 호랑이, 돼지, 개구리, 벌레, 박쥐, 도요새, 개미, 벌, 송어, 상어, 고래, 올챙이까지도 자기가 아는 알파벳 안에서 붙일 수 있었다. 아담이 자기 자리에서 차분하게 일을 보고 있다. 아담이 동물들 이름을 기록하면 동물들은 무슨 이름을 받았는지 서로 이야기하며 자리를 뜬다. 대부분 만족한다. 표범이나 풍금조는 특히 자랑스러워하고, 말똥가리나 악어 등 몇몇은 속상해한다. 오징어와 족제비는 자기 이름이 부끄럽다 하기도 한다. 그렇지만 다들 그냥 체념하고 묵묵히 받아들인다. 아담이 이 일은 처음이고 나름대로 최선을 다한다는 걸 아니까. 이름 붙이기가 이런 식으로 그럭저럭 순항한다.

그러던 어느 날 프테로닥틸이 등장한다. … 아담이 이 이름을 적을 수가 있나? 못한다. 솔로몬 왕이라도 못할 거다. 다른 어떤 초기 기독교인도 – 그 옛날에는 아무도 못 했다. … 오래된 지질학적 시대에는, 구적색 사암(舊赤色砂岩, 고생대 데본기에 영국과 북서유럽에 형성된 두꺼운 퇴적암 지층 – 옮긴이 주) 시대까지도 알파벳이 제대로 갖춰지지 않았는데 아담 시대에는 더더군다나 심했을 것이다. 그래서 아담은 자기가 철자를 모른다는 사실을 밝히고 싶지 않아서 그냥 이렇게 말했다.

"나중에 와요. 오늘 업무 시간 끝났어요."

그러고는 커튼을 내리고 문을 잠그고 아무 일도 없었던 양 집으로 가버린다. 당연한 일이고 그럴 수밖에 없었다고 생각한다. 나라도 그랬을 것이다. 누구라도 그랬을 거다. 시대적 한계가 있으니 아담도 힘들었을 것이고 우리는 그 사실을 염두에 두어야 한다. 며칠에 한 번씩은 집채만 한 동물이 풀을 뜯고 코끼리를 잡아먹고 예배당을 무너뜨리며 찾아온다.

"디노사우리우미구아노돈이군."

아담이 말한다.

"일요일에 다시 오라고 해요."

그러고는 문을 닫고 산책하러 나간다. 또 그다음 날에는 1마일 길이의 거대한 동물이 바위를 씹고 꼬리로 언덕을 휩쓸어 무너뜨리고 눈과 폐에서 번개와 천둥을 뿜으며 나타나면, 이브는 머리카락을 뒤로 넘기고 숲으로 가버리고 아담은 "메가테리오밀로돈티코플레시오사우리아스티쿰 – 일단 첫음절

을 주고 나머지는 할부로 끊어 가져가라고 하지."라고 말한다. 이거야말로 아담의 아이디어 가운데 최고라고 생각한다. 알파벳을 아껴서 한 동물이 선부 나 갖지 못하게 했다. 그래야 공평할 테니.

다시 이야기하지만 아담은

동물 이름을 붙일 때 최선을 다했다고 생각하고 크게 칭찬받아야 한다고 본다. 고생물학을 들여다보면 아담이 동물 하나를 등록하면 350개는 그냥 내버려 뒀다는 걸 알게 되는데 그건 아담의 잘못이 아니라 알파벳이 부족했기 때문이다. 고철로 전함을 만들 수는 없는 법이다. 그러니 아담은 당연히 열세 음절짜리 동물 이름을 통째로 기록할 수가 없었고 나머지는 공란으로 남겨두는 게 최선이었다. 그러다 보면 어떻게 되는지 알 거다. ─ '부랑자 쉼터', 『인간 우화』(1972)에 실림

• • •

마크 트웨인의 가장 재미있는 점은 글이 아니라 침대다. 트웨인은 침대에 누워 있을 때가 아주 많다. 그게 습관이라고 한다. 트웨인의 침대만큼 큰 침대는 본 적이 없는데 그 위에는 온갖 희한한 잡동사니가 있어 작은 아파트 한 칸 살림과 맞먹을 정도다. 책, 집필 용구, 옷 등 온갖 물건을 모아두었다.

트웨인은 이런 무더기 속에서 자고 일어나는 게 무척 만족스러운 모양이다. 그 위에 성미가 부루퉁한 커다란 검은 고양이 한 마리가 살금살금 돌아다닌다. 고양이는 쏘아붙이고 으르렁거리고 할퀴고 무는데 마크 트웨인도 다른 물건들과 차별 없이 당한다. 고양이가 원고를 찢다가 싫증이 나면 트웨인을 할퀴는데 트웨인은 놀라울 정도의 인내력으로 참아낸다.

─ 1905년 3월 26일, 「워싱턴 포스트」에 실린 '마크 트웨인의 침대'라는 제목의 인터뷰

• • •

초가을에 아버지가 5번로와 9번가 교차로에 있는 21번지 집을 빌렸다. 그곳에서 아버지, 진, 충직한 케이티 그리고 비서가 겨울을 보내기로 했다. 나는 요양원에 1년 동안 입원해 있었다. 입원 첫 몇 달 동안 친구도, 가족도 만날 수가 없었고 의사와 간호사 말고는 아무와도 이야기를 나눌 수 없었다. 사실 정확히 말하자면 이 말은 사실이 아니다. 요양원 규칙상 금지되어 있지만 내가 검은 새끼고양이 한 마리를 몰래 데리고 들어왔기 때문이다. 요양원에서도 눈감아주었는데, '밤비노'라는 이름을 붙인 고양이가, 어느 날 운이 나쁘게도, 고양이를 싫어하는 어떤 환자의 방에 들어가고 말았다. 이 부인이 밤비노 때문에 거의 강직성 발작을 일으켰기 때문에 고양이를 내보내야만 했다. 나는 아버지가 고양이를 예뻐하리라는 걸 알아서 아버지에게 선물로 보냈는데 과연 아버지가 잘 돌봐주었다. 입원 얼마 뒤에는 편지를 받을 수 있게 되었는데, 아버지가 밤비노가 내가 보고 싶어서 우유도, 고기도 먹지 않는다고 편지에 써 보냈다. 그러더니 며칠 뒤에는 그 말을 번복하는 편지가 왔다.

'네 고양이가 우유와 고기를 먹지 않고도 기적의 힘을 입은 듯 살 수 있는 까닭은, 몰래 쥐를 잡기 때문이라는 사실이 밝혀졌단다.'
— 클라라 클레멘스, 『나의 아버지 마크 트웨인My Father, Mark Twain』(1931)

• • •

"고양이는 도무지 거부할 수가 없네. 특히 가르랑거리는 것들. 고양이만큼 깔끔하고 영리하고 총명한 존재는 본 적이 없어. 그러니까, 사랑하는 여자 말고."
트웨인이 쓴 글이다. 또 이런 말도 했다.

"인간을 고양이와 교배할 수 있다면, 인간은 개량되겠지만 고양이는 퇴보할 것이다."

• • •

클레멘스네 집에는 '사탄'이라고 이름 붙인 검은 고양이가 있었는데, 이 고양이가 또 새카만 고양이를 새끼로 낳자 샘이 '죄'라는 이름을 붙였다.

"아빠는 동물을 좋아하고, 특히 고양이를 좋아합니다."

수지 클레멘스가 어릴 때 쓴 아버지 전기 〈파파〉에 이런 부분이 있다.

"전에 귀여운 회색 새끼고양이가 있었는데, 아빠가 '게으름이'라고 이름 붙이고(아빠는 이 고양이와 색을 맞추려고 늘 회색 옷을 입었지요) 늘 어깨 위에 얹고 돌아다녔어요. 어찌나 귀엽던지! 회색 고양이가 아빠의 회색 윗옷과 머리카락에 기대어 잠든 모습이라니요! 아빠가 우리 고양이들에게 붙인 이름도 엄청 재미있어요. '떠돌이', '애브너', '얼룩이', '아가씨', '게으름이', '버펄로 빌', '비누 거품 샐', '클리블랜드', '사워 매시', '굶주림', 이런 고양이들이 있어요."

• • •

시카고의 메이블 라킨 패터슨 부인께

보내주신 편지 즐겁게 잘 받았습니다. 진심으로 감사드립니다. 우리 '태머니'와 새끼고양이들 사진을 찾을 수 있으면 동봉하겠습니다. 새끼 가운데 한 마리는 당구대 구석 구멍에 들어가기를 좋아해서 ─ 손가락이 장갑에 맞듯 그 구멍에 딱 맞지요 ─ 거기에서 게임을 구경합니다(방해도 하고요). 공이 지나가면 앞발을 내밀어 공 방향을 바꾸어서 샷을 망치지요. 공이 고양이 손에 있거나 고양이 옆에 있어서 그냥 쳤다가는 고양이가 다칠 위험이 있을 때는 플레이어에게 당구대 세 스팟 가운데 아무 데나 한 곳에 공을 옮겨 놓을 수 있는 특권을 줍니다.

아, 그리고 이제 강연은 더 안 합니다.

S. L. 클레멘스 올림

닭 기르기

블랙 스패니시 품종은 아주 멋지고 값도 비싸다. 보통 35달러 정도 하고, 특히 훌륭한 순종은 50달러를 받는 일도 드물지 않다. 심지어 달걀도 1달러에서 1.5달러까지 나간다. 하지만 건강에는 별로라서 구치소 담당 의사가 이 달걀을 주문하는 일은 거의 없다. 그런데 나는 달이 없는 밤에 한 번에 여남은 개를 공짜로 얻은 적이 몇 번 있다. 블랙 스패니시 닭을 기르고 싶다면 가장 좋은 방법은 한밤에 닭장을 터는 것이다. 이 방법을 권하는 까닭은 이 닭이 워낙 귀해서 주인들이 아무 데나 홰를 틀도록 내버려두지 않고 방화 금고만큼 튼튼한 닭장에 넣어 밤이면 부엌에 두기 때문이다. 내가 권하는 방법이 언제나 찬란한 성공을 가져오지는 않겠지만 부엌에는 닭 말고도 좋은 것들이 많으므로 닭장 털기에 실패하면 다른 무언가를 가져올 수가 있다. 나는 어느 날 밤에는 90센트짜리 쇠덫을 들고 왔다.

—『어제와 오늘의 이야기들』에 실린 '닭 기르기'

굴에 관해

신은 먼저 굴을 창조해야 했다. 굴을 그냥 무無에서 만들 수는 없고, 하루만에 만들 수도 없다. 일단 다양한 무척추동물, 벨렘나이트(belemnite, 고생대 쥐라기에서 중생대에 걸쳐 번성했던 오징어 비슷한 모습의 화석 동물 – 옮긴이 주), 삼엽충, 제부사이트(jebusites, 에부스인, 다윗왕이 예루살렘에서 쫓아낸 가나안 일족 – 옮긴이 주), 아말레카이트(amalkites, 아말렉인, 에서 후손의 일족 – 옮긴이 주) 등의 잔챙이들부터 원시 바다에 넣고 어떻게 되는지 지켜보며 기다려야 한다. 몇몇은 실망스러운 결과를 안길 것이다. 벨렘나이트와 아말레카이트 등은 실패라 결국 이 실험이 진행되는 1,900만 년 동안에 멸종하고 말 것이다. 그렇지만 완전한 실패는 아니다. 엄청난 시간이 흐르고 원시 바다에 시대들이 차곡차곡 쌓이면 아말레카이트가 서서히 엔크리나이트(encrinite, 바다나리)라든가 스탈락타이트(stalactite, 종유석)라든가 블래더스카이트(blatherskite, 수다쟁이) 같은 것으로 진화하기 때문이다. 그리하여 마침내 인간의 시대가 완성되는 첫 번째 준비 단계에 이른다. 굴이 만들어진 것이다. 이 굴은 사람보다 머리가 특별히 더 좋지는 않으므로 1,900만 년이라는 시간이 자기를 위한 준비 기간이었다는 결론에 도달할 것이다. 참으로 굴다운 생각이다.

—『마크 트웨인 전기』

말에 관해

동물 이야기가 나온 김에 지금 나에게 제리코라는 이름의 말이 있다는 이야기를 해야겠다. 제리코는 암말이다. 전에도 멋진 말들을 보았지만 이렇게 멋진 말은 보지 못했다. 나는 수줍음을 아는 말을 원했는데 이 말은 그 조건을 충족시킨다. 부끄러워한다는 건 정신이 있다는 의미라고 생각한다. 이 생각이 옳다면 이 말은 세상에서 가장 기백 있는 말이다. 이 말은 무얼 마주치든 가리지 않고 기가 죽어 피한다. 특히 전봇대에 관해서는 치명적 공포를 품은 듯하다. 전봇대가 길 양쪽에 있어서 참 다행인데 덕분에 내가 같은 쪽으로 두 번 연거푸 떨어지는 일은 없기 때문이다. 늘 같은 쪽으로만 떨어진다면 좀 지나면 지겨워질 테니까. 이 말은 오늘 본 모든 사물에 겁을 냈는데, 건초더미만은 예외였다. 건초더미를 보고는 놀라울 정도의 용맹함과 대담무쌍함을 보이며 다가갔다. 또 보릿자루 앞에서도 침착함을 잃지 않아 보는 사람의 경탄을 자아냈다. 이 무모한 용기 때문에 언젠가는 이 말이 죽음을 맞지 않을까 싶다.

그다지 빠른 말은 아니지만, 이 말을 타고 성지순례를 할 수 있을 것 같다. 그런데 한 가지 단점이 있다. 언제 꼬리가 잘렸는지, 아니면 꼬리 위에 너무 세게 앉아서 그렇게 됐는지는 몰라도 꼬리가 짧아서 발뒤꿈치로 파리를 쫓아야 한다. 다 좋은데, 머리 위에 있는 파리를 뒷발로 걷어차 쫓으려고 하면 그때는 문제가 너무 복잡해진다. 그러다가 언젠가 사고를 일으킬 것 같다. 이 녀석이 또 목을 뒤로 돌려 내 발을 물기도 한다. 크게 신경 쓰이는 건 아니지만 말이 붙임성이 지나치면 별로다.　　　　—『물 건너간 얼뜨기들』

· · ·

여관 주인이 나와 내 에이전트가 예술 하는 사람들이라는 걸 알고는 대접이 확연히 달라졌다. 우리가 걸어서 유럽 여행 중이라는 사실을 알고는

1897년 트웨인이 말과 소가 끄는 수레를 타고 있다.

우리를 더욱 높이 평가했다.

여관 주인이 하이델베르크 길에 관해 정보를 알려줬다. 어떤 곳을 피해야 하는지, 어디가 머물기가 좋은지. 숙박비로는 내가 간밤에 망가뜨린 물건값만큼도 안 되는 돈을 받았다. 우리를 위해 맛난 점심을 마련해주고 맛있는 연두색 자두도 잔뜩 내놓았다. 독일에서 가장 맛있는 과일이다. 우리에게 경의를 표한다며 우리가 하일브롬을 걸어서 떠나지 못하게 막고는 괴츠 폰 베를리힝겐(Götz von Berlichingen, 1480~1562, 독일 기사로, 의수를 착용하고 있어 '쇠손의 괴츠'라고도 불린다 – 옮긴이 주)의 말과 마차를 불러 태워주었다. 그 장면을 그림으로 그렸다.

이건 작품이 아니고 화가들이 '습작'이라 부르는 것이다. 이걸 이용해서

「물 건너간 떠돌이A Tramp Abroad」에 실린 스케치. 트웨인과 해리스(조지프 트위철 목사의 가명) 등이 마차를 타고 하일브론을 떠나는 장면

완성작을 만든다. 이 스케치에는 몇 가지 오점이 있다. 예를 들면 마차가 말보다 속도가 느리다. 이건 있을 수 없는 일이다. 또 말 앞에서 몸을 피하는 사람이 너무 작게 그려져 원근법이 안 맞는다. 위쪽의 선 두 개는 말의 등이 아니라 말고삐다. 또 바퀴가 하나 덜 그려졌다. 이런 문제들은 완성작에서는 물론 수정될 것이다. 뒤쪽으로 흩날리는 것은 깃발이 아니라 커튼이다. 위쪽에 있는 물체는 해인데, 거리가 충분히 표현되지 않았다. 달아나는 사람 앞에 있는 것이 무엇인지는 지금은 기억이 안 난다. 노적가리 아니면 여자일 것 같다. 이 습작을 1879년 파리 살롱에서 전시했는데 아무 상도 못 받았다. 원래 습작에는 상을 안 주니까.　　　　　　　　　　　　　—『물 건너간 떠돌이』

동물 실험에 관해

마크 트웨인이 런던 생체해부 반대 협회 비서 시드니 G. 트리스트(『동물의 친구』 잡지 편집자)에게 편지를 보내 생체해부에 관해 이야기했다.

선생님, 저는 생체해부가 인류에게 이득이 되는지 아닌지에 관해서는 관심이 없습니다. 인류에게 도움이 된다고 하더라도 혐오감은 사라지지 않을 겁니다. 저는 생체해부가 동의를 받을 수 없는 동물에게 고통을 가하기 때문에 적대하는데, 다른 이유 없이 그것만으로도 적대할 이유가 충분합니다. 저한테는 명백하게 감정의 문제이고 제 본성과 기질에 강하고 깊게 뿌리박은 혐오감이기 때문에 생체해부하는 사람이 생체해부를 당하는 모습을 본다 하더라도 어느 정도 근거 있는 만족감 이상은 절대 느끼지 못할 겁니다. 제가 가서 보지도 않겠다는 말은 아니고요. 보더라도 마땅히 느낄 만한 정도의 만족감을 못 느끼리라는 뜻이지요.

어떤 의사가 전국 개인주의 클럽에서 (1898년) 낭독한 논문에서 매우 인상적인 구절을 보았습니다. 이 구절을 읽고 또 읽었는데 그럴 때마다 놀라움이 점점 커지더군요. 저는 해부하는 사람들과 함께 인류에 속한다는 사실을 과연 어떻게 뿌듯이 여길 수 있는지 이해해보려고 애썼습니다. 또 인류를 구원하려면 제가 프랑스의 생체해부 관습을 생체해부해야만 한다니 인류가 어떻게 되려고 그러는 걸까도 상상해보려 애썼습니다. 인용해 보겠습니다.

"생체해부자들은 쿠라레라는 약을 사용하는데 이 약을 동물에게 주사하면 저항하거나 비명을 지르지 못하게 됩니다. 쿠라레의 끔찍한 점은 마취 효과는 전혀 없고, 오히려 고통에 더욱 민감하게 만든다는 것입니다. 의식은 그대로 있고 두 배의 고통을 겪지만 그걸 표출할 수는 없습니다. 악명 높은 프랑스 생체해부자 클로드 베르나르는 쿠라레의 효과를 이렇게 설명합니다.

'우리 앞에 놓인 생체는 시신처럼 보이지만 작업 과정을 모두 귀로 듣고 구분합니다. 움직이지 못하는 몸, 이글거리는 눈 뒤에 감각과 지능이 온전히 남아 있습니다. 겉으로는 아무 느낌이 없는 듯 보이지만 실제로는 상상할 수 있는 가장 극심한 고통을 겪고 있는 것입니다.'

해부자들이 쿠라레 한 가지 약물만 사용하는 최악으로 끔찍한 실험을 수행했음을 아무렇지 않게 인정합니다. 왕립위원회 보고서에서도 이런 경우를 수두룩하게 찾아볼 수 있습니다. 오늘날에는 마취제를 사용하지 않으면 불법이지만, 마취하기 위해 약물을 투약한 척하며 실제로는 동물들에게 쿠라레를 투입하는 실험들이 계속 진행됩니다.

생체해부의 잔학성을 까발려 여러분에게 충격을 주고 싶지는 않지만, 생체해부자들이 그렇게 극악무도한 행위를 하지는 않으리라는 등 모호한 말로 대중을 속이며 호도하려는 사람들이 있으므로 그 주장이 옳지 않다는 사실을 밝히기 위해 어쩔 수가 없습니다.

안타깝게도 감각이 있는 동물들에게 이런 실험이 허다하게 행해진다는 증거가 넘쳐납니다. 동물들을 끓이고 굽고 튀기고 테레빈유로 태우고 얼리고 지집니다. 물에 집어넣어 다시 정신을 차리게 해서 이 과정을 반복합니다. 몸 곳곳을 자르고 펼치고는 이런 상태로 며칠, 몇 주 동안 실험을 위해 내버려 둡니다. 제가 하고자 한다면 이런 사례를 생리학 논문과 왕립위원회 보고서에서 찾아서 산더미처럼 쌓을 수 있습니다.

1889년 드래쉬 박사의 논문을 예로 들어보겠습니다. '쿠라레를 투여하거나 하지 않은 개구리를 다음과 같이 준비한다. 동물을 뒤집은 채로 코르크 조각 위에 올려놓고 코끝을 바늘로 찔러 고정한다. 아래턱을 벌려 핀으로 고정한다.

트웨인과 아내 올리비아 그리고 세 딸이 이름 모를 개와 함께 있다.

입 안 점막을 동그란 모양으로 자르고 목 뒤쪽에서 튀어나온 오른쪽 눈알을 잡고 피가 많이 흐르는 혈관을 묶는다. 다음에 눈의 공동에 갈고리를 넣어 근육과 시신경을 꺼내고 여기도 묶어 지혈한다. 다음으로 눈알을 시신경이 지나가는 부분 근방에서 바늘로 쪼개어 공막에서 동그란 조각을 잘라내고 수정체 등을 안구에서 제거한다. 이 실험을 1년 동안 내내 지속하였음을 밝혀야겠다. 그러니 사계절의 개구리를 다 접해 보았다고 할 수 있다.' 드래쉬 박사는 동물이 움직이지 않게 하는 방법을 무심한 어조로 일러줍니다. '개구리에게 쿠라레를 투여하지 않을 때는 좌골과 대퇴의 신경을 끊는다. 그렇지만 머리를 코르크에 고정하기만 해도 동물이 움직이지 못하게 할 수 있다.'"

이 글에서 더욱 끔찍한 기록도 인용할 수 있지만, 도저히 그럴 용기가 나지 않는군요.

마크 트웨인 올림

개에 관해

대체 무슨 연유로 개가 '고귀한' 동물이라고 일컬어지게 되었을까? 야만스럽고 잔인하고 부당하게 대할수록 개는 점점 더 알랑거리고 살살거리는 노예가 되게 마련이다. 반면 고양이에게는 단 한 번만 잘못 대해도 고양이가

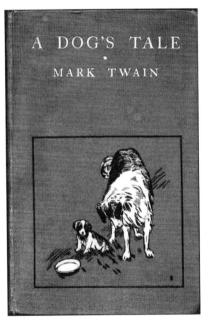

그 뒤로 평생 품위 있게 거리를 둔다. 고양이의 신뢰를 잃으면 다시는 되찾을 수가 없다.

─『마크 트웨인 전기』

• • •

당신이 굶주린 개를 구해서 잘 살게 해준다면, 그 개는 당신을 물지 않을 것이다. 이것이 인간과 개의 중요한 차이점이다.

─『얼간이 윌슨의 책력』

• • •

천국에 들어갈지 말지는 하

『개 이야기|A Dog's Tale』의 초판 표지

늘의 뜻이다. 장점으로 결정될 것 같으면 당신은 들어가지 못하고 대신 개가 들어갈 거다.

                                                 —『마크 트웨인 전기』

녀석은 흔한 똥개가 아니고, 잡종도 아니다. 녀석은 복합견이다. 복합견이란 개 품종의 훌륭한 특징이 합해진 개라는 말이다. 일종의 연합체다. 반면 잡종개는 남은 떨거지들로 이루어진다.

                          — 마크 트웨인, 〈그의 할아버지의 늙은 숫양〉

트웨인은『하퍼스 매거진』에 싣기 위해 〈개 이야기〉라는 단편을 썼는데 나중에 분량을 늘려서 1904년에 하퍼 앤 브라더스에서 책으로 출간했다. 이 단편은 집에서 키우는 개의 관점에서 쓴 글이다.

내 아버지는 세인트버나드고 내 어머니는 콜리였지만 나는 장로교도다. 우리 어머니 말씀이 그렇다. 나는 이런 세세한 구별 같은 건 잘 모른다. 나에게는 아무 의미가 없는 고급스럽고 장대하기만 한 단어들이다. 어머니는 이런 단어들을 좋아했다. 이런 단어들을 말한 다음 다른 개들이 놀라고 샘내며 어떻게 이렇게 교육을 많이 받았는지 궁금해하는 모습을 보기를 즐겼다. 그렇지만 사실 진짜 교육을 받은 것은 아니었다. 그냥 겉치레일 뿐이다.

어머니는 식당이나 거실에서 사람들이 그런 단어를 말하는 것을 듣고 익혔고, 아이들이 주일학교에 갈 때는 따라가서 거기에서 들었다. 뭔가 있어 보이는 단어를 들으면 그 단어를 여러 번 되새겨서 동네 개모임이 있을 때까지 외울 수 있었다. 모임에서 그 단어를 말하면 주먹만 한 강아지부터 매스티프까지 하나같이 놀라고 불편해했는데 어머니는 그럴 때 보람을 느꼈다. 모임에 처음 온 개는 보통 일단 의심부터 했다. 새로 온 낯선 개는 놀라움을 진정시키고 숨을 고르고 나면 어머니에게 그게 무슨 뜻이냐고 물었다. 어머니는 언제라도 뜻을 말할 수 있었다. 어머니의 허를 찌르려고 질문을 했는데 예상과 다르게 어머니가 바로 뜻을 말하면, 어머니에게 창피를 주려고 했던 낯선 개가 대신 부끄러움을 느꼈다. 다른 개들은 기대에 차서 지켜보다가 결국 그렇게 되자 기뻐하며 어머니를 자랑스러워했다. 전에도 있었던 일이라 다들 예상했던 것이다. 어머니가 장중한 단어의 뜻을 말하면 모두 경탄에 빠졌고 아무도 그게 정말 맞는 뜻인지 의심할 생각은 하지 않았다.

그럴 수밖에 없는 것이, 첫째, 어머니가 어찌나 빨리 대답하는지 마치 사전이 말하는 것처럼 보였고, 둘째로 그게 옳은지 아닌지 개들이 어디에 가서 알아보겠는가? 동리에서 유식한 개는 어머니 하나뿐이었으니 말이다. 시간이 흘러 내가 좀 더 컸을 때 어머니가 어느 날 '무지한'이라는 단어를 주워 들어와서는 일주일 동안 여러 다른 모임에 가서 말해서 개들에게 허탈함과 좌절감을 불러일으켰다. 그때 나는 어머니가 여덟 군데 다른 모임에서 뜻이 무엇이냐는 질문을 받았을 때 그때마다 새로운 정의를 내놓았다는 사실을 깨달았다. 그리하여 실은 어머니가 교양보다는 기지가 더 뛰어나다는 사실을 알게 되었지만 물론 나는 아무 말도 하지 않았다.

어머니는 한 단어를 비상용 단어로 준비해 늘 지니고 다니며 혹여 갑자기 파도에 휩쓸릴 가능성이 있을 때 붙들 수 있는 생명줄처럼 여겼다. 그 단어는 '동의어'라는 단어였다. 어머니가 어떤 긴 단어를 주워들었는데 그게 몇 주 전이라 준비된 뜻을 이미 폐기했다고 해 보자. 어떤 낯선 개가 와서 어머니가 그 단어를 말하는 것을 들으면 몇 분 동안은 얼이 빠져 있을 테고 나중에 정신이 들고 보면 어머니는 벌써 다른 바람을 타고 저 멀리 가버리고 없을 것이다. 그때 낯선 개가 어머니를 불러 세워 뜻이 뭐냐고 물었다고 하자. (어머니의 수법을 아는 유일한 개인) 나는 어머니의 돛이 순간 늘어지는 걸 볼 수 있지만, 그건 아주 찰나일 뿐이고 곧 돛이 빵빵하게 부풀어 오르고 어머니는 여름날처럼 차분하게 대답한다.

"그건 '적선'과 '동의어'예요."

이런 식으로 어머니는 무자비하게 긴 뱀 같은 단어를 말하고는 차분하게 다음 바람을 타고 미끄러지듯 편안하게 떠나간다. 그러면 믿음이 부족했던 낯선 개는 당황해 어쩔 줄 모르고, 나머지 개들은 성스러운 기쁨이 가득한 얼굴로 다 함께 꼬리로 땅바닥을 탁탁 치기 시작한다.

여행을
말하다

...

… 여행을 하고 다양한 사람을 접하는 일만큼
사람의 마음을 넓히고 타고난 친절한 본성을 확장해주는 것이 없다.
— 샌프란시스코 「알타캘리포니아」에 1867년 5월 18일자로 보낸 편지. 1867년 6월 23일에 실림

신나게 근심 없이 여행을 한 뒤에 육지(와 일)를 다시 보는 것만큼 비참하고
불행한 일이 또 있을까 — (퀘이커시티호 여행 전에) 윌 보언에게 보낸 편지

유럽행 증기선에 탄 올리비아 리비 클레멘스와 마크 트웨인

독자들은 외국에 나가기 전에는 자신이 얼마나 철저히 바보가 될 수 있는지 결코 모를 것이다. 물론 지금 나는 여러분이 외국에 나간 적이 없으며, 따라서 아직은 바보가 아니라고 가정하고 하는 말이다. 만약 그 경우가 아니라면, 용서를 구하며 진심에서 우러나온 악수를 건네며 '형제'라고 부르리라.

— 『물 건너간 얼뜨기들』

야만인도 여행하면 정신이 넓어집니다. 편협하고 독단적이고 고집 세고 속 좁고 오만하고 대단히 쩨쩨한 사람이 있다면, 틀림없이 태어난 이래로 죽 같은 곳에서 살며 신이 이 세상과 소화불량과 담즙을 자신의 편안함과 만족을 위해 창조했다고 믿는 사람일 겁니다.

— 1868년 〈해외의 미국인〉 연설

샌프란시스코

트웨인은 1866년 샌프란시스코 신문 「알타캘리포니아」의 여행 통신원이 되었다. 그해 12월에 샌프란시스코를 떠나며 이 글을 썼다.

샌프란시스코 「알타캘리포니아」, 1866년 12월 15일
마크 트웨인의 고별

친구들, 시민 여러분, 저는 샌프란시스코에서 최고의 환대와 친절을 받았습니다. 그래서 진심으로 감사와 인사를 드리고 싶습니다. 또 나의 오랜 동료들, 언론계 형제들도 넘치는 관대함, 인내심, 동료애를 보여주었습니다. 이 점에 특히 감동했는데, 오랜 경험을 통해 저는 언론계 사람들은 일반적으로 칭찬에는 인색하고 비판에는 여지없다는 사실을 알기 때문입니다. 그렇기 때문에 저는 이 감사를 통해 그분들께서 친절에 감사할 줄 모르는 무심한 사람이 아니라는 사실을 알리고 싶습니다.

저는 이제 한 계절 동안 샌프란시스코를 떠나 낮에는 정겹게 떠올리고 꿈속에서는 그리움으로 다시 찾는 '공통의 고향'으로 돌아가려 합니다. 회상 속에서는 낯익지만, 설은 제 눈에는 미지의 땅인 곳으로요. 저는 그리움을 가득 안고 떠돌다가 어린 시절의 고향으로 돌아갔으나 젊음 대신 잿빛 머리카락을, 따뜻한 불가 대신 무덤을, 기쁨 대신 설움을 마주할 유배자의 운명을 따르려 합니다. 모든 것이 달라지겠지요! 모든 것을 황폐하게 하는 시간이 그곳에서만은 멈추어 있으리라는 섣부른 꿈을 꾸

1860년대 샌프란시스코

었지만, 변화는 무자비하겠지요! 소중히 간직했던 기대는 비웃음거리가 되어 버리고, 결실의 열매가 맺힌 희망의 포도주 방울 대신 절망의 술지게미를 마셔야 하지요!

새로운 고향이 된 이곳 문턱에서 꾸물거리며 저는 가장 친절하고 진실한 친구인 여러분에게 따뜻한 작별을 고하고 평화와 풍요를 기원하는 한편, 제가 다시 돌아와 이 거리를 거닐 때는 이 고향에도 엄청난 변화가 있으리라는 경고도 마음에 새깁니다.

예언자는 아니지만, 저는 시대의 트렌드를 읽으며 앞날을 봅니다. 잠자는 캘리포니아 위로 다가오는 눈부신 미래의 새벽을요! 중국 우편선이라는 대기획이 성사되었고 태평양 철도가 대륙을 가로질러 뻗으면서 전 세계의 통상이 혁명적 변화를 겪습니다. 캘리포니아는 새로운 체제의 황태자입니다. 캘리포니아는 국가들을 잇는 거대 교통로의 중심입니다. 구세계와 신세계의 중간에 위치해 양쪽에서 공물을 받을 겁니다. 동아시아부터 유럽까지 심장이 튼튼하고 의지가 굳센 이들이 이곳에 모이려고 준비를 합니다. 촌락과 마을을 이루고, 기름진 땅을 경작하고, 무수한 광맥에 숨겨진 부를 캐내고, 선각자들의 원대한 꿈마저 무색하게 할 제국을 이 머나먼 해안에 건설할 것입니다. 동양의 풍요한 땅에서 인도, 중국, 일본, 아무르까지, 북극권 한계선에서 적도까지 뻗은 부속 지역들에서, 4억 5,000만에 달하는 무수한 인구의 통상이 이곳에서 시작되려 합니다. 세계의 절반이 캘리포니아의 발 아래에 공물을 바치려 합니다. 이만큼 눈부신 미래를 앞둔 주가 또 있을까요? 샌프란시스코 같은 앞날을 바라보는 도시가 또 있을까요?

이 뒤떨어진 시골은 거대한 대도시가 될 것입니다. 사람이 드문 이 땅이 바삐 움직이는 이들로 가득한 벌집이 될 것입니다. 황무지가 장미처럼 피어나고, 버려진 언덕과 골짜기에서 수많은 사람을 먹여 살릴 빵과 포도주가 나올 것입니다. 철도가 사방으로 뻗고 물류가 연결되면 지금껏 활기가 없던 지역이 새롭고 활동적인 곳으로 변하게 될 겁니다. 제분소, 작업장, 공장이 우후죽순 생겨나고 오늘날에는 알려지지도 않은 광산의 풍부한 산출량에 세상이 놀랄 것입니다. 이곳 하늘에서 구름이 걷히고 눈부신 번영이 땅 위에 영광처럼 내릴 날이 시시각각 다가옵니다!

옛 도시와 나의 옛 친구들에게 다정하지만 슬프지 않은 작별을 고합니다. 내가 이곳에 다시 돌아오게 되면 큰 변화에 관해 서글픔을 느끼지 않으리란 것을 아니까요. 이 땅은 오늘날보다 수백 배는 더 밝고 행복하고 당당한 모습일 테니까요. 이것은 운명이고, 나는 반드시 그렇게 되리라고 진심을 담아 말할 수 있습니다!

세인트루이스

뉴욕에서 보낸 편지

뉴욕
1853년 8월 24일 수요일
어머니께.

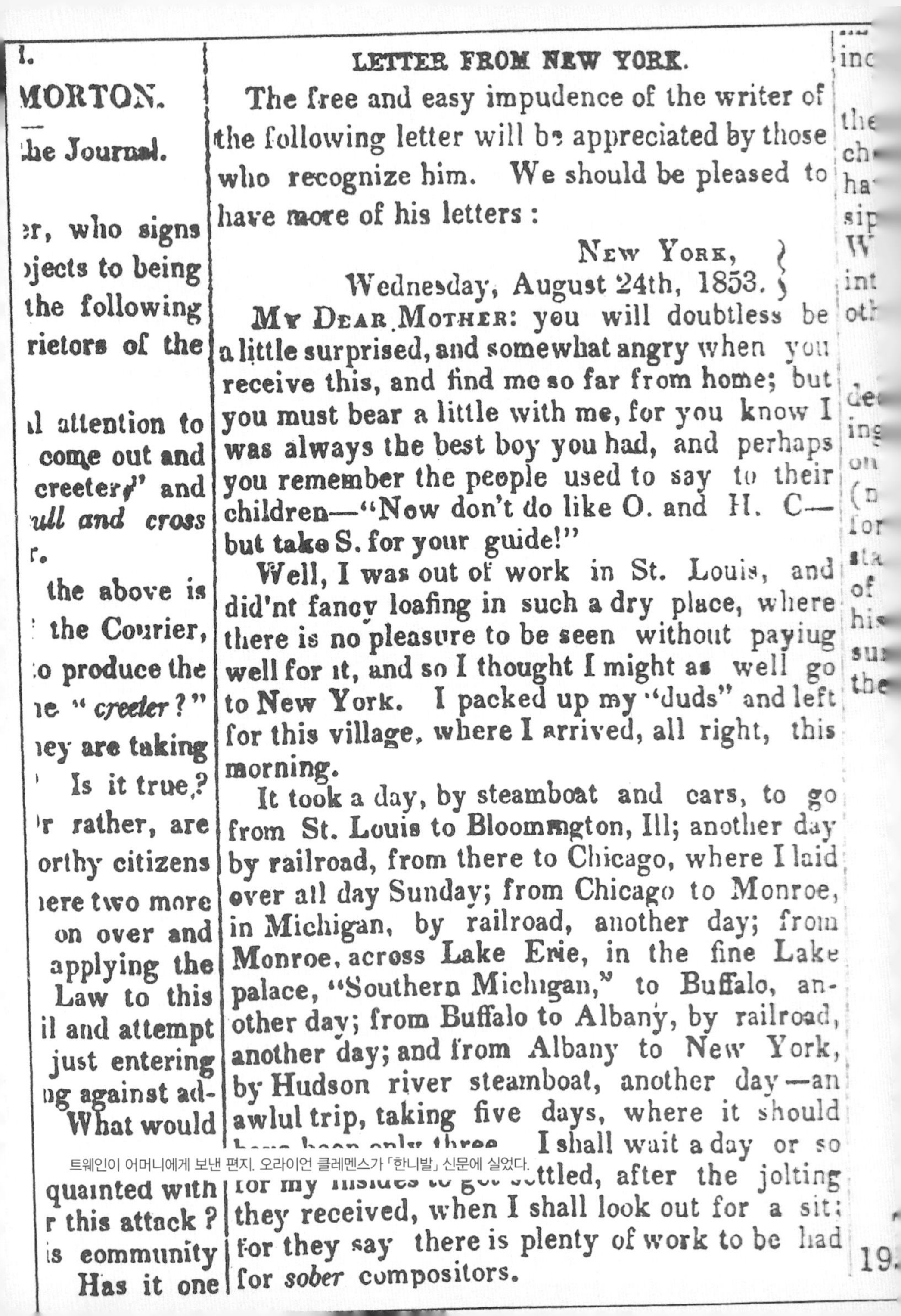

LETTER FROM NEW YORK.

The free and easy impudence of the writer of the following letter will be appreciated by those who recognize him. We should be pleased to have more of his letters :

NEW YORK, }
Wednesday, August 24th, 1853. }

MY DEAR MOTHER: you will doubtless be a little surprised, and somewhat angry when you receive this, and find me so far from home; but you must bear a little with me, for you know I was always the best boy you had, and perhaps you remember the people used to say to their children—"Now don't do like O. and H. C— but take S. for your guide!"

Well, I was out of work in St. Louis, and did'nt fancy loafing in such a dry place, where there is no pleasure to be seen without paying well for it, and so I thought I might as well go to New York. I packed up my "duds" and left for this village, where I arrived, all right, this morning.

It took a day, by steamboat and cars, to go from St. Louis to Bloomington, Ill; another day by railroad, from there to Chicago, where I laid over all day Sunday; from Chicago to Monroe, in Michigan, by railroad, another day; from Monroe, across Lake Erie, in the fine Lake palace, "Southern Michigan," to Buffalo, another day; from Buffalo to Albany, by railroad, another day; and from Albany to New York, by Hudson river steamboat, another day—an awful trip, taking five days, where it should have been only three. I shall wait a day or so for my insides to get settled, after the jolting they received, when I shall look out for a sit; for they say there is plenty of work to be had for *sober* compositors.

트웨인이 어머니에게 보낸 편지. 오라이언 클레멘스가 「한니발」 신문에 실었다.

(left column fragments)

I.

MORTON.

he Journal.

er, who signs ojects to being the following rietors of the

l attention to come out and creeter," and *ull and cross* r.

the above is the Courier, o produce the he "*creeter?*" ley are taking Is it true,? r rather, are orthy citizens ere two more on over and applying the Law to this il and attempt just entering ng against ad-What would quainted with r this attack ? is community Has it one

(right column fragments)

inc
the
ch
ha
sip
W
int
oth

de
ing
on
(n
for
sta
of
his
su
the

19.

이 편지를 받으면 제가 이렇게 멀리 와 있다는 걸 알고 놀라기도 하고 화가 나기도 하실 거예요. 그렇지만 좀 봐주셔야 해요. 제가 가장 착한 아들인 거 아시잖아요. 사람들이 자기 자식들에게 이렇게 말하던 것 기억하시죠.

"O나 H. C(마크 트웨인의 형 오라이언과 동생 헨리 클레멘스 – 옮긴이 주)처럼 하지 말고 S를 모범으로 삼아라."

실은 제가 세인트루이스에 있는 직장에서 잘렸는데 돈 없이는 아무 즐거움도

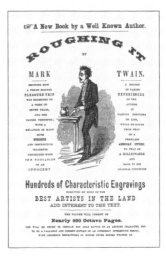

「유랑」 광고

누릴 수 없는 그런 삭막한 곳에서 빈들거리고 싶지는 않았어요. 그래서 뉴욕으로 가는 게 좋겠다고 생각했죠. 옷가지를 싸서 오늘 아침에 뉴욕에 왔어요.

증기선과 차편으로 세인트루이스에서 블루밍턴까지 가는 데 하루가 걸리고, 철도로 시카고까지 또 하루가 걸리고, 시카고에서 일요일 종일 머물러 있다가 미시간 주 먼로까지 가서 '서던 미시간'이라는 궁전 같은 배를 타고 이리 호를 건너 버펄로까지 가는 데 하루, 버펄로에서 올버니까지는 기차로 또 하루, 올버니에서 뉴욕까지 허드슨강 증기선을 타고 하루 걸려 왔어요. 사흘이면 될 거리를 장장 닷새 걸려 도착했네요. 어찌나 흔들렸는지 속이 가라앉을 때까지 하루 이틀 기다렸다가 일자리를 구하러 나가봐야겠어요. 성실한 식자공을 구하는 곳은 많다고 하니까요.

밤새 인디언, 사막, 은괴 꿈을 꿨다. 그리고 때가 되어 다음날 세인트루이스 부두에서 미주리 강을 따라가는 증기선에 탔다. 세인트루이스에서 세인트 조(미주리 주 세인트조지프)까지 6일 동안 가는 여정이었다. 아주 지루하고 따분하고 아무 일도 일어나지 않아 엿새가 아니라 6분이었던 것처럼 아무것도 기억에 남지 않았다. 지금 머릿속에는 여행에 관한 기록은 아무것도 없고 무시무시하게 생긴 나뭇가지가 있어 일부러 외륜을 가동해 위로 지나갔던 일과 수차례 들이받다가 결국 물러서 좀 더 부드러운 곳으로 가서 다시 넘었던 모래톱, 가끔 올라서서 쉬다가 다시 힘을 내어 싸우곤 하던 사주 등의 기억이 띄엄띄엄 뒤죽박죽으로 남아 있다.

사실 이 배는 세인트 조까지 거의 육로로도 갈 수 있었을 것이다. 안 그래도 거의 종일 꾸준히 힘겹게 모래톱을 넘고 나뭇가지들을 기어오르면서 갔으니 말이다. 선장은 이 배가 '깡패 배'라고 추키며 내구성을 높이고 외륜을 좀 더 키우기만 하면 완벽하다고 했다. 나는 속으로 이 배에는 죽마 한 쌍이 필요하지 않나 싶었지만 현명하게도 입 밖으로 말하지는 않았다.

—『유랑』

네바다

마크 트웨인의 자전적 글『유랑』은 젊은 트웨인이 1861~1867년 서부 변경 지대에서 지낼 때의 여정을 따라간다. 형 오라이언 클레멘스는 서부로 가는 역마차 여행 도중에 네바다 준주準州 사무장으로 임명되었다.

우리 형이 막 네바다 준주 사무장으
로 임명되었을 때다. 형은 재무관, 감사
관, 사무관, 주지사의 부재 시 주지사
대행 임무까지 모두 합친 아주 막중한
임무를 맡았다. 연봉이 1,800달러에 터
무니없이 장중한 위엄을 더해주는 '사
무장님'이란 직함으로 불리는 중요한
자리였다. 나는 어리고 무지해서 형을
마구 부러워했다. 높은 지위와 재정적
여유도 샘났지만, 무엇보다도 멀고도

『유랑』 초판, 1872년

낯선 곳으로 여행하고 신비로운 신세계를 탐험하리라는 사실이 부러웠다.

여행이라니! 나는 한 번도 집을 떠나 본 적이 없어서 '여행'이라는 단어
에 남모를 매혹을 느꼈다. 곧 형은 수백 마일 떨어진 곳에서 대평원과 사막
을 지나고 서부의 산들을 누비며 버펄로와 인디언, 프레리도그, 영양도 보
고 온갖 모험을 할 테고 교수형을 당하거나 머리 가죽이 벗어질 수도 있고,
아무튼 엄청 신나는 나날을 보내고 우리한테 편지를 보내 그 이야기를 들려
주며 영웅이 되겠지. 금광과 은광도 보고, 어느 날 일과를 마친 오후에 들에
나가 반짝이는 돌덩이를 두어 양동이 퍼 올리고 언덕에 올라서는 금덩이,
은덩이를 줍겠지. 그렇게 해서 엄청 부자가 될 테고, 바닷길로 집에 돌아와
서 샌프란시스코와 태평양, 파나마 운하를 직접 본 게 아무것도 아닌 양 무
심하게 이야기하겠지.
—『유랑』

형의 행복을 생각하면 속이 얼마나 쓰렸는지 말로는 다 표현하지 못한다. 그래서 형이 냉정히 검토한 끝에 나에게 자기 개인비서라는 숭고한 직책을 제안했을 때, 나는 마치 하늘과 지구가 몰려가고 우주가 두루마리처럼 말리는 느낌을 받았다! 더는 바랄 것이 없었다. 완벽한 행복감을 느꼈다.

한두 시간 만에 여행 준비를 모두 마쳤다. 미주리 변경에서 네바다까지 마차를 타고 육로로 가기 때문에 아주 작은 짐밖에 못 가져가서 별로 쌀 것도 없었다. 십여 년 전만 해도 태평양 철도라는 게 없었다. 단 한 줄도 놓이기 전이다. 나는 네바다에 석 달만 체류하겠다고 했다. 그 이상 머물고 싶은 생각은 없었다. 새롭고 신기한 것들을 석 달 만에 모두 다 보고 집으로 돌아와 다시 일할 생각이었다. 세 달짜리 즐거운 여행이라고 생각했던 것이 6, 7년 동안이나 끝나지 않고 길게 이어지리라고는 꿈도 꾸지 못했다!

마크 트웨인의 형 오라이언 클레멘스가
디자인한 네바다 준주 인장

—『유랑』

• • •

네바다 주의 인장. 그 안에는 눈 덮인 산, 갱도, 수갱, 곡괭이, 석영 도광기, 짐말 행렬, 노새 마차 등이 그려져 있다. 좋은 것들이다. 또 모래와 세이지브러시 덤불의 땅에서는 낭만적 공상과도 같은 철로, 전선, 별, 현수교 등도 들어 있다. 어쨌든 인장에서 가장 훌륭한 부분은 모토다. '볼렌스 에 포텐스'(Volens et Potens, 라틴어로 '의지 있고 능력 있는'이라는 뜻-옮긴이 주)라고 할지 '북부 연방은 반드시 유지될 것이다'로 할지 결정하는 데 30일이 걸렸다고 한다. 어느 쪽이든 아주 오만하고 우스꽝스럽게 보인다는 점에서는 마찬가지였지만. 아직은 네바다 사람들이 무모하게 채굴권을 확보한 다음 순진한 뜨내기들에게 양심을 완전히 내다 버리면서 팔아넘기는 것 말고 다른 분야에는 딱히 능력 있고 의지가 있다고 할 수 없었다.

또 연방을 유지하는 문제가 우리에게 맡겨졌는데, 연방을 유지하려다 나라 안의 균형이 무너진다면 우린 아마 해내지 못할까 싶다. 남부 연합 쪽이 슬금슬금 다가오면 엄청 열을 내며 반발하겠지만, 그러다 결국은 높은 신념을 버리고 연방을 포기할 것 같다. 거의 확실하게 그렇다고 생각한다. 나는 이 문제에 관해서 자주 생각해봤다. 이곳에는 멍텅구리 토끼(jackass rabbit, 잭래빗이라고도 하며 귀와 다리가 매우 긴 북미산 토끼-옮긴이 주)라는 동물이 있다. 몸길이는 90cm 정도 되고 다리는 회계실 의자처럼 생겼고 귀는 엄청나게 길고 꼬리는 있는 둥 마는 둥이다. 그레이하운드보다 빠르고 아기처럼 순하고 해가 없다. 게다가 웬만한 아기처럼 귀엽기도 하다는 말도 덧붙여야겠다. 주제와는 상관이 없는 말이고 이런 말을 누구나 다 재미있어 하지는 않을 것도 같다. 그러니 넘어가고 이 이야기는 그만하겠다. 사람들이 누가 한 말인지 보고 그냥 무시해준다면 마음이 무척 편하기는 하겠다. 아무튼, 누군가가 지금 인장 그림 대신에 멍텅구리 토끼가 세이지브러시 그늘에 쉬고 있는 그림을 넣고 모토는 '볼렌스는 충분한데, 빌어먹을 포텐스가 부족'

이라고 하면 좋겠다고 제안했다.

— '네바다의 생활', 「뉴욕 선데이 머큐리」, 1864년 2월 7일

• • •

트웨인은 네바다 주 버지니아 시티 신문 「테리토리얼 엔터프라이즈」에
글을 여러 번 썼다.

「테리토리얼 엔터프라이즈」, 1862년 5월 18일
광맥을 탐사하는 법!

와슈에 있는 광부들이 일하는 양을 보고 다음과 같은 법칙을 제시할 수
있게 되었다. 첫째, 실마리를 찾아라.

어떻게 생겼든, 기반암이 얼마나 섞여 있든 간에 어딘가로 이어지는 실마리를 일단 찾는다. 길이나 폭, 방향이 어느 정도 되는 실마리를 찾지 못하면 흙이 붉은색이나 노란색으로 보이는 첫 번째 위치에 말뚝을 박고 팻말을 세우라. 이게 표지라는 것인데, 이 지방에서는 표지만큼 중요한 게 없다. 또 광맥을 찾으려면 최대한 다양한 종류의 사람들을 투입하라. '다양성이 일상의 양념'이라는 사실을 곧 알게 될

거다. 네덜란드인, 프랑스인, 에스파냐인, 아일랜드인, 스코틀랜드인, 미국인, 영국인, 노르웨이인을 섞어 놓으면 아주 유쾌한 집단이 된다. 실마리에 표지를 세운 뒤에 예상 채굴량에 상관없이 2,000피트를 가서 거기부터 굴을 파온다. 처음에 일단 깊이 들어가는 게 가장 중요한 일이다. 굴을 아주 길게 파면 더욱 좋다. 대부분 회사에서 2,000이나 3,000피트로 계획을 세우지만, 큰일을 벌이고 싶은 회사는 더 멀리 가야 한다.

할당받을 땅을 찾았고 충분히 긴 굴을 뚫을 결심이 생기면 조직을 짜라. 경험이 부족할 때에는 조직을 짜는 것만큼 중요한 일이 없음을 알게 될 것이다. 아무리 많이 해도 지나치지 않다. 내규를 준비하면 아주 유용하다. 채광회사 직원들은 내규 준수에 열광하기 때문이다. 내규는 아무리 길더라도 괜찮다. 길면 길수록 구속력이 더 향상될 것이다. 또 사무실이 여럿 필요하다. 사무실이 많으면 많을수록 작업 수행 계획이 더 많이 수립될 것이고, 계획은 많을수록 좋다. 회장이 있으면 무게감이 생긴다. 바닷가 지역에서 온 사람들은 회장이 있으면 좋아한다. 당연히 회장이 있어야 한다고 생각한다. 경리부장은 전혀 필요 없지만 보기에 좋고 바닷가에서 온 사람들은 당연히 경리부장을 기대할 테니까 하나 두는 게 아주 좋다. 내규에는 반드시 단서 규정을 두어서 일꾼들 각자가 직접 사정을 할 수 있게 해야 한다. 그러면 회사가 부유하든 아니든 일은 계속 진행되고 십장한테도 일꾼들이 자기 몫의 일을 하는지 아닌지 감시하는 일거리가 생긴다. 일꾼들이 각자 돌아가며 이틀씩 일하게 하라.

2, 3일에 한 번씩 회의해라. 회의만큼 좋은 건 없다. 서로 잘 알게 되고,

이 기사가 실렸을 즈음 트웨인의 모습

서로 잘 알수록 의견도 잘 맞기 마련이다. 굴을 5피트 팔 때마다 회의해도 잦은 것은 아니다. 머지않아 다들 '이성의 잔치'를 아주 좋아하게 될 것이다.

여러 나라에서 온 일꾼들이 있다면 이들 언어를 알게 될 아주 좋은 기회가 된다. 회의할 때마다 이 사람들이 하는 말을 듣게 된다. 회의는 많이 할수록 좋다.

• • •

「테리토리얼 엔터프라이즈」 기자가 트웨인의 강연을 예고하는 글이다.

내일 밤 마크 트웨인이 오페라 하우스에서 샌드위치 제도 여행에 관하여 이야기하는 행사가 열린다. 시민들의 호기심을 만족시키고, 동시에 우리 시민 가운데 한 사람인 마크 트웨인의 강연을 정당하게 평가할 수 있게 되었다.

마크 트웨인의 강연이 곳곳에서 불러일으킨 뜨거운 열기가 아직도 캘리포니아 전역에 쟁쟁하다. 마크 트웨인이 자기 본고장으로 돌아왔으니 이제 우레와 같은 갈채에 산이 뒤흔들리기를 기대한다.

네바다 주는 마크 트웨인을 우리 특산물이라고 정당하게 주장할 수 있다. 네바다 주에서 지내면서 「엔터프라이즈」 소속으로 일할 때 마크 트웨인이라는 필명을 쓰기 시작했고, 그 이름을 유명하게 만든 끊임없이 풍부한 유머도 그때 개발된 것이다. 그 뒤로 마크 트웨인이 열대지방에서 상상력을 달구고 대양을 건너며 사고의 폭을 넓히고 화산 불에서 웅변술을 벼린 것은 사실이지만, 이 모든 것이 본디 우리 땅의 알칼리 토양과 세이지브러시 덤불에 놓인 단단한 토대 위에서 세워졌다.

이번 출연으로 트웨인은 우리 도시에서 지금껏 본 일이 없었던 열렬한 환호를 받을 것이고 이 행사가 청중들에게나 연사에게 똑같이 만족스러우리라는 것을 생각하니 기쁜 일이다.

— 「테리토리얼 엔터프라이즈」, 1866년 10월 30일 또는 31일

• • •

트웨인이 새 책 『유랑』을 선전한 1871년 12월 14일 강연에서 발췌한 글이다.

신사 숙녀 여러분!

제가 이 원정을 처음 시작했을 때에는 썩 마음에 드는 강연이 있었습니다. 그런데 똑같은 내용을 되풀이해서 자꾸 이야기하다 보니까 지겨워지더군요. 그래서 다른 내용으로 바꾸었고, 그 뒤에 또 다른 것을 했는데 또 싫증이 났습니다. 그래서 여러분만 괜찮으시다면 오늘 밤에는 새로운 것을 해보려고 합니다. 여러분은 무슨 내용의 강연이든 크게 개의치 않으실 거로 생각해요. 강연자가 진실을 말하기만 하면 — 어쩌다 한 번씩은요. 책 한 권을 출간하게 되었는데 (곧 나옵니다) 8절판으로 600쪽이 넘고 『물 건너간 얼뜨기들』 스타일로 삽화도 들어갔습니다. 하지만 책 광고를 하려는 것은 아

닙니다. 오늘 밤에는 책에 나오는 이야기를 하고 싶습니다. 쓴 지 석 달밖에 안 되어서 내용이 머릿속에 생생하거든요. 30쪽에서 40쪽 정도, 원한다면 600쪽 전체를 이야기하지요.

10년인가 12년인가 전에 미주리에서 캘리포니아까지 낡은 역마차를 타고 대륙을 가로질러 갔습니다. 태평양 철도가 놓이기 한참 전 일이지요. 1,900마일이 넘는 거리입니다. 밤낮으로 쉬지 않고 세이지브러시와 모래와 알칼리 평원과 늑대와 인디언과 굶주림과 천연두 등 여행을 지루하지 않게 해주는 온갖 일들을 겪으며 가는 길고 긴 여정이었습니다. 낡은 역마차를 타고 멋진 시간을 즐겼고 정말 재미난 여행이었습니다. 우리는 네바다를 향해 갔는데 그때는 네바다가 준주가 된 지 얼마 안 되었을 때였고, 크기는 거의 오하이오 주만 했습니다. 황량하고 황폐한 불모의 땅으로, 산은 많고 사람은 없고, 세이지브러시와 알칼리 토양의 사막으로 뒤덮여 있었지요.

어느 쪽을 바라보더라도 눈에 들어오는 두드러진 물체가 하나 있는데, 무엇인가 하면 말라 쪼그라든 수소의 삐죽 솟은 뿔입니다. 이민자들의 고생을 이보다 더 절절히 대변하는 사물은 없을 겁니다. 흙이 헐벗음을 덮어주지 않고, 다만 여기 저기 조그만 실개천이 (강이라고도 할 수 있겠지만) 구불구불 평야를 지나갈 뿐입니다. 이 강이 카슨 강인데 이 강 덕에 골짜기에 신선하고 향긋한 목초지가 생깁니다. 하지만 건초 수확은 턱없이 부족해서 캘리포니아에서 잔뜩 수입해 오는데도 가격이 톤당 300달러 아래로 내려가는 걸 본 일이 없습니다. 겨울에는 800달러까지 올라가고 한번은 1,200달러까지 치솟아서 소들을 밖으로 내모는 수밖에 없었습니다. 골짜기가 이 소들의 사체로 뒤덮였다고 해도 과언이 아닙니다.

이곳의 겨울은 길고 혹독하고 여름은 타는 듯 뜨겁습니다. 그리고 길고 긴 열한 달 동안 비가 단 한 방울도 내리지 않습니다. 천둥도 번개도 치지 않습니다. 강은 바다로 흘러들거나 커다란 호수로 쏟아져 고이지 않고, 신비로운 물길을 통해 슬금슬금 땅 밑으로 사라집니다. 광활한 땅이지만 인구가 3만을 넘은 적이 없습니다. 그렇지만 1863년에는 은괴를 2,000만 달러어치 생산했고, 이후 해마다 1,200만에서 1,600만 달러 정도는 나옵니다. 그런데도 인구가 줄어서 지금은 1만 5,000에서 1만 8,000명 사이입니다. 그런데 얼마 안 되는 이 사람들이 다른 어느 곳 못지않은 강한 투표권을 갖고 있습니다. 상원 의회에 이곳 미시간 주나 인구가 300만에서 400만에 달하는 뉴욕 주 같은 거대 주나 똑같이 대표를 내보냅니다. 이게 바로 대표권의 평등입니다.

세이지브러시 이야기를 했었지요. 세이지브러시는 그 지역의 독특한 특징입니다. 아주 재미있는 관목이에요. 다른 종류의 식물은 전혀 보이지 않습니다. 콜로라도 파이크스 피크에서 캘리포니아 끝까지 세이지브러시가 3~6피트 간격으로 나서 거대한 회녹색의 바다를 이루지요. 세이지브러시는 곧 이민자의 친구가 됩니다. 이거 말고는 연료로 쓸 만한 것이 전혀 없기 때문입니다. 생긴 모습은 껍질이 거칠거칠하고 옹이진 늙은 떡갈나무를 닮았습니다. 사방으로 꼬였고 키는 작고 잎이 빽빽합니다. 저는 세이지브러시가 아름답다고 생각합니다. 한 그루만 있다면 말이지요. 물론 일주일에 7일 반 동안 눈에 보이는 게 오직 그것 한 가지뿐이라면 그때는 또 다른 이야기가 되겠죠. 세이지브러시에 대한 열광을 불러일으킬 생각은 없지만 그래도 그 가치를 아는 사람이 몇 마디 해둘 필요가 있겠지요.

세이지브러시가 식용으로는 실패라고 장담할 수 있습니다. 잎에서는 우리가 먹는 세이지와 비슷한 맛이 납니다. 차를 끓여 먹을 수 있지요. 그렇지만 전에 남자아이였거나 여자아이였거나 아니면 둘 다였던 사람이거나, 아무튼 의사는 귀하고 홍역과 할머니는 흔했던 시골에 살았었다면, 세이지 차는 어쩐지 당기지 않을 겁니다. 그런데도 신이 세이지브러시를 창조한 데에는 이유가 있습니다. 노새와 당나귀가 세이지브러시를 먹기 때문입니다. 그래서 수소들은 굶주려서 쓰러지는데도 이민자 행렬이 노새, 당나귀에 짐을 싣고 여기까지 올 수가 있었던 겁니다. 사실 노새가 세이지브러시를 먹는다고 해서 대단하다고 하기는 힘든 것이 노새는 아무거나 먹으니까요. 노새는 굴이건 납파이프건 벽돌 가루건 특허서류건 가리지 않고 먹습니다. 뭐든 가장 많이 먹을 수 있는 걸 먹지요.

여행할 때 우리는 몇날 며칠 밤인지도 모르는 동안 계속 오르막을 오르고 또 올랐습니다. 마침내 가장 높은 곳에 다다랐지요. 거대한 로키 산맥의 최정상이었습니다. 이렇게 해서 유명한 사우스패스(와이오밍 주 남서쪽, 로키 산맥 분수령에 있는 산길 – 옮긴이 주)에 들어설 수 있었습니다.

사우스패스라는 말을 들으면 구름 위에 드리운 현수교가 아니라 곧게 뻗은 길이 떠오르겠지만 가다 보면 전자처럼 보일 때가 있습니다. 아래를 내려다보면 고암준봉과 협곡이 저 아래 까마득히 보이고, 저 멀리 흐릿한 평원에는 구불구불한 실 같은 길과 솜털 같은 나무가 보입니다. 온 세상이 그림처럼 펼쳐져 햇빛 속에 고요히 잠들어 있습니다. 먼 곳에 험상궂은 먹구름이 모여들며 어둠이 서서히 다가와 형체를 하나씩 하나씩 흐릿하게 덮어나갑니다. 이 모든 것이 어떤 장막이나 그림자에도 가리지 않아 한 눈으로 굽어볼 수가 있습니다. 저 멀리에서 비가 쏟아지기 시작하는 게 보입니다. 번개가 번뜩이고, 호우가 협곡 옆면을 타고 흐르고, 천둥이 치더니 수천 개의 바위 절벽 사이에서 산산이 흩어지며 메아리치는 소리가 들립니다. 여행자들이 흔히 경험하는 일입니다. 전에 하루도 집을 떠나본 적이 없는 저 같은 어린 아기에게는 숭고한 기적과도 같았습니다.

우리는 여행길에 솔트레이크시티에 들렀습니다. 네바다의 주도州都 카슨시티에는 편집자, 도둑, 변호사 등의 무뢰한들이 있었고 사실상 온갖 종류의 사기꾼들이 다 있었습니다. 무법자, 도박꾼, 은광부 등이 완전무장을 하고 하나같이 가장 거칠고 험한 옷차림을 하고 있었습니다. 저에게는 낯설고도 매혹적으로 보여 그 모습에 푹 빠졌습니다.

－『스테이트 리퍼블리컨』(미시건 주 랜싱)

・・・

트웨인이 로버트 풀턴에게 보낸 이 편지는 1905년에 열린 개척민 상봉 모임 초대를 거절하는 내용이다. 칠순의 작가가 네바다에서 살던 때를 회상한다.

뉴햄프셔 산지에서, 1905년 5월 24일

풀턴 씨께

저는 그때 일을 마치 어제인 양 기억합니다. 1861년 8월 카슨시티 옴스비 앞에서 역마차에서 내렸던 때를요. 그때는 다시 오란 말을 들으리란 생각은 전혀 못 했지요. 저는 지치고 기운이 없었고 알칼리 흙먼지로 뽀얗게 뒤덮인 데다가 아는 사람이 하나도 없었습니다. 그때 당신이 "기운 내요, 지친 여행자여, 실망하지 말아요. 어서 떠나 1905년에 다시 돌아와요."라고 말했더라면, 제가 얼마나 고마워했을지, 제가 얼마나 기꺼이 약속을 받아들였을지 당신은 모르실 겁니다. 초대를 받을 것 같지는 않았지만 그래도 은근히 기대했기 때문에, 당신이 저에게 말을 걸다가 "그래 언제까지 있을 거요?"라고 물었을 때는 속상하고 실망스러웠습니다. 저는 그때 고아였고, 너무나 오랫동안 그런 상태라 무척 예민했었거든요.

그렇지만 이제 그 일에 보상을 해주시니 상처가 아물었습니다. 초대에 진심으로 감사합니다. 제가 몇 살만 더 젊었더라면 분명 그 초대를 받아들여 즉시 당신과 리노의 모든 사람과 함께 어울렸을 겁니다. 그곳에 가서 연설은 다른 사람한테 하라고 하고 저는 그저 수다를 떨고 또 떨 겁니다. 제 젊음을 되찾을 겁니다. 계속 떠들고 또 떠들고 또 떠들면서 정말 신나는 시간을 보내겠지요! 잊을 수 없고 잊히지 않을 골동품 같은 인사들을 행군시키고, 이들이 지나갈 때 그 이름을 부르고 존경에서 우러나오는 환호와 작별인사를 보내겠습니다. 굿윈, 매카시, 길리스, 커리, 볼드윈, 윈터스, 하워드, 나이, 스튜어트, 닐리 존슨, 홀, 클레이튼, 존스, 노스, 루트―내 모든 형제들에게 평화가 깃들길! 그리고 즐겁게 살게 해주고 '도살장'을 소중한 재산으로 만들어준 무법자들, 샘 브라운, 농부 피트, 빌 메이필드, 육손이 잭, 잭 윌리엄스 등등 피의 사도들. 제가 이

1863년 네바다 카슨시티 시내의 옴스비 하우스 트웨인은 로버트 풀턴에게 보낸 편지에서 옴스비 이야기를 한다.

들을 되살리기 시작하면, 당신이 지금 하려 하는 재상봉보다 훨씬 더 보기 좋으리라고 확신합니다.

아 옛날이여! 이제 다시는 오지 않겠지요. 젊음은 다시는 돌아오지 않습니다. 그때는 삶의 포도주가 넘칠 듯 가득 차 있었어요. 이런 때는 언제 어디에도 없었습니다. 그때를 생각하니 목이 멥니다. 제가 그곳에 가서 울기를 바라시나요? 제 백수[白鬚]에 어울리지 않는 일일 겁니다.

잘 지내십시오. 여러분 모두를 위해 잔을 들겠습니다. 즐거운 모임이 되길 빌며 노인은 축복을 보냅니다.

마크 트웨인

배 여행

퀘이커시티 증기선

드디어 유람선이 승객을 받을 준비가 다 되었다. 나와 선실을 함께 쓰게 될 젊은이를 소개받았는데, 영리하고 쾌활하고 마음이 넓어 관대하고 인내심 있고 사려 깊고, 성격이 아주 좋은 사람이었다. 퀘이커시티 호를 타고 함께 여행했던 승객이라면 방금 내가 한 말에 연대보증을 거부할 사람이 없을 것이다. 우리는 조타실 앞쪽 우현 갑판 아래 선실을 골랐다. 안에 침상 두 개, 컴컴한 채광창, 세숫대야가 놓인 개수대, 길고 푹신하게 쿠션이 붙어 있어 소파로도 쓰고 우리 물건을 감추어 놓는 용도로도 쓰는 사물함이 있었다. 이렇게 여러 가지 세간이 있는데도 불구하고 그 안에서 몸을 돌리기에 충분한 공간이 있었지만 그래도 고양이를 돌릴 만한 공간은 없었다('swing a cat'은 원래 해군 속어로, 일종의 채찍인 '꼬리 아홉 개 달린 고양이'를 휘두를 공간이 없다는 뜻에서 파생되어 공간이 아주 좁다는 뜻으로 쓰는 관용어구가 되었다 – 옮긴이 주). 적어도 고양이가 다치지 않게 돌리기에는 비좁았다. 어쨌든 선실치고는 꽤 넉넉했고 여러 면에서 만족스러웠다.

배는 6월 초 어느 토요일에 출항할 예정이었다.

토요일, 정오를 갓 지났을 때 나는 배 위에 올랐다. 배 위는 부산하고 혼잡스러웠다. (써놓고 보니 어디 다른 데서 본 표현인 것 같다.) 부두에 마차와 사람이 바글바글했고 승객들이 속속 도착해 배에 올랐다. 갑판 위는 트렁크와 손가방들 때문에 발 디딜 틈이 없었다. 가랑비 속에서 칙칙한 여행용 옷

『물 건너간 얼뜨기들』 초판에 실린 퀘이커시티 증기선 삽화

차림의 유람객들이 울적한 기색으로 털 빠진 병아리들처럼 축 늘어져 있었다. 마스트에 힘차게 깃발을 올렸지만 그것도 마법에 걸린 양 힘없이 축 늘어져 사기를 떨어뜨렸다. 전체적으로 우울하고도 우울한 광경이었다. 유람 여행이라고 했는데(계획표에 그렇게 적혀 있었고 계약서에도 명시되어 있으니 반박할 수 없을 거다) 전반적으로 그런 분위기가 전혀 아니었다.

　마침내 쿵쾅거리고 덜컹거리고 선원들의 고성이 오가고 증기가 쉭쉭 거리는 소리 속에서 "출항!"이라는 명령이 떨어졌고 환송객들이 서둘러 뭍으로 가기 위해 갑자기 트랩으로 몰렸다. 외륜이 돌아가며 마침내 배가 출발했다. 즐거운 소풍 시작이다! 부두에 비를 맞고 선 구경꾼들이 두 차례 낮은 소리로 환호성을 보냈다. 우리도 미끄러운 갑판 위에서 환호에 차분히 답했다. 깃발이 펄럭이려고 치솟다가 다시 늘어졌다. '축포'도 잠잠했다. 화약이 다 떨어졌다고 한다.

우리 배는 항구 아래쪽으로 내려가 다시 닻을 내렸다. 아직도 비가 내렸다. 조금 내리는 정도가 아니라 폭우가 쏟아졌다. '창밖'으로 우리 눈에도 성난 바다가 눈에 들어왔다. 폭풍이 가라앉을 때까지 잔잔한 항구 안에 가만히 있어야 했다. 승객들은 15개 주에서 모인 다양한 출신의 사람들이었고 바다 여행을 경험해본 사람은 몇 되지 않았다. 이들이 바다에 익숙해지기 전에 이런 폭풍우 속으로 몰아넣으면 좋지 않을 것이었다. 저녁때가 되자, 우리 배에 탄 누군가에게 전통 방식으로 절차를 갖춰 작별인사를 한답시고 예인선 2대를 끌고 우리 배를 따라와서 선상에서 샴페인 파티를 벌이던 뉴욕 젊은이들도 가버리고 우리 배만 남았다. 5패덤(1패덤은 약 1.8m) 깊이의 바다 위에서 바닥에 단단히 닻을 내리고 있었다. 창밖에는 침통하게 비가 내렸다. 아주 호된 유람 여행인 셈이다.

기도 시간을 알리는 종이 울려 마음이 좀 놓였다. 유람 여행의 첫 토요일 밤은 휘스트 카드놀이와 춤으로 보내게 마련이다. 하지만 우리가 겪은 일들이나 지금 마음 상태를 생각해볼 때 이런 여흥에 빠지는 게 과연 적절할지 편견 없이 생각해보길 바란다. 초상집에서 경야經夜를 해야 했다면 아주 잘했겠지만 흥겨운 일은 도무지 할 수가 없었다.

그렇지만 바다에는 무언가 기운을 북돋는 힘이 있다. 그날 밤 침상에 누워 규칙적으로 파도에 흔들리고 멀리에서 들리는 파도의 자장가를 듣자 곧 평온한 잠에 빠져 낮 동안의 우울한 일이나 앞날의 불길한 징조를 모두 잊을 수 있었다. ─『물 건너간 얼뜨기들』

미니애폴리스 호

마크 트웨인의 대서양 횡단 여행은 즐거운 것이었을 듯싶다. 미니애폴리스 호는 크고 고급스러운 배이고 어울릴 사람도 많았다. 버나드 쇼 전기를 쓴 아치볼드 헨더슨 교수도 같이 갔고(헨더슨 교수는 그 뒤에 마크 트웨인에 관한 책을 발표했다. 마크 트웨인의 글을 주로 사회학적 관점에서 비평한 흥미로운 책이다) 프린스턴 신학교 교장 패턴, 유명 만화가 리처즈도 있었고 아주 매력적인 젊은이들도 있었다. 특히 언제나 마크 트웨인의 관심을 끄는 여자아이들이 있었다. 사실 말년이 되어 마크 트웨인은 전보다도 더 여자아이들에게 마음을 주었다. 세월이 흐르고 자기 식구들을 잃으며 이들을 대신할 존재를 늘 찾으려고 했던 것 같다. 이런 말을 하기도 했다.

"아내가 죽은 뒤에 나는 연회나 고귀한 대의를 위한 연설들로 이루어진 쓸쓸한 바다를 늘 떠돌았다. 이런 일들 덕에 지적으로 활기를 느꼈고 즐겁기도 했다. 그렇지만 저녁 시간 동안만 내 마음을 채울 뿐, 끝나

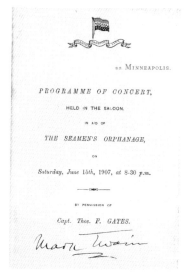

마크 트웨인이 1907년 옥스퍼드 대학에서 명예 문학박사 학위를 받으러 미니애폴리스 호를 타고 런던으로 건너갈 때 사인한 배의 메뉴

377

고 나면 내 마음은 다시 메마르고 칙칙한 상태가 되었다. 손자 손녀 없이 할 아버지 단계에 이르렀기 때문에 나는 손자 손녀들을 입양하기 시작했다.”

마크 트웨인은 영국으로 가는 길에 여러 명을 입양하고 집으로 돌아오는 길에도 또 몇을 입양했고 그 뒤에도 평생 그렇게 했다. 이 아이들이 트웨인의 말년에 가장 큰 행복을 안겨 주었다.

배 위에서 여흥이 있었다. 뱃사람 보육원을 위한 자선 공연도 있었는데, 트웨인의 양손녀 가운데 한 명인 찰리가 바이올린 독주를 하고, 트웨인은 연설했다. 나중에는 경매로 트웨인의 사인을 팔았다. 패턴 박사가 경매인을 맡았는데, 서명이 든 엽서 한 장이 25달러에 팔렸다. 아마 마크 트웨인 서명 판매가로는 최고기록일 것이다. 트웨인은 이날 흰 양복을 입었는데 연단에서 이 양복 이야기를 했다. 마크 트웨인은 먼저 자기 행동거지의 여러 단점에 관해 이야기하고 식구들이 늘 그걸 바로잡으려고 애썼다는 이야기를 했다. 아이들이 그걸 “아빠 먼지 털기”라고 부르곤 했다고 한다. 마크 트웨인은 이렇게 말을 이었다.

“지난 토요일에 우리 딸이 배로 떠나는 나를 배웅하러 왔을 때 내 손에 쪽지 하나를 쥐여주며 이렇게 말하더군요. ‘배에 타면 읽어 보세요.’ 쪽지가 있다는 걸 잊고 있다가 그저께 생각이 났어요. ‘먼지 털기’용이더군요. 거기 적혀 있는 지시사항을 모두 다 준수한다면 나는 영국에서 다른 어떤 점보다도 품행으로 큰 칭찬을 받을 겁니다. 상황마다 어떻게 행동해야 하는지 다 적혀 있어요. 딸은 특히 이 부분에 밑줄을 그어 놓았더군요. ‘배에서나 뭍에서나 집에 돌아올 때까지 흰옷은 절대로 입지 마세요.’ 저도 그 말을 들으려고 했습니다. 평생 식구들 말을 고분고분 들어왔거든요. 하지만 오늘 흰옷을 입은 까닭은 짙은 색 옷이 든 트렁크가 창고에 있기 때문입니다. 흰옷에 관해 여러분에게 양해를 구하는 건 아니고요. 다만 딸의 말을 듣지 않아 딸에게 미안할 뿐이죠."

배가 틸버리 부두에 도착했을 때 트웨인은 열렬한 환영을 받았다. 기자들과 사진기자들이 속보를 전하려고 신속하게 모여들었고, 트웨인이 배에서 내릴 때는 항만 노동자들이 환호성을 보냈다. 이때부터 유례없는 애정과 존경이 쏟아지기 시작해 한순간도 잦아들기는커녕 영국에서 보내는 4주 동안 날마다 커지기만 했다. — 『마크 트웨인 전기』

영국

마크 트웨인은 말년에 바스 훈작사 작위를 받았다. 이 일은 '에드워드 왕 궁정의 코네티컷 양키'라는 제목의 재치 있는 만화로 그려지기도 했다. 트웨인은 작위와 옥스퍼드 대학교 명예학위를 매우 자랑스러워했다. 그렇지만 말년의 어조와는 달리, 젊고 거칠 것이 없었던 시절의 트웨인은 영국에 관해 이런 글을 썼다.

그 사람들은 영국을 조금이라도 영예롭게 할 만한 곳이 있다면 영국에서 붙인 이름을 꼭 갖다 쓴다. 영국 사람들은 '하와이'를 '샌드위치 제도'라고 부른다. 쿡 선장이 300년 전에 제작된 스페인 해도(대영박물관에 아직 보관되어 있다)를 따라가다가 그 섬을 2차로 발견해 놓고는 샌드위치 백작이라는 보잘것없는 귀족의 이름을 섬에 붙였다. 샌드위치 백작이 누군지 들어본 사람은 그전에도, 후에도 없을 것이다. 생전에 햄 한 조각을 빵 사이에 넣는 방법을 발명해서 아무리 머리가 모자라는 사람이라 하더라도 머리를 복잡하게 굴리지 않고도 햄과 빵을 동시에 먹을 수 있게 해준 것 말고는 어떤 대단한 업적이 없는 사람이다. 아마 진실을 파헤치면 샌드위치도 어떤 외국인이 발명했는데 영국에서 평소 하는 식으로 자기네 이름을 붙였다는 게 밝혀질지도 모르겠다. 영국 사람들은 심지어 요나를 삼킨 고래를 고래라고 부르지 않고 고래 왕자(영국 황태자를 뜻하는 'Prince of Wales'의 발음이 고래 왕자, 'prince of whales'와 발음이 같으므로 하는 말 – 옮긴이 주)라고 부른다. 그러면 그 고래가 영국 고래처럼 여겨지리라고 보는 듯하다. 영국 고래이기만 하면 그것으로 충분하다. 어떤 성격상 결함이 있더라도 용인될 수 있다. 이 고래가 선지자를 볼 때마다 집어 삼킨다 하더라도, 선지자의 업무를 방해하고 무한대로 지연시키고 불편과 짜증을 유발하더라도 상관없다. 선지자를 결국에는 낯선 도시에서 설교하기에 좀 남우세스러운 상태와 몰골로 다시 토해낸다 하더라도 어쩌랴. 영국 고래라는 사실만으로 이런 수치스러운 행동들이 다 용서된다. 그리고 영국 국적이라는 이유로 이 '커다란 물고기'를 고래라고 쳐준다. 사실 고래 목구멍은 사람을 삼킬 만큼 넓지 않은데도 말이다.

— 1868년 2월 11일, 샌프란시스코 「알타캘리포니아」에 보낸 글

• • •

같은 혈통인 데다가 같은 언어를 쓰고, 종교나 정치적 자유도 동질적이

트웨인이 바스 훈작사를 받는 모습을 그린 만화,
미니애폴리스 「저널」에 실림

마크 트웨인이 1907년 명예
학위를 받은 뒤 옥스퍼드 대
학교 가운을 입고 있다.

라 우리는 다른 어떤 나라보다도 영국을 가까이 여긴다. 그래서 모든 면에서 낯선 다른 나라보다는 영국에서 지내고 싶어진다.

—『물 건너간 얼뜨기들』

. . .

1899년 런던에서 열린 독립기념일 행사에서 트웨인이 한 연설이다.

의장님, 그리고 신사 숙녀 여러분, 방금 제가 받은 칭찬에 감사드리며, 보답하는 뜻으로 연설은 짧게 하겠습니다. 이렇게 오래된 어머니 땅에서, 아주 오래전에 이 나라와 벌였던 전쟁으로 시작되었고 선조들의 헌신으로 성공을 거둔 실험의 기념일을 조용하게 축하하니까 좋습니다. 영국인과 미국인이 서로 인정하는 다정한 사이가 되기까지 100년 가까운 세월이 필요했습니다만 이제는 마침내 그렇게 되었다고 생각합니다. 최근 두 건의 불화가 대포 대신 중재를 통해 해결된 것은 크나큰 진전입니다.

영국이 으레 그렇듯 미국의 재봉틀을 자기네 발명품이라고 우기지 않고 받아들인 것도 큰 진전입니다. 또 미국의 침대차를 수입한 것도 그렇지요. 어제 어떤 영국인이 자발적으로 미국 셰리 코블러(셰리주와 주스 등을 섞은 미국식 칵테일)를 주문하는 것을 보았을 때 제 마음이 어찌나 훈훈하던지요. 그뿐만 아니라 현명하고 분별 있게도 술집 주인에게 딸기를 잊지 말라는 말을 덧붙이기까지 했습니다. 근원이 같고, 언어도 같고, 문학도 같고, 종교도 같고, 음료도 같으니, 두 나라가 영원한 형제지간으로 맺어지기에 더 무엇이 필요하겠습니까?

지금은 진보의 시대이고 우리나라는 진보적인 곳입니다. 위대하고 영광스러운 땅이지요. 워싱턴, 프랭클린, 윌리엄 M. 트위드, 롱펠로, 모틀리(John Lothrop Motley, 미국 역사가이자 외교관. 영국 대사로 파견되기도 했다 - 옮긴이 주), 제이 굴드(Jason Jay Gould, 미국의 선도적인 철도 개발자이자 투기가로. 악덕 자본가의 전형이라는 비난을 받았다 - 옮긴이 주), 새뮤얼 C. 포머로이(Samuel Clarke Pomeroy, 미국 공화당 의원. 남북전쟁 때 상원 의원이었다. 재선을 위해 뇌물을 제공했다는 혐의를 받았다 - 옮긴이 주), (어떤 면에서) 누구도 따라올 수 없는 요즘의 의회, 여덟 달만에 인디언 예순 부족을 지연 전술로 정복한 미군(야만적인 학살보다는 훨씬 낫지요) 등을 낳은 나라입니다. 세계 어느 나라보다 우월한 형사 배심 제도가 있습니다. 날마다 아무 것도 모르고 글을 읽을 줄도 모르는 사람 12명을 찾기가 힘들다는 사소한 문제가 있긴 하지만요. 또 카인이라도 사면을 받을 수 있게 해주는 정신 이상에 호소하는 방법도 있습니다. 저는 자랑스럽게 미국 의회는 세상의 어떤 의회보다 비싸게 팔릴 수 있다고 말하고 싶습니다.

또 미국의 철도 시스템에 관해 말하자니 격한 감정이 치솟습니다. 철도가 우리 삶을 지배하니 쉽게 우리를 망가뜨릴 수 있을 텐데 관대하게 살려주니까요. 작년에는 충돌 사고로 고작 3,070명의 목숨을 빼앗아가는 데 그쳤고 교차로에서 기차에 친 조심성 없는 사람들의 수는 2만 7,260명밖에 안 됩니다. 철도 회사에서는 이렇게 3만 명의 목숨을 앗아간 것에 크게 유감을 느끼고 일부에게는 보상하기도 했습니다. 자발적으로요. 아무리 야박한 사람도 법정이 철도 회사를 대상으로 법을 엄격히 집행하리라 주장하지는 못할 테니 자발적이지요. 그렇지만 고맙게도 철도 회사에서는 강제하지 않아도 대체로 옳은 일을 합니다. 그때 제가 매우 감동한 일이 있었습니다. 제 먼 친척이 사고를 당한 뒤에 철도회사에서 이런 말과 함께 남은 시신을 바구니에 담아 보내왔습니다.

"이 사람의 가치가 얼마나 되는지 알려주십시오. 바구니는 반납하십시오."

이보다 더 친절한 말이 있을 수 있을까요.

여기에 서서 종일 자랑만 하고 있을 수는 없지요. 하지만 독립기념일에 자기 나라 자랑 좀 한다고 뭐라 할 사람은 없을 겁니다. 당당하게 독수리를 날릴 수 있는 날이지요. 딱 한 마디만 더 자랑하겠습니다. 희망적인 내용으로요. 이런 겁니다. 우리는 모든 사람에게 차별 없이 공평한 기회를 주는 정치 형태를 갖추고 있습니다. 우리나라에는 다른 사람을 무시하고 경멸할 권리를 갖고 태어난 사람은 아무도 없습니다. 누구도 귀족이 아니라는 사실에서 위안을 찾도록 합시다. 또 오늘날 우리 정치 현실이 아무리 암울하다 하더라도, 영국은 정부^{情婦}에게 작위를 내리고 매관매직을 일삼던 훨씬 더 타락한 찰스 1세 시대로부터 지금 여기까지 발전했다는 사실에서 우리도 희망과 기대를 할 수 있을 겁니다. 우리에게는 아직 희망이 있습니다.

—『어제와 오늘의 이야기들』

프랑스

독자들에게

*삽입된 지도를 보면 알 수 있음

이 지도 아이디어는 내가 착안한 것이 아니고 「트리뷴」 등의 대도시 신문에서 빌린 것이다(이 지도가 「버펄로 익스프레스」에 실렸을 때는 비스마르크의 군대가 파리로 진군하던 때라 미국 신문에서 지도를 실으며 전쟁을 상세히 보도했다. 마크 트웨인은 남북전쟁이 끝난 지 얼마 되지도 않은 때에 먼 나라의 일에 촉각을 곤두세우는 언론의 행태를 비꼬기 위해 이 지도와 글을 실었다 – 옮긴이 주).

이 작품(그렇게 불러도 된다면)에 관해서는 정확성 말고 다른 뛰어난 점은 주장하지 않겠다. 이 지도의 원본인 일간지 지도의 주요한 오점은 지리적 신뢰성보다 예술적인 면에 더 신경을 쓰는 듯 보인다는 점이다.

내가 지도 초안을 그리고 목판에 새긴 것은 처음이고, 사실 미술과 관련된 활동을 처음 시도해보는 거라 이 작품이 사람들에게 받은 칭찬과 감탄을 매우 고맙게 생각한다. 현재까지 가장 열렬하게 칭찬을 보내온 사람들은 예술에 관해 전혀 모르는 사람들이라는 점이 특히 감격스럽다.

내가 지도를 새길 때 사소한 점을 한 가지 간과하는 바람에 뒤쪽에서부터 읽게 되었지만, 물론 왼손잡이인 사람에게는 문제가 없다. 인쇄했을 때 바르게 나오려면 위아래를 뒤집어서 새겨야 한다는 점을 내가 잠시 까먹었다. 아무튼, 이 지도를 보고 싶은 사람은 물구나무를 서거나 아니면 거울에

비춰보면 된다. 그러면 제대로 보일 것이다.

　'하이 브리지'가 놓인 강 구간이 한쪽으로 밀려난 까닭은 조각도가 미끄러졌기 때문임을 독자들은 한눈에 파악할 수 있을 것이다. 그래서 지도를 망치지 않기 위해 라인 강 물줄기 전체를 바꾸어야 했다. 목판을 깎고 파는 데 이틀을 보내고 난 다음에 대서양 해류를 바꾸고 싶었지만 이미 너무 많이 진행된 뒤였다.

　평생 이 지도만큼 골치를 썩인 것이 없었다. 처음에는 파리 주위 사방에 조그만 요새를 무수히 그려 넣었는데 자꾸만 조각도가 미끄러져서 줄줄이 늘어선 포대를 날려버리고 프로이센군이 다녀간 양 그 일대를 말끔하게 밀어버렸다.

독자들은 이 지도를 액자에 넣어 앞으로 참고하면 좋을 것이다. 그러면 지성을 드높이고 오늘날 만연한 무지를 소거하는 데에 도움이 될 것이다.

마크 트웨인.

추천사

이런 종류의 지도는 처음 봅니다.

U. S. 그랜트

◆ ◆ ◆

상황을 완전히 새로운 시각에서 볼 수 있게 한다.

비스마르크

◆ ◆ ◆

이 지도를 볼 때마다 눈물이 난다.

브리검 영(Brigham Young, 1801~1877, 예수 그리스도 후기성도 교회의 제2대 회장으로 종교 의 자유를 찾아 신도들을 이끌고 유타 주 솔트레이크로 이주해 정착했다 – 옮긴이 주)

◆ ◆ ◆

아주 크고 시원하게 인쇄되었다.

나폴레옹

◆ ◆ ◆

내 아내는 여러 해 동안 주근깨에 시달려 왔고 낫기 위해 온갖 방법을 다 동원해 보았지만 소용이 없었습니다. 하지만 이 지도를 처음 보는 순간

주근깨가 씻은 듯이 나았습니다. 지금은 경련 말고는 아무 문제가 없습니다.

J. 스미스

• • •

이 지도가 있었더라면 아무 문제없이 메스에서 나올 수 있었을 것이다.

바젠(François Achille Bazaine, 1811~1888, 프로이센 – 프랑스 전쟁 때

프랑스 지휘관으로 메스 요새에서 항복했다 – 옮긴이 주)

• • •

살면서 무수히 많은 지도를 보았지만 이 지도와 비슷한 것은 없었다.

트로쉬(Louis Jules Trochu, 1815~1896, 프로이센 – 프랑스 전쟁의 지휘관으로

패전에 책임이 있다 – 옮긴이 주)

• • •

어떤 면에서는 매우 비범한 지도라고 말해도 온당할 것이다.

W. T. 셔먼

• • •

내 아들 프레더릭 윌리엄에게 이렇게 말했다.

"네가 이런 지도를 만들 수만 있다면, 네가 죽는 모습을 기꺼이

보고 싶을 것이다 – 심지어 간절히 바라기까지 할 것이다."

윌리엄 3세

캉캉

춤이 시작되어 우리는 전당으로 물러섰다. 전당 안에는 술집이 있고 무용수들이 춤추는 넓고 둥근 단이 그 둘레에 있다. 나는 전당 벽 쪽으로 물러서

「물 건너간 얼뜨기들」의 원본 삽화

서 기다렸다. 무용수 스무 쌍이 나오자 음악이 울리기 시작했고, 나는 부끄러워서 손으로 얼굴을 가렸다. 하지만 손가락 사이로 구경했다. 무용수들이 그 유명한 '캉캉'을 추었다. 내 앞에 있는 예쁜 아가씨가 맞은편 신사 쪽으로 몸을 살짝 숙이더니 다시 뒤로 젖히면서 드레스 자락 양옆을 손으로 쥐고 들어 올리고는 아주 독특한 지그 춤을 췄다. 내가 전에 보았던 어떤 지그보다도 격렬하고 노출이 심했다. 그러더니 치마를 더 높이 치켜들고는 신나게 무대 가운데로 나와서 마주 본 사람을 향해 무섭게 발차기를 했는데 상대의 키가 7피트였다면 코를 날려 버렸을 것이다. 키가 6피트였던 게 천만다행이었다.

이게 캉캉이다. 캉캉이라는 춤은 최대한 격렬하고 시끄럽게 미친 듯이 추는 거다. 여자라면 최대한 노출을 많이 하고 남자건 여자건 최대한 높이 발차기를 한다. 전혀 과장이 아니다. 그날 밤 그 자리에 있었던 근엄하고 점잖고 원숙한 사람 누구라도 이 말이 진실임을 입증해줄 것이다. 그런 점잖은 양반들이 상당히 많이 있었다. 프랑스의 도덕성은 이런 사소한 일에 충격을 받을 만큼 꽉 막히지는 않은 모양이다.

나는 옆으로 물러서 멀찍이 전체 그림을 보았다. 함성, 웃음, 격렬한 음악, 무용수들이 잽싸게 움직이고 뒤섞이는 정신없는 혼란 속에서 화려한 치맛자락을 흔들고 잡아당기고 머리를 까닥이고 팔을 휘젓고 하얀 스타킹 신은 종아리와 예쁜 신발을 번개처럼 공중에 쏘아 올리고, 마침내 대망의 대단원에는 다 모여들어 왁자하게 소동을 일으키더니 요란하게 우르르 몰려나갔다. 맙소사!

―『물 건너간 얼뜨기들』

러시아

차르에 관해

황제의 얼굴에 떠오른 온화한 표정과 공주의 상냥한 얼굴을 보니, 만약 공주가 탄원했더라면 아무리 차르가 확고부동했더라도 마음이 흔들려 살려달라 애원하는 사람을 시베리아 황무지로 유형 보내기는 힘들지 않았을까 하는 생각이 들었다. 이상한 일이다. 말로 표현하기 힘들 정도로 이상하다. 사람들 무리 중심에 있는 사람, 나무 그늘에서 지극히 평범한 사람과 다름없이 잡담을 하는 이 남자가 입을 열기만 하면 바다 너머로 배가 급파되고 평원 위로 기관차가 달려나가고 전령들이 마을에서 마을로 달리고 수백 통의 전보가 지구상에서 사람이 살 수 있는 지역의 7분의 1을 차지하는 방대한 제국의 네 귀퉁이까지 분부를 전하고 무수히 많은 사람이 명령을 받들러 나설 것이다.

나는 황제의 손을 보다가 그게 피와 살로 이루어졌는지 보고 싶은 은근한 욕구를 느낀다. 이런 놀라운 권능을 가진 사람인데, 만약 원한다면 내 손으로 쓰러뜨릴 수도 있다. 쉬운 일이지만 그래도 터무니없는 일로 느껴진다. 산을 무너뜨리거나 대륙을 쓸어버리려 하는 것처럼 터무니없는 일이다. 이 사람이 발목을 삐기라도 하면 이 소식이 전신을 타고 산 넘고 물 건너 사막을 지나 바다를 건너 수백만 마일 멀리까지 전해질 것이고 수만 부의 신문에 실릴 것이다. 이 사람이 중병에 걸린다면 그 소식이 해가 뜨기 전에 이미 전 세계에 알려지리라. 이 자리에서 목숨을 잃고 쓰러진다면 전 세계 왕

좌의 절반을 뒤흔들 테고! 만약 내가 황제의 웃옷을 훔칠 수만 있었다면 그
랬을 것 같다. 이런 대단한 사람을 만나면 이 일을 기념할 만한 무언가를 갖
고 싶다.

—『물 건너간 얼뜨기들』

• • •

차르는 아침 목욕을 마치고 옷을 입기 전에 한 시간 사색을 하는 습관이
있다.

—「런던 타임스 코레스판던스」

(전신거울에 자기 모습을 비추어 보며) 옷을 입지 않은 나는 어떤 존재인가? 비쩍 여위고 깡마른 거미 같은 모습으로 신의 이미지를 모독하는구나! 밀랍 인형 같은 머리를 보라. 멜론을 닮은 얼굴, 돌출된 귀, 튀어나온 팔꿈치, 푹 들어간 가슴, 칼날 같은 정강이, 게다가 엑스레이 사진을 흉내 낸 양 울퉁불퉁 옹이 지고 뼈가 훤히 보이는 발을 좀 보라지! 제왕답거나 위엄이 있거나 장엄하거나 경외와 숭배를 불러일으킬 만한 구석이 하나도 없다. 1억 4,000만 러시아인이 땅에 입 맞추며 숭앙하는 대상이 이것이란 말인가? 그럴 리가! 아무도 이런 꼴, 본연의 나를 숭배할 수는 없다. 그렇다면 그들이 숭배하는 것은 누구이고 무엇이란 말인가? 드러내 놓고 말할 수는 없어도 사실 나보다 더 잘 아는 사람은 없을 것이다. 바로 내 옷이다. 옷이 없다면 나는 여느 벌거숭이처럼 아무 권위가 없을 것이다. 나 자신이나 교구 목사나 이발사나 그냥 시정잡배나 다를 바가 없다. 그렇다면 진정한 러시아의 황제는 누구인가? 내 옷이다. 다른 누구도 아닌.

토이펠스드뢰크(토머스 칼라일의 1836년 소설 『다시 재단된 재단사 : 토이펠스드뢰크 씨의 생애와 견해 3부작Sartor Resartus : The Life and Opinions of Herr Teufelsdrockh in Three Books』의 주인공 – 옮긴이 주)가 말했듯, 옷이 없다면 사람은 대체 어떤 존재이겠는가? 곰곰이 생각해보면, 옷이 없다면 인간은 아무 존재도 아니라는 사실을 깨닫게 될 것이다. 옷이 사람을 만드는 정도가 아니라 옷이 바로 사람이다. 옷이 없으면 사람은 암호, 공백, 무가치한 사람, 무존재가 된다.

직위라는 것도 인공물이고 옷 일부분이다. 직위와 포목이 옷을 입은 사람의 열등감을 감추어 주고 위대하고 경이로운 존재로 보이게 만든다. 실제로 들여다보면 잘난 게 하나도 없는데 말이다. 황제도 옷이나 직위가 없다면 신기료장수의 지위로 떨어져 하찮은 군중 속에 묻히고 말 존재지만, 이런 황제의 발아래 온 국민이 엎드리고 성심을 다해 숭배한다. 제아무리 황제라고 하더라도 벌거벗은 사람들 사이에 벌거벗고 있으면 아무 관심도 끌지 못하고 아무도 입에 올리지 않고 다른 검증되지 않은 낯선 이들처럼 밀쳐지고 떠밀릴 것이고 어쩌면 누군가 한 푼 쥐여주며 가방을 옮겨달라고 할지도 모른다. 그렇지만 황제는 오직 직위라는 인공물 덕에 백성들에게 신처럼 숭배를 받을 수 있고 자기 마음대로 아무렇지도 않게 백성들을 쫓아내고 잡아 오고 강탈하고 파괴할 수 있다. 다른 운을 타고나 황제 직위보다 자기 능력에 더 걸맞은 직업을 갖게끔 되었더라면 백성 대신 쥐를 괴롭히고 있었겠지만. 온몸을 가리는 겉옷과 직위 안에는 정말 놀라운 힘이 숨어 있다. 이를 바라보는 사람은 경외감에 빠져 몸을 덜덜 떤다. 그렇지만 황제는 자기가 물려받은 왕권은 찬탈한 왕위이자 불법적으로 얻은 권력이고 실제로 권위를 지니지 않은 이들한테서 부여받은 권력임을 안다. 세습 군주는 국민이 아니라 귀족들에 의해 선출되기 때문이다.

옷이 없으면 권력도 없다. 옷이야말로 인류를 지배하는 힘이다. 우두머리의 옷을 벗기면 어떤 국가도 통치할 수 없게 된다. 벌거벗은 관료는 아무런 권위를 행사할 수 없다. 여느 사람과 다름없는 평범하고 별 볼 일 없는 사람이 될 것이다. 평복을 입은 경찰은 그냥 한 사람이다. 제복을 입으면 열

사람만큼이 된다. 옷과 직위에 세상에서 가장 강력한 힘이 깃들어 있어 가공할 만한 영향력을 행사한다. 판사, 장군, 제독, 주교, 대사, 경망스러운 백작, 어리석은 공작, 술탄, 왕, 황제에게 자발적으로 기꺼이 존경을 바치게 한다. 아무리 대단한 직위라도 적절한 옷으로 뒷받침해주지 않으면 효과를 발휘하지 못한다. 벌거벗고 지내는 야만족 가운데에서도 왕은 왕만이 입을 수 있는 특별한 누더기나 장식을 걸친다. 위대한 판 족의 왕은 어깨에 표범 가죽 조각을 두른다. 표범 가죽은 왕족만이 두를 수 있다. 그것 말고는 완전히 벌거벗은 상태라, 외경심을 불러일으키는 표범 가죽 조각 없이는 자기 자리를 유지할 수가 없다.

— 마크 트웨인, '차르의 독백', 『노스 아메리칸 리뷰』, 1905년 3월

오스트리아

뜨거운 프라이팬 속의 정부

1897년 말 이곳 빈은 한시도 혈기가 가라앉을 때가 없다. 정치적 전류가 대기 중에 찌릿찌릿 흐르는 듯하다. 사람들은 정치 이야기밖에 하지 않는다. 공통 화제를 꺼내면 사람들이 다 전지가 되어 발전기 브러시가 닳은 것처럼 파란 불꽃을 튀기기 시작한다. 저마다 다 의견이 있고, 거리낌 없이 열렬히 늘어놓기 때문에 듣는 사람은 무수한 조언 속에서 혼란과 좌절을 느끼게 된다. 아무도 정치적 상황을 제대로 이해하지 못하고 앞으로 어떻게 될지도 말하지 못하기 때문이다.

최근 이곳에서 일어난 일들이 오스트리아가 아닌 다른 나라에서 일어났다면 전국이 온통 들끓어 틀림없이 정부가 무너졌을 것이다. 그렇지만 이곳에서는 아무도 그렇게 되리라고는 생각하지 않는다. 여기에서 어떻게 될지는 기다려봐야 한다. 닥치기 전에는 알 수 없다. 예측해 봐야 소용도 없고 도움도 되지 않는다. 현명한 사람들이 그렇게 말한다. 모든 사람이 다 그렇게 말한다. 날마다 그렇게들 말하기 때문에 사람들 사이에서 유일하게 일치하는 생각은 '앞일은 알 수 없다'는 것 한 가지다. 다른 의견을 모으려는 움직임이 조금 있다. 혁명은 일어나지 않으리라는 것이다. 사람들이 이렇게 말한다.

"우리 역사를 봐요. 우리 피에는 혁명이 없었습니다. 우리 정치 지도를 보세요. 조직화한 봉기에는 적합하지 않습니다. 단결 없이 저항해보아야 무얼 이룰 수 있겠습니까? 우리 제국이 지금까지 무너지지 않을 수 있었던 까닭은 단결력이 없기 때문입니다. 지금까지도 그러했고 지금도, 앞으로도 그럴 겁니다."

이 이해할 수 없는 상황에 대한 가장 이해할 만한 묘사는 3년 전 하트퍼드의 포리스트 모건 씨가 『트래블러스 레코드』에 기고한 글이다. 인용하면 이렇다.

오스트리아 - 헝가리 제국은 유럽의 패치워크 퀼트, 중간 산책로, 여러 나라들을 줄줄이 엮어 놓은 나라다. 한 민족이 아니라 여러 민족의 잡동사니 모음이다. 민족적 과거와 열망이 있는 민족도 있고 없는 민족도 있고, 한 지역을 차지한 민족도 있고 다른 민족들과 뒤섞여 사는 민족도 있지만, 저마다 다른 언어를 쓰고, 공통 정부로 묶여 있다는 사실을 무시하고 서로를 이방인 취급한다. 이 민족들 가운데 가장 다수라야 전체의 4분의 1을 차지하는 정도고 그다음은 6분의 1도 되지 않는다. 게다가 오랜 세월 동안 죽 폐쇄적으로 지냈고 한 지역 안에 뒤섞여 있더라도 물 위의 기름방울처럼 겉돈다. 과거에는 이런 나라가 많았지만, 현대에는 드문 일이다.

현실이 이러한데도 어쩐지 비현실적이고 있을 수 없는 일인 듯 느껴진다. 국가란 마땅히 이러해야 한다는 생각에 어긋나기 때문이다. 오래 버티기에는 너무 위태위태한 상태로 여겨진다. 그렇지만 오스트리아는 지금과 같은 상태로, 완벽한 일치 상태의 나라들이 무너지거나 무너지기 일보 직전까지 갔던 파란의 두 세기 동안 꿋꿋이 버텼고, 오스트리아 제국을 나누려고 하는 유럽 국가들의 연합에도 맞섰고, 그러면서도 계속 힘을 키워 왔다. 구성은 계속 변화하여 서쪽을 잃는 대신 동쪽을 얻었지만, 견고한 구조는 변함없다. 뗏목에서 통나무 하나를 떼어내고 하나를 더하는 것처럼, 부분부분의 기계적 결합 상태에서 국가적 활력이 여실히 드러났다.

그리하여 서로 연관도 없고 조화도 되지 않는 요소들이 혼란을 일으키고 해소할 수 없는 불일치를 이루는 상태에서 정부가 힘을 얻는다는 오스트리아인들의 믿음이 확인되고 정당화되는 듯하다. 거의 날마다 누군가가 이곳에서는 혁명이 성공할 수 없다고 역설한다.

"아시겠지만 그럴 수가 없습니다. 전체적으로 보아 제국의 모든 민족이 정부를 싫어합니다. 그렇지만 민족들 사이에도 아주 끈질기고 열렬한 증오

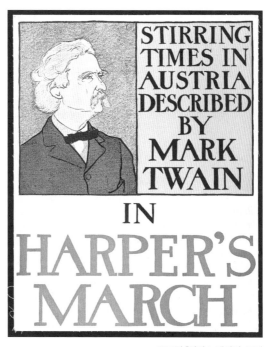

가 있습니다. 어떤 민족도 합해질 수가 없습니다. 어떤 민족이 봉기하려면 혼자 해야 하고, 그러면 나머지 민족들은 신나게 정부 편을 들 테니 거미 군단에 맞서는 파리처럼 무력해지고 맙니다. 그래서 정부가 독단적일 수 있습니다. 원하는 대로, 가고 싶은 곳으로 나아갈 수 있습니다. 아무것도 겁낼 것이 없지요. 영국이나 미국은 사람들이 다 같은 언어를 쓰고 공통의 이익을 추구하니까 정부가 민의를 존중해야 하지요. 그렇지만 오스트리아 – 헝가리에는 각 주에 하나씩 열아홉 가지 민의가 있습니다. 아니지요, 주마다 두어 개씩 있습니다. 각 주에 두어 민족이 같이 사니까요. 정부가 이 많은 민의를 다 충족시킬 수는 없으니 그저 시늉만 할 뿐입니다. 이 정부가 그렇게 합니다. 시늉은 하지만 해내는 것은 없습니다. 그래도 정부가 걱정할 일은 없지요."

다른 사람이 더 자세히 설명을 해준다.

"정부는 현명한 정책을 수립해 그걸 고수합니다. 무엇인가 하면 '고요' 정책이지요. 흥분하기 쉬운 벌떼 같은 민족들을 최대한 조용하게 유지하는 거예요. 정치보다 덜 자극적인 주제에 몰두하게 부추기는 겁니다. 그렇게 하려고 가톨릭 성직자들을 잔뜩 풀어서 순종과 복종을 가르치고 땅 위의 일은 알지 못한 채로 천상에 관한 지식을 부지런히 쌓도록 가르칩니다. 역사적 재미에 앞으로 다가올 세상의 매력을 더하는 겁니다. 그뿐만 아니라, 같은 목적을 위해 뭔가 뜨거운 사건이 발생할 때마다 매일 아침 5시에 신문을 차게 식힙니다."

언론 검열관이라는 사람이 매우 열심히 의무를 이행하는 듯하다. 매일 아침 5시에 모든 조간신문이 한 부씩 검열관 앞에 놓인다. 공무용 마차가 각 신문사 문 앞에 대기하고 있다가 초판이 나오자마자 총알처럼 검열관에게 배달한다. 검열관 보조들이 신문을 한 줄도 빼놓지 않고 읽은 다음 위험스레 보이는 부분에 모조리 표시한다. 그러면 검열관이 표시된 부분을 확인하고 최종 결정을 내린다. 이렇게 해서 나온 결과물은 변덕스럽고 자의적으로 보이는데, 두 가지 이유가 있다.

어떤 게 위험한지 아닌지 검열관 보조들마다 기준이 다르기 때문이다.

또 검열관이 이렇게 표시된 부분들을 일일이 살필 시간이 없다. 그래서 어떤 신문에서는 잘려 나간 내용이 다른 신문에는 한 글자도 수정되지 않은 상태로 멀쩡히 그대로 나가기도 한다. 그러면 검열당한 신문도 석간에서는 금지된 내용을 다른 신문을 인용해 점잖고 온건한 언어로 전한다. 그러면 검열관도 아무 말을 할 수가 없다.

때로는 검열관이 신문에서 피를 전부 빨아버리고 아무 내용도 없이 무색무취하게 만들어 버리기도 한다. 때로는 다른 어느 나라 신문보다도 더 솔직하고 열띠게 의견을 말하도록 내버려 두기도 한다. 사후에 검열관의 생각이 바뀌는 일도 있어, 최근 몇 번인가는 신문이 발간되어 일부 배포된 뒤에 내용 삭제를 지시한 적이 있었다. 그래서 배포된 신문을 다시 거둬 검열관에게 보내 파기했다. 나도 이런 신문 두 부를 갖고 있는데 신문을 거두러 왔을 때는 신문을 어디에 두었는지 갑자기 기억이 안 나서 돌려주지 못했다.

검열관이 초판 인쇄 전에 일을 마치기만 하면 그렇게 골치 아프지는 않을 것이다. 그렇지만 신문사 입장에서는 검열관의 판결이 내려지기를 5시 넘어서까지 마냥 기다릴 수는 없는 일이다. 그러려면 차라리 신문사를 접는 게 낫다. 그래서 일단 인쇄를 하고 운에 맡긴다. 그러다가 검열에 걸린 기사가 있으면 그 부분을 삭제하고 다시 찍어야 한다. 정부는 검열에 걸린 판을 공짜로 얻는다. 돈 주고 산다면 무척 즐겁고 만족스러운 일이 될 텐데. 신문 기사도 풍부해질 테고. 일부 신문은 잘린 부분에 다른 글을 채워 넣지 않고 그냥 빈칸으로 남겨 둔다. '삭제'라고 표시하고 애도의 공간을 남긴다.

정부는 신문에 실린 정보가 다른 방식으로 유포되는 것도 막는다. 예를 들면 길에서 신문을 판매하는 것을 금지한다. 그래서 빈에는 신문팔이 소년이 없다. 게다가 신문 1부당 거의 1센트 가까운 인지세가 붙는다. 내가 받아 보는 미국 신문도 전부 인지가 붙어 있는데 우체국이나 호텔 1층 사무실에서 붙이는 것으로 누가 붙였든 중요한 건 내가 그 값을 내야 한다는 사실이다. 가끔은 친구들이 나한테 신문을 무더기로 보내주어 내가 일주일 내내 번 돈을 전부 이 정부의 살림을 넉넉하게 해주는 데에 보태야 할 때도 있다.

— '오스트리아의 소요', 『하퍼스 매거진』, 1898년

베를린

유럽의 시카고

나는 베를린에서 길을 잃은 기분이다. 내가 상상했던 것과는 전혀 다른 도시다. 내가 원래 아는 듯 느꼈던 베를린이 있었다. 책에서 읽은 베를린이다. 지난 세기와 이번 세기 초의 베를린. 늪지의 지저분한 도시, 울퉁불퉁한 도로, 진흙투성이에 초롱으로 불을 밝힌 거리, 일렬로 늘어선 흉하고 똑같이 생긴 집들을 포목 잡화 상자들 같은 정사각형 모양의 따분하고 균일하고 단조롭고 심각한 블록으로 나누어 놓은 길들.

그런데 이런 베를린이 사라졌다. 완전히 흔적도 없이 사라진 것 같다. 오늘날 베를린이라는 대도시에는 지난 시대의 자취가 전혀 남아 있지 않다. 도시가 서 있는 땅이야 역사와 전통을 지녔을 테지만 도시 자체는 전통도 역사도 없다. 새로운 도시다. 내가 본 도시 가운데 가장 새롭다. 이에 견주

면 시카고가 유서 깊어 보일 정도다. 시카고에는 오래된 듯 보이는 지역이 꽤 많은데 베를린에는 거의 없다. 도시 대부분이 지난주에 지어진 것처럼 보이고 나머지는 그보다 약간 더 낡아 한 여섯 달이나 여덟 달 전에 지어진 듯 보인다.

다음으로 눈에 들어오는 특징은 도시가 매우 널찍하고 한산하다는 것이다. 어느 나라, 어느 도시도 도로가 이렇게 넓지는 않다. 베를린은 그저 단순히 길이 넓은 도시가 아니고, '넓은 길의 도시'라고 불릴 만하다. 도로 폭으로는 세계에서 따라올 도시가 없다. '운터 덴 린덴'은 도로 세 개가 하나로 합해진 길이다. 포츠다머 슈트라세는 양옆에 보도가 있는데, 보도만 해도 구유럽 도심의 주요 도로보다 넓다. 뒷길이나 골목은 없는 듯하다. 지름길도 없다. 주요 도로가 중앙 광장에 모이는 곳이 군데군데 있는데 이 광장 둘레가 얼마나 긴지 '광활하다'는 단어가 또 한 번 떠오른다. 도시 중심에 있는 공원도 드넓어서 다시 또 그 말을 생각하게 한다.

또 눈에 들어오는 특징은 길이 곧다는 점이다. 짧은 도로도 약간 굽은 정도이고, 긴 도로는 멀리멀리 뻗다가 오른쪽이나 왼쪽으로 약간 굽었다가 다시 또 빛줄기처럼 곧게 한없이 나아간다. 그래서 밤의 베를린 풍경은 아주 장관이다. 가스등과 전기등이 아낌없이 넉넉하게 설치되어 있어 어딜 가든 사방으로 눈부신 등이 두 줄로 늘어서서 어둠을 훤히 밝히고, 군데군데에 있는 플라츠(광장) 위에는 불빛이 눈 부신 별자리처럼 넓게 펼쳐져 있으며, 2열종대로 이어진 끝없는 가로등 사이에 택시 등불이 모여들거나 재빨리 움직여서 전체적 장관에 활기와 아름다움을 더해준다. 마치 반딧불이 떼가 모

1890년대 베를린

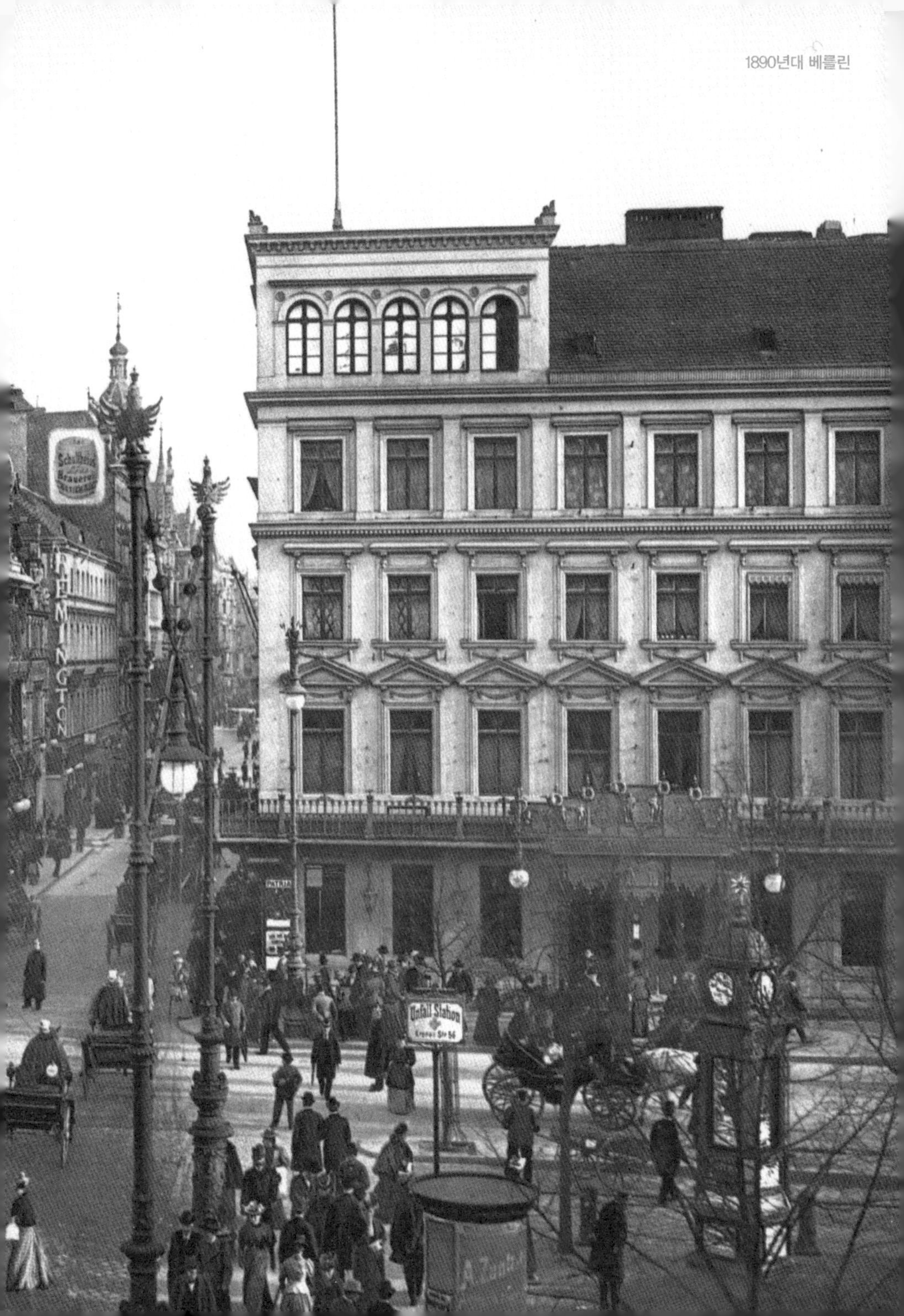

여들고 뒤섞이고 반짝이는 모습을 흉내 내는 듯하다.

베를린에는 또 하나 특징이 있다. 도시 용지 자체가 완전히 평평하다는 점이다. 요약하면 베를린은 다른 어느 도시와도 달라 보이고, 더 환하고 깔끔하다. 이만큼 쾌적하고 여유 있어 보이는 도시는 없다. 길이 이렇게 곧은 곳도 없다. 표면이 평평한 정도나 급격한 성장 속도는 시카고와 견줄 만하다. 베를린은 유럽의 시카고다. 두 도시 인구도 엇비슷하다. 150만 정도 된다고 한다. 정확한 숫자는 말할 수가 없는데 시카고 인구는 지지난 주에 발표된 수치밖에 모르기 때문이다. 그런데 그때 약 150만이라고 했다. 15년 전에도 베를린과 시카고가 대도시이기는 했지만 지금 같은 거대도시는 아니었다.

그런데 닮은 점은 여기까지다. 시카고는 일부분만 장중하고 아름답게 보이지만 베를린은 전체가 다 장중하고 견고하게 보이고 일부만이 아니라 전체가 다 아름답다. 시카고에는 베를린에서 볼 수 없는 건축적으로 아름다운 건물들이 있지만, 그래도 전체를 놓고 보면 앞에 한 말이 사실이다.

런던만 제외하면 이 두 평평한 도시가 세계에서 가장 건강한 도시로도 선두를 겨룰 것이다. 사실 런던하고 겨우 1~2% 정도밖에 차이가 없다. 베를린의 사망률은 1,000명당 19명밖에 안 된다. 14년 전에는 이보다 30% 이상 높았다.

베를린은 여러 면에서, 아주 많은 면에서 놀라운 도시다. 세계에서 가장 통제가 잘 되는 도시로 보이는데, 통치가 가장 잘 이루어지는 도시이기도 하다는 것을 인정하지 않을 수 없다. 어디를 보든 방식과 체계가 보인다. 큰

일이나 작은 일이나 어떤 세부적인 면에나 다 있다. 게다가 단지 서류상의 방식과 체계가 아니라 실제로 작동하는 방식과 체계다. 모든 것에 규칙이 있고 이 규칙이 효력을 발휘한다. 가난한 사람에게나 힘센 사람에게나 차별이나 편견 없이 똑같이 효력을 발휘한다. 중요한 일이나 사소한 일이나 똑같이, 충실하고 꾸준하고 수고롭지만 일관성 있게 다루기 때문에 존경심이 우러나온다. 가끔은 속이 상하기도 하고. 몇 가지 세금이 있는데 사분기에 한 번씩 걷는다. 그냥 부과하는 게 아니라 매번 실제로 걷기 때문에 '걷는다'가 정확한 표현이다. 그래서 세금이 가벼워진다. 많은 사람들이 세금 납부를 회피하는 지역에서는 부담스러울 정도로 세율을 높일 수밖에 없다. 그런데 이곳에서는 세금을 낼 때까지 경찰이 조용하고도 끈질기게 계속 찾아온다. 첫 번째 방문 이후에는 재방문 시마다 5~10센트를 추가로 부과한다. 이런 일을 겪다 보면 세금을 금방금방 내게 된다.

어떤 면에서 보면 베를린의 150만 인구가 한 가족 같다. 이 대가족의 우두머리는 많은 구성원의 이름을 알고, 어디에 사는지, 언제 어디에서 태어났는지, 직업이 무엇인지, 종교는 무엇인지 다 안다. 베를린에 오는 사람은 누구든 즉시 이런 사항들을 경찰에 알려야 한다. 또 얼마나 오래 체류할지도 밝혀야 한다. 집을 구하면 집세에도 세금이 부과되고 소득에도 세금이 부과된다. 소득이 얼마인지 묻지는 않으므로 소비액에 관해 좀 거짓말을 할 수도 있다. 경찰은 집세를 근거로 소득을 추산해서 세금을 물린다.

수입품 관세도 빈틈없이 철저하게 징수한다. 그렇지만 징수 방식은 친절하고 정확하고 최대한 편의를 봐주려고 한다. 물건이 우편으로 오면 우체부가 일을 맡아 처리해주므로 귀찮을 일도 불편할 일도 없다. 어느 날 친구가 우체국에 자기 앞으로 소포가 도착했다는 통지를 받았다. 금으로 된 걸쇠가 달린 여성용 실크 허리띠와 금 열쇠고리가 들어 있다고 했다. 처음에는 우체부에게 뇌물을 주고 통관시켜야겠다고 생각했는데, 다시 차분히 생각해보고는 제대로 된 절차를 밟는 게 낫겠다고 판단했다. 얼마 뒤에 우체부가 소포를 배달하고 세금을 징수했다. 실크 허리띠 관세 7.5센트, 금 열쇠고리에 10센트, 배달료 5센트. 독일 국내 산업을 보호하기 위해서 이렇게 철두철미하게 관세를 징수하는 것이다.

베를린에서 가장 감탄할 만한 점은 경찰이 조용하고 차분하고 예의 바르면서도 집요하다는 사실이다. 경찰들이 우리가 데리고 온 스위스 출신 하녀의 여권을 갖추라고 설득하기 시작했는데, 6주 동안 날마다 참을성 있고 침착하고 친절하게 조른 끝에 마침내 그렇게 되었다. 경찰들을 성가시게 할 생각은 없었지만, 그냥 귀찮아서 곧 나가떨어지겠거니 생각하고 버텼다. 반면 경찰들은 내가 먼저 나가떨어지리라고 생각했던 모양이다. 결국, 그렇게 되었다.

베를린에는 안전하지 않고 약하거나 못생긴 집은 지을 수 없다. 그래서 화재나 붕괴의 위험이 없는 아름답고도 장중한 도시가 만들어졌다. 지브롤터 암벽처럼 단단하게 지어졌다. 건축 감독관이 건물을 짓는 동안에 감리한다. 건물이 무너질 때까지 기다렸다가 하는 것보다는 낫다는 것을 알게 되었기 때문이다. 종잡을 수 없는 사람들이다.

가난한 사람들을 비좁고 더러운 공동 주택에 몰아넣는 것도 금지되어 있다. 1인당 방 하나 공간을 확보해야 하고 체계적으로 자주 위생 점검을 한다.

　모든 것이 질서정연하다. 소방대는 독특한 제복을 입고 줄 맞춰 행진하는데 태도가 어찌나 엄숙한지 양심의 가책에 빠진 구세군처럼 보인다. 사람들 말에 따르면 화재 경보가 울리면 소방관들이 조용히 집결하여 출석을 확인한 다음에 화재를 진압하러 간다고 한다. 소방관들도 군대처럼 계급이 있고 분대로 나뉘어 있는데 대장이 각 분대에 화재를 진압하는 데에 필요한 작업을 나누어 지시한다. 이 모든 일이 낮은 목소리로 차분히 진행되기 때문에 잘 모르는 사람은 장례절차를 거행 중인가 생각한다. 벽돌과 석조로 이루어진 큰 건물 안에서는 화재가 다른 층으로 번지지 않기 때문에 같은 건물 안에 있는 사람들이라도 화재에 별 신경을 쓰지 않는다.

　베를린에는 신문이 아주 많다. 신문팔이 소년도 하나 있었는데, 죽고 말았다. 대로변에 반 마일에 하나씩 신문판매소가 있어서 여기에서 신문을 산다. 극장도 아주 많은데 광고를 요란하게 하지 않는다. 커다란 포스터도 없고, 배우나 공연 장면을 커다랗게 그리고 큼직한 활자를 박아 총천연색으로 칠한 광고판 같은 것은 본 일이 없다. 사실 큼직한 쇼 광고 벽보를 붙일 만한 데도 없다. 광고판도 없고, 벽에 붙이는 것은 금지하기 때문이다. 이곳에서는 보기 흉한 것은 다 금지다. 베를린은 눈에 휴식을 준다.

— 마크 트웨인, 1892년 4월 3일, 「시카고 데일리 트리뷴」

스위스

루체른의 〈빈사의 사자상〉은 1820년 무렵에 베르텔 토발드손이 디자인하고 루카스 아호른이 제작한 것이다. 1792년 프랑스 혁명 도중에 학살된 스위스 경비병들을 기념하기 위한 조상이다. 마크 트웨인은 『물 건너간 떠돌이』에서 이 사자상을 찬탄했다.

루체른의 상업은 싸구려 기념품을 판매하는 것이 대부분이다. 상점마다 알프스에서 채굴한 수정, 풍경 사진, 목조나 상아 조각품 등으로 가득하다.

루체른의 〈빈사의 사자상〉

그중에서 루체른 사자상 미니어처는 살 만하다고 생각한다. 100만 개 정도 사라. 다만 이 미니어처는 하나같이 오리지널에 대한 모독이다. 오리지널에 는 복제품이 흉내 낼 수 없는 위엄과 비애감이 미묘하게 깃들어 있다. 빛조차 그것을 포착하지 못하는 듯하다. 사진이나 조각으로 죽어가는 사자를 그려내는 데는 한계가 있다. 모양과 자세가 정확하고 비율도 정확하다 하더라도, 사자상을 세상에서 가장 처연하고 감동적인 돌덩이로 만드는 형언할 수 없는 그 무언가는 빠져 있다.

사자는 낮은 절벽 수직면에 있는 굴 안에 누워 있다. 절벽 바위에서 그대로 깎아내어 만들었기 때문이다. 체구는 우람하고 태도는 숭고하다. 고개를 떨구었고 부러진 창이 등에 박혀 있고 앞발은 프랑스 왕가의 백합을 지키려는 듯 그 위에 얹었다. 덩굴이 절벽을 타고 내려와 바람에 흔들리고 맑은 시내가 위쪽에서 흘러 아래쪽 연못으로 쏟아지는데 연못의 잔잔한 수면 위 수련 사이에 사자의 모습이 비친다.

주위에는 푸른 나무와 풀이 있다. 한적하고 조용한 숲속의 아늑한 쉼터다. 소음과 야단법석으로부터 멀리 벗어난 곳, 사자가 죽음을 맞이하기에 적절한 곳이다. 광장 한가운데 멋진 철 난간에 둘러싸인 화강암 단이 아니라. 루체른의 사자상은 어디에 가져다 놓더라도 인상적일 테지만, 지금 있는 그곳만큼 깊은 인상을 주지는 못할 것이다.　　　　—『물 건너간 떠돌이』

411

샌드위치 제도

트웨인은 「알타캘리포니아」 특파원으로 샌드위치 제도를 여행하고 기사를 보낸 뒤 샌프란시스코로 돌아왔다. 미국 밖으로 나간 첫 번째 여행이었다. 트웨인은 샌드위치 제도에 거의 다섯 달 동안 있었다. 돌아온 뒤에는 여행에 대한 유머 강연을 하기도 했다.

원주민 언어는 부드럽고 유음이 많고 나긋나긋하고 여러모로 편리하고 만족스럽습니다 – 머리꼭지가 돌기 전까지는요. 그런 때가 되면, 욕으로 쓸 말이 없습니다. ─ 〈마크 트웨인의 강연〉 중에서

· · ·

가까이에 흥미를 끄는 폐허가 있다. 고대 사원터인데 오래된 옛날에 인신 공양을 하던 곳이다. … 선교사들이 무수한 고초를 이겨내고 이곳에 와서 불쌍한 원주민들에게 천국이라는 곳은 얼마나 아름답고 축복받은 곳인지, 그리고 그곳에 가기란 얼마나 힘든 일인지, 또 지옥은 얼마나 처참하며 그곳에 가는 방법은 어찌나 쓸데없이 다양하고 쉬운지, 그리고 무지한 탓에 가족들이 소득 없이 놀고 있음을 일러주고 온종일 일한 대가로 50센트를 받아 식량을 사는 일이, 심심하면 낚시나 하고 매일 여름 날씨이니 그늘에서 빈둥거리다가 자연이 저절로 내어주는 식량을 먹는 삶보다 훨씬 기쁜 일임을 불쌍한 원주민들에게 알려 주어 영원한 불행에 빠뜨리기 한참 전의 일이다. 이 아름다운 섬에서 이곳이 지옥이라는 사실도 모르고 무덤에 들어간

사람들을 생각하면 얼마나 슬픈지.　　　　　　　　　　　　　—『유랑』

• • •

샌드위치 제도 이야기는 트웨인이 가장 좋아하던 강연 주제이다. 1866년 10월 2일 샌프란시스코를 시작으로 100번도 넘게 했다. 이 이야기로 전문 연사로 데뷔했고 1873년 12월 8일에 한 영국 런던 강연이 마지막이었다.

이 강연은 보통 이런 식으로 시작한다.

"제 강연의 주제는 샌드위치 제도입니다 – 강연을 시작하게 된다면요 – 그리고 신문 기자만큼 정확한 진실을 말하려고 노력할 것입니다. 제가 만약 헛소리를 아주 약간 곁들인다고 해도 별 차이는 없습니다. 진실은 달라지지 않으니까요. 따개비가 굴에 붙어 장식하는 정도죠. 이 이미지는 제가 생각해낸 겁니다! 저는 내륙지방에서 태어났기 때문에 따개비가 굴에 붙는지 어떤지는 잘 모르죠."

버뮤다

버뮤다는 피로한 사람이 빈둥거리기에 딱 좋은 곳이다. 아무 괴로움도 없다. 이곳의 깊은 평화와 고요가 뼛속에 스며들어 양심을 쉬게 하고 늘 머리를 하얗게 물들이려고 호시탐탐하는 눈에 보이지 않는 조그만 새끼 악마들을 마취시킨다.　　　　　　　— '느긋한 소풍의 두서없는 기록', 『애틀랜틱』

신문도, 전보도, 자동차도, 전차도, 부랑자도, 철도도, 극장도, 소음도,

버뮤다의 트웨인

강연도, 폭동도, 살인도, 화재도, 강도도, 정치도, 성가신 것은 하나도 없고, 어리석은 것이라고는 교회 하나뿐인데 전 거기 가지 않지요.

— 1910년 3월 10일, 엘리자베스 월러스에게 보낸 편지

버뮤다는 크지 않은 섬이고 오래전 에덴동산과 비슷한데 거기 사는 사람들은 서로 다 안다. 아담 생전 뱀의 본부에서 그랬듯이.

—『마크 트웨인 자서전』

터키

1867년 『하퍼스 위클리』와 비슷한 주간지 『켈리스 위클리』에 이 이야기가 실렸다. 『물 건너간 얼뜨기들』의 일부가 처음으로 발표된 지면인 듯하다.

〈동양에 간 양키. 마크 트웨인이 터키 목욕탕에 가다〉

아주 오래전부터 나는 신비로운 터키 목욕탕을 동경해 왔다. 몇 년 전부터 언젠가는 꼭 경험해 보리라고 다짐했다. 이런 상상에 수도 없이 빠졌다. 대리석 욕조에 누워 공기 중에 감도는 나른한 동양의 향취를 들이마시고 수증기 속에 악령처럼 거대하게 어렴풋이 아른거리는 벌거벗은 야만인 일당이 내 몸을 밀고 당기고 적시고 문지르는 기묘하고도 복잡한 절차를 거친다. 그 다음 왕에게 어울릴 법한 소파에 드러누워 잠시 쉬었다가 또 한 차례 전보다 더 무시무시하고 복잡한 절차를 거쳐 마침내 부드러운 천에 둘러싸여 호화로운 방으로 인도되어 솜털 이불 침대에 눕는다. 화려한 의상을 입은 내시들이 부쳐주는 부채 바람에 스르르 잠이 들어 꿈속으로 빠져들거나 방 안의 호사스러운 걸개, 부드러운 양탄자, 사치스러운 가구, 그림 등을 만족스럽게 둘러보고 맛있는 커피를 마시고 기분을 느긋하게 해주는 물담배를 피우다가 눈에 보이지 않는 향로에서 풍기는 관능적 향기와 페르시아 담배에 취하고 여름날 빗소리와 비슷한 분수 소리에 나른해져서 마침내 고요한 안식에 빠져든다.

여행 광고 책자에서 내가 받은 이미지가 바로 이런 것이었다. 그런데 불량하고 참담한 사기였다. 실제 모습과 이 이미지 사이의 거리는 파이브포인츠(뉴욕 맨해튼의 질병과 범죄로 유명한 슬럼 지대 – 옮긴이 주)와 에덴동산만큼 멀었다. 대리석 판이 깔린 넓은 안마당에 들어서니 넓은 회랑이 층층이 보였다. 바닥에는 거친 멍석이 깔렸고 난간은 도장이 안 되어 있었다. 부서질 듯한 의자들이 있고 그 위에 아홉 세대에 걸친 사람들의 엉덩이가 남긴 자국 모양으로 푹 꺼진 낡고 오래된 방석이 얹혀 있었다. 넓은 실내는 아무것도 없이 휑뎅그렁했다. 안마당은 헛간, 회랑은 마구간 같았다. 송장 같은 모습의 반#벌거숭이 심부름꾼들 모습에 시적이거나 낭만적이거나 동양적인 멋 같은 거라고는 눈 씻고 찾아보려고 해도 없었다. 매혹적인 냄새는커녕 – 그 반대였다. 굶주린 눈빛과 비쩍 마른 몸은 딱 한 가지 냉엄한 사실을 역력히 드러냈다. 이들이 '푸짐한 한 끼'를 간절히 원한다는 것이다.

　나는 탈의실로 들어가 옷을 벗었다. 더럽고 비쩍 마르고 식탁보를 가랑이에 두른 남자가 흰 넝마를 내 어깨에 둘러 주었다. 그때 욕조가 있었다면 빨래부터 했을 텐데. 계단을 통해 바닥이 젖어 미끄러운 방으로 인도되었다. 가장 먼저 내 눈에 들어온 것은 내 발뒤꿈치였다. 내가 엎어졌는데도 놀라는 사람도 없었다. 으레 그러리라고 기대했나 보다. 동양의 호사를 누릴 수 있다는 이곳의, 몸을 부드럽게 해주고 감각을 즐겁게 해준다는 요소 가운데 하나인 모양이다. 몸이 부드러워진 것은 사실이지만 유쾌하지는 않았다. 그러자 누가 나막신 한 켤레를 내줬다. 벤치 모양으로 생겼고 가죽끈으로 발에 묶게 되어 있다. 발을 들면 신이 가죽끈에 대롱대롱 매달려 따라오고 발을 다시 바닥에 디디면 이상하고 불편한 위치에 신발이 놓였다. 가끔

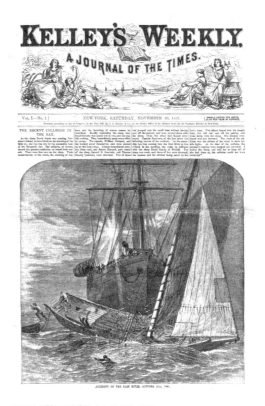

1867년 11월 30일, 『켈리스 위클리』 표지

은 옆으로 뒤집어져 발목을 접질리게 하였다. 어쨌든 이것이 동양의 호사라고 하니 나는 즐기기 위해 최선을 다했다.

다음에 나를 헛간 다른 한쪽으로 데려가서 침상에 눕게 하였다. 침상은 금실로 짠 천이나 페르시아 천이 아니라 아칸소 흑인 마을에서 보던 소박한 천으로 덮여 있었다. 이 대리석 감옥 안에는 이런 무덤 같은 방이 다섯 개

더 있을 뿐 그 이상은 아무것도 없었다. 아주 엄숙한 분위기였다. 아랍의 독특한 향기가 온몸에 감돌기를 기대했지만 그런 일은 없었다. 몸에 누더기를 두른 갈색 피부의 해골이 담배 파이프가 위에 꽂힌 유리 물병을 가져다주었다. 말랑한 관이 하나 달려 있고 그 끝에 놋쇠 주둥이가 있었다.

이게 그 유명한 동양의 물담배다. 그림 속에서 터키 황제가 피우는 것. 뭔가 호사스럽게 보이긴 했다. 한 모금을 빨았는데 그것으로 충분했다. 엄청난 양의 연기가 배 속, 폐 속, 심지어 내 골격 끄트머리까지 뻗쳤다. 나는 크게 기침을 했는데 마치 베수비오 화산이 폭발하는 것 같았다. 그 뒤로 5분 동안 집안에 불이 난 목조 가옥처럼 내 몸의 모든 구멍에서 연기가 새어 나왔다. 한 모금도 더는 피우고 싶지 않았다. 담배 맛이 고약했고 놋쇠 주둥이에 남아 있는 이교도 수천 명의 입 냄새는 더욱 지독했다. 점점 더 속이 안 좋아졌다. 이제부터는 코네티컷 담배회사 겉포장 그림에서 터키 황제가 행복한 척하며 물담배를 피우는 그림을 볼 때마다 몰염치한 사기꾼이라는 생각이 들 것 같다.

감옥 같은 방 안에 뜨거운 증기가 가득했다. 몸이 데워져서 더 더운 곳으로 들어갈 준비가 되자 나를 더 뜨겁고 축축하고 미끄럽고 증기로 가득한 대리석 방으로 데려가서는 중앙의 단 위에 눕혔다. 몹시 더웠다. 곧 시중드는 사람이 나를 뜨거운 물통 옆에 앉히고 물로 적신 다음 거친 재질의 벙어리장갑을 끼고 내 온몸을 문지르기 시작했다. 내 몸에서 불쾌한 냄새가 풍기기 시작했다. 때를 밀면 밀수록 냄새가 더 지독해졌다. 나는 놀라서 이렇게 말했다.

"내가 이미 부패하기 시작한 것 같네요. 더 이상 꾸물거리지 말고 매장해야 합니다. 빨리 가서 식구들한테 연락하는 게 좋겠어요. 날이 더워서 오래 버티지 못할 테니까요."

그는 꿈쩍도 하지 않고 계속 때를 밀었다. 내 몸이 점점 작아지고 있다는 게 내 눈에 들어왔다. 장갑으로 벅벅 밀자 그 아래에 마카로니처럼 조그만 기둥 같은 게 생겼다. 때일 수는 없는 게 색이 너무 희었다. 남자는 이런 식으로 한참 동안 대패질을 했다. 마침내 내가 말했다.

"너무 지지부진하네요. 당신이 원하는 크기로 나를 깎으려면 몇 시간은 걸릴 거예요. 기다릴 테니 가서 대패를 빌려와요."

역시 꿈쩍도 하지 않았다. 잠시 뒤에는 대야, 비누, 말꼬리처럼 생긴 무언가를 가져왔다. 엄청난 분량의 비누 거품을 만들더니, 나한테 눈을 감으라는 말도 하지 않고 머리끝부터 발끝까지 거품으로 덮었다. 다음에는 말꼬리로 사정없이 닦아냈다. 그러고 난 뒤에 나를 비누 거품으로 하얗게 덮인 동상 같은 모습으로 남겨 두고는 가버렸다. 기다리다 지겨워져서 남자를 찾으러 나섰다. 남자는 다른 방에서 벽에 기대어 자고 있었다. 깨웠는데 전혀 당황하지 않고 나를 원래 있던 곳으로 데려가 뜨거운 물을 쏟아붓고 머리에 터번을 둘러주고 몸에 마른 식탁보를 둘둘 감아주고는 회랑에 있는 닭장 같은 곳으로 데려가 아칸소 시골 침상을 가리키며 누우라고 했다.

—『물 건너간 얼뜨기들』

419

타이

트웨인은 글을 쓰다가 가끔 종이를 뒤집어 잠깐 정신적 유희를 즐기기도 했다. 『물 건너간 떠돌이』 원고에는 코끼리 그림 두 개와 코끼리 엄니에 감겨 세관에서 끌려 나가는 남자의 그림이 들어 있다. 그림에서 움직임은 대체로 생략돼 있다.

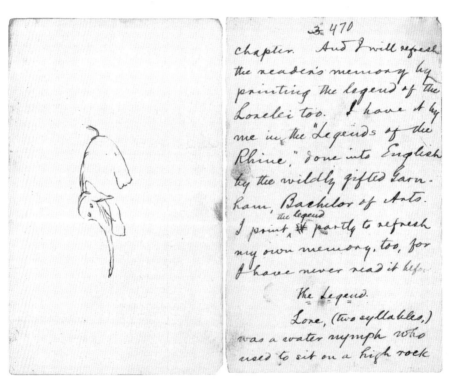

「물 건너간 떠돌이」에 실린 트웨인의 그림

『물 건너간 떠돌이』에 트웨인은 〈도난당한 흰 코끼리〉라는 소품을 썼는데 출간된 책에는 빠져 있다. 대신 제임스 R. 오스굿이 1882년에 따로 발표했다. 이렇게 시작한다.

이어지는 신기한 이야기는 기차에서 알게 된 사람에게 우연히 들은 것이다. 일흔 살이 넘는 신사였는데 선하고 다정한 얼굴과 진지하고 진실한 태

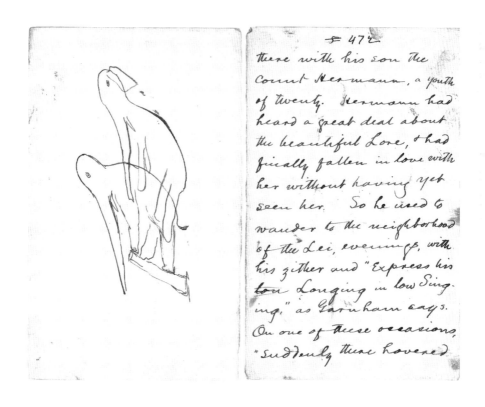

도를 지니고 있어 입에서 나오는 말 한 마디 한 마디가 진실이라는 확인 도장이 확고히 찍힌 듯 여겨졌다. 노인은 이렇게 말했다.

"시암(타이의 옛 이름) 왕가의 흰 코끼리를 백성들이 얼마나 숭앙하는지 아시지요. 오직 국왕만 소유할 수 있는 왕가의 신성한 코끼리이고, 어찌 보면 왕보다도 우월합니다. 영예를 누릴 뿐 아니라 숭앙도 받으니까요. 그렇지요. 5년 전에 영국과 시암 사이에서 국경 분쟁이 일어났을 때, 시암 쪽에 잘못이 있다는 사실이 곧 드러났습니다. 그래서 신속한 보상이 이루어졌고 영국 대표단 쪽에서는 이것으로 되었으니 지난 일은 잊자고 말했습니다. 그래서 시암 국왕이 크게 안도하고 감사의 뜻으로, 또 한편으로 자기에 관해 불편한 앙금이 조금이라도 남았다면 씻어내기 위해서, 영국 여왕에게 선물을 보내기로 했습니다. 동양에서는 적의 비위를 맞추려 할 때 유일하게 확실한 방법이 선물이거든요. 그런데 이 선물이 그저 왕다운 것이 아니라, 왕을 능가하는 것이어야 했습니다. 그러니 흰 코끼리만큼 적합한 선물이 또 어디에 있겠습니까?"

귀향

1900년 10월 13일 「뉴욕 타임스」
마크 트웨인의 귀향

빚을 모두 갚음, 법적 변제 의무가 없는 부분까지도 ·
5년만의 귀향 · 축하 계획 아직 없음

미네와와 호가 뉴욕 항에 머리를 들이밀고, 미국 문학의 원로 마크 트웨인이 상륙했다. 짐도 함께 왔는데 최근 트웨인이 비서 게이지에게 쓴 편지에 따르면 짐 때문에 증기선이 '묵직해질 것'이라 했다.

새뮤얼 L. 클레멘스가 문학 역사상 다시없을 고귀한 목적을 위해 고국을 떠난 지 5년이 넘었다. 6년 전 마크 트웨인이 재정 지원을 하던 찰스 L. 웹스터 앤드 컴퍼니 출판사가 20만 달러가 조금 넘는 부채를 남기고 파산했다. 당시에 작가가 이 회사에 막대한 투자를 했기 때문에 실질적으로 '원점에서 다시 시작'해야 할 지경이 되었다고 알려졌다. 그렇지만 그때도 클레멘스 씨가 회사의 부채 전부를 떠맡으리라고는 아무도 상상하지 못했다. 이후 클레멘스가 1895년 8월 밴쿠버로 여행을 가기 직전에 발표한 글을 통해 이 사실이 알려졌다.

제가 채권자들을 위해 재정적으로 지원하던 출판사의 자산을 매각했고 현재 저의 수입을 위해 강연을 시작했다는 보도가 있었습니다.

이는 잘못된 보도입니다. 제 자산뿐 아니라 강연 수익도 채권자에게 돌아갈 것입니다. 법적으로 사람의 두뇌를 담보로 잡힐 수는 없고, 자기 재산을 모두 포기한 사업가는 파산 신청을 한 뒤에 새 출발을 할 수 있습니다. 그렇지만 저는 사업가가 아니고 법보다는 명예가 우선입니다. 명예는 1달러를 100센트 미만으로 타협할 수 없고 명예의 빚은 효력이 사라지는 법이 없습니다. 이 출판사의 지분 3분의 2가 제 소유이고 자본금도 제가 댔습니다. 회사가 잘되었다면 수익의 3분의 2를 받았을 겁니다.

이렇게 되었으니 빚을 모두 갚기를 기대합니다. 제 파트너는 아무 재원이 없으니 도움을 기대할 수가 없습니다. 지금까지 이 회사의 최대 채권자는 제 아내입니다. 개인재산을 털어 현금을 냈으니 다른 사람들과 마찬가지로 청구권이 있습니다. 그런데 한 푼도 받지 못했습니다. 오히려 저를 거들어 다른 사람들에 대한 의무를 갚으려고 합니다. 채권자 여러분이 이것을 파산 절차 종료로 받아들이고, 부채의 나머지 50%는 제가 명예에 걸고 버는 대로 즉시 갚을 것임을 믿어주시길 바랍니다. 지금까지 순회강연에서 얻은 수익금을 생각해보면, 제가 죽지만 않으면 나머지 빚을 4년 안에 갚을 수 있다고 자신합니다. 그 뒤 예순네 살부터는 아무런 부담 없이 산뜻하게 새 출발을 할 수 있습니다. 오스트레일리아, 인도, 남아프리카에 갈 예정이고 내년에는 미국 주요 도시들을 돌고 싶습니다. 처음 시작했을 때는 이로 인한 이득을 모두 채권자들에게 돌릴 생각뿐이었지만 지금은 저도 무언가를 얻고 있다는 생각이 듭니다. 제가 얻은 배당은 송금용으로 쓸 수는 없지만, 채권자들이 받은 돈보다 더 만족스러운 성과일지도 모르겠습니다.

이제 문학사상 가장 용감한 작가가 돌아왔다. 빚을 모두 갚았을 뿐 아니라, 스스로 부과한 도덕적 의무를 다했다는 숭고한 의식을 갖게 되었을 뿐 아니라, 저당이 풀린 현재 인세 수입만으로도 다시 글을 쓰거나 연단에 서지 않더라도 힘들게 일하거나 재정적 곤경에 시달리는 일 없이 여생을 편하게 보낼 수 있다는 만족감과 자부심마저 품고 돌아왔다. 「런던 뉴스」는 이 일을 기사도적 고결함의 사례로 언급하며 역사 속에 '마크 트웨인의 밴쿠버 선언'이라고 남을 글의 마지막 구절을 따뜻하게 칭찬했다.

마지막 구절이 문학적으로나 정서적으로 아주 좋았다. 마크 트웨인은 전 세계에서 명예를 중시하는 모든 이들의 존경을 샀다. 그의 책에 담긴 도덕적 교훈에 관해 비평적으로 무어라 언급하더라도 트웨인의 행동보다 더 강한 영향을 미치지는 못하리라. 트웨인에게 따뜻하게 힘을 북돋워 주어야 한다. 빚은 모두 갚은 트웨인은 이제부터 다시 재산을 모아야 하는데, 이미 예순셋이다!

마크 트웨인은 예상한 대로 미국으로 돌아와 강연하지 않았다. 하지만 동아시아 지역 여정은 처음 계획대로 진행되었다. 이 여정의 기록이 『적도를 따라서』에 들어 있다. 그런데 유럽에서도, 트웨인이 멀리 있을 때는 유머 작가라고만 생각했으나 가까이 접하고 보니 유머는 목적이 아니라 수단일 뿐인 기품 있는 문필가라 트웨인을 붙들어 놓으려 했다. 3년쯤 전에 클레멘스 씨는 런던에 거처를 마련했고 그곳을 거점으로 지내다 수익을 위해서, 그러니까 채권자들의 수익을 위해서 대륙으로 건너가곤 했다. 이렇게 해서 이탈리아에서 거의 한 해를 보냈고 겨울은 파리, 베를린, 빈에서 보냈다.

어디를 가든 열렬한 환대를 받았다. 같은 분야에 종사하는 기자나 문필가들뿐 아니라 왕가에서도 트웨인을 반겼다. 한번은 독일 황제에 관한 인상을 써 보내기도 했고, 이탈리아의 움베르트 왕이나 오스트리아의 프란츠 요제프 황제와 나눈 대화를 들려주기도 했다. 빈에는 오래 머물렀다. 문학이나 예술 행사가 있을 때마다 트웨인이 빠지면 섭섭했다. 한번은 빈 프레스 클럽에 초청을 받았는데 독일어로 독일어 구문의 무시무시함에 관해 재치 있고 깊이 있게 논해 모인 사람들을 놀라게 했다. 이 연설은 유머로 가득하지만 한편 매우 논리적이고 분석적이어서 독일 학자들도 진지하게 받아들였고 원문이나 번역으로 전 세계 신문에 실렸다.

런던에서 의회 저작권법 위원회에 출석했을 때도 마찬가지였다. 유머러스하게 스스로 묻고 답하며 영국 다른 작가들의 길고 학술적인 논쟁보다 더 실용적인 결과를 이뤘다. 유럽 체류 기간의 상당 부분을 강연으로 보냈지만, 이따금 기사나 산문을 써서 미국과 영국 정기간행물에 실어 펜을 놓지 않았음을 보여주었다. 이 가운데 일부는 최근에『해들리버그를 타락시킨 사나이The Man That Corrupted Hadleyburg』라는 제목으로 출간되었다. 유럽에서 트웨인의 인기가 대단하고 여기저기 오라는 데가 많아 런던 체류 기록만으로도 아주 흥미로운 책 한 권이 될 것이다. 트웨인이 떠나오기 전에 영국민들에게 마지막으로 남긴 말은 런던 켄설 라이즈의 도서실 개장 행사에서 한 연설인 듯하다. 이 행사는 미국으로 출항하기 전 토요일에 열렸다.「런던 신문」에 실린 이 행사 보도를 인용한다.

  마크 트웨인이 도서실 개장을 공식 선언했다. 트웨인은 지역사회에서 지적 양식을 마련하도록 의회가 강제하는 게 아니라 원한다면 자신의 힘으로 마련할 수 있는 특권을 부여한다는 생각이 훌륭하다고 말했다. 도서실을 갖고 싶다면 주머니에 손을 넣어 건립비용 1페니를 꺼내면 된다. 마크 트웨인은 정신의 양식을 위해 스스로 비용을 부담하는 지역사회라면 도덕적, 재정적, 정신적으로 건강하다는 증거라고 했다. 도서실은 도서관 건립의 첫 단계이다. 신문, 잡지에서 시작해 다른 문학으로 독서 범위를 넓혀갈 수 있다. 트웨인은 신문이 없으면 어떨지 상상하기 힘들다며 자기가 샌드위치 제도와 샌프란시스코에서 기삿감을 모으던 때의 경험을 예로 들었다. 또 텍사스 갤버스턴의 허리케인 대재앙 소식이 세계에 얼마나 빨리 알려졌는지도 이야기했는데, 그러다가 15년 전 하트퍼드 교회에서 일어난 일을 떠올렸다. 그때도 비슷한 천재지변이 있어서 목사가 생존자들을 위해 모금하기로 했다. 그런데 모금함을 들고 가가호호 방문할 주요 시민 명단에서 목사가 빠져 있었다. 목사는 자기를 금전적으로 신뢰하지 못하냐며 주지사에게 불평했는데 주지사가 이렇게 대답했다.

"저라면 목사님을 믿을 수 있지요. 종 달린 펀치를 쓰신다면요."

종 달린 펀치는 전차 차장들이 '삥땅'하는 것을 막기 위해 차표를 뚫을 때 소리가 나게 만든 물건이다. 트웨인은 감사의 박수에 대한 답으로 자기는 칭찬 듣기를 좋아한다고 말했다. 트웨인은 발기인 크론 박사가 영국과 미국의 연대에 관해 한 말을 모두 지지한다고 했다. 재청자 어윈 콕스 씨는 트웨인의 필명을 매우 좋아한다고 말했다. 전날 뉴질랜드에 사는 어린 여자아이가 편지를 보냈는데 자기 아빠가 '마크 트웨인'은 본명이 아니고 클레멘스가 본명이라고 말했다고 했다. 그렇지만 아이는 클레멘스는 특허 의약품을 파는 사람이기 때문에 그럴 리가 없다는 걸 알았다. 아이가 성경에 나오는 마크 앤터니(마르쿠스 안토니우스의 영어식 이름. 실제로는 성경에 안 나온다 – 옮긴이 주)도 있으므로 마크라는 이름이 좋다고 했다. 마크 트웨인은 그런 이야기를 들어서 무척 기뻤다고 했다. 마크 앤터니가 성경에 들어갔으니, "저도 아주 희망이 없는 건 아닐 테니까요."라고 했다.

마크 트웨인은 인정과 영예의 징표를 가득 안고 미국으로 돌아왔다. 유럽의 대표적 회합이나 상류층 모임에서 트웨인을 받아들였다. 그런데 이런 인정을 어찌나 가볍게 여기는지, 친구가 레지옹도뇌르 훈장 수여를 축하하자 이렇게 짤막하게 대답했다고 한다.

"피할 수 있는 사람이 없지."

트웨인이 무슨 목적으로 그곳에 갔는지 유럽의 친구들과 팬들은 몰랐을 것이다. 그 사실을 밝힌다는 것은 아무 상관도 없는 사람들에게 집안의 비밀을 폭로하는 것이나 다름없다. 그러니 그곳에서 받은 영예는 순전히 트웨인의 지적인 면 때문일 것이다. 미국인들은 이것 말고도 마크 트웨인을 우러를 이유가 있다. 처음부터 우리에게 속내를 밝혔으니 말이다. 자기가 어떤 임무를 수행하려 하는지 말했다. 5년 전 트웨인이 사명을 다 하러 떠났을 때 미국인들은 한결같은 마음으로 무사귀환을 빌었으리라.

마침내 모든 장애를 극복하고 자기가 스스로 떠맡은 책임을 성공적으로 수행했으니 미국인들은 이 점을 특히 인정해야 한다. 문학가 마크 트웨인이 아니라 새뮤얼 L. 클레멘스라는 인간에게 감동을 줄 만한 것이 필요하다. 어떤 형식을 취해야 할지는 앞에 말했듯 선례가 없어 잘 알 수가 없다. 구세계에서 트웨인이 받은 영예와 훈장과는 겨루려는 시도도 하지 말아야 할 것이다. 이것과는 다른 문제다. 아마도 환영식을 곁들인 정찬이 가장 만족스럽고 적절한 자리가 되지 않을까 싶다.

뉴욕의 작가와 출판업자들에게 두루 물어보았는데 이런 목적을 위한 계획이 있다는 말은 듣지 못했다. 그렇지만 모두 이런 자리가 있어야 한다고 했고 마련되기를 바란다고 했다. 우정과 선의가 한자리에 모이지 않고 그냥 소진되지 않도록 평범하면서도 독특한 형태로 마련되어야 한다. 문제는 누가 그런 형식을 만들어낼 것인가? 재료는 준비되어 있다. 더 시간을 지체하면 안 된다. 작가 클럽이 나서는 게 어떨까?

우리는 톰 소여와 허클베리 핀을 어린 시절 친구처럼 여기지만 정작 작가 '마크 트웨인'에 관해서는 잘 모른다. 아동 소설가이기만 한 것이 아니라 가장 위대한 미국 작가이자 독보적인 유머작가이자 미국 문화의 아이콘이라는 건 나도 대학교에서 미국 문학을 배우며 처음 알았다.

어니스트 헤밍웨이가 "현대 미국 문학 전체가 『허클베리 핀』이라는 책 한 권에서 나왔다."고 말했듯이, 월트 휘트먼이 운문을 완성했다면 마크 트웨인이 산문을 완성하여 오늘날 미국 문학이 세워졌다고 평가한다. 최근에는 톰과 혁 말고도 마크 트웨인의 주요 작품들이 많이 번역되어 주요 작가로서 인정받는 듯하지만, 그래도 마크 트웨인은 아직 우리나라에서 충분하고도 온당한 대접을 받지는 못한다는 생각이 든다.

이유가 뭘까? '진지하지 않은' 문학에 우호적이지 않은 풍토 때문일 수도 있고, 유머가 실질적으로 번역이 불가능하기 때문일 수도 있다. 유머는 고도로 정교한 언어의 사용이기 때문에 번역 과정에서 손실이 불가피하다. 사실 유머 대부분은 적절한 상황과 정확한 타이밍을 놓치면 사라지고 만다.

그러나 인간 본성을 꿰뚫는 최고의 유머는 시공간을 넘어 영원하므로, 나의 불완전한 번역을 통해서도 정수는 전달될 수 있으리라고 믿는다. 이런 유머는 현실의 한계를 뛰어넘는 비전을 담고 있으며 칼보다도 더 날카롭게 현실을 가른다. 삶의 고통과 슬픔을 감내하며 피어나는 유머는 인간성을 넘어서는 신성마저 보이게 마련이다. 그래서 제프리 초서부터 커트 보네거트까지, 현실을 비판하고 시대의 변화를 인지하고 앞날을 예언할 수 있는 문학은 늘 풍자의 형태를 띠었다.

마크 트웨인도—우리가 몰랐을 뿐— 풍자의 정수와 최고의 유머를 구현한 작가다. 마크 트웨인의 촌철이 오늘날까지 계속 인용되는 까닭이 여기에 있다. 마크 트웨인은 인종 문제, 여성 참정권 등 당대 사회에서는 매우 진보적인 생각을 지니고 있었으나, 정면으로 주장을 내놓기보다는 풍자를 통해 더욱 신랄하고 날카로운 비판을 가했다. 이런 고도의 전략을 파악하기 위해 마크 트웨인의 말에서 액면과 정반대의 의미를 읽어야 할 때도 있다.

이 책은 마크 트웨인의 삶을 '해설하지 않고 인용'하는 수법으로 최대한 있는 그대로 보여주려 했다. 작품은 물론 일기, 신문 기사, 강연, 편지, 낙서 등 다양한 출처의 토막글을 맥락 없이 읽으려면 길을 잃은 듯한 느낌을 받을 수도 있을 것이다. 하지만 깎인 면이 많을수록 찬란한 빛을 발하는 보석을 보듯 면면을 통해 비치는 작가의 삶을 독자가 재구성해 보면서 세련된 유머는 물론 따스한 애정, 묵묵한 슬픔까지 느낄 때의 기쁨은 어디에도 비할 수 없을 것이다.

마크 트웨인의
관찰_과 위트

엮은이 | 카를로 드 비토
옮긴이 | 홍한별

초판 1쇄 인쇄 | 2017년 4월 1일
초판 1쇄 발행 | 2017년 4월 10일

펴낸이 | 신난향
편집위원 | 박영배
펴낸곳 | (주)맥스교육(맥스미디어)
출판등록 | 2011년 08월 17일(제321-2011-000157호)
주소 | 서울특별시 서초구 논현로 83 삼호물산빌딩 A동 4층
전화 | 02-589-5133(대표전화)   팩스 | 02-589-5088
홈페이지 | www.maksmedia.co.kr

기획 · 편집 | 이명준 이소담
디자인 | 김은주
영업 · 마케팅 | 김용환 심신 김지연
경영지원 | 장주열
인쇄 | 천일문화사

ISBN 979-11-5571-504-8 03800
정가 18,000원

저희 맥스미디어(MAXMEDIA)는 독자 여러분의 책에 관한 아이디어와 원고 투고를
기쁜 마음으로 기다리고 있습니다. 책 출간에 대한 아이디어가 있으신 분은 이메일
maxedu@maksmedia.co.kr로 간단한 개요와 취지, 연락처 등을 보내주세요.
작가가 되는 기회의 문을 두드리세요.